DER GROSSE LIEBESROMAN

Von der gleichen Autorin erschienen außerdem
als Heyne-Taschenbücher

Wenn die Liebe ruft · Band 28/22
Verrat an der Liebe · Band 28/63

MARILYN GRANBECK

Fesseln des Herzens

ROMAN

Deutsche Erstveröffentlichung

WILHELM HEYNE VERLAG
MÜNCHEN

DER GROSSE LIEBESROMAN
Band 28/70
im Wilhelm Heyne Verlag, München

Titel der amerikanischen Originalausgabe
THE FIFTH JADE OF HEAVEN
Deutsche Übersetzung von Heidi Meller

Printed in Germany 1984
Umschlaggestaltung: Atelier Ingrid Schütz, München
Gesamtherstellung: Ebner Ulm

ISBN 3-453-84070-4

Prolog

Hongkong, Juli 1924

Die einsame Gestalt schritt langsam an der Mauer des militärischen Hauptquartiers entlang. Jetzt kam sie an einem Schirmbaum vorbei, der seinen grünen Fächer über den Abhang hielt und von dem große, weiße Blütenwolken leise zu Boden schwebten. Das einzige Geräusch in der brütenden Mittagshitze war das Klimpern der *tacuas*.

Mei Shau beobachtete gespannt, wie der Soldat den Weg verließ, das Tor zum letzten Bungalow öffnete und dann hinter der dichten Hecke verschwand. Sie schluckte schwer an ihrer Enttäuschung. Es war sehr selten, daß man Ausländer um diese Tageszeit zu sehen bekam. Auch die Bungalows waren alle gegen die gleißende Sonne und drückende Hitze verriegelt worden. Wie lange mußte sie jetzt wohl noch warten?

Die nahe St.-Johannes-Kirche mit ihren flimmernden Umrissen verursachte ihr wie immer ein leichtes Unbehagen. Die Kirche erinnerte sie zu sehr an die Weite des Meeres zwischen Ost und West, an die große Welt, die zwischen ihrer und Williams Kultur lag. Sie fröstelte unwillkürlich.

Doch dann sprach sie sich Mut zu. Kein Fluß war schließlich so breit, als daß man ihn nicht überqueren konnte. Ihre Liebe war stärker als tausend zusammengebundene Zweige und biegsamer als ein Ast. Sobald sie mit William zusammen war, gab es keinen Unterschied mehr – sie waren eins. Sie liebte ihn mit einer Innigkeit, die sie mit größerer Ehrfurcht erfüllte als der Zorn aller Götter, die in den Bergen, dem Meer und dem Himmel wohnten. Es war, als wäre sie siebzehn Jahre lang nur der Umriß einer Figur gewesen – als hätte sie die ganzen Jahre auf einen begnadeten Künstler gewartet, der die leeren Flächen mit Farbe ausfüllen und sie zum Leben erwecken würde. Und dieser Künstler war William. Sie hatte von ihm gelernt, ihre Leidenschaft zu genießen, sich ihm bedingungslos hinzugeben und zugleich in Empfang zu nehmen, was er ihr zu schenken hatte.

Ihr Blick schnellte zum Weg zurück, als sich etwas bewegte. Aber es war nur ein Hund, der sich durch die Hecke gezwängt hatte und auf die andere Seite humpelte. Sonst rührte sich nichts. Der Fremde war noch immer in Williams Haus. Und solange er dort war, konnte sie es nicht betreten. Sie sandte ein stilles Stoßgebet zu den Göttern, daß er bald wieder herauskommen möge. Die kurzen Stunden mit William vergingen so schnell wie Rauchwolken am Horizont. Diese Verzögerung war wie eine Strafe für sie.

Ihr Blick wanderte über die lange Häuserreihe vor ihr. Hinter den geschlossenen Fensterläden erholten sich die ausländischen Frauen von ihren Morgenspaziergängen und Teebesuchen, erschöpft von ihrem sinnlosen Geschnatter. Bunten Insekten gleich schwärmten sie täglich zu ihrem Treffpunkt im Park, den die Männer den ›Klatschpark‹ nannten, wie ihr William einmal erzählt hatte. Geheimnisse wurden dort ausgetauscht und manch böser Klatsch in Umlauf gesetzt. Auch Jennie – der Name steckte ihr wie ein Kloß im Hals – hatte dort von Kindesbeinen an den Klatsch der Nachbarschaft aufgesogen.

Doch Jennie gab es jetzt nicht mehr – William war alleine.

Plötzlich kniff sie die Augen unter dem weiten Strohhut zusammen. Das Gartentor öffnete sich, und der Soldat kam heraus. Sie wartete, bis er den Weg überquert und das Hauptquartier wieder betreten hatte, und dann hob sie schnell ihren Korb auf. Sie streifte sich die Bambusriemen über die Schultern und hastete wie ein unwürdiger Kuli, mit gesenktem Kopf, zu dem staubigen Pfad hinter den Bungalows. Als sie das erstemal zu dem Haus gegangen war, hatte sie den Fehler begangen und den vorderen Eingang benützt. Nachdem sie am Klingelzug gezogen hatte, war eine weiße Frau in der Tür erschienen. Mrs. Adams, die Frau des Hauses – Jennie. In einem Ton, in dem man sonst nur mit einem ungehorsamen Hund spricht, hatte ihr Williams Frau befohlen, gefälligst den Hintereingang zu benützen und dort die Wäsche bei der *amah* abzuliefern. Der vordere Eingang war nicht für *Chinesen.* Das Wort *Chinesen* hatte sie so geringschätzig gesagt, als ob sie sich mit ihrer weißen Haut für etwas Besseres hielt. Und dabei war sie doch nur eine Ausländerin!

Später, als sie William näher kennenlernte, fand sie schnell heraus, wie sehr er sich in allem von seiner Frau unterschied. Genauso, wie sich Jade von gewöhnlichem Kies unterscheidet. Ihr sanfter, höflicher, liebevoller William! Sie beschleunigte ihre Schritte und schlüpfte verstohlen in den kühlen, grünen Garten des Bungalows hinein. Nur die Vögel, die über den Nachmittagshimmel flitzten, wußten etwas über ihre geheimen Besuche bei William.

Die Tür öffnete sich schon, noch während sie die Stufen hinaufstieg. Es war, als ob William ihre Ankunft geahnt hätte. Er zog sie ins Haus hinein und nahm sie in seine Arme. Der Korb glitt von ihren Schultern und fiel schwer zu Boden. Eine Flut sorgsam eingewickelter Päckchen ergoß sich über den Gang. Sein Atem flatterte über ihr Gesicht, und seine Lippen preßten sich hungrig auf ihren Mund. Ein tosender Sturm rauschte in ihren Ohren, als sie von seiner Begierde und Leidenschaft eingehüllt wurde. Seine hünenhafte Figur überragte sie wie ein Baum, und seine starken Arme gaben ihr wohlige Sicherheit. Sie fühlte sich beschützt und geliebt. Er war ein Teil von ihr, und sie war ein Teil von ihm. Sie waren ein Ganzes.

Sie bebte, als sich seine Hand unter ihren *san* schob und behutsam ihre kleine Brust umschloß, als wäre sie das kostbarste Kleinod der Welt. Das heftige Pochen seines Herzens vermischte sich mit ihrem.

»Du hast dich verspätet«, murmelte er heiser. Er nahm ihren Strohhut ab und streichelte ihr glänzendes, ebenholzschwarzes Haar. Sein Lächeln war voll Liebe und Verlangen.

»Ich sah, wie ein Soldat in dein Haus ging.«

Ein Schatten zog über sein Gesicht, und seine Augen trübten sich. Mei Shau legte ihre Hand an seine Wange und sah ihn unruhig an. Er sah so traurig aus, daß sich ihr Herz verkrampfte.

Mit einem lauten Seufzer sank er auf eine schmale Bank neben der Tür. Sofort fiel sie neben ihm auf die Knie und nahm schweigend seine Hand in die ihren. Er atmete tief ein und stöhnte noch einmal laut. Ihr Herz erzitterte ahnungsvoll.

»Er brachte mir schlechte Nachrichten aus Schanghai. Mein Bruder ist gefallen.«

Mei Shaus Herz wurde wieder etwas leichter. Sie wußte, daß Williams Bruder Soldat war und in der weit entfernten Stadt Schanghai lebte. Aber es war eine Welt, die sie nicht kannte und die sie auch nicht interessierte. Zwar fluchten ihr Vater und ihre Brüder dauernd über die Ausländer im ›Reich des Himmels‹, zwar hofften sie inbrünstig, daß die Nationalisten sie endlich vertreiben würden. Aber Politik und Krieg bedeuteten ihr nichts. Wichtig war nur William.

William nahm jetzt ein Holzkästchen von der Bank. »Das ist alles, was von John übriggeblieben ist. Der Soldat hat es mir gebracht.« Er hob den Deckel. Sie sah darin eine abgetragene Brieftasche, die sepiabraune Fotografie einer Frau, Papiere, Erkennungsmarken der Armee und ein flaches, geschnitztes Stück Jade an einem schmalen Lederband. »Verdammt wenig für ein ganzes Leben!«

»Seine Seele ist jetzt auf dem Weg in den Himmel. Die, die ihn geliebt haben, werden ihr dabei behilflich sein.«

Er lächelte etwas herablassend. »Ihr Chinesen habt auch auf alles eine Antwort.« Doch dann drückte er ihre Hand, schob das Kästchen beiseite und nahm sie wieder in die Arme. »Er hat das Risiko gekannt«, sagte er leise, mehr zu sich als zu Mei Shau. »Jeder Soldat kennt es.«

Sie lächelte. Sie wußte zwar nichts über das Leben eines Soldaten, und es kümmerte sie nicht, warum die Engländer und Amerikaner auf chinesischem Boden kämpften. Sie wußte nur, daß William um seinen Bruder trauerte und daß sie mit ihrer Umarmung seine Trauer zerstreuen und das Lächeln und Leuchten in seine Augen zurückbringen mußte. Denn die Zeit, ihre gemeinsame Zeit, raste ungenützt davon und konnte nie wieder eingeholt werden. Sie streichelte die weiche Grube an seinem Nacken und preßte sich an ihn.

Er sah auf sie hinunter und murmelte leise: »Du bist die richtige Medizin.« Dann beugte er sich hinab und küßte sie wieder auf den Mund. Ein Prickeln durchlief sie, als ihre Leidenschaft wuchs. Sie umklammerte ihn und überließ sich ganz seinen Küssen. Plötzlich hob er sie auf und trug sie den düsteren Gang entlang zum Schlafzimmer. Er legte sie sanft auf das Himmelbett, auf dem die Decke bereits zurückgeschlagen war und sah auf sie hinunter. Langsam öffnete sie ihren *san*, und seine Augen folgten ihren Bewegungen und wanderten voller Bewunderung von den kleinen Brüsten zu ihrer schlanken Taille hinab. Er schlüpfte hastig aus seinen Kleidern und streifte dann behutsam ihre Hüllen ab. Sie bebte unter der Berührung seiner Hände. Ach, wie sehr sie ihn liebte . . .

Er streichelte die Rundung ihrer Hüften und folgte der Linie ihrer glatten Schenkel und Waden. Er hob einen ihrer zierlichen Füße an seinen Mund und liebkoste jede einzelne Zehe mit seinen Lippen. Sie schauderte in erwartungsvoller Freude und spürte ein heißes Glühen in sich. Mit gespreizten Fingern fuhr sie durch seine dunklen, gewellten Haare, die sich wie gesponnene Seide anfühlten. Es drängte sie, ihn zu berühren, ihn zu halten und die Vorstellung ihrer Vereinigung zu verwirklichen. Sie mußte das Phantom Jennie und die Trauer über den Tod seines Bruders vertreiben. Dieser Moment durfte nur ihnen alleine gehören.

Sie stellte sich das Eindringen in den Tempel ihres Körpers vor, und eine heiße Welle der Leidenschaft schlug über ihr zusammen. Ihre Schenkel öffneten sich einladend, und er preßte sein Gesicht gegen den dunkel verschleierten Hügel. Ihr Atem flatterte wie ein befreiter Vogel, und ihre Brüste erhoben sich zu glatten, festen Domen, als er ihren Körper erforschte. Sie wollte – ach, sie wollte ...

Als seine Lippen über ihren Körper wanderten, dehnte sie sich wie eine Katze und legte ihre Arme um ihn. Plötzlich versank sie in dem abgrundtiefen, dunklen See seiner Augen, trieb willenlos im Strudel, der sie in schwindelerregendem Tempo hinabzog. Dann erfaßte die rhythmische Strömung sie beide, trug sie hoch hinaus und wieder zurück, ließ sie in atemberaubender Höhe über dem Abgrund schweben, bis sich der rasende Sturm plötzlich erschöpft hatte und die See nur noch ihr immerwährendes Wiegenlied murmelte.

Mei Shau streichelte Williams Kopf, der an ihrer Schulter lag. Ihre Fingerspitzen suchten und fanden die pochende Ader an seinem Hals. Er stöhnte wohlig und lächelte mit geschlossenen Augen. Sie betrachtete ihn liebevoll. Die Einzelheiten seines Gesichtes waren ihr so vertraut wie ihr eigener Atem. Sanft fuhr ihre kleine Hand über die flachen, harten Muskeln seines Bauches, als er plötzlich die Augen aufriß und scharf Luft holte.

Sie sah ihn überrascht an und fragte unwillkürlich: »Was ist, William?«

Er entzog sich ihr mit einer heftigen Bewegung, stand auf und ging zum Waschstand. Dort blieb er reglos stehen und starrte in den Spiegel darüber. Sie folgte ihm betroffen, legte von hinten ihre Arme um ihn und sah ihn ängstlich im Spiegel an. Sein gebräuntes Gesicht starrte stirnrunzelnd und finster zurück.

»Gefalle ich dir nicht, Liebster?«

»Verdammt!« Er riß sie hart in seine Arme und hielt sie so fest, als ob er sie nie wieder loslassen wollte.

Einen Moment lang war ihre Welt wieder in Ordnung. Doch dann gab er sie plötzlich wieder frei, griff nach einer roten Seidenrobe und ging mit langen Schritten zur Tür. Erschrocken rannte sie ihm nach. Sie hatte ihn nur einmal zuvor so erlebt. Und das war damals gewesen, als er sich bei ihr mit stiller Rage für das Benehmen seiner Frau entschuldigt hatte. Aber jetzt, als er die Tür aufriß und aus dem Zimmer stürmte, lag in jeder seiner Bewegungen eine fast animalische Wut, die sie erschreckte. Schweigend lief sie ihm zu der fremdartigen Dusche nach, die in einem Zelt hinter der Küche stand. Das Gras brannte unter ihren Fußsohlen, und die Sonne fiel mit erbarmungsloser Glut auf ihren nackten Körper. Aber sie spürte es kaum. Ihre Bestürzung wurde noch größer, als er in das Zelt trat und sie nicht einlud mit hereinzukommen, denn normalerweise duschten sie sich immer gemeinsam. Zögernd blieb sie stehen, als er ihr abweisend den Rücken zudrehte und sich einzuseifen begann.

Konnte der Grund für Williams eigenartiges Verhalten vielleicht in der Trauer um seinen Bruder liegen? Sie hatte noch nie erlebt, wie Ausländer auf den Tod reagieren. Chinesen befreiten sich von dem schweren Teufel, der ihnen auf dem Herzen saß, indem sie laut weinten und sich an die Brust schlugen. Vielleicht sollte sie ihm zeigen, wie man diese bösen Geister, die die Unsterblichkeit seines Bruders zu verhindern suchten, vertreiben konnte? Als sie das quälende Schweigen schließlich nicht länger ertragen konnte, trat sie zögernd in das dampfende Zelt hinein. Sie ignorierte den warmen Wasserstrom, der auf sie herabprasselte, legte ihre Wange an seinen nassen Rücken und begann, ihn behutsam zu massieren.

William stöhnte tief auf und verfluchte im stillen seine Feigheit. Er hatte sich vorgenommen, es ihr sofort bei ihrer Ankunft zu sagen. Doch dann war die Nachricht vom Tod seines Bruders gekommen und danach hatte er dem Verlangen nach ihr nicht mehr widerstehen können. *Du bist ein Feigling!* wütete er. *Du mußt es ihr sagen – sie hat ein Recht es zu wissen!* Ihre magischen Hände raubten ihm jedoch seine Entschlußkraft von neuem. In ohnmächtiger Wut starrte er zur Dusche hinauf, so daß ihm das Wasser auf die Augen prasselte und den Mund füllte. *Sag es ihr jetzt!* Ihre Brustwarzen bohrten sich wie Diamantenspitzen in seinen Rücken, und ihr Bauch war wie ein warmes, weiches Kissen. *Du mußt es ihr sagen!*

Statt dessen drehte er sich abrupt herum und bedeckte ihren Mund mit Küssen. Er hob sie auf und preßte sie so hart an sich, daß sie kaum mehr atmen konnte. Aber ihr Körper umfing ihn bereitwillig und hielt ihn gefangen.

Lange standen sie so unter dem sanft fallenden Schauer. Er wußte, daß ein Teil seines Selbst für immer zurückbleiben würde. Sein Herz verkrampfte sich schmerzhaft. Sie zu verlassen schien etwas Unmögliches – aber er mußte gehen. Er hatte keine Wahl und hatte es immer gewußt.

Zurück im kühlen Schlafzimmer, beobachtete er mit schwerem Herzen ihre geschmeidigen Bewegungen, als sie sich wieder anzog. Die Zeit wurde immer kürzer. Sie sah so glücklich aus, ganz im Frieden mit sich selbst und der Welt. Er suchte mühsam nach Worten. »Mei Shau, ich . . .«

Sie lächelte und legte wie ein neugieriger Spatz den Kopf zur Seite. »Mein Liebster!« Ein sanfter, trauriger Blick umfing ihn.

Er holte tief Luft. »Ich muß morgen abreisen.«

Das Lächeln erstarrte auf ihrem Gesicht, und die Finger verharrten abrupt in ihrer Bewegung.

»Zur Beerdigung deines Bruders?«

Er schüttelte den Kopf und legte die Hand über seine Augen. »Sie schicken mich nach Hause. Sie brauchen mich jetzt hier nicht mehr.« Er wußte es bereits seit einer Woche, aber er hatte es nicht über sich gebracht, es ihr zu sagen. Zuerst hatte er sich sogar vorgemacht, daß er einfach verschwinden könnte, daß er ihr weder Erklärungen noch einen Abschied schuldete. Hatte er nicht immer peinlich genau darauf geachtet, nie das Wort ›Liebe‹ in den Mund zu nehmen? Und das, obwohl er sich physisch so zu ihr hingezogen fühlte und sie anziehender fand als die machtvollen Drogen der Chinesen; obwohl er so süchtig nach ihr war wie andere Männer nach Opium. Und Mei Shau selbst hatte ja auch nie von einer gemeinsamen Zukunft geredet. Doch er wußte im Grunde seines Herzens, daß das nur so war, weil sie ihn so liebte und über die Gegenwart gar nicht hinausdenken konnte. Verdammt, war er vielleicht nicht glücklich gewesen? »Ich fahre morgen früh ab«, stieß er heiser hervor.

Das Licht in ihren Augen erlosch mit einem Schlag. Sie war völlig erstarrt, schien nicht einmal zu atmen, sah ihn an wie ein verwundetes Reh, das auf den Gnadenschuß wartete.

Mit einer schnellen Bewegung stopfte er sich das Hemd in die Hose. »Wir können uns leider nicht mehr sehen. Ich muß die Nacht schon auf dem Schiff zubringen, denn wir segeln morgen früh noch vor Sonnenaufgang ab.« Sein Herz ächzte in der lähmenden Stille. Er klammerte sich wieder an den Gedanken, daß er ihr ja nie etwas versprochen hatte. Sie wußten ja immer schon, daß es einmal so enden mußte.

»Habe ich dich nicht genug geliebt?« fragte sie schließlich tonlos. »Erfreue ich dich nicht mehr?«

»Doch, natürlich!« Er packte sie an den Schultern und schüttelte sie heftig. Sie schien es nicht zu spüren. Ihr Gesicht war schneeweiß. »Wir hatten eine wundervolle Zeit zusammen und das weißt du auch! Aber ich muß jetzt zurück, *nach Hause.* Verstehst du nicht? Wir wußten immer, daß ich eines Tages gehen muß.« Er hob ihren Kopf hoch. »Wir wußten es beide«, sagte er so behutsam, wie er nur konnte.

Ihre Augen füllten sich mit Tränen, und ihre Lippen begannen zu zittern. »Aber du wirst wieder zurückkommen . . .«

»Mei Shau, Mei Shau!« Er nahm sie in seine Arme und vergrub

sein Gesicht in ihrem feuchten Haar, das nach Sonnenschein und Jasmin duftete. »Ich weiß, ich hätte es dir früher sagen sollen«, flüsterte er und hielt sie fest.

Schweigend verharrten sie in ihrer Umarmung, bis sie schließlich mit von Tränen verschleierten Augen zu ihm aufsah. »Ich hätte den Schmerz nicht ertragen können. So war es besser.« Sie sagte es so leise, daß er sie kaum hören konnte. »Ich werde auf dich warten.«

Er schüttelte verzweifelt den Kopf und wischte die silbrige Tränenspur von ihrer Wange. Die letzten Monate waren so märchenhaft schön gewesen, daß sie beide die Wirklichkeit vergessen hatten. Aber ihre Liebe war von Anfang an nicht für die Ewigkeit bestimmt gewesen. Er hatte eine Frau in Kalifornien, und dort war auch seine Heimat. Für Mei Shau konnte es in diesem fernen Land keinen Platz geben. Er hatte das von Anfang an gewußt. Jennie hatte sich kurz vor dem Sommer entschlossen, nach Kalifornien zurückzugehen.

»Ich fahre zurück und richte inzwischen unser Haus ein. Wenn du in ein paar Monaten nachkommst, ist dann alles fertig«, hatte sie gesagt. »Das letzte Jahr war einfach schrecklich für mich, Will. Verlange bloß nicht, daß ich hier noch mal einen Sommer ertragen muß. Nicht jetzt, wo ich dein Kind erwarte.« Sie fuhr also ab, und bald darauf war Mei Shau in sein Leben getreten.

Und nun mußte er sie verlassen. Wie konnte er Mei Shau nur begreiflich machen, daß er nicht mehr zurückkommen würde? Aber als er den Hoffnungsschimmer in ihren Augen sah, brachte er es nicht übers Herz, ihr Elend noch zu verschlimmern. Er legte den Arm um ihre Schultern und führte sie in den Gang hinaus, wo Johns Habseligkeiten noch auf der Bank lagen. Er nahm das Kästchen in die Hand, holte die eigenartig geschnitzte Jade heraus und legte das dünne Lederband um ihren Hals.

»Trage es bitte als Andenken an mich«, sagte er leise. »Ich wünschte fast, wir hätten uns nie gesehen. Dieser Abschiedsschmerz wäre uns dann erspart geblieben.«

»Es ist besser, den Schmerz des Abschieds zu erdulden, als nie von dir geliebt worden zu sein«, flüsterte sie. »Ich werde es tragen, bis du wieder zu mir zurückkommst. Mein Leben gehört für immer dir.«

»Sag das nicht – bitte, sag das nicht«, entfuhr es ihm gequält.

Sie legte schnell einen Finger auf seinen Mund, und er verstummte. Dann lächelte sie ihn tapfer an und küßte ihn sanft.

Ihre Lippen waren kühl und trocken, leidenschaftslos. Kalte Trauer erfüllte seine Brust.

»Geh jetzt«, sagte er leise.

Sie berührte den Jadeanhänger und drückte ihn liebevoll an ihre Brust.

Mit der Zeit würde sie die Wirklichkeit akzeptieren lernen und ihn auch wieder vergessen, versuchte er sein Gewissen zu beschwichtigen. Wenn es ihr jetzt half, an seine Rückkehr zu glauben, dann war es nur barmherzig, ihr diesen Glauben zu lassen. Er sah zu, wie sie den Strohhut auf ihr schwarzes Haar setzte und die Wäschepakete sorgsam auf der Bank aufstapelte. Nachdem sie den leeren Korb auf den Rücken genommen hatte, ging er mit ihr zur Tür. Aber er umarmte sie nicht mehr. Es hätte den Abschied für sie beide nur noch schlimmer gemacht. Traurig sah er ihr nach, wie sie die Stufen hinabging und dann in den Pfad einbog. Dann schloß er die Tür. Er konnte nicht mit ansehen, wie sie für immer aus seinem Leben ging.

1

Nachdem es wochenlang geregnet hatte, fiel der Sommer plötzlich mit betörender Üppigkeit über Paris herein. Die Sonne beleuchtete die Straßen und vergoldete auch das Schaufenster der *Galerie Saint-Gerons.* Der Duft von Blumen schwebte auf der warmen Brise durch die offene Tür herein, zog durch die mit Teppich bespannten Räume und strich sanft über die sorgfältig abgestaubten Antiquitäten. Edouard saß mit Madame Taix auf einem prachtvollen Ludwig XIV.-Sofa und redete gestikulierend auf sie ein.

»Sie ist wie geschaffen für Ihr Eßzimmer.«

»Aber ich kann es mir einfach nicht vorstellen, Edouard. Sie ist ungewöhnlich auffallend.«

»Genau, was der Raum braucht.« Er deutete dramatisch auf die barocke, italienische Vitrine, die mit vergoldeten Amoretten und prunkvollen Schnörkeln verziert war. »Sie ist der fehlende Mittelpunkt, der das Auge beruhigen und den Geist erfreuen wird. Noch dazu ist sie auch der perfekte Schaukasten für Ihr exquisites Sèvres!« Er schloß verzückt die Augen und schien sich das auserlesene Porzellan hinter den Glastüren der Vitrine vorzustellen.

»Aber für das ganze Service ist sie doch viel zu klein.«

»Nein, nein, nein«, erwiderte er ungeduldig. Arisa lächelte verstohlen, während sie in einer hellblauen Worcestervase ein Veilchenbukett arrangierte. »Doch nur die besten Stücke! Sie müssen so darin verteilt werden, daß sie zur vollen Geltung kommen.«

Die schlanke Frau mit dem blaugrauen Haar seufzte unsicher und starrte auf die Vitrine, als ob sie ein Bild heraufbeschwören wollte.

»Ich werde die Punschbowle, die *bleu de voi vase* und die Pomadedosen selbst darin arrangieren. Vielleicht auch noch einen oder zwei Teller. Perfekt. Jawohl, und wenn Sie dann immer noch nicht hingerissen sind . . .« Er ließ seine Hand durch die Luft flattern. »Dann nehmen wir sie selbstverständlich zurück. Ich könnte es nicht ertragen, Sie unglücklich zu sehen.«

Madame Taix stieß erneut einen Seufzer aus.

»Wir liefern sie morgen vormittag«, kam es in bestimmtem Ton von Edouard, der den Verkauf sogleich mit einem trockenen Handkuß besiegelte. »Ich schwöre Ihnen, daß Sie begeistert sein werden, wenn Sie sie in Ihrem Eßzimmer sehen!«

Das Telefon klingelte leise und mahnte wie ein Signal zum Aufbruch. Edouard geleitete Madame Taix unter vielen Beteuerungen zur Tür, und Arisa nahm den Hörer ab.

»Galerie Saint-Gerons«, antwortete sie mit gedämpfter Stimme, die mit der eleganten Atmosphäre der Galerie harmonisierte.

»Mademoiselle Travish, *s'il vous plait«,* sagte eine Stimme am anderen Ende.

»Am Apparat.«

»Ein Anruf aus Übersee – einen Moment.« Die Leitung knackte und knatterte, und dann hörte sie eine entfernte, amerikanische Frauenstimme. »Ihre Verbindung ist da. Sprechen Sie bitte.«

»Miß Travish?«

»Ja«, sagte Arisa. Es war eine Männerstimme, die sie nicht kannte.

»Hier spricht Justin Forbes – von Darwin, Forbes und Benson.« Er schien zu erwarten, daß sie den Namen kannte. »Was kann ich für Sie tun, Mr. Forbes?« fragte sie etwas ungeduldig. Im Geiste ging sie schnell die wenigen Antiquitätenhändler in Amerika durch, die sie kannte. Aber an einen Forbes konnte sie sich nicht erinnern.

»Ich versuche schon seit mehreren Tagen, Sie zu erreichen.«

»Ich war verreist.« Drei Tage hatte sie mit Edouard in Cannes verbracht – es war für sie ein Vorwand gewesen, um die Dinge wieder ins richtige Lot zu rücken. Sie warf einen kurzen Seitenblick auf Edouard, der ihre Entscheidung immer noch nicht akzeptieren wollte.

»Ihre Concierge wollte mir nicht sagen, wo Sie zu erreichen sind. Ich hinterließ eine dringende Nachricht, mich sofort zurückzurufen«, kam es tadelnd.

Natürlich, sie war ja noch nicht im Apartment gewesen. »Was kann ich für Sie tun, Mr. Forbes?«

»Miß Travish, es tut mir leid, daß ich es Ihnen auf diese Weise mitteilen muß . . .«

»Was ist, Mr. Forbes?« fragte sie scharf.

»Ihr Vater – mein Klient – ist am letzten Samstag gestorben.«

Die Worte schienen nur mit Mühe an ihr Ohr zu dringen. Ihr Vater war tot . . . Eisige Leere breitete sich in ihrer Brust aus. Sie fröstelte plötzlich und legte ihre Arme schützend um ihren Körper.

»Miß Travish? Es tut mir leid, daß ich es Ihnen so ohne jede Vorwarnung mitteilen mußte. Sie verstehen doch?«

»Ja, Mr. Forbes. Aber ich kann es kaum glauben. Ich hatte keine Ahnung, daß er . . .«

»Wir warten mit der Beerdigung, bis Sie kommen können. Es gibt auch noch einige andere Dinge, die erledigt werden müssen.

Sind Ihnen die Einzelheiten aus dem Testament Ihres Vaters bekannt?«

»Nein.« Sie kannte ihn ja kaum mehr. In ihrer Kindheit hatte es zwischen ihnen noch eine besondere Vertrautheit gegeben, aber mit der Zeit hatte er sich mehr und mehr von ihr entfernt. Nein, nein, das war ungerecht. Er war nicht alleine daran schuld. Sie war schließlich weggegangen, nicht er.

Forbes sprach aber weiter. »Im großen und ganzen hat Ihnen Ihr Vater das Geschäft vererbt, Miß Travish.«

Seine Worte rissen sie aus ihrer Betäubung. »Mir?«

»Ein kleiner Teil geht an Ihren Bruder, zusammen mit ein paar anderen Zuwendungen. Die vollen Einzelheiten erkläre ich Ihnen am besten, wenn Sie hier sind. Wie bald können Sie nach Los Angeles kommen?«

Sie lächelte mechanisch eine blonde Kundin an, die in ihrer Nähe kurz stehenblieb und in einem Schaukasten eine Gemme bewunderte. »Das kann ich im Moment noch nicht genau sagen, Mr. Forbes. Ich hoffe, in ein paar Tagen.« Los Angeles. Seit ihrer Abreise vor acht Jahren war sie nie wieder in Kalifornien gewesen. Ihren Vater hatte sie nur hin und wieder gesehen, wenn er nach London oder Paris kommen mußte. Sie hatten sich jedoch bei diesen Besuchen beide nie sehr wohl gefühlt. »Wie ist es denn passiert?« fragte sie schließlich.

Es entstand eine kurze Pause, als ob sich der Anwalt nur widerstrebend vom Geschäftlichen trennen konnte.

»Es war ein Herzinfarkt.«

»War jemand bei ihm?« Sie hoffte plötzlich inbrünstig, daß er nicht ganz alleine gestorben war.

»Äh, nein. Ich glaube nicht.«

Schmerz sickerte durch ihre Betäubung. Seit ihrer Studienzeit in Cambridge hatte ihr Vater darauf gehofft, daß sie wieder zurückkommen würde. Statt dessen hatte sie sich in London und Paris ein neues Leben aufgebaut und ihn immer nur mit vagen Versprechen und Entschuldigungen vertröstet.

»Seien Sie doch bitte so freundlich und rufen Sie mich an, sobald Sie in Los Angeles ankommen«, sagte er und gab ihr die Adresse.

Das Gespräch war zu Ende. Doch bevor sie sich verabschiedete, fiel ihr noch ein, nach dem Haus zu fragen. Aber auch das gehörte nun ihr – solange sie es haben wollte. Wurde es verkauft, würde ihr Bruder Quentin die Hälfte des erzielten Preises erhalten. Mr. Forbes legte auf.

Ihre Hand umklammerte immer noch den Hörer. Elliot Travish war tot. Schuldgefühle nagten an ihr. Warum nur hatte sie ihn nicht besucht? Ihr Vater hätte sich so gefreut, auch wenn sie nicht bei ihm geblieben wäre. Oft hatte er ihr besonders schöne Gegenstände aus seinem Geschäft beschrieben, gerade so, als ob sie noch dazugehörte. Hin und wieder hatte er auch seine Reisen nach Hongkong erwähnt, aber sie hatte ihn nie nach Einzelheiten gefragt. Hongkong gehörte ebenfalls zu der Vergangenheit, unter die sie einen Schlußstrich gezogen hatte ...

Sie sah sich suchend nach Edouard um und entdeckte dabei ihr Spiegelbild in einem Spiegel aus dem 18. Jahrhundert. Ihr Gesicht war schneeweiß, aber in den lavendelblauen Augen standen keine Tränen. Ihr Schuldbewußtsein wuchs. Sie rieb sich schnell die Wangen und lächelte verkrampft, als Edouard mit erschöpftem Gesicht aus dem Nebenzimmer trat.

»Wenn ich das verdammte Cucci da raufgebracht habe und sie mag es nicht, dann bringe ich sie um«, stieß er aus.

»Das bezweifle ich«, sagte Arisa trocken.

»Dann bringe ich mich selbst um. Mein Gott, wie sie jammert! Man könnte glauben, daß es sich um ihre letzten fünftausend Dollar handelt, anstelle um das Taschengeld, das sie von ihrem lieben, alten Papa Taix bekommt.«

»Edouard ...«

»Jedesmal, wenn sie einen Franc ausgeben soll, muß ich ihr Händchen halten und sie bemuttern wie ein Kleinkind.«

»Edouard, ich muß in die Staaten fahren.«

Er verschluckte seinen nächsten Ausbruch und starrte sie entgeistert an. »In die *Vereinigten Staaten*?«

»Du tust gerade so, als ob es die Mongolei wäre«, sagte sie ungeduldig. »Jawohl, die Vereinigten Staaten. Um genau zu sein, Los Angeles.«

»Aber du kannst doch Los Angeles nicht leiden!«

»Mein Vater ist gestorben«, sagte sie kurz. Warum nur konnte sie weder Trauer noch Schmerz darüber empfinden – nichts, außer dieser schrecklichen Leere.

Edouards Augen wurden groß und rund. Plötzlich war er wieder Edward Simon, der sich hinter der Maske von Edouard Saint-Gerons verbarg. »Das ist ja schrecklich, Arisa, und tut mir furchtbar leid. Ich weiß, daß du ihn trotz der Entfremdung immer gern gehabt hast.«

Sie sah ihn überrascht an. Wollte er sie einfach nur trösten, oder kannte er sie doch besser, als sie dachte? Edouard nahm sie nun am Arm und führte sie durch den Nebenraum in sein Büro. Er setzte sie in einen Wildledersessel, dem einzigen modernen und deshalb auch bequemen Möbelstück in der Galerie. Er goß Wein in zwei Kristallgläser und gab ihr eines davon.

»Das wird dir guttun, Baby. Möchtest du darüber reden?«

»Es gibt nicht viel zu sagen. Sein Anwalt rief mich eben an. Mein Vater starb am Samstag. Sie konnten mich aber bis heute nicht erreichen. Da ist die Beerdigung – juristische Dinge auch – ich muß einfach zurück.«

»Ich besorge dir die Flugkarte«, sagte er hilfsbereit. »Soll ich dich nach Hause fahren und dir packen helfen?«

Sie schüttelte den Kopf. »Nein, ich komme schon alleine zurecht.«

»Wie immer, *chērie*.« Er lächelte bedauernd. »Wie lange wirst du fort sein? Aber das ist jetzt nicht wichtig. Ich finde schon jemanden, der dich vertreten kann. Nimm dir soviel Zeit, wie du nur brauchst.«

Sie seufzte. »Ich werde nicht mehr in die *galerie* zurückkommen, Edouard. Der Moment ist gekommen, wo wir uns trennen müssen.«

»Trennen? Unsinn! Nur weil wir einen Streit hatten? Das ist doch albern, Arisa. Wir sind gute Freunde, und das werden wir auch immer bleiben. Jetzt ist doch nicht der Moment, um –«

»Bitte.« Sie hatten das schon x-mal durchgekaut. Es war auch nicht nur das Ende einer Liebesaffäre. Sie hatte einfach genug davon, daß in der *galerie* das Katzbuckeln vor dem Geld wichtiger war als die Liebe zur Kunst. Edouard hatte seinen Respekt für Antiquitäten schon lange verloren. Für ihn waren sie wie jede andere Ware auch. Man mußte sie loswerden, bevor sie einem das Lager verstopften. Die Gewinnspanne war alles, was ihn noch interessierte.

»Trink deinen Wein.« Er beugte sich über ihren Kopf und küßte sie auf die goldenen Haare. »Du hast recht, im Moment gibt es genug andere Probleme. Wenn du zurückkommst, können wir immer noch darüber reden.«

Sie beließ es dabei. Er kannte ja ihren Wunschtraum. Wußte, daß sie sich selbst eine winzige Galerie kaufen wollte. Und zwar weit entfernt von dem modischen Glitter der Place de la Concorde – klein, privat, dem Kunstkenner gewidmet . . . Ja, sie hatte sogar schon eine kleine Summe für das Vorkaufsrecht hinterlegt.

Sie nippte an ihrem Wein.

»Rufst du mich aus Los Angeles an?« Er saß auf der Kante seines Schreibtisches und betrachtete sie ernst. »Ich möchte gerne wissen, wie es dir dort geht.«

»Natürlich – aber du brauchst dir um mich keine Sorgen zu machen. Der Anruf eben, das war natürlich ein Schock. Vater war nicht einmal krank gewesen. Irgendwie habe ich nie daran gedacht, daß er auch mal sterben würde. Als ob nach dem Tod meiner Mutter sonst niemand mehr sterben könnte, verstehst du? Der Tod hatte sozusagen seinen Auftritt gehabt und damit Schluß. Mein Vater ...« Sie seufzte und schüttelte dann den Kopf. »Aber ich quatsche nur.«

»Das ist sehr gesund.«

»Ich muß jetzt gehen.« Sie stellte das Glas hin und stand auf. Edouard nahm sie in seine Arme.

»Du wirst mir fehlen, Darling.« Er küßte sie hoffnungsvoll auf den Mund, doch sie reagierte nicht. Schließlich legte er den Arm um ihre Hüfte und ging mit ihr zur Tür. »Ich bringe dir heute abend die Flugkarte vorbei.«

»Bitte nicht. Ich hole sie mir morgen früh ab. Ich habe noch so viel zu tun.«

»Wirklich?« Sein Blick umfing sie zärtlich.

»Bestimmt.« Sie stellte sich auf die Zehenspitzen und küßte ihn kurz. »Du bist wirklich sehr nett«, sagte sie. »Danke.«

Als sie in ihr Apartment kam, fand sie tatsächlich die Nachricht der Concierge über den Anruf vor. Doch dann erschrak sie zutiefst, denn daneben lag ein Brief, adressiert in der hastigen, unbekümmerten Schrift ihres Vaters. Eine Stimme aus dem Grab! Schnell verscheuchte sie diesen makabren Gedanken. Erhielt sie denn nicht immer pünktlich jeden Monat einen Scheck und ein paar Zeilen von ihm?

Sie riß den Umschlag auf und zog den Scheck und einen zusammengefalteten Bogen Papier heraus. Auf eine Ecke war ein kleiner Schlüssel geheftet. Schnell las sie die wenigen Zeilen.

Liebe Arisa,
ich hatte vor, um diese Zeit in Paris zu sein, doch es sieht so aus, als ob ich diesen Plan um ein paar Monate verschieben müßte. Ich bin auf etwas gestoßen, dem ich nachgehen muß. Hebst du inzwischen den Schlüssel für mich auf? Braves Mädchen. Ich hole ihn mir, wenn ich dich im Herbst besuche.

Alles Liebe,
Vater

Sie zog den Klebestreifen ab und nahm den Schlüssel in die Hand. Er war dünn und flach und sah aus, als ob er zu einem Postfach oder Banksafe paßte. Etwas, das er erledigen wollte, wenn er nach Paris kam. Jetzt würde er nie wieder kommen.

Sie legte den kleinen Schlüssel in ihre Schmuckschatulle und machte sich auf die Suche nach der Concierge, um ihre Koffer aus dem Speicher zu holen.

Als Arisa aus dem klimatisierten Flughafen von Los Angeles trat, schlug ihr eine Hitzewelle entgegen, die ihr fast den Atem nahm. Und plötzlich spürte sie so etwas wie ein Gefühl des ›Heimkommens‹. Zwar schienen die bewegungslosen Palmen am Flughafenplatz größer und die Verkehrsstockung nicht ganz so schlimm wie in ihrer Erinnerung, aber als sie jetzt wieder den Smog einatmete, war es *genauso* wie früher.

Der Gepäckträger schob den Wagen mit ihrem Gepäck hinter ihr her. »Da drüben sind die Taxen, Miß.«

Sie folgte der angezeigten Richtung, als ihr plötzlich ein großer, dunkelhaariger Mann den Weg versperrte. Als sie um ihn herumgehen wollte, legte er besitzergreifend die Hand auf ihren Arm.

»Arisa Travish?«

Sie sah ihn überrascht an. Er war ihr völlig fremd.

»Mein Name ist Carter Montaigne«, sagte er schnell. »Ich bin der Partner Ihres Vaters. Ich wollte Sie eigentlich an der Sperre abholen, kam aber leider zu spät.«

Der Gepäckträger hielt am Straßenrand und sah sie fragend an. Sie zögerte unsicher. Weder hatte ihr Vater einen Partner gehabt, noch hatte sie je von einem Carter Montaigne gehört. Doch bevor sie etwas antworten konnte, gab er dem Gepäckträger auch schon ein Zeichen und sagte: »Legen Sie das Gepäck in den grauen Mercedes da hinten.« Er deutete auf einen silbernen 240 SL, der einige Autolängen weiter zurück geparkt war. Der Gepäckträger begann seinen Wagen wieder umzudrehen.

»Einen Moment«, sagte sie scharf und riß ihren Arm los, als der Mann sie einfach zu seinem Wagen führen wollte. »Gepäckträger, tun Sie mein Gepäck in ein Taxi!«

Der Gepäckträger blieb seufzend stehen und winkte ein wartendes Taxi heran.

Der Mann, der sich als Carter Montaigne vorgestellt hatte, protestierte ungeduldig: »Ihre Vorsicht in allen Ehren, aber ich bin tatsächlich extra hierhergekommen, um Sie abzuholen. Und wegen meiner Verspätung habe ich mich bereits entschuldigt.« Dann lächelte er gewinnend. »Sagen Sie jetzt bitte dem Gepäckträger, daß Sie sein Taxi nicht wollen, damit ich Sie nach Hause fahren kann.«

Ihre Nasenflügel bebten. »Ich habe nicht die Gewohnheit, mich von wildfremden Männern mitnehmen zu lassen, Mr. Montaigne. Versuchen Sie Ihr Glück bei jemand anderem.« Sie warf den Kopf zurück und stolzierte davon. Der Gepäckträger hatte das Gepäck schon in einem Taxi verstaut und hielt ihr nun die Tür auf. Sie gab ihm einen Geldschein und stieg ein. Hinter sich hörte sie noch einen verärgerten Ausruf, doch als sie sich umsah, war der Mann bereits weggegangen.

Sie gab dem Fahrer die Adresse und sank gegen das warme Polster zurück. So eine Unverschämtheit! Der Mann hatte ihre Unsicherheit gesehen und sie für leichte Beute gehalten – jemand, der auf seine freundliche Masche hereinfallen würde. Aber der Vorwand, Partner ihres Vaters zu sein, hatte ihn natürlich entlarvt. Nie hatte ihr Vater auch nur jemanden mit dem Namen Montaigne erwähnt, und einen Partner hatte er schon gar nicht gehabt. Sein Bekanntenkreis war natürlich groß, aber es war sehr unwahrscheinlich, daß jemand von ihrem Kommen wußte. Sie hatte außer dem Anwalt niemandem über ihre Ankunft Bescheid gesagt.

Aber egal, wer er auch war, Montaigne hatte sich eine Abfuhr verdient. Seine arrogante Art mochte vielleicht andere Frauen beeindrucken, aber nicht sie. Sie kannte diese Art zur Genüge – charmant, schlau und chauvinistisch. Er gehörte zu den Männern, die Frauen ausschließlich als hübsche Ornamente und Vergnügungsobjekte betrachteten.

Nerven hatte er, das mußte man ihm lassen. Viele Frauen würden bei seiner besitzergreifenden Art bestimmt kapitulieren. Er schien daran gewöhnt zu sein, daß ihm die Frauen auf den geringsten Wink seines kleinen Fingers folgten.

Das Taxi wurde langsamer, als es auf den San Diego Freeway einbog. Arisa wurde plötzlich von einem Anflug lang vergessener Panik heimgesucht. Sie schloß gequält die Augen und hielt den Atem an. Trotzdem stand ihr fast sofort das brennende Auto wieder vor Augen, in dem ihre Mutter so qualvoll gestorben war. Sie riß die Augen wieder auf und hielt sich mit zitternden Händen an den Armstützen fest. Angestrengt starrte sie auf den dahinrollenden Verkehr und die vorbeibrausenden Autokolonnen. Acht Jahre waren es nun schon, vorbei – passé. Das Jaulen der vorbeirasenden Autos steigerte sich zum Kreischen. Sie konzentrierte sich krampfhaft auf die gelbe Motorhaube ihres Taxis, bis der Verkehr nur noch ein verschwommener See war. Sie durfte jetzt nicht die Kontrolle über sich verlieren. Hatte sie dieses schreckliche Schuldbewußtsein nicht schon vor langem überwunden? Natürlich! Monatelang hatte sie sich damals, nach dem Unfall, in Selbstmitleid gehüllt, bis sich ihr Vater schließlich nicht mehr zu helfen wußte und sie ins Ausland geschickt hatte. Dort war sie dann langsam wieder zu sich gekommen.

Aber seitdem war sie nie wieder in Los Angeles gewesen. Na gut, jetzt war sie eben hier, und es gab eine Menge zu erledigen. Sie schloß die Augen wieder und stellte sich im Geist eine Liste zusammen. Forbes hatte von juristischen Dingen gesprochen – einem Testament und Steuersachen. Das kam zuerst. Dann war da das Geschäft. Travish Imports. Ihr Vater hatte es in den vergangenen zwölf Jahren zu einem der führenden Antiquitätengeschäfte der Stadt aufgebaut. Und jetzt gehörte es ihr, hatte Justin Forbes gesagt. Ihr ganz allein. Sie konnte damit machen, was sie wollte. Während der Reise hatte sie immer wieder darüber nachgedacht. Aber aus welcher Sicht sie es auch betrachtete, die vernünftigste Lösung schien ihr, es zu verkaufen. Sie war nicht qualifiziert, ein Geschäft dieser Größenordnung zu führen. Die Buchhaltung, der Lagerbestand – alles geschah hier in einem viel größeren Maßstab, als sie es von der *galerie* her gewöhnt war. Travish Imports verlangte eine erfahrene Hand am Steuer, jemanden mit gut fundierten Sachkenntnissen in orientalischer Kunst. Und die hatte sie nicht. Chinesische Kunst insbesondere war immer die große Liebe ihres Vaters gewesen. Seine Faszination hatte während seines Aufenthaltes in Hongkong begonnen und ihm dann später, als sie 1967 nach Kalifornien zogen, zu einem neuen Beruf verholfen. Die Firma handelte ausschließlich mit erstklassigen Kunstgegenständen aus dem Fernen Osten, und ihr guter Ruf begründete sich auf Elliot Travishs Ehrlichkeit und seine Sachkenntnis.

Flüchtig dachte sie an ihren Bruder Quentin. Aber ihn hatte der Laden nie interessiert. Solange er seinen Anteil bekam, war es ihm bestimmt egal, was sie damit machte.

Das Taxi bog vom Freeway ab und zwängte sich durch den stockenden Verkehr in Richtung Beverly Hills. Sie hätte Quentin telegrafieren sollen, daß sie heute kam. Andererseits hatte er sich nicht einmal die Mühe gemacht, sie selbst anzurufen und vom Tod ihres Vaters zu unterrichten. Er hatte einfach Forbes damit beauftragt. Eigentlich war er immer ein Fremder für sie gewesen. Genau wie ihre Mutter, hatte auch sie früh gelernt, nichts von ihm zu erwarten. Was für andere ›Zuwendungen‹ er wohl noch im Testament ihres Vaters erhalten hatte? Obwohl Elliot die Verbindung zu ihm nie abreißen ließ, war er ihm auch nie sehr nahe gestanden. Manchmal war ihr sogar der Verdacht gekommen, daß Elliots Bemühungen um Quentin lediglich eine Pflichterfüllung dem Erstgeborenen gegenüber war – seinem einzigen Sohn. Es war etwas ironisch, daß Quentin nun fast leer ausgehen sollte. Oder war er das etwa gar nicht? Forbes hatte sich über die Größe von Elliots Vermögen nicht weiter ausgelassen. Vielleicht war Travish Imports nur ein kleiner Teil davon.

Das Taxi bog nun in den Wetherly Drive ein, und der Fahrer suchte nach der Hausnummer.

»Es ist das Haus mit der roten Tür«, half ihm Arisa. Als er davor stehenblieb, hielt sie bereits ihren alten Hausschlüssel in der Hand. Sie bat den Fahrer, ihr Gepäck hineinzutragen und belohnte ihn dann mit einem großzügigen Trinkgeld.

Das Haus war nicht groß, wenn man es mit den anderen in Beverly Hills verglich, aber mit seiner guterhaltenen Stuck- und Holzfassade wurde es wenigstens nie unmodern. Die Haustür war eine Extravaganz von Elliot gewesen. Sie war aus wunderschön geschnitztem Teakholz. Er hatte sie in fast verrottetem Zustand in einem kleinen Laden in Honkong gefunden und sie dann selbst in monatelanger Kleinarbeit wiederhergestellt und das Holz so lange poliert, bis es in einem weichen Zinnoberrot schimmerte. Ihr Haus in Hongkong, aus dem sie 1967 fliehen mußten, hatte eine ähnliche Tür gehabt, wie sie sich vage erinnerte.

Als sie das Haus betrat, fühlte sie sich um acht Jahre zurückversetzt. Nichts hatte sich verändert. Jedes Möbelstück war dasselbe und stand noch genau am gleichen Platz wie damals. Alles sah sauber und gepflegt aus und war offensichtlich regelmäßig gereinigt worden.

Als Arisa in das Wohnzimmer kam, sah sie, daß die Sonne durch das Fenster neben dem Kamin hereinbrannte. Schnell ging sie hinüber und zog das Pergamentrollo herab. Ihre Mutter hatte den Teppich und die Möbel immer vor der Sonne geschützt, und das Herabziehen der Rollos war in der Familie zum Ritual des Nachmittags geworden. Ihr Vater schien die Angewohnheit beibehalten zu haben, denn die Farben des Teppichs leuchteten so frisch wie eh und je. Komisch, es war ihr nie eingefallen, daß ihr

Vater neben seinem Geschäft vielleicht auch Liebe für sein Haus empfand.

Das Haus mit seiner Einrichtung würde bestimmt einen guten Preis erzielen. Sogar in Europa hörte man schon von dem rapide steigenden Immobilienmarkt in Süd-Kalifornien. Doch als ihr Blick über all die erlesenen Antiquitäten strich, die ihre Mutter so sorgsam für das Haus gesammelt hatte, wurde sie traurig. Es wäre ein großer Verlust, sie herzugeben. Andererseits lohnte es sich nicht, alles nach Paris zu verschiffen, denn sie hatte gar keinen Platz dafür. Oder würde sie sich einmal doch noch ein eigenes Haus oder Apartment kaufen? Zum Beispiel, wenn ihre kleine Galerie in Paris ein gewinnbringendes Geschäft geworden war? Aber es war zwecklos, jetzt darüber nachzudenken. Erst mußte ihr die Galerie einmal gehören, und dann würde sie sehen, wie es weiterging. Sie verließ das Zimmer und trug ihre Koffer nach oben.

Ihr Zimmer hatte sich ebenfalls nicht verändert. Es sah genauso aus wie vor acht Jahren, als sie es zum letztenmal verlassen hatte. Die eierschalenfarbige Tapete, mit den zarten, verschlungenen Weidenzweigen darauf, hatte sie selbst ausgesucht, als sie in die erste Klasse des Gymnasiums ging. Da stand auch noch ihr Diwan aus Peking, dessen Steppdecke und Kissen dasselbe Muster wie die Tapete aufwiesen. Auf dem kleinen Bord über dem Bett sah sie eine leere Coca-Cola-Flasche, in der ein Strauß Pfeifenreiniger mit darangehängten Rockkonzertkarten steckte. Lächelnd erinnerte sie sich an ihre früheren Leidenschaften, die damals so ungeheuer wichtig für sie waren. Kopfschüttelnd betrachtete sie ein wildes Plakat an der Wand. Ihre Mutter hatte es damals entsetzt heruntergenommen und weggeworfen. Daraufhin hatte sie sich von ihrem Pausengeld wütend ein neues gekauft und es wieder aufgehängt. Ihre Mutter hatte schließlich nachgegeben. Es war einer ihrer häufigen Versuche gewesen, sich gegen die Autorität Erwachsener zu behaupten und ihre Unabhängigkeit zu beweisen. Im tiefsten Herzen jedoch war ihr Geschmack dem ihrer Mutter sehr ähnlich, aber mit sechzehn Jahren konnte sie sich das schließlich noch nicht eingestehen.

Nachdem sie ihre Kleider im Schrank verstaut hatte, brachte sie die leeren Koffer nach unten in eine Kammer. Dann rief sie Quentin an, aber er war nicht im Büro. Sie hinterließ eine Nachricht für ihn, wählte Forbes' Nummer und verabredete sich mit ihm für den nächsten Morgen. Anschließend duschte sie und schlüpfte in ein bequemes, gelbes Hemdblusenkleid und dazu passende Sandalen. Die Wagenschlüssel hingen wie immer an dem Bord neben der Hintertür, doch den Oldsmobile Cutlass in der Garage hatte sie noch nie gesehen. Nach dem zweiten Versuch sprang der Motor endlich an, und sie fuhr rückwärts auf die Straße hinaus. Eine kleine Brise machte die Hitze jetzt etwas erträglicher. Es war ungewöhnlich warm für Juni. Sie dachte daran, wie oft ihre Mutter über die Wüstenhitze in Los Angeles gestöhnt und dabei völlig vergessen hatte, daß sie sich über die drückende Sommerschwüle Hongkongs genauso beschwert hatte. War man jemals ganz zufrieden? War sie es jetzt? Nicht ganz – noch nicht.

Gemächlich fuhr sie den Boulevard entlang und sah dabei mit Freuden die altvertrauten Marksteine ihrer Kindheit wieder. Sie fuhr in Richtung Norden und fand in Little Santa Monica einen Parkplatz, aus dem gerade ein Porsche gefahren war. Sie steckte eine Münze in die Parkuhr und begann, langsam an den Geschäften vorbeizubummeln. Plötzlich blieb sie wie angewurzelt stehen. Sie hatte gar nicht gemerkt, daß sie schon so weit gegangen war. Aber die einfache, jedoch wirkungsvolle Anordnung in dem Schaufenster war das unverkennbare Warenzeichen von Travish Imports. Sie sah drei Gegenstände, die raffiniert auf dem schwarzen Samt arrangiert waren: eine rechteckige Vase aus weißer Jade, mit einem hohen, schrägen Fuß, die mit Drachen, dem *t'ao t'ieh*-Muster, Bossen und Spiralen verziert war; eine *blanc de chine*-Figur der Göttin Kuan Yin, mit einem Kind auf dem Arm; und etwas dahinter ein glasierter *san ts'ai*-Porzellanteller aus dem Kaiserhaus. Der minimale Aufwand bei der Dekoration unterstrich die Kostbarkeit eines jeden Stückes nur um so mehr.

Als Arisa die Tür öffnete, hörte sie ein Pagodenglöckchen leise klingeln. Dann verstummte der Straßenlärm hinter ihr, und die Eleganz des Ladens umgab sie wie ein Kokon. Die Angestellten sahen freundlich auf, verließen aber nicht ihren Platz hinter den Ladentischen. Travish's war eine Oase, in der man mit Muße einkaufen und sich umsehen konnte. Der Kunde war ein Besucher und wurde durch Ruhe und Eleganz zum Kaufen verführt. Die Angestellten lernten, einen Käufer zu begeistern und zu ermutigen, ohne jemals aufdringlich zu werden. Die ganze Atmosphäre sprach von langer Tradition. Der Blick fiel zuerst auf einen knorrigen Bonsai, der neben der Tür in einem irdenen Topf wuchs, und dann auf einen reichbestickten Wandbehang aus Seide, der fast eine ganze Wand einnahm. Eine kleine Bank davor lud zum Sitzen und Betrachten ein. Die helle Fläche eines riesigen, jadefarbenen Teppichs lenkte das Auge dann auf ein rückwärts gelegenes Ausstellungspodium, das von einem Mahagoniegeländer und einer gedrechselten, weißen Balustrade umgeben war. Die Schaukästen aus Glas und poliertem Lindenholz wurden indirekt beleuchtet, und ein Spiegel darin reflektierte die Kunstobjekte, so daß man sie in allen Einzelheiten bewundern konnte. Es gab Elfenbein- und Jadeschnitzereien, altes Porzellan, Bronze, kostbare Lackgegenstände und Seidenmalereien darin zu sehen.

Über dem hinteren Teil des großen Geschäftsraumes zog sich eine Galerie entlang, die durch ihre reichhaltige Holzvertäfelung und dekorativen Spiegel so geschickt mit der Einrichtung des Ladens verschmolz, daß man nur durch eine elegant geschwungene Treppe darauf aufmerksam wurde. Arisa sah zu den Fensterspiegeln hinauf, hinter denen sich die Büros verbargen. Das Büro ihres Vaters, das größte von allen, befand sich oben rechts, gleich neben der Treppe, und das von Deline Armitage, der Geschäftsführerin, daneben. Die zwei kleineren Büros auf der anderen Seite waren für die Sekretärin und den Buchhalter bestimmt. So war es jedenfalls früher gewesen.

Sie sah plötzlich, daß der Laden während ihrer Abwesenheit vergrößert worden war. Ein angrenzendes Geschäft war einverleibt worden, so daß der Laden nun ein riesiges Viereck darstellte. Sie war beeindruckt. Ihr Vater hatte seit dem ersten, kleinen, vollgestopften Laden tatsächlich einen weiten Weg zurückgelegt.

Ihre Sandalen versanken in dem tiefen Teppich, als sie langsam zwischen den Schaukästen umherging. Als sie vor einer Gürtelschnalle aus Jade stehenblieb, glitt ein zierliches, orientalisches Mädchen, in einem blauen, seidenen *cheongsam*, auf sie zu.

»Sie ist aus der Han-Dynastie«, sagte sie mit einer melodischen Stimme.

»Wunderschön«, murmelte Arisa. Die Jade schimmerte, als ob ein Mondstrahl darin gefangen war.

»Möchten Sie sie gerne näher sehen?«

»Ja, bitte.«

Das Mädchen öffnete den Schaukasten, nahm die Schnalle heraus und übergab sie Arisa. Die Jade fühlte sich warm und glatt an, und sogar nach fast zweitausend Jahren war die Schnitzerei noch deutlich erkennbar. Arisa konnte sich an der Schönheit der Schnalle kaum sattsehen. Plötzlich empfand sie eine tiefe Ehrfurcht vor dieser Kultur, die so etwas Außergewöhnliches hervorgebracht hatte.

In der Verkäuferin ging auf einmal eine fast unmerkliche Veränderung vor, und als Arisa fragend aufblickte, sah sie, daß eine ältere Dame auf sie zukam. Schnell gab sie dem Mädchen die Gürtelschnalle zurück und ging Deline entgegen. Die Frau bewegte sich mit der angeborenen Geschmeidigkeit aller Orientalen, die westlichen Frauen immer versagt bleiben würde. Sie trug ein besticktes, seidenes *cheongsam,* das auch die Figur einer doppelt so alten Frau noch beneidenswert gemacht hätte. Das faltenlose Gesicht war makellos, als sie nun ihren Kopf neigte und sie mit herzlicher Freude begrüßte.

»Arisa, wie schön, daß man dich wieder einmal sieht!«

Arisa nahm ihre Hände und erwiderte: »Ja, es ist lange her, Deline. Aber du hast dich trotzdem kein bißchen verändert.«

Deline lächelte. »Du aber, du hast dich in eine hübsche, junge Frau verwandelt.«

Arisa lächelte verlegen. Obwohl sie Deline schon ein halbes Leben lang kannte, war ihr die Frau immer ein Rätsel geblieben. Für Elliot Travish war sie im Geschäft unentbehrlich geworden. Sie war seine rechte Hand, wenn nicht mehr. Sie war im Orient aufgewachsen und mit dem Kunstvermächtnis ihrer Heimat innig verbunden. Eine Fukien-Totenurne oder eine Ming-Tasse waren ihr genauso vertraut wie die chinesischen Schriftzeichen, die ihren Namen verbildlichten. Sie hatte ihr Wissen bereitwillig mit Elliot geteilt und ihm in den elf Jahren, in denen sie bei ihm war, immer zur Seite gestanden. Auch beim Entwurf des Ladens hatte sie ihm geholfen und dann dafür gesorgt, daß er immer reibungslos lief. Kunden waren von ihrem Charme und ihrem Wissen so beeindruckt, daß sie gar nicht bemerkten, wie sie geschickt zu einem Kauf überredet wurden, den sie eigentlich gar nicht vorhatten.

Arisa sah, daß Deline in der Zwischenzeit keine ihrer Attribute verloren hatte. Nur Melisande Travish, Arisas Mutter, hatte dieser Frau nie getraut. Immer wenn sich die beiden Frauen trafen oder Delines Name erwähnt wurde, war im Gesicht ihrer Mutter eine Veränderung vorgegangen. Vermutlich konnte keine Frau eine andere Frau tolerieren – besonders wenn sie so intelligent und attraktiv wie Deline war –, die acht bis zwölf Stunden an der Seite ihres Mannes arbeitete. Arisa war jedoch überzeugt, daß das Ressentiment ihrer Mutter nicht nur auf einer banalen Eifersucht beruhte. Hinter Melisandes höflicher Maske hatte sich eine Abneigung verborgen, die fast an Haß grenzte. Niemals sprach sie auch nur beiläufig von Deline. Es war eine geheimnisvolle dunkle Seite ihrer Mutter, die Arisa nie erforscht hatte.

»Dein Vater war so stolz auf seine schöne, erwachsene Tochter.« Eine kleine Falte tauchte in dem ebenmäßigen Gesicht auf. »Mein herzliches Beileid, Arisa. Wenn ich irgend etwas für dich tun kann . . .«

»Danke.« Arisa dachte mit leichtem Unbehagen daran, daß Deline ihren Vater viel besser gekannt hatte als sie selbst. Sie sah sich um. »Ich hatte ganz vergessen, wie schön es hier ist. Geht das Geschäft gut?«

»Ausgezeichnet«, murmelte Deline.

Arisas Blick blieb an einem Schaukasten hängen, in dem eine Silberschüssel aus Cromwells Zeit und einige gute Stücke aus englischem Pewter und Porzellan standen. »Seit wann handelt Travish Import denn mit europäischer Ware?« fragte sie erstaunt.

Delines Augen wurden ausdruckslos. Sie neigte ihren Kopf und deutete zur Treppe. »Ich wollte gerade Tee machen. Kommst du mit?«

Ein uralter chinesischer Brauch – erst der Tee, dann das Geschäft. Arisa folgte Deline in ihr Büro hinauf. Das Zimmer war inzwischen ebenfalls neu dekoriert worden und sah noch prächtiger aus, als sie es von früher kannte. Es war, als hätte man ein leibhaftiges Stück China vor Augen. Die Wände waren mit gemaserter Seide tapeziert, die so durchsichtig war wie Reispapier. Die Wandtäfelung war aus tiefgetöntem Lindenholz, weder zu braun, noch zu rot, sondern von einer harmonischen Mischung aus beidem und hatte einen warmen Glanz. Der kostbare Schreibtisch aus dem Orient mit Einlegearbeiten aus Gold und Perlmutt hatte hinreißend geschnitzte Basreliefs an den Seiten. Und in der Mitte des Zimmers standen ein niedriger Tisch und darum herum drei orientalische Teestühle, deren Strenge durch zinnoberrote Kissen gemildert wurde.

»Bitte, nimm Platz«, sagte Deline und verschwand hinter einer spanischen Wand aus Seide. Einen Moment später hörte Arisa, wie ein Teekessel mit Wasser gefüllt wurde, und dann das leise Klingen von Porzellan. Als Deline zurückkam, trug sie ein rotlakkiertes Tablett, auf dem hauchdünne, chinesische Teetassen aus leuchtendem, perlmuttartigem grünen Porzellan standen. Sie setzte es auf dem Tisch ab, nahm gegenüber von Arisa Platz und legte ihre Hände in den Schoß.

Arisa wartete ungeduldig auf eine Erklärung. Als sie jedoch nicht kam, begann sie noch einmal von neuem. »Würdest du mich bitte über die europäischen Stücke aufklären?«

Deline schien lautlos zu seufzen und sagte dann in resigniertem Ton: »Wir handeln fast schon ein ganzes Jahr damit.«

Arisa hob überrascht die Augenbrauen. Ihr Vater hatte nie etwas davon erwähnt. Seltsam.

Der Teekessel begann in diesem Moment zu pfeifen, und Deline verschwand wieder hinter der spanischen Wand. Ein paar Momente später kam sie mit der vollen Teekanne zurück und stellte sie auf das Tablett. Dann nahm sie wieder ihre frühere, bewegungslose Pose ein und sah Arisa durchdringend an.

»Kannst du mir das näher erklären«, fragte Arisa, diesmal etwas schärfer. Mußte sie denn jeden Satz aus dieser Frau herausquetschen? »Es kommt mir sehr uncharakteristisch vor, daß sich mein Vater plötzlich mit europäischer Kunst befaßt haben soll.«

Deline hob schweigend den Deckel der Kanne und prüfte das Aroma. Der Tee hatte offenbar lange genug gezogen, denn sie füllte nun zwei Tassen und stellte dann eine vor Arisa hin.

»Es war vielleicht eher eine Frage der Notwendigkeit«, antwortete sie schließlich. »Dazu kam, daß er europäische Kunst durchaus respektierte. Er sah so viele schöne Dinge auf seinen Reisen – er war immer der Ansicht, daß es da noch eine Möglichkeit zur Expansion gab.«

»Und die Entscheidung fiel ganz einfach so?« Arisa schnippte lautlos mit den Fingern. Sie konnte sich einfach nicht vorstellen, daß ihr Vater so plötzlich seine ganze Einstellung umgekrempelt hatte. Natürlich respektierte er die Kunstfertigkeit und den damit verbundenen Wert europäischer Kunst. Aber hatte er nicht immer wieder gesagt, daß man sich auf einen bestimmten Zweig spezialisieren und dann dabei bleiben sollte?

»Es war kein überstürzter Entschluß.«

»Aber warum, zum Kuckuck, hat er es denn überhaupt getan?« Delines ausweichende Antworten machten sie langsam ärgerlich. Schließlich mußte sie doch, als Geschäftsführerin und Freundin ihres Vaters, die Gründe genau kennen.

Deline wich mit einer Gegenfrage aus. »Hast du schon mit dem Anwalt deines Vaters gesprochen?«

»Nur am Telefon, in Paris. Ich sehe ihn morgen früh. Warum?«

»Es ist besser, wenn du darüber erst mit ihm sprichst.«

»*Wor*über?« Würde sie je eine direkte Antwort bekommen? »Es klingt beinahe, als ob das Ganze ein großes Geheimnis ist!« Sie versuchte jetzt gar nicht mehr, ihren Ärger zu verbergen.

»Vielleicht kann ich Ihre Frage beantworten, Miß Travish.«

Überrascht fuhr sie herum. Die Tür hatte sich lautlos geöffnet, und sie blickte geradewegs in die verärgerten Augen des Mannes, der sie am Flughafen belästigt hatte. Sie starrte ihn sprachlos an und warf dann einen schnellen Blick zu Deline. Aber Delines Gesicht drückte keinerlei Überraschung aus. Ja, es schien sogar, als hätte sie ihn erwartet.

Mit zwei langen Schritten kam er durch das Zimmer und setzte sich auf den freien Stuhl neben Arisa.

»Arisa, das ist Carter Montaigne, der Partner deines Vaters«, sagte Deline.

»Wir kennen uns bereits«, warf er trocken ein. »Ich hoffe, Sie hatten eine angenehme Taxifahrt?«

»Jawohl.« Sie stellte die Tasse hin, um das Zittern ihrer Hand zu verbergen.

Doch ehe sie sich von ihrer Überraschung ganz erholen konnte, sprach er schon weiter. »Travish und Montaigne«, er betonte seinen Namen ganz besonders, »sind seit elf Monaten auf dem europäischen Kunstmarkt vertreten. Die Idee, uns zusammenzutun, war meine, und sie ist genauso erfolgreich, wie ich es vorausgesagt habe.«

Es klang so unerträglich selbstzufrieden, daß Arisa nur wütend fragen konnte: »Ist das wahr, Deline?«

Deline schlug die Augen nieder und starrte auf ihre Tasse, als ob sie plötzlich ganz besonders interessant geworden sei. »Ja. Dein Vater und Carter kannten sich schon seit vielen Jahren. Carter ist auf seinem Gebiet hoch angesehen.«

Arisa mußte das Gehörte wohl oder übel schlucken, auch wenn sie daran fast erstickte. Seine Arroganz und die unerwartete Enthüllung, daß er ein Partner in dem Geschäft war, das sie mittlerweile schon als ihr Eigentum betrachtet hatte, schwärten wie eine eitrige Beule in ihr. Sie hatte jetzt nur noch den Wunsch, ihm eine neue Abfuhr zu verpassen.

»Ich verstehe«, sagte sie eisig. »Trotzdem werde ich mich für das Mißverständnis am Flughafen nicht entschuldigen, Mr. Montaigne. Unter den Umständen hatten Sie Glück, daß ich nicht die Polizei rufen und Sie verhaften ließ!«

Er lächelte amüsiert, doch seine Augen wurden hart. »Nur, weil ich Sie nach Hause fahren wollte? Sie hätten sich bloß lächerlich gemacht.«

Ihre Wangen flammten auf, und sie kniff wütend die Lippen zusammen.

»Aber was geschehen ist, ist geschehen«, fuhr er herablassend fort. »Zunächst gibt es eine Reihe von geschäftlichen Angelegenheiten, über die wir uns einigen müssen. Forbes wird Sie noch über alle Einzelheiten des Vertrages, den ich mit Ihrem Vater hatte, unterrichten. Aber grundsätzlich gehören mir dreißig Prozent, und als Testamentsvollstrecker Ihres Vaters bin ich auch dafür verantwortlich, daß der Laden bis zur gerichtlichen Testamentsbestätigung ungestört weiterläuft. Sie können sich darauf verlassen, daß ich darauf achten werde, denn ich habe nicht nur ein finanzielles, sondern auch ein persönliches Interesse daran. Und das bringt mich gleich zum nächsten Punkt, und der ist ganz einfach, Arisa . . .« Seine anmaßende Art reizte sie zur Weißglut. »Ich möchte Ihnen Ihren Anteil abkaufen. Erstens haben Sie keine Geschäftserfahrung, und zweitens bin ich sicher, daß Sie wenig Neigung verspüren, Ihren Lebensstil zu ändern. Ihr Vater hatte sich ja auch schon damit abgefunden, daß Sie in Europa bleiben wollten. Wenn es Ihnen lieber ist, kann ich Ihnen das Geld auch über einen Zeitraum von mehreren Jahren auszahlen. Das würde Ihnen dann ein gesichertes Einkommen garantieren. Wir müssen zwar damit noch bis nach der Testamentsbestätigung warten, aber Forbes kann ja inzwischen schon mal einen Vertrag aufsetzen. Wir brauchen uns nur noch über die Einzelheiten zu einigen.«

Arisa hatte ihn nur mit Mühe aussprechen lassen. Er war ihr ganz einfach unerträglich. »Ich habe keinerlei Absicht, Ihnen das Geschäft meines Vaters zu überlassen«, fuhr sie ihn wütend an. »Und je eher Sie sich daran gewöhnen, daß ich kein Kind bin, dem man befiehlt, was es tun oder lassen soll, desto besser!«

Seine Augen flackerten überrascht, und er schien zum erstenmal etwas unsicher – aber nur für einen Moment. Seine kühle Geringschätzung kehrte fast sofort wieder zurück. »Ich biete Ihnen kein Almosen an, sondern eine vernünftige, wirtschaftliche Lösung. Sie können sich nicht aktiv an einem Geschäft beteiligen, von dem Sie nichts verstehen. Sie wären uns nur beiden hinderlich. Wenn Sie ein Anteilseigner bleiben wollen . . .«

»Der *Haupteigner,* Mr. Montaigne«, unterbrach sie ihn betont. Ein irritiertes Zucken seiner Mundwinkel verriet ihr, daß der Hieb saß. Sie hatte die Mehrheit, ob ihm das nun paßte oder nicht, und ohne ihre Einwilligung konnte er gar nichts tun. Und auf die würde sie ihn jetzt erst einmal warten lassen. Sie konnte ihre Pläne immer noch ändern und an ihn verkaufen. Aber erst sollte er sich ruhig ein wenig die Haare raufen und sich an seine Manieren erinnern.

Montaigne begriff plötzlich, daß er einen Fehler gemacht hatte. Elliot hatte zwar oft erwähnt, daß Arisa sehr eigensinnig sein konnte, aber auch, daß sie oberflächlich und nur an ihrem eigenen Vergnügen interessiert sei. Montaigne hatte sich deshalb ein ganz falsches Bild von ihr gemacht. Jetzt hieß es, die Wogen wieder zu besänftigen. Denn er war überzeugt, daß sie ursprünglich an ihn verkaufen wollte und ihn jetzt nur hinhielt, um ihm eine Lehre zu verpassen.

»Vielleicht ist es besser, wenn wir die Sache vorläufig noch ruhen lassen«, lenkte er ein. »Es tut mir leid, daß ich Sie so ohne Vorwarnung damit überfallen habe. Sie konnten sich noch gar nicht von Ihrem Flug erholen. Wollen wir unsere Unterhaltung auf ein anderes Mal verschieben?«

»Gerne. Aber wenn Sie glauben, daß ich meine Absicht ändern werde, müssen Sie leider lange warten«, antwortete sie mit einem zuckersüßen Lächeln.

Auch er lächelte. »Solange wir uns gegenseitig anfauchen, werden wir gar nichts erreichen. Wollen wir nicht Frieden schließen?« Eine schwarze Augenbraue fuhr fragend in die Höhe.

Eine unangenehme Spannung hing im Zimmer. Arisa sah plötzlich, daß Deline sie mit einem seltsamen Ausdruck beobachtete. Gab es hier irgendwelche Komplikationen, die ihr unbekannt waren? Deline hatte Montaigne zuvor mit keinem Wort erwähnt. Waren die beiden Freunde oder Feinde? Delines unbewegliches Gesicht deutete weder das eine noch das andere an.

Arisa bemühte sich um einen neutralen Ton und sagte: »Wenn es kein großes Geheimnis ist, würde ich gerne mehr über die Expansion in den europäischen Markt erfahren. Mein Vater hatte sich ganz dem Orient verschrieben, und ich verstehe nicht, wie es plötzlich zu diesem Sinneswechsel kommen konnte.«

Deline warf einen schnellen Blick zu Carter, und Arisa glaubte, ein kleines, schmerzliches Flackern in den unergründlichen, mandelförmigen Augen zu sehen. Für Deline, die, allein schon durch ihre Geburt, noch enger mit dem Orient verbunden war als Elliot, mußte die Expansion in den europäischen Markt ein schwerer Schlag gewesen sein.

Carter nickte Deline zu, die ihm eine Tasse mit Tee füllte. Dann beugte er sich etwas vor und sah Arisa ernsthaft an. »Ihr Vater ist seiner Liebe nie untreu geworden. Aber er sah auch die Chance, die ihm eine zusätzliche Kunstrichtung bieten konnte. Die meisten Innenarchitekten beschränken sich heute nicht mehr auf nur eine Richtung. Es ist populär geworden, Europäisches mit Orientalischem zu verbinden. Viele der schönsten Stücke aus dem Osten kann man heute in den erlesensten Häusern und Sammlungen des Westens finden.« Er unterbrach sich plötzlich, als er merkte, daß er vom Thema abgekommen war. Nach einem kurzen Lächeln fuhr er fort: »Ihr Vater sah, daß er diesen Trend nicht einfach ignorieren konnte, wenn er konkurrenzfähig bleiben wollte. Der durch eine Expansion erzielte Umsatz würde auch der orientalischen Abteilung zugute kommen. Und das war und blieb sein Hauptanliegen.«

Arisa sah ihn mißtrauisch an. Er schlich wie eine Katze um den heißen Brei. Hielt er sie für begriffsstutzig? »Was wollen Sie damit genau sagen?«

»Daß unsere Partnerschaft ein wirtschaftlich vernünftiger Schritt für Ihren Vater war«, antwortete er direkt. »Die Firma war in finanziellen Schwierigkeiten. Ihr Vater hatte nicht mehr genug Kapital, um erstklassige Ware einzukaufen. Er vertraute sich mir an, weil wir schon lange gute Freunde waren. Er brauchte eine Geldspritze und schlug mir vor, zu investieren. Ich war damals aber auf der Suche nach einer breiteren Basis und deshalb nur an einem Partnergeschäft interessiert. Und die Expansion in den europäischen Markt war eine meiner Bedingungen.«

Sie hatte ihm mit wachsender Bestürzung zugehört. Ihr Vater sollte in finanziellen Schwierigkeiten gewesen sein? Das konnte einfach nicht wahr sein! Er hatte ihr gegenüber nie etwas davon verlauten lassen. Und ihre Schecks waren jeden Monat pünktlich angekommen. Das Geschäft war von Jahr zu Jahr stetig gewachsen – das hatte er ihr selbst erzählt. Und daß es durch die allgemeine Wirtschaftslage vielleicht zu kleinen Einbußen gekommen war – nun gut, das war normal. Aber in solchem Ausmaß, wie Montaigne anzudeuten schien? War es nicht eher eine maßlose Übertreibung? Sollte dieses Märchen eine Ausrede dafür sein, daß er sich in ein profitables Unternehmen eingeschlichen hatte? Sie sah hilfesuchend zu Deline hinüber, die genauso bewegungslos dasaß wie eine der Jadefiguren im Laden. Würde sie Elliot Travish nicht verteidigen, wenn Montaigne wirklich log? Arisa sah ein, daß sie über das Geschäft ihres Vaters noch zu wenig wußte, um es auf einen Kampf mit Montaigne ankommen zu lassen. Sie mußte damit warten.

»So war das also«, sagte sie nachdenklich.

»Jawohl. Ich hatte angenommen, daß Sie das alles schon von Ihrem Vater gehört haben. Aber Sie können es sich auch noch von Justin Forbes, dem Anwalt Ihres Vaters, bestätigen lassen. Er verwaltet das ganze Vermögen. Haben Sie ihn schon gesehen?«

»Wir haben uns für morgen früh verabredet.«

»Dann unterhalten wir uns am besten wieder, nachdem Sie mit

ihm gesprochen haben.« Er stellte seine Tasse hin und stand auf. »Wenn Sie mich jetzt entschuldigen würden, ich muß zurück an die Arbeit. Wenn Arisa etwas braucht, sei ihr bitte behilflich, Deline.« Dann sah er Arisa wieder an. »Ich nehme an, die Beerdigung findet noch in dieser Woche statt?«

»Ich muß erst noch mit Quentin sprechen.«

Bei dem Namen ihres Bruders tauchte ein seltsames Glitzern in seinen Augen auf. Waren die beiden etwa auch zusammengeprallt?

Carter nickte kurz. »Deline wird mich auf dem laufenden halten.« Dann ging er zur Tür, blieb dort aber noch einmal stehen. Arisa sah plötzlich einen ganz unerwarteten, weichen Schimmer in seinen Augen. »Es tut mir sehr leid um Ihren Vater. Wir waren sehr gute Freunde.« Flüsternd fiel die Tür hinter ihm ins Schloß. Einen kurzen Moment lang sah man ihn noch durch den Fensterspiegel, dann war er verschwunden.

War Deline erleichtert, daß Montaigne gegangen war, oder bildete sie sich das nur ein? Jedenfalls lächelte sie jetzt und fragte: »Bist du schon im Haus gewesen? War alles in Ordnung?«

»Ja, danke.«

Die Eurasierin nickte. »Ich bat die Zugehfrau, zu bleiben, bis du dich zurechtgefunden hast. Dann kannst du dir immer noch jemand anderen suchen, wenn du willst.«

»Wenn sie gut ist, kann sie ruhig bleiben. Ich bin dir sehr dankbar, daß du dich um alles so gekümmert hast, Deline. Ich weiß, daß sich mein Vater immer sehr auf dich verlassen hat. Und wenn es keine zu große Zumutung ist, würde ich gerne dasselbe tun.«

»Meine Liebe«, kam es herzlich, »wenn ich irgend etwas für dich tun kann, brauchst du mich nur anzurufen. Aber was ist nun mit der Beerdigung . . .?«

Ein schweres Gewicht legte sich auf Arisas Seele. »Hast du schon mit Quentin darüber gesprochen?«

»Ja, er war heute kurz hier. Er wollte aber warten, um die Einzelheiten mit dir zu besprechen. Wie wäre es mit einer kleinen, stillen Beerdigung in Forest Lawn?«

Das klang vernünftig. Ihr Vater hätte eine öffentliche Zurschaustellung gehaßt. Als Melisande starb, hatte er sich auch gegen eine prunkvolle Beerdigung entschieden. Trauer war etwas sehr Privates. Sie nickte Deline zu. Sie mußte noch mit Quentin darüber sprechen, obwohl er ihr bestimmt die Verantwortung dafür überlassen würde. Quentin drückte sich immer vor unangenehmen Pflichten. Der Gedanke erinnerte sie plötzlich daran, daß sie noch gar nichts über den Tod ihres Vaters erfahren hatte. Sie blickte Deline ins Gesicht und fragte: »Wie ist es eigentlich passiert? War er krank, oder ist es ganz . . .« Schnell? Wie lange dauerte ein letzter Herzschlag? Eine Ewigkeit? Den Bruchteil einer Sekunde?

Ein Schatten huschte über das Gesicht der älteren Frau. »Er war krank«, sagte sie leise. »Niemand wußte es, und er klagte nie darüber . . . Aber er achtete auch nicht auf seine Gesundheit. Das – das Ende kam schnell und unerwartet. Er war einfach tot. Als er eines Morgens nicht ins Geschäft kam und auch nicht anrief, bin ich . . .«

Arisa stand auf und legte tröstend ihren Arm um Delines Schulter. Es war also Deline gewesen, die ihn gefunden hatte. Ihr armer Vater war also doch alleine gestorben. Tränen quollen ihr aus den Augen. Zum erstenmal seit Forbes' Anruf war sie fähig, zu weinen.

»Ach, Deline, ich bin froh, daß er so eine gute Freundin in dir hatte.« Arisa schnaubte in ihr Taschentuch und fragte dann: »Hättest du heute abend Zeit, um mit mir essen zu gehen?« Sie hatte plötzlich den dringenden Wunsch, Deline näher kennenzulernen und mehr über den Vater zu hören, den sie so lange vernachlässigt hatte.

Deline seufzte und nahm impulsiv Arisas Hände in die ihren. »Es tut mir so leid, aber ich habe heute schon eine Verabredung. Aber wir wollen es bald nachholen, ja?« Sie sah Arisa forschend an und lächelte ein wenig.

»Ja«, antwortete Arisa, »ich freue mich schon darauf.«

Das Jahr der Ratte

Hongkong, November 1924

Sie wußte es, lange bevor ein äußeres Zeichen zu sehen war. Ihr Herz schickte ein angstvolles, inniges Lied über das große wogende Meer. Voller Freude erst: »Das Kind unserer Liebe! Unser Kind, William! Geliebter William!« Und dann klagend: »Komm und höre mit mir das Murmeln im Tempel meines Leibes. Komm – freue dich mit mir an dem neuen Leben. Komm zurück und gib meiner Seele neue Kraft!«

Ihre Seele sang vom ersten Hahnenschrei bis tief in die Nacht hinein. Und sogar im Schlaf murmelten ihre Träume das nie endende Lied. Diese Träume, in denen sie William, seine Arme, seine Lippen und seinen Körper spürte. Und wenn sie daraus erwachte, klagte sie ihr lautloses Lied erneut in die Nacht hinaus. William würde wiederkommen. Ihr Herz sprach mit seinem Herzen. Er mußte es doch hören und zurückkommen!

Sie stürzte sich schonungslos in die Arbeit, um die schmerzende Müdigkeit zu vergessen, die sie von Kopf bis Fuß einhüllte. Sie verbeugte sich gehorsam vor ihrem Vater, wenn er ihr auftrug, schwere Wäschepakete in ausländische Häuser zu tragen, und hastete die Straßen des ausländischen Sektors hinauf und hinunter. Sie ignorierte den einladenden Schatten einer Tanne oder eines Gummibaums, während ihr der Schweiß zwischen die neue Prallheit ihrer Brüste tropfte. War sie erschöpft, brauchte sie nur an die süßen Momente zu denken, die sie mit William in der Zeltdusche geteilt hatte, und ihre schleppenden Schritte wurden sofort wieder leichter. Sie ging jetzt immer etwas nach vorne gebeugt, damit ihr schweißdurchtränkter *san* ihr Geheimnis nicht verriet.

Der Sommer wurde von der willkommenen Kühle des Herbstes abgelöst. Als der Wind mit den Blättern zu rascheln und in dem hohen Gras der Berghänge seine wehmütige Melodie zu spielen begann, spürte sie das erste Flattern des neuen Lebens in sich. William würde nun bald kommen. Er würde die gespannte Haut ihres Leibes und ihren gequälten Rücken massieren und ihre schmerzhafte Erschöpfung in nichts auflösen. Und die langen Tage des Wartens würden wie im Flug vorüberziehen.

Aw jung-yee nay, sangen ihr Körper und ihre Seele. *Ich liebe dich, liebster William.*

Sie stand alleine in dem kleinen Laden der Wäscherei und

lehnte sich mit geschlossenen Augen an die Wand. Ihr Vater bügelte die letzten Petticoats und Hemden, die noch vor Eintritt der Dunkelheit zu dem englischen General gebracht werden mußten. Aus dem Hinterzimmer, wo die großen Waschkessel standen, drang das Zischen des Dampfeisens und das laute Fluchen ihres Vaters. Sie verschloß ihre Ohren, um seine Verwünschungen nicht hören zu müssen, seinen Haß auf diese verfluchten Fremden, die ihm den Rücken brechen wollten und ihm Blasen auf die schwieligen Hände wünschten. Sie konnte die Fremden nicht hassen. War nicht William einer von ihnen und ihr Kind ebenfalls? Wie zur Antwort begann das Baby in ihrem Bauch plötzlich zu strampeln. Liebevoll legte sie ihre Hand darauf und stieß dann einen tiefen Seufzer aus, der alles das ausdrückte, was sie nicht aussprechen konnte.

»Ist dir nicht gut?«

Sie fuhr zusammen, als die englische Stimme sie ansprach. Ihr erster Gedanke war an William, und ihr Herz setzte fast aus. Doch dieser Hoffnungsschimmer erlosch sofort, als sie die korpulente Frau mit eisengrauen Haaren sah.

»Fehlt dir was?« fragte die Frau wieder.

Mei Shau schüttelte nur stumm den Kopf und ließ die Hand auf ihrem Bauch schnell zur Seite fallen. Die Frau runzelte die Stirn.

»Ich habe hier einige Uniformen, die gewaschen werden müssen. Sag deinem Vater, daß sie bis morgen mittag fertig sein müssen.« Sie sah Mei Shau forschend an. »Verstehst du englisch?«

Mei Shau nickte.

»Du mußt sie zum Krankenhaus bringen. Miß Abigail, so ist der Name. Er weiß Bescheid«, fügte sie hinzu und deutete auf das Hinterzimmer.

Mei Shau nickte noch einmal. Die Frau betrachte sie immer noch eindringlich, als I Fong mit einem Korb durch den Perlenvorhang trat.

»Ah, hier bist du, I Fong. Wäsche. Ich brauche sie morgen.«

I Fong lächelte, als ob er noch nie in seinem Leben diese fremden Teufel verflucht hätte. »Mache schnell«, versprach er dienstfertig und verbeugte sich. Dann stellte er den vollen Korb vor seine Tochter und schnippte gebieterisch mit den Fingern. Sie bückte sich rasch, um die schwere Bürde auf den Rücken zu nehmen und damit so schnell wie möglich zu verschwinden.

Aber sie war nicht schnell genug. Die grauhaarige Frau deutete mit ihrem dicken Finger auf Mei Shau und sagte: »Sie sollte in ihrem Zustand nicht so schwere Körbe tragen.« Als I Fong nur verständnislos lächelte und sich zur Sicherheit noch einmal verbeugte, strömten die Worte wie rote Pfeile aus ihrem Teufelsmund. »Es kann dem Baby schaden. Wahrscheinlich paßt du auch nicht auf, daß sie vernünftig ißt, oder? Sie muß viel Obst und Gemüse und Milch haben. Es ist ein Wunder, daß eure Frauen überhaupt noch eine Entbindung überleben. Ihr Männer behandelt sie ja wie die reinsten Lastesel!« Sie sah I Fong entrüstet an, der ihre englischen Worte nur langsam verdaute, und tätschelte dann ihren eigenen, panzerartigen Bauch. »Gefährlich für das Baby«, sagte sie lauter, wie zu einem Schwerhörigen und schickte einen leidgeprüften Blick zu ihrem englischen Gott hinauf. »Ein Wunder«, wiederholte sie, »das ihr der Gnade Gottes zu verdanken habt, vorausgesetzt, er kümmert sich auch um euch Chinesen. Denk daran, die Uniformen müssen bis mittag im Krankenhaus sein«, erinnerte sie ihn dann noch einmal und stampfte aus dem Laden.

Mei Shau sah, wie sich die ungläubige Überraschung auf dem Gesicht ihres Vaters in Wut verwandelte. Sie versuchte, noch schnell an ihm vorbeizuschlüpfen, aber er erwischte sie am Arm und riß sie so hart zurück, daß ihr der Korb aus den Händen flog. Der erste Schlag nahm ihr fast den Atem. Sie sah noch, wie der Korb auf dem Boden rollte und sich die sorgsam aufgestapelte Wäsche wie eine Schneelawine über den Boden ergoß. Dann war sie sich nur noch der harten Schläge bewußt, die mit schwerer Hand auf sie niederprasselten. Sein Zorn kannte keine Grenzen mehr. Als seine Hand zu schmerzen begann, griff er nach einem Bambusstock und drosch mit wutverzerrtem Gesicht wie rasend auf sie ein. Sie sackte zusammen und fiel auf die Knie. Schmerz zuckte wie ein glühender Strahl durch ihren Körper, aber bald konnte sie nicht mehr unterscheiden, woher er kam. Er trat und stieß mit den Füßen nach ihr, bis er schließlich erschöpft und mit rasselndem Atem einhalten mußte.

»Hundedreck! Dreckschwein! Wertlose Sau!« schrie er. Er hatte sich so verausgabt, daß er kaum mehr den Fuß heben konnte. Doch dann gab ihm seine bodenlose Verachtung noch einmal frische Energie, und mit einem letzten Aufgebot aller Kräfte gab er ihr einen Tritt, daß sie über den Boden schlitterte.

Erstarrt vor Entsetzen blieb sie reglos liegen, als er wie ein feuerspeiender Drache vor ihr stand und hilflos mit dem Stock fuchtelte. Ein wütender Ausbruch chinesischer Flüche ergoß sich über sie. »Ein Mädchen! Hündin! So dankst du mir dafür, daß ich dich nicht umgebracht habe, als du aus dem Bauch deiner Mutter gekrochen bist. Wurm! Wagst es, Schande in das Haus Leong zu bringen! Ich hätte einen guten Preis bekommen, wenn ich dich als Sklavin verkauft hätte. Wenn ich nicht auf die Bitten deiner Mutter gehört hätte, die unbedingt eine Tochter zur Gesellschaft haben wollte. Als hätten meine drei Söhne nicht genügt! *Aiii,* und du zahlst mir die Schuld zurück, indem du eine Prostituierte wirst! Ich bringe dich um!« kreischte er wie von Sinnen und holte erneut mit dem Stock aus. Aber sein Arm hatte keine Kraft mehr. Er gab ihr noch einen letzten Tritt, dann setzte er sich plötzlich keuchend hin.

Sein Geschrei hatte die Aufmerksamkeit mehrerer Passanten erregt, die neugierig stehengeblieben waren und in den Laden hereinstarrten. Es hatte auch ihre Mutter aufgestört, die nun über die wackelige Stiege aus ihrer Wohnung heruntergerannt kam.

»Mein Mann – *aiii*!« Sie warf nur einen kurzen Blick auf ihre Tochter, die verkrümmt am Boden lag, und bückte sich dann schnell, um die verstreute Wäsche aufzuheben. Sie strich die Kleidungsstücke glatt und schnalzte verärgert mit der Zunge, als sie zwei hoffnungslos angeschmutzte Petticoats sah. »Sie müssen noch einmal gewaschen werden«, schimpfte sie und warf ihrem Mann einen vorwurfsvollen Blick zu. Aber da sah sie zum erstenmal sein Gesicht und trat erschrocken in den Schutz des Perlenvorhangs zurück.

»Du hast es gewußt«, schrie er sie an. »Eine Mutter weiß so etwas, und trotzdem hast du mich nicht gewarnt! War ich etwa kein guter Mann? Habe ich dich und deine Söhne nicht ernährt? Habe ich mich in dieser Stadt nicht vor den fremden Teufeln erniedrigt, nur weil du dich in unserem Dorf vor den Armeebanden gefürchtet hast?« Er spuckte die Worte haßerfüllt aus. »Diese Hure! Schwein! Hundedreck! Bring sie mir aus den Augen!« Er deutete, zitternd vor Wut, auf die kauernde Gestalt. »Halte sie mir fern, bis ich die Kraft habe, ihr die Schande aus dem Bauch herauszureißen!«

Mei Shaus Mutter legte hastig die verdorbene Wäsche zur Seite, beugte sich über ihre Tochter und zerrte sie auf die Füße. Mei Shaus Körper schrie vor Schmerzen, aber sie unterdrückte ihr Wimmern und leckte sich nur das salzige Blut aus dem Mundwinkel. Ihre Mutter zog sie aus dem Laden hinaus, und als I Fong sie nicht mehr sehen konnte, wurde ihr Griff etwas sanfter. Sie zitterte genauso stark wie ihre verprügelte Tochter, aber die Furcht in ihren Augen verwandelte sich nun in Mitleid.

Jeder Schritt war eine Qual. Die Tränen brannten in den Striemen auf Mei Shaus Gesicht, wo der Stock sie getroffen hatte. Aber ihr Bauch war unversehrt geblieben. Sie hatte das Kind vor dem Zorn ihres Vaters geschützt. Mit dieser Genugtuung im Herzen schleppte sie sich die Treppe hinauf und fiel schwer auf ihr Lager.

Ihre Mutter zog sie aus und wimmerte voll Mitgefühl, als sie die Verletzungen auf dem Körper ihrer Tochter sah. Sie nahm eine Aloepflanze von einem Fenster und brach zwei lanzenförmige Blätter ab. Behutsam verteilte sie dann den lindernden Balsam auf den Wunden.

»Meine Tochter – meine Tochter . . .« Sie hockte auf den Fersen und wiegte sich voll Sorgen hin und her. »Ich kann dich jetzt nicht mehr vor dem Zorn deines Vaters schützen. Was hast du getan, was hast du getan, Kind meines Leibes?«

Mei Shau schluchzte und ließ ihren Tränen zum erstenmal freien Lauf. »Ich habe nichts getan. Ich habe nur geliebt. Es kann nicht falsch sein, zu lieben.«

Das Gesicht ihrer Mutter verzog sich voll Mitgefühl. »*Aiii*, wer ist dieser elende Sohn, der dich in diese Schande geführt hat? Welches Haus ist es, das durch die Unbeherrschtheit dieses Mannes ebenfalls entehrt worden ist?«

»William ist nicht unbeherrscht«, rief Mei Shau blindlings. »Er liebt mich!«

Ihre Mutter fuhr zurück, als hätte sie einen Schlag erhalten. Zu spät merkte Mei Shau, daß sie den Namen ausgesprochen hatte, den Namen, den sie so lange in ihrem Herzen verschlossen hatte.

»Ein Fremder!« Ihre Mutter sackte zusammen, als ob man ihr das Rückgrat gebrochen hätte. Sie begann, laut in ihre Hände zu schluchzen.

Mei Shau berührte sie sanft. »Er liebt mich und ich liebe ihn. Er wird für mich und mein Kind sorgen. Mein Vater braucht mich nie wiederzusehen.«

Der Kopf ihrer Mutter fuhr ruckartig auf. »Wo ist dieser *William*? Sag es mir, damit ich ihn bitten kann, dich schnell zu holen. Er muß kommen, bevor dein Vater sein Versprechen wahrmacht und dir dein Leben nimmt.« Ihre Finger klammerten sich flehend um Mei Shaus Arm.

Mei Shau fiel schluchzend auf ihr Lager zurück, und ihre Mutter beruhigte sie ängstlich. Stockend erzählte Mei Shau, wie sie William kennengelernt und geliebt hatte und daß er weggefahren war. »Aber er wird zurückkommen – bald!« Es klang wie der klagende Schrei ihres verwundeten Herzens und Körpers.

Ihre Mutter vergoß stille Tränen des Mitleids. Ihr Mann haßte alle Fremden aus tiefstem Herzen. Wenn er die Wahrheit erfuhr, würde er Mei Shau töten. Sogar die Liebe einer Mutter konnte das nicht mehr verhindern. Hatte I Fong nicht geschworen, alle fremden Teufel aus seiner Heimat zu vertreiben? *Aiii,* in seinem Patriotismus würde er seine Tochter töten, ohne auch nur mit der Wimper zu zucken. *Aiii!*

Sie braute einen starken Tee aus weißen Chrysanthemenblüten und blieb neben Mei Shau sitzen, bis sie ihn getrunken hatte. Dann deckte sie sie behutsam zu und ging hinaus. Mei Shau fiel in einen unruhigen Schlaf, aus dem sie erst wieder erwachte, als sie im Zimmer nebenan laute Stimmen hörte.

»Mit ihrem Bastard hat sie Schande in das Haus Leong gebracht!«

»Verjage sie, aber schone ihr Leben!« Das war ihre Mutter, die ihn weinend anflehte.

»Und der Bastard, der den Namen Leong für immer entehren wird?«

»Mei Shau muß mit ihrer Schande leben. Diese Strafe ist schlimmer als der Tod.«

Mei Shau versank wieder in die Finsternis des Fiebers und träumte, wie man ihr das Kind sofort nach der Geburt wegnahm, damit sie es niemals sehen würde. Sie erwachte von ihrem eigenen Schrei und tastete schnell nach der Wölbung ihres Bauches. Beruhigt, daß er noch da war, schlief sie wieder ein.

Als sie wieder zu sich kam, sah sie das rußige Flackern einer Öllampe. Sie duckte sich furchtsam vor einem Schatten im Zimmer und umklammerte die Jade, die ihr William um den Hals gelegt hatte. Aber es war nur ihre Mutter, die neben ihr saß und leise auf sie einredete.

»Steh auf und zieh dich an. Du mußt in unser Dorf im Norden gehen. Dein älterer Bruder, Lei Tong, wird dich hinbringen.« Sie fühlte Mei Shaus Stirn, die jetzt kühler war und schlug die Decke zurück, um ihrer Tochter aufzuhelfen. Als Mei Shau apathisch liegenblieb, schimpfte sie angstvoll: »Du kannst dir jetzt keinen dummen Eigensinn leisten. Jeder vertrödelte Moment kann dich dein Leben kosten. Dein Vater hat mir nur widerstrebend sein Versprechen gegeben. Schnell, bevor er es sich anders überlegt!«

Mei Shau sah das Kleiderbündel, das ihre Mutter für sie gepackt hatte. Tränen schossen ihr in die Augen. »Ich kann nicht von hier weggehen.« Wenn sie Hongkong verließ, wie sollte William sie dann je finden?

Ihre Mutter riß sie grob vom Lager hoch und fuhr sie an: »Dein Leben ist dir geschenkt worden. Rede keinen Unsinn. Ist es nicht besser, zu leben, als nie den Schrei deines Bastards zu hören?« Doch trotz der harschen Worte blickten ihre Augen voll Mitleid und Verständnis auf ihre Tochter. »Jetzt mach schnell. Lei Tong wird hier sein, bevor die Sonne aufgeht.«

Mei Shau begann sich anzuziehen, und ihre Mutter brachte ein weiches Baumwollband, mit dem sie den Leib ihrer Tochter umwickelte. »Der Winterwind ist eisig im Land des Nordens. Deine Reise wird lang sein.« Dann teilte sie ihr flüsternd ihren Plan mit. Mei Shaus Bruder war auf dem Weg zur Kuomintang, um für die Sache des Volkes mitzukämpfen. Sie würden im Zug bis zur Provinz Anhwei fahren und dann von Nanking aus, mit einem Fuhrwerk oder zu Fuß, zu ihrem Dorf weiterreisen, wo dritter Cousin, Lo Bun, lebte. Da Lo Buns Frau tot war, würde er bestimmt froh sein, wenn sie ihm den Haushalt führte. Gebar Mei Shau einen Sohn, würde alles gut sein. Denn Lo Bun konnte immer ein Paar starke Hände für seine Felder gebrauchen, auch die von einem Jungen, der fremdes und verdorbenes Blut hatte. Gebar sie jedoch ein Mädchen, hatte Lo Bun das Recht, es zu verkaufen, genauso, als wäre es seine eigene Tochter.

»Schnell – du hast keine Zeit mehr –, es ist alles entschieden . . .«

Mei Shau bewegte sich wie eine Marionette. Ihre Mutter hatte für sie um ihr Leben gekämpft. Wenn sie ihrem Plan jetzt nicht folgte, würde ihr Kind niemals das Licht der Welt erblicken. Ja, sie hatte keine andere Wahl. Sie mußte mit ihrem Bruder gehen – irgendwann würde sich dann bestimmt eine Gelegenheit bieten, um wieder nach Hongkong zurückzukommen. Denn nur hier würde William sie wiederfinden.

Der Zug schleppte sich wie ein müder Ochse durch Berge und Täler. Mei Shau saß zusammengesunken auf ihrer harten Holzbank und starrte voller Verzweiflung auf ihren Bruder. Lei Tong behandelte sie wie ein Schwein, das er zum Markt bringen mußte. Außer einem gelegentlichen herrischen Grunzen nach Wein oder Reis aus dem Proviantkorb wurde sie von ihm völlig ignoriert. Erregt unterhielt er sich mit den anderen Männern im Waggon über die Kuomintang, die China nun endlich von seinen Unterdrückern befreien würde. Lautstark träumten sie von einer neuen Republik und der Macht des Volkes, und malten sich genüßlich aus, wie die Manchu-Dynastie gestürzt, die Fremden zurückgeschlagen und die große Revolution ihren Lauf nehmen würde.

Lei Tong hatte den Mitreisenden erzählt, daß er sich einer militärischen Einheit der Kuomintang in Schanghai anschließen wollte, zuvor aber noch seine Schwester auf das Land bringen mußte. Auch er wünschte sie im Grunde seines Herzens tot und ihren Namen aus dem Stammbaum der Leong getilgt. Daß sein Vater den Tränen seiner Frau nachgegeben und Mei Shau am Leben gelassen hatte, überzeugte ihn nur davon, daß der Alte nun wirklich senil war. Seine Mutter hatte ihm auch noch versprochen, daß sie Mei Shaus Arbeit übernehmen würde – als ob so eine alte Frau dazu überhaupt noch fähig wäre! Sie würde unter dem Gewicht der Wäschekörbe zusammenbrechen wie ein alter Gaul. Pah! Flennweiber! Sie taugten nur dazu, dem Haus Leong starke Söhne zu gebären. Aber nicht so fremde Bastarde wie jener, der jetzt in Mei Shaus Bauch fett wurde. Er warf ihr einen gehässigen Blick zu. *Aiii,* die Götter ließen nicht mit sich spaßen. Von jetzt an würde über ihrem Haus bestimmt ein Fluch liegen. Aber vielleicht würden sich die Götter auch an Mutter und Kind rächen und sie einfach mit einem Schlag vernichten. Das wäre dann wenigstens Gerechtigkeit!

In Kanton war ein junger Kadett aus der Militärakademie in Whampoa zugestiegen. Lei Tong hörte ihm interessiert zu, als er in allen Einzelheiten erzählte, wie die Kuomintang die Niederlage der chinesischen Armeeführer und verhaßten, fremden Teufel vorbereitete. Vielleicht sollte er es dem Kadetten nachmachen und ebenfalls nach Kanton gehen. War es nicht ehrenvoller, sich der Union der Jugend anzuschließen, die geschworen hatte, bis auf den Tod für ihre Sache zu kämpfen?

Lei Tongs Fantasie entfachte sich zur glühenden Flamme. Er hatte zwar wegen der Armut seiner Familie so gut wie keine Ausbildung erhalten und konnte sich mit den Elite-Studenten der Akademie nicht messen. Aber irgendwie würde er bestimmt einen Weg finden, um in ihrer Armee aufgenommen zu werden. Wenn notwendig, konnte er auch ein einfacher Fußsoldat sein.

Mei Shau hörte das Prahlen der Männer kaum und konzentrierte sich auf das Baby, das in ihrem Bauch rumorte. Der Zug war spät dran, da die Männer an fast jeder Station ausgestiegen waren, um die neuesten Nachrichten aus Kanton und Schanghai zu hören, und damit die Weiterfahrt verzögert hatten. Jetzt wurde der Zug schon wieder langsamer, und Mei Shau sah ungeduldig durch das verdreckte Fenster. Flache, terrassenartige Reisfelder krochen vorbei, als sie langsam einen steilen Berg hinaufkletterten. Die Dämmerung hatte bereits alles in einen blaugrauen Dunst gehüllt, und bald würde sie ihre vierte Nacht in diesem elenden Zug verbringen. Sie sehnte sich nach einer Abwechslung und stellte sich die bevorstehende Fahrt auf dem Ochsenkarren vor, die ihr mittlerweile wie eine Erlösung vorkam. Vielleicht gab es darauf sogar duftendes Heu, in dem sie sich ausruhen und über ihre Flucht nachdenken konnte. Denn die Reden der Männer hatten sie inzwischen fest davon überzeugt, daß auch ihr Onkel sie und das Kind hassen würde. Das Baby würde seinen ersten Schrei nicht überleben.

Sie seufzte leise und verlagerte ihr Gewicht, um ihre verkrampften Muskeln zu entspannen, als der Zug plötzlich einen scharfen Ruck machte. Sie wurde nach vorne geschleudert und konnte sich gerade noch an der Bank festhalten, bevor sie fiel. Die halbbetrunkenen Männer stürzten jedoch in einem wilden Durcheinander auf den Boden, mitten in die Scherben einiger zerbrochener Weinflaschen. Flüche schallten durch die Luft, als sie sich wieder aufrappelten. Sen, der junge Kadett, stieß einen Mann grob zur Seite und stolperte auf die Füße. Ein erneuter Ruck warf ihn jedoch fast sofort wieder zu Boden, und er fluchte wütend.

Lei Tong schüttelte betäubt den Kopf. Er zog sich an einem Fenster hoch und wischte mit dem Ärmel seiner wattierten Jacke über das Glas. Der Zug war jetzt zum Stehen gekommen. Plötzlich wurde die Nacht von einer ohrenbetäubenden Explosion zerrissen. Lei Tong fuhr zurück, wurde aber sofort wieder nach vorne geschoben, als sich die anderen ums Fenster drängten.

Mei Shau hörte auf einmal laute Rufe von draußen und dann das Donnern von Pferdehufen.

»Was ist denn los?« fragte einer der Männer.

»Sind sie vom Militär?«

»Nein, es hat einen Unfall gegeben.«

Ein zweiter Donnerschlag ließ alle jählings verstummen. Er war so nah, daß sich Mei Shau entsetzt die Hände über die Ohren schlug.

»Schüsse!« Sen raste zum Ende des Waggons, schob den Riegel zurück und riß die Tür auf. Er zog die Pistole aus seinem Gürtel und verschwand in der Dunkelheit.

Ein Hagel von Schüssen prasselte durch die Nacht, und man hörte gellende Schreie von Männern und Pferden. Mei Shau kauerte sich furchtsam in die Ecke, als ihr Bruder mit den anderen zur Tür rannte.

»Diebe!«

»Räuber!«

»Einer von den Bezirkskommandanten, die nicht genug von den Bauern bekommen!«

Ein älterer Mann beobachtete angstvoll, wie sich die anderen um die Tür drängten. Wieder krachten Schüsse, und fast im gleichen Moment explodierten neben Mei Shau Holzsplitter auf der Bank. Der alte Mann flüchtete unter seine Bank und verschwand im Schatten. Aber Mei Shau konnte sich nicht rühren, sie war wie gelähmt vor Entsetzen. Unheimliches Licht von Fackeln zuckte plötzlich herein, als mehrere Reiter am Zug entlangritten. Am Waggonende, wo ihr Bruder und die anderen Männer standen, fielen auf einmal mehrere Schüsse, dann beschrieben die Reiter einen weiten Kreis, um sich anscheinend zu einem neuen Angriff zu formieren. Die Männer an der Tür zuckten plötzlich zusammen, als eine neue Gewehrsalve losknatterte. In ihrer Panik, von der Tür wegzukommen, taumelten sie wild durcheinander. Sen feuerte einen letzten Schuß in die Nacht hinaus und kam dann, an Lei Tong vorbei, in den Waggon zurückgerannt.

»Reißt die Bänke raus!« brüllte er. »Verbarrikadiert die Fenster!« Die anderen folgten dem Mann vom Militär nur zu gerne. Lei Tongs Gesicht glühte, und seine Augen glitzerten. Beißender Rauch quoll in den Waggon herein.

»Halt fest!«

»Wir werden es den Schweinen zeigen. Hast du die Lokomotive gesehen?«

»Sie ist entgleist«, sagte Sen bitter. »Wir müssen jetzt kämpfen, sonst bringen sie uns alle um.«

Die Fackeln bewegten sich nun in Richtung der Lokomotive. Sen schlug die gezackten Ränder aus den zerbrochenen Fenstern heraus und beugte sich weit hinaus. Plötzlich brüllte Lei Tong hinter ihm laut auf, stolperte ein paar Schritte zurück und fiel schwer zu Boden.

Mei Shau starrte wie hynotisiert auf den dunklen Fleck auf seiner Jacke, der immer größer wurde. Plötzlich vergaß sie ihre ganze Angst und kroch schnell zu ihm hinüber. Doch Lei Tong knurrte sie nur verächtlich an und stieß sie zurück. Wie ein geprügelter Hund schlich sie wieder zu ihrer Bank, vorbei an dem alten Mann unter der Bank, der sich mit beiden Händen Augen und Ohren zuhielt. Sie kauerte sich auf den Boden, mit dem Rükken gegen die Holzbank und umklammerte ihre Knie, um das Kind zu schützen.

Helles Licht flammte draußen auf, und dann schoß eine riesige Rauchwolke zum Himmel. »Der Wagen mit dem Holz brennt«, schrie Sen in den Waggon zurück und beugte sich sofort wieder hinaus. Plötzlich knallte es kurz, und er fuhr zurück und fiel auf die Knie. Zwei Reiter galoppierten vorbei und durchlöcherten den Waggon mit Kugeln.

Im gleichen Moment krachte hinter Mei Shau die andere Waggontür auf, und sie unterdrückte nur mühsam einen Schrei, als ein Bandit hereinkam. Er trug einen schweren Mantel und darüber zwei Bandelieren voller Patronen. Noch während sie ihn angstvoll anstarrte, drückte er seine Pistole ab. Sen brach zusammen und fiel schwer auf Lei Tong. Die anderen Passagiere hoben furchtsam die Hände und wichen von den gefallenen Männern zurück. Der Waggon vibrierte, als der Bandit mit schweren Schritten näher kam. Er war jetzt so nah, daß Mei Shau seine verdreckten, fettigen Kleider riechen konnte. Er stellte sich neben den Kadetten und stieß ihn mit dem Fuß von Lei Tong herunter. Sens Augen starrten leblos zu ihm auf.

Lei Tong warf dem Banditen einen haßerfüllten Blick zu. Doch der Mann ignorierte ihn einfach und ging einen Schritt weiter. Plötzlich fuhr er jedoch blitzschnell herum und stampfte mit seinem schweren Stiefel auf Lei Tongs Hand, die sich gerade nach der Pistole des toten Kadetten ausgestreckt hatte. Mei Shau hörte, wie die Knochen knirschten. Ihr Bruder stöhnte laut und versuchte die verletzte Hand zu heben. Aber da trat der Bandit ein zweites Mal nach ihm, und Lei Tongs Ellbogen zerbrach wie ein trokkener Zweig. Ein gequälter Schrei entfuhr ihm. Der Bandit warf den Kopf zurück und lachte laut. Dann bückte er sich nach der Pistole und schob sie unter die Bandeliere an seiner Brust. Er bückte sich noch einmal, packte Lei Tong an der Jacke und zerrte ihn hoch. Lei Tong wankte stöhnend, doch der Mann hielt ihn aufrecht. Blut tropfte aus der Schulterwunde, und der verletzte Arm hing leblos herab.

»Du wolltest mich erschießen?« Er hob die Pistole zu Lei Tongs Ohr, lachte dann grausam und ließ den Arm wieder fallen. »Das Blei würde in deinem leeren Kopf keinen Schaden anrichten«, sagte er verächtlich und spuckte ihm ins Gesicht.

Lei Tong versuchte, es ihm haßerfüllt nachzumachen, aber er hatte nicht mehr genug Kraft. Die Spucke lief ihm über das Kinn. Der Bandit schnaubte verächtlich. »Du sabberst wie eine fette Sau. Man braucht dich nur anzublasen, und dein ganzer Mut ist weg!« Er blies ihm seinen faulen Atem ins Gesicht. »Weg ist er, he? Wo ist dein Mut jetzt, du Feigling?« Er hob die Pistole wieder, berührte damit spielerisch Lei Tongs Kinn, dann seine Brust und schließlich einen Punkt, wo sich Jacke und Hose trafen. Lei Tong konnte jetzt seine Angst nicht mehr verbergen und krümmte sich wie ein Wurm. Lachend drückte der Bandit ab.

Mei Shaus Schrei verschmolz mit dem Echo des Schusses und den gequälten Schreien ihres Bruders. Er wand sich vor Schmerzen und preßte seine unverletzte Hand gegen die Wunde zwischen den Beinen. Das Blut lief an seinen Beinen hinab und tropfte auf den Boden.

Lachend stieß ihn der Bandit zu Boden. Er schwenkte die Pistole zu den anderen herum und befahl einem Mann, alle Wertsachen im Waggon einzusammeln. Zitternd vor Angst gehorchte er. Die anderen waren jetzt so eingeschüchtert, daß sie willig ihre Taschen leerten. Der Bandit stopfte sich zufrieden die Taschen voll, ging auf die Tür zu und blieb plötzlich noch einmal stehen. Mei Shau hatte außer dem einen Schrei keinen anderen Laut von sich gegeben. Doch das war genug gewesen, um ihn auf sich aufmerksam zu machen. Nach einem kurzen, abschätzenden Blick riß er sie grob auf die Füße und stieß sie vor sich zur Tür hinaus.

Der Holzwaggon war inzwischen ein prasselnder Scheiterhaufen geworden, dessen Flammen zum Himmel loderten. Mehrere Banditen ritten in langsamen Kreisen um den Zug herum, während ihre Kumpane in den anderen Waggons noch die Passagiere ausraubten. Die hinteren Waggons hatten sie abgehängt, um sie vor dem Feuer zu schützen und in Ruhe ihre Beute einsammeln zu können.

Mei Shau wurde von dem Mann in die Dunkelheit geschleppt und zu Boden geworfen. Dann schob er seine Pistole in den Gürtel und öffnete seine bauschige Hose. Mit einem Handgriff riß er ihr das *koo* vom Leib und fiel grunzend zwischen ihre hellen Schenkel. Ihr ganzer Leib wurde von den schmerzhaften Stößen erschüttert, als sie von seinem Gewicht hilflos zu Boden gedrückt wurde. Die Bandelieren schlugen hart gegen ihre Brust und zerkratzten ihre Haut. Sein Gestank war so überwältigend, daß sie den Kopf abwenden mußte, um nicht zu erbrechen. Mit einem lauten Grunzton sackte er plötzlich auf ihr zusammen, so daß sie glaubte, unter seinem Gewicht ersticken zu müssen.

Doch dann stand er schnell auf, zog seine weite Hose herauf und ging, ohne sie auch nur eines Blickes zu würdigen, davon.

Sie wagte kaum zu atmen, solange sie seine Schritte noch hören konnte. Erst, als sie sicher war, daß er sein Pferd bestiegen hatte und weggeritten war, rappelte sie sich schwerfällig auf die Knie und erbrach sich. Sie wußte nicht, wie lange sie gelegen hatte, als sie endlich wieder zu sich kam. Der Zug stand still und dunkel da. Man hörte nur das Knistern der Flammen und hin und wieder das leise Wimmern der Verletzten.

Langsam stand sie auf und wickelte sich notdürftig in ihre zerrissenen Kleider ein. Dann schleppte sie sich am Gleis entlang, ging dieselbe Richtung zurück, aus der der Zug gekommen war.

2

Forbes bestätigte Arisa alles, was ihr Carter Montaigne gesagt hatte. Dreißig Prozent von Travish-Montaigne gehörten tatsächlich ihm, und in seinem Vertrag war eine Klausel, die ihm das Vorkaufsrecht auf die anderen Anteile einräumte. Daß der Vertrag auf Gegenseitigkeit beruhte, war nur ein kleiner Trost, denn Forbes zeigte ihr eine Finanzaufstellung, in der man deutlich sehen konnte, daß der Profit in den letzten fünf Jahren langsam, aber stetig zurückgegangen war. Und die letzte Bilanz wies tatsächlich schwere Verluste auf, die Montaigne so diskret mit dem Wort ›Schwierigkeiten‹ umschrieben hatte. Das Geschäft stand am Rande des Bankrotts. Sie brauchte kein erfahrener Buchhalter zu sein, um zu begreifen, daß die Ausgaben unverhältnismäßig höher waren als das Einkommen.

Nachdem er diese unerfreulichen Eröffnungen hinter sich gebracht hatte, räusperte sich der Anwalt und sagte: »Mr. Montaigne hat sich interessiert gezeigt, Ihre Anteile zu erwerben. Ich glaube, daß es unter diesen Umständen eine vernünftige Lösung wäre, Miß Travish. Ich glaube zwar, daß sich das Geschäft unter Montaignes Führung wieder erholen wird, aber doch nicht so schnell, als daß Sie in naher Zukunft mit einem Profit rechnen könnten. Er schlug sogar vor, schon jetzt mit der Zahlung an Sie zu beginnen, obwohl der Vertrag erst nach der Testamentsbestätigung gültig sein wird.«

»Wie lange kann das dauern, Mr. Forbes?«

»Solange keine Ansprüche auf den Nachlaß erhoben werden, sechs Monate, vielleicht auch etwas mehr. Ich werde natürlich alles tun, um die Dinge zu beschleunigen.« Er lehnte sich zurück und sah sie über seine randlose Brille eulenhaft an. »Ein besseres Angebot werden Sie kaum mehr bekommen. Ihr Bruder ist ebenfalls daran interessiert, so schnell wie möglich zu verkaufen. Auch er sieht den Vorteil eines schnellen Geschäftes.«

»Wie viele Anteile hat er bekommen?«

»Fünf Prozent.«

Nicht genug, um Montaigne einen Vorteil zu geben und auch nicht genug, um Quentin am Geschäft selbst zu interessieren.

»Außerdem steht ihm die Hälfte des Nettopreises zu, wenn Sie das Haus verkaufen. Und er behält ein kleines Portefeuille mit Wechseln und Wertpapieren, das er bisher für Ihren Vater verwaltet hat. Andere Zuwendungen sind ihm bereits zu Lebzeiten Ihres Vaters zugegangen, hauptsächlich durch mehrere großzügige Investitionen in Quentins Maklerbüro.«

»Ich verstehe.«

Forbes schloß den Ordner. »Wissen Sie schon näheres über die Beerdigung?«

»Ja. Ich habe heute früh mit dem Bestattungsinstitut gesprochen. Die Beerdigung findet morgen statt.«

Forbes nickte ernsthaft. »Ich werde selbstverständlich kommen. Vielleicht ergibt sich danach noch eine Gelegenheit, in der wir vier den nächsten Schritt besprechen können.«

»Ich fürchte, daß die Sache mit dem Verkauf noch etwas warten muß, Mr. Forbes. Erst will ich mir noch die Bilanz genau ansehen. Ich möchte nicht, daß Carter Montaigne den Eindruck bekommt, als wäre die Angelegenheit bereits entschieden.«

Der Anwalt sah sie leicht gekränkt an. »Ich habe ihn weder ernoch entmutigt, Miß Travish. Mein Ratschlag beruht lediglich auf meiner Kenntnis der ganzen Lage, wie ich sie vor mir sehe. Ich habe Ihren Vater seit zehn Jahren in juristischen und finanziellen Dingen beraten und vertreten«, fügte er noch hinzu.

»Und bestimmt zufriedenstellend, Mr. Forbes, davon bin ich überzeugt.« Arisa stand auf und verabschiedete sich. Ihr Verdacht, daß er sich trotz allem auf Montaignes Seite zu schlagen schien, wurde immer stärker. Allerdings verstand sie ihre eigene Reaktion auch nicht ganz. Warum wehrte sie sich eigentlich so dagegen, diese dummen Anteile zu verkaufen? Sie könnte das Geld doch sehr gut für Paris gebrauchen. Warum also stürzte sie sich nicht darauf?

Kurz vor Mittag rief Quentin sie endlich zurück. »Mein Gott, ist das schon lange her, seit ich dich gesehen habe. Und jetzt ausgerechnet bei einer Beerdigung. Tut mir echt leid. Aber damit muß man eben rechnen, wenn die Leute alt werden. Wie alt war er – dreiundsechzig, vierundsechzig? Nicht mehr gerade jung. Hat's aber nicht einsehen wollen. Hat immer im selben Tempo wie früher weitergemacht.«

Sie spürte eine Welle kalter Abneigung, als sie seinem Geplapper zuhörte. Auch wenn er kein enges Verhältnis zum Vater gehabt hatte, könnte er trotzdem versuchen, etwas taktvoller zu sein. Aber das war wahrscheinlich zuviel verlangt. Sie waren sich wirklich sehr fremd geworden. Als er Hongkong verließ, um nach Stanford zu gehen, war sie ganze sechs Jahre alt gewesen. Er war in den Ferien nie nach Hause gekommen und auch später, als er in Los Angeles in einem Maklerbüro zu arbeiten begann, sah man ihn nur höchst selten. Quentin war nur an sich selbst interessiert und hatte wenig Zeit für Familie oder Freunde.

Sie schluckte ihren Ärger hinunter und teilte ihm die Einzelheiten der Beerdigung mit.

Er hatte nichts daran auszusetzen und sagte zum Abschluß nur: »Ich habe Deline gebeten, etwas im Haus vorzubereiten, damit wir uns anschließend etwas entspannen können.« Bevor sie etwas erwidern konnte, hatte er mit einem kurzen »Auf Wiedersehen« aufgelegt.

Wütend knallte sie den Hörer auf die Gabel. Es würde ihm nicht im Traum einfallen, sie erst um ihre Meinung zu fragen! Der Gedanke an einen Leichenschmaus bereitete ihr eine Gänsehaut. Nach der Beerdigung ihrer Mutter waren die Leute auch ins Haus zurückgekommen. Es war schrecklich gewesen, und sie war schließlich voll Abscheu in ihr Zimmer geflohen. Egal, dieses Mal würde sie dafür sorgen, daß die Leute nicht zu lange blieben und sich betranken.

Als Quentin den Telefonhörer zurücklegte, hatte er Arisa schon wieder vergessen. Es war etwas lästig, daß sie jetzt da war, aber es gab wichtigere Dinge. Er blätterte durch einen Stapel vollgekritzelter, rosa Zettel, die ihm seine Sekretärin auf den Schreibtisch gelegt hatte. Er nahm einen davon weg und beschwerte ihn mit einem goldenen Lineal, auf dem in großen Buchstaben sein Name eingraviert war.

Seit Wochen hatte er erfolglos versucht, Gerald Paxton ans Telefon zu bekommen. Und nun hatte Paxton ihn auf einmal zurückgerufen. Er leckte sich nervös die Lippen. Paxton rief nicht nur aus Langeweile an. Er hatte ihm zu verstehen gegeben, daß es in dem neuen Projekt von California Planners für Quentin keinen Platz mehr gab. Quentin war ganz zufällig auf das geheime Projekt gestoßen und hatte sofort die damit verbundenen Möglichkeiten erkannt. Der Name Paxton war ihm zuerst nur vage bekannt gewesen. Als er sich jedoch vorsichtig umhörte, erfuhr er, daß Gerald Paxton die treibende Kraft hinter den erfolgreichsten Coups im Kalifornischen Immobilienmarkt war. Er wirkte hinter den Kulissen, war der Mann mit den Ideen, die jedoch alle ihr Gold wert waren.

Das Tahoe-Projekt, eine Vielmillion-Dollar-Anlage, würde alles übertreffen, was je gebaut worden war. ›California Planners‹ verfügte über sechshundert Morgen erstklassiges Land, am Ufer vom Tahoe-See, und einen revolutionären Plan. Die ganze Anlage versprach eine Art erstklassige Hotelstadt zu werden. Abgesehen von den Hotels, sollte für die Gäste auch noch eine große

Einkaufspromenade errichtet werden, die sich aus einem Theater (nur für Premieren), Kegelbahnen, Rollschuhbahnen, Geschäften und sogar einem namhaften Kaufhaus zusammensetzte. Und alles sollte durch einen kurzen Spaziergang über eine klimatisierte Luftbrücke erreichbar sein. Ein verlockendes Urlaubsziel für das ganze Land, vielleicht sogar die ganze Welt.

Quentin hatte sich ernsthaft in die Pläne vertieft. Das Land war bereits vermessen, die Baugenehmigung gewährt, und der Bau sollte im Frühjahr beginnen. Und dann hatte er noch eine faszinierende Einzelheit entdeckt: Umweltschützer agierten lebhaft für einen Baustop am Tahoe-See, und es bestand die Wahrscheinlichkeit, daß im Umkreis des Sees von einer Meile zukünftig keine Baugenehmigungen mehr ausgegeben würden. Das versicherte dem Projekt eine angenehme Exklusivität.

Er sah nachdenklich auf den rosa Zettel, nahm den Hörer in die Hand und wählte eine Nummer. Er räusperte sich noch einmal, während es am anderen Ende läutete.

»California Planners. Guten Tag.«

»Gerald Paxton, bitte. Hier spricht Quentin Travish.«

»Einen Moment, bitte, Mr. Travish.«

Wenige Sekunden später war Paxton am Apparat. »Hallo, Travish. Ich habe Sie vorhin angerufen.«

»Ich war leider nicht im Büro. Tut mir leid, daß Sie warten mußten.« Er besann sich plötzlich. Was sollten diese langen Entschuldigungen. »Was verschafft mir die Ehre, Mr. Paxton?« fuhr er energischer fort.

»Sind Sie immer noch an dem Tahoe-Projekt interessiert, Travish?«

Quentins Hände wurden feucht. »Bei unserer letzten Unterhaltung gaben Sie mir zu verstehen, daß Sie für Außenseiter keinen Raum mehr haben, Mr. Paxton.« Er zupfte nervös an seinem Schnurrbart.

»Ja, damals traf das auch zu. Die Lage hat sich jetzt aber etwas geändert. Ihr Name wurde bei der letzten Aktionärsversammlung erwähnt. Einer unserer Investitoren sprach sehr wohlwollend von Ihnen.«

Quentin starrte das Telefon an, als hätte es ihn gebissen. Als er seine Stimme wiederfand, fragte er vorsichtig: »Und wer war dieser Wohltäter, Mr. Paxton?«

Paxton lachte. »Ich werfe nicht gern mit Namen rum, Travish. Die Aktionäre kamen zusammen, weil sich einer der Investitoren auf Grund anderer Verbindlichkeiten zurückziehen möchte. Natürlich sind wir ihm gerne dabei behilflich und auch bereit, die Flaute selber aufzufangen, falls niemand anderer mehr einsteigen möchte. Aber es wurde vorgeschlagen, daß ich Ihnen erst einen Vorschlag machen soll. Hin und wieder ergibt sich eben so eine Chance für neue Investitoren. Würde Sie vielleicht auch späteren Projekten näherbringen, hm?«

Ein Fuß in der Tür des Tahoe-Projekts und zugleich die Aussicht auf zukünftige Projekte! Quentin leckte sich die Lippen. »Über was für eine Summe sprechen wir, Mr. Paxton?«

»Fünfzigtausend. Zwanzigtausend bar, den Rest in dreißig Tagen. Es ist nur ein kleiner Happen, aber wie ich schon sagte . . .«

»Ich verstehe«, sagte Quentin schnell. Sogar ein Hundertstel des Tahoe-Projekts würde ihm Millionen bringen! »Das ist alles sehr interessant. Ich bin Ihnen sehr verbunden. Und was die Empfehlung des Unbekannten angeht – danken Sie ihm von mir.«

»Ich nehme an, das soll ein ›Ja‹ sein?«

»Jawohl. Mein Buchhalter wird Ihnen den Scheck schicken. Vielleicht könnten wir zusammen zu Mittag essen?«

»Bin diese Woche voll ausgebucht . . .«

»Dann ein anderes Mal, Mr. Paxton. Ich weiß, daß Sie sehr beschäftigt sein müssen.«

»Nie zuviel, um nicht mit meinen Leuten zu sprechen, Travish. Willkommen an Bord. Meine Mädels werden den Papierkram erledigen. Sobald wir Ihren Scheck haben, kommen Sie zum Unterschreiben rüber.«

»Gut. Danke, Paxton.«

Er legte auf und starrte vor sich hin. Seine Euphorie schlug in kalte Logik um. Bei seinem ersten Versuch, mit Paxton ins Geschäft zu kommen, hatte er mit Elliots Geld gerechnet. Aber Elliot war nun tot, und seine Hoffnung auf eine beträchtliche Erbschaft hatte sich zerschlagen. Außerdem hatte Elliot auch noch dafür gesorgt, daß sein Testament nicht angefochten werden konnte. Quentin bekam also nur lausige fünf Prozent, und es würde Jahre dauern, bevor er irgendeinen Pfennig Gewinn sah. Auch wenn er seine Anteile an Montaigne verkaufte, würde er nur ein paar Tausend dafür bekommen.

Deshalb hatte er sich auch nicht weiter um das Projekt bemüht. Nur hatte man es ihm jetzt buchstäblich in den Schoß gelegt. Er brauchte keinen Finger mehr zu rühren, mußte nur fünfzigtausend Dollar auftreiben. Er massierte nachdenklich seine Finger.

Aber wie und woher?

Es war nicht mehr genug Zeit, um auf der Börse zu spekulieren. Er brauchte das Geld sofort. Er warf einen Blick auf den Börsentelegraphen hinter sich und suchte den Streifen nach einem bestimmten Posten ab. Die Lösung mußte hier zu finden sein ... Und da war es auch schon! CNT 25 1/2 ... Conoct war heute um drei Punkte gestiegen. Er nahm die Akte Holderbein aus dem Aktenschrank und schlug sie auf.

Jawohl, hier stand es – zwanzigtausend Conoct-Aktien. Er wischte sich die feuchten Handflächen am Ärmel ab. Conoct war von Anfang an Quentins Wunderaktie gewesen. Sie hatte ihn vor zwei Jahren auf die obere Sprosse des Erfolgs katapultiert, als er das Geld seiner Kunden darin investierte. Und auch jetzt konnte ihm Conoct die zwanzigtausend Dollar, die er brauchte, sofort verschaffen. Den Rest würde er dann innerhalb von dreißig Tagen schon irgendwie auftreiben.

Er blätterte durch den Ordner. Halsey Holderbein gehörte zu jenen, die Conoct zum Anfangspreis gekauft hatten, und er war einer seiner dankbarsten Kunden. Sein Vertrauen war so groß, daß er Quentin ermächtigt hatte, auf eigene Faust für ihn zu spekulieren. Und Holderbein war im Moment in Saudi Arabien, um einen Fernsehfilm zu drehen. Perfekt. Er brauchte ihm nur zu sagen, daß er seine Anteile etwas zu früh verkauft hatte. Und der Gewinn von zweiundzwanzigeinhalb Dollar pro Aktie war schließlich auch nicht schlecht. Holderbein würde vielleicht fragen, warum er überhaupt verkauft hatte. Aber da es an diesem Morgen erst so ausgesehen hatte, als ob die Aktie fallen würde, hatten viele Leute verkauft. Ganz einfach. Er wollte ihm nur einen sicheren Gewinn verschaffen, da er eine Schwäche in der Aktie vermutet hatte. Fast alle Leute im Markt würden diese Erklärung akzeptieren – warum also nicht Holderbein?

War da sonst noch was? Er mußte verdammt aufpassen, daß er nichts übersah. Aber es fielen ihm keine anderen möglichen Einwände von Holderbein ein. Jetzt hieß es nur noch, einen Käufer zu finden. Er hatte mehrere Kunden, die sich um Conoct-Aktien reißen würden, aber nur einen, der diese Summe so kurzfristig freimachen konnte. Er nahm einen zweiten Ordner heraus und wählte dann eine Nummer. Nachdem er durch eine Reihe von Vorzimmerdamen geschleust worden war, hatte er endlich Evan Reynolds am Apparat.

»Quentin Travish, Evan. Ich störe Sie nicht gerne bei der Arbeit, aber ich habe hier etwas, was Sie bestimmt interessieren wird. Erinnern Sie sich an unser Gespräch über Conoct?«

»Ja«, antwortete die Stimme abwartend.

»Ich glaube, ich kann Ihnen welche verschaffen. Für einen ziemlich guten Preis.«

»Wie steht sie denn heute?« Reynolds' Stimme klang gelangweilt, aber seine Frage ließ auf Interesse schließen.

»Angebot 25 3/8, Nachfrage 25 1/2; bei etwas mehr als 11 000 Aktien bisher um drei Punkte gestiegen«, erläuterte Quentin knapp.

Reynolds schwieg kurz und sagte dann: »Als wir das letztemal darüber sprachen, stand sie bei 22 oder 23, oder?«

Quentin wußte, daß er den Fisch jetzt an der Angel hatte. »Ich glaube, etwas unter 23. Sie ist weiterhin stark, und es gibt keine Anzeichen, daß sie nachläßt. Und mit . . .«

»Finden Sie nicht, daß 25 1/2 etwas teuer ist? Scheint mir doch etwas hoch.«

Quentin begann zu schwitzen. »Sie haben recht, Evan, aber was würden Sie sagen, wenn ich Ihnen die zehntausend Dollar Kommission erspare?«

»Das würde mich natürlich interessieren«, kam es langsam. »Aber erzählen Sie mir erst mal, wie Sie das machen wollen.«

Ein Rückzieher war jetzt nicht mehr möglich. Quentin warf einen Blick auf Holderbeins Akte. »Einer meiner Kunden hat zwanzigtausend Aktien. Er ist im Moment im Ausland und braucht schnell Bargeld. Er hat mich beauftragt, zehntausend Aktien zu verkaufen. Aber wenn sie auf der Börse gehandelt werden, würde der Preis bestimmt fallen. Also zieht er ein privates Geschäft vor. Er ist deshalb statt mit 25 1/2 auch mit 24 1/2 zufrieden und würde auch noch die Kommission, die normalerweise dem Käufer zufällt, übernehmen.«

Es entstand eine lange Pause. Quentin wußte, daß sich der Kleiderfabrikant am anderen Ende schnell eine Kalkulation machte. »Es klingt interessant, Quentin«, kam es endlich nach einer Ewigkeit. »Aber ich muß immer noch zweihundertfünfundvierzigtausend Dollar auf den Tisch legen. Und solche Summen liegen bei mir nicht einfach untätig herum.«

»Sie haben über sechshunderttausend Dollar Reserve auf Ihrem Bankkonto liegen. Wenn Sie das Geld herausnehmen, bleiben Sie immer noch über dem Minimum, das die Bank als Sicherheit verlangt.«

»Ich könnte die Summe auch einfach beleihen.«

Kleine Schweißperlen bildeten sich auf Quentins Oberlippe. »Mein Kunde möchte, daß ich ihm das Geld morgen früh überweise. Ich muß das Geld noch heute auf sein Konto einzahlen.«

»Da ist noch was anderes«, sagte Reynolds, aber das Mißtrauen war aus seiner Stimme verschwunden. »Ich muß heute abend nach New York fliegen. Wie wollen Sie das alles denn noch vorher erledigen?«

»Das ist kein Problem, Evan.« Quentin lächelte erleichtert und erklärte ihm die ganze Prozedur.

»Gut«, sagte Reynolds anschließend, »aber Sie müssen spätestens um fünf Uhr dreißig hier sein, sonst bin ich weg.«

»Das ist kein Problem«, versicherte ihm Quentin wieder. »Von der Bank zu Ihnen sind es nur etwa fünfundvierzig Minuten.« Er sah schnell auf die Uhr. »Ich bin wahrscheinlich kurz nach vier bei Ihnen.«

»Gut.«

Quentin legte mit klopfendem Herzen den Hörer auf. Er hatte es geschafft. Fabelhaft! Morgen früh konnte er seinen Scheck an California Planners schicken. Er grinste und strich sich zufrieden über den Schnurrbart. Alles in allem war es ein toller Trapezakt gewesen. Er stellte die beiden Kundenordner in den Schrank zurück und verließ beschwingt sein Büro.

Die Sonne wirkte in dem grauen Dunst des Smogs wie eine riesige Rauchwolke. Arisa schlüpfte in einen leichten Morgenrock und frühstückte lustlos. Es würde heute bestimmt sehr heiß werden. Gottlob war die Beerdigung am Morgen, denn am Nachmittag würde die Hitze unerträglich werden. Deline hatte versprochen, daß anschließend nur Familienmitglieder und ein paar gute Freunde ihres Vaters im Haus erwartet wurden. Um neun Uhr fünfzehn sollte ein Wagen für sie kommen.

Sie duschte sich und zog ein kühles, schlichtes Leinenkleid an. Dann steckte sie ihre Haare zu einem losen Knoten zusammen, der ihren Nacken freiließ, und legte sich einen Anhänger aus Gold und Jade um den Hals. Ein Blick in den Spiegel, und sie wußte, daß sie gut aussah. Für ihren Vater — zum letztenmal.

Als es an der Tür läutete, nahm sie ihre weiße Leinentasche und ging hinunter. Ein blonder, junger Mann im grauen Anzug stand davor.

»Ich bin Tanner Holmes. Carter bat mich, Sie abzuholen.« Als er ihren überraschten Blick sah, grinste er jungenhaft. »Das heißt, wenn es Ihnen recht ist. Sie haben doch nichts dagegen, oder?« fügte er etwas nervös hinzu.

Sie schüttelte den Kopf und lächelte ein wenig. »Nein, nein. Ich war nur etwas überrascht. Wollen wir einsteigen?«

Ein paar Minuten später saßen sie in einem schwarzen Eldorado und fuhren in den Norden. »Das ist übrigens ein Mietwagen«, erklärte er plötzlich. »Denn ich fahre nur einen verbeulten Fiat Kabrio, und den wollte ich Ihnen nicht zumuten.«

»Das hätte mir nichts ausgemacht«, antwortete sie und lächelte wieder. »Kannten Sie meinen Vater auch?«

Er nickte. »Ich habe für ihn gearbeitet, und wir waren gute Freunde. Er geht mir verdammt ab.« Er warf ihr einen kurzen Blick zu. »Ihr Vater war ein Mordskerl, Arisa. Er war wirklich in Ordnung.«

»Danke, Tanner.« Sie freute sich, daß er eine so gute Meinung von ihrem Vater hatte. »Was machen Sie?«

»Restaurationen und Reparaturen. Ihr Vater gab mir eine echte Chance, als ich damit anfing. Jetzt habe ich mein eigenes Geschäft, aber nur, weil er mich immer dazu ermutigt hat. Als ich aus der Armee kam, war ich lange zu nichts nütze. Erst Ihr Vater hat mir gezeigt, daß das Leben nicht ganz so fies ist. Daß man seiner echten Neigung nachgehen und dabei bleiben soll, egal, wie schwer es manchmal ist. Und daß man sich nicht allzu ernst nehmen darf. Er hatte eine echte Fähigkeit, sich zu freuen. Er war richtig ansteckend.«

So hatte sie ihren Vater nie gesehen. Es war ein attraktives Bild, das er ihr da ausmalte. Vorsichtig fragte sie ihn nach seiner Meinung über Carter Montaigne.

Er zuckte mit den Schultern. »Er ist in Ordnung. Ihr Vater hat ihm vertraut. Vielleicht war es gut so, vielleicht auch nicht«, sagte er etwas rätselhaft.

»Was meinen Sie damit?« Sie sah ihn scharf an.

Ein erneutes Schulterzucken. »Nichts Besonderes. Carter versteht seine Sache, und er hat den Laden ziemlich schnell wieder in Schuß gebracht. Mich störte nur, daß er etwas übernahm, was ein anderer Mann mit soviel Liebe und Hingabe aufgebaut hat. Es fiel mir anfangs schwer, die Partnerschaft zu akzeptieren. Besonders, nachdem mich Ihr Vater davon überzeugt hatte, daß ein Mann seine Sache alleine machen soll, wissen Sie.«

»Glauben Sie, daß Carter ihn irgendwie ausgenützt hat . . .?«

»Das habe ich nicht gesagt. Ne, Carter ist ein guter Geschäftsmann. Ihr Vater hatte in letzter Zeit etwas die Übersicht verloren, und ich glaube, daß Carter genau das richtige für ihn war. Es war ihm wohl alles ein bißchen zuviel geworden. Vergessen Sie, was ich vorhin gesagt habe.«

Aber Arisa war noch nicht bereit, das Thema fallenzulassen.

»Aber mein Vater liebte das Geschäft aus ganzem Herzen. Meine Mutter hat sich immer darüber beschwert, daß er es nie allein lassen konnte. Warum soll sich das plötzlich so geändert haben?«

Er schwieg einen Moment und konzentrierte sich aufs Fahren. »Er war einsam«, sagte er schließlich. »Nachdem Sie und Ihre Mutter nicht mehr da waren, ging das Feuer bei ihm aus. Er hoffte bis zuletzt, daß Sie eines Tages zurückkommen würden.«

Sie wurde rot und starrte zum Fenster hinaus, damit er ihr Gesicht nicht sehen konnte. Sie hatte immer nur an ihre eigenen Wünsche gedacht, nie an die ihres Vaters. Jetzt war es zu spät dazu. Es war nicht mehr zu ändern. Sie wechselte das Thema. »Wie sind Sie auf das Restaurieren gekommen? Was genau machen Sie?«

»Früher habe ich gemalt, aber als ich Ihren Vater auf einer Auktion bei Sotheby Parke Bernet traf, war ich eigentlich nur ein Herumtreiber.«

»Sie haben ihn auf einer Auktion kennengelernt?«

»Ja, wir kamen zufällig ins Gespräch, und als er merkte, daß ich mich in der orientalischen Kunst ziemlich gut auskannte, zeigte er mir eine Figur, die er kaufen wollte. Er hielt sie für eine Kopie. Aber ich hatte zuvor schon gesehen, daß es sich um ein übermaltes Original handelte, und riet ihm, sie unbedingt zu kaufen. Als er sie kriegte, gab er sie mir zum Restaurieren. Er war mein erster Kunde. Ich brauchte ziemlich lange dazu, aber es hat sich gelohnt. Sie war wieder neu, und er konnte sie zum dreifachen Preis verkaufen. Die Sache gab mir damals das nötige Selbstvertrauen, um ernsthaft in das Geschäft einzusteigen, und ich habe es nie bereut.«

Inzwischen waren sie beim Memorial Park angekommen. Tanner hielt vor der Kapelle und ließ sie aussteigen. Dann winkte er kurz und fuhr zum Parkplatz weiter.

Der graue Dunst war inzwischen etwas heller und durchsichtiger geworden. Als sie die kühle Kapelle betrat, sah sie, daß Carter Montaigne auf sie wartete.

»Guten Morgen, Arisa«, sagte er leise und ging mit ihr zwischen den halbvollen Bankreihen nach vorne. Quentin war anscheinend noch nicht gekommen, denn sie konnte ihn nirgends sehen. Aber er hatte noch gut zehn Minuten Zeit.

Sie betrachtete den Sarg aus Rosenholz und die Blumen, die darauf aufgehäuft waren. Wer war der Mann, dessen Körper dort lag? Ein Kaleidoskop verschiedener Eindrücke zog durch ihren Kopf. Welcher von ihnen war er? Alle? Keiner?

Ihre früheste Erinnerung war an einen Mann, der sie mit lachendem Gesicht in die Luft warf und mit starken Händen wieder auffing; der sie manchmal an Samstagen von ihrer chinesischen *amah* befreite und in die Stadt mitnahm. Sie erinnerte sich an die bunten Läden Hongkongs und das dunkle, mit Räucherstäbchen gefüllte Man Mo Min, in dem sie sich hinknieten und Glücksstäbchen schüttelten. Es waren Nachmittage voller Wunder und Freude. Sie dachte an die gelegentlichen Besuche in seinem vollgestopften Architekturbüro, wo sie auf einem hohen Stuhl thronte, während er seine Pläne zeichnete und geduldig alle Fragen beantwortete, die ihren kindlichen Kopf beschäftigten.

Auch, wie er sie, als sie vier Jahre alt war, in das geheimnisvolle Sanktum seines Arbeitszimmers eingeführt hatte, das nicht einmal die Haus*amah* betreten durfte. Aus einem Wandschrank hatte er alle seine Schätze herausgenommen und sie ihr Stück für Stück gezeigt. Er hatte die Sammlung nach dem Krieg begonnen, nachdem so viel von Chinas Kultur zerstört worden war. Diese Schätze mußten für immer gehütet werden, hatte er ihr erklärt. Ihre Schönheit würde nie vergehen. Sie hatte ernsthaft genickt, und er hatte gelächelt und sie umarmt. Seine Sammlung würde eines Tages ihr gehören, und sie mußte sie lieben und respektieren lernen, hatte er ihr dann zum Schluß noch eingeschärft.

Die melancholischen Klänge der Orgel verstummten, und ein erwartungsvolles Rascheln wurde in den Bänken laut. Arisa sah aus dem Augenwinkel, daß Quentin auf der anderen Seite des Ganges saß. Neben ihm saß eine junge Frau in einem grellen, bunten Kleid, die sie nicht kannte. Ein Geistlicher kam mit würdigen Schritten durch einen seitlichen Torbogen herein.

Sie hörte den Worten kaum zu. Elliot war kein Kirchenbesucher gewesen, und Arisa wußte, daß der Geistliche ihn nicht gekannt hatte. Er gab eine blumenreiche Lobrede zum besten und bemühte sich, die kargen Fakten etwas auszuschmücken. Sie huldigte ihrem Vater nur in ihrem Herzen. Auch jenen Vater, der für sie ein Fremder geworden war.

Eine unsichtbare Frauenstimme begann nun ein Lied zu singen, und anschließend verließ der Geistliche die Kapelle. Carter berührte ihren Arm und deutete auf einen Ausgang. Als sie aufstand, sah sie, daß der Raum hinter ihnen fast voll war. Doch die meisten Gesichter waren ihr unbekannt. Die junge Frau neben Quentin war blond und auf eine ausdruckslose Weise sogar hübsch. Aber ihre Aufmachung schien für diesen Anlaß doch sehr unangebracht. Arisa sah plötzlich Deline Armitage, die zwei

Reihen dahinter saß und die beiden sehr kritisch beobachtete. Ihre Blicke trafen sich kurz, und Deline neigte den Kopf ein wenig. Neben ihr saß ein orientalischer Mann, der Arisa mit ausdruckslosem Gesicht unverhohlen anstarrte. Er erinnerte Arisa an die alten Chinesen in Hongkong, die reglos in ihren Ladentüren saßen, unberührt von dem lärmenden Leben, das sich vor ihren Augen abspielte.

Carter führte sie nun zu einer Seitentür, vor der eine Limousine stand. Nachdem er ihr hineingeholfen hatte, hielt er nach Quentin Ausschau, der bei einer kleinen Gruppe neben dem Ausgang stehengeblieben war. Auf einen Wink von Carter kam er mit der blonden Frau herüber. Carter murmelte etwas, das Arisa aber nicht verstehen konnte, und das Mädchen blieb etwas unwillig neben der Autotür stehen. Quentin stieg ächzend ein und nahm neben Arisa Platz. Dann schloß Carter die Tür, und der Wagen setzte sich langsam in Bewegung.

»Ich habe dich kaum mehr erkannt, Arisa«, sagte Quentin zur Begrüßung. »Du bist ja richtig erwachsen geworden.« Sein Blick wanderte anerkennend über ihr Gesicht und ihre Figur.

Er selbst hatte sich kaum verändert. Er war nur etwas dicker als früher und trug einen kleinen Schnurrbart. »Du siehst gut aus, Quentin.«

»Tipptopp«, stimmte er ihr zu. »Tut mir leid, daß ich nicht zum Haus kommen konnte, aber ich hatte wahnsinnig viel zu tun. Da ist ein neues Bauprojekt, in das ich mich gerade . . .« Er verstummte, als er ihren ungeduldigen Blick sah. »Ich erzähl dir ein andermal davon. Was macht Paris?«

»Als ich abfuhr, stand es noch«, antwortete sie trocken. »Aber wer ist denn deine Flamme?« Als er sie fragend anstarrte, sagte sie etwas ungeduldig: »Na, das Mädchen in dem bunten Kleid.«

»Ach, das ist Lily. Ich wollte sie dir vorstellen, aber Carter wollte nicht, daß sie bei uns einsteigt.«

»Wer ist sie denn?«

»Eine Freundin von Elliot. Sie wollte unbedingt zur Beerdigung kommen, und ich konnte es ihr schlecht abschlagen, nicht wahr.«

»Der immer hilfsbereite Quent«, murmelte sie ein wenig ironisch.

Er winkte bescheiden ab und sah ihr dann direkt ins Gesicht. »Was willst du denn jetzt mit dem Geschäft machen?«

»Laß uns doch bitte erst Vater begraben, bevor wir sein Vermögen aufteilen«, sagte sie ungeduldig.

»Na, sei doch nicht so empfindlich«, kam es irritiert zurück.

»Du weißt doch, daß Forbes nachher zum Haus kommt. Mir wäre es lieber, wenn wir vorher schon einiges besprechen, damit ich nicht so lange vom Büro wegbleiben muß.« Beleidigt sah er zum Fenster hinaus.

Sie starrte finster vor sich hin. Wenn der Tag nur schon vorüber wäre. Sie war nervös und machte einen Fehler nach dem anderen. Wenn sie Quentin jetzt auch noch gegen sich einnahm, würde alles nur noch komplizierter werden. Aber es fiel ihr schwer, normal mit ihm zu sprechen.

Der Wagen hielt jetzt an, und der Fahrer öffnete ihnen die Tür. Vor ihnen lag eine kleine Anhöhe, und auf halbem Weg sah man ein neu ausgehobenes Grab, das mit künstlichem Rasen umlegt worden war, um die zertrampelte Erde zu verbergen. Arisa war schon einmal diesen Hügel hinaufgegangen. Am Arm ihres Vaters und bei der Beerdigung ihrer Mutter. Ein Frösteln durchlief sie, als sie daran dachte.

Man hatte unter einem grünen Baldachin etliche Stühle aufgestellt, um die Trauernden vor der Sonne zu schützen. Arisa setzte sich eine Sonnenbrille auf und nahm Platz. Dann sah sie zu, wie die anderen langsam den Hügel heraufkamen. An der Spitze gingen Deline und der Orientale, dahinter Carter, mit einer auffallend attraktiven, teuer gekleideten Frau, und dann Quentin, Lily und Tanner. Die Luft war schwer vom Duft der Rosen, Gardenien und Nelken. Der Geistliche wartete neben dem verhüllten Sarg, bis sich alle gesetzt hatten. Arisa fixierte den Grabstein, auf dem die Namen beider Eltern standen. Ihre Gedanken schweiften in die Ferne und zurück in die Vergangenheit . . .

Melisande Whitaker Travish wurde in Hongkong geboren und hatte dort, abgesehen von der Kriegszeit und den letzten vier Jahren in Los Angeles, ihr ganzes Leben verbracht. Hongkong war für sie immer der süße Traum, die glückliche Vergangenheit und verlockende Zukunft. Sie gab die Hoffnung, ja das Verlangen auf eine Rückkehr nie auf. Hongkong war alles das, was Los Angeles nicht sein konnte. Hongkong war ihr Zuhause. Sie und Arisa würden eines Tages wieder zurückkehren . . .

Arisa wurde an einem schwülen Septembermorgen im Mathilda Hospital geboren. Melisande betrachtete ihre kleine Tochter und schwor sich, daß das Kind keinen unglücklichen Moment erleben sollte, solange sie es als Mutter verhindern konnte. Als sie mit dem Baby nach Hause kam, überließ sie es der täglichen Pflege einer Baby*amah,* wie es in der Kolonie allgemein üblich war.

Da sie die Kinderschwester mit derselben Umsicht wie den Kinderarzt ausgesucht hatte, brauchte sie sich auch keine Sorgen zu machen. Lam Liu-chung war eine gute *amah* und verlangte lediglich, daß man ihr nicht dazwischenredete. Melisande akzeptierte diesen Wunsch und schrieb ihr nie etwas vor. Sie machte hin und wieder einen Vorschlag und konnte sich dann darauf verlassen, daß er auch angenommen wurde.

So, wie sich Melisande niemals in Liu-chungs Verantwortungsbereich einmischte, stand jedoch auch von Anfang an fest, daß täglich eine bestimmte Stunde für Mutter und Kind reserviert werden mußte. War Arisa krank, wurde die Pflege von der *amah* übernommen. Melisande hielt dann das Kind in ihren Armen, während Liu-chung das Fieber mit in Tee getauchten Lappen kühlte oder andere ärztliche Anweisungen ausführte. Da Liu-chung nur wenig Englisch sprach und weder lesen noch schreiben konnte, verständigten sie sich mit Blicken und Gesten. Den zwölfjährigen Quentin konnte man um diese Zeit bereits der Hongkong International School und Führung seines Vaters anvertrauen. Melisande und Liu-chung hatten also Zeit und Muße, sich völlig dem goldbehaarten Kleinkind zu widmen, das nach so vielen Jahren endlich doch noch gekommen war.

Melisandes Hingabe wurde aber nicht nur durch Liu-chungs praktische Pflege, sondern auch durch Elliots strengere Hand etwas ausgeglichen. Arisa war ein gewinnendes Kind, das gerne lachte. Aber sie konnte auch jähzornig sein und merkte bald, daß sie damit ihre Mutter erpressen konnte. Selten wurde ihr ein Wunsch abgeschlagen, und als sie älter wurde, sah sie ihre Eltern als zwei separate Einheiten, die ihr unterschiedliche Freuden bereiteten. Sie verbrachte mit jedem von ihnen eine festgesetzte Stunde und gewöhnte sich daran, daß sie selten als Familie zusammenkamen.

Obwohl Melisande in Hongkong aufgewachsen war, betrachtete sie alle Orientalen mit kühler Distanz. Sie behandelte ihre Hausangestellten höflich, aber bestimmt und wurde von ihnen respektiert, aber nicht geliebt. Sie pflegte auch keinen Umgang mit den Chinesinnen aus guten Häusern, die in ihrer Nachbarschaft lebten. Obwohl sie Arisa nicht verbot, mit chinesischen Kindern zu spielen, ermutigte sie aber auch keine Freundschaften mit ihnen. Wenn sie die orientalischen Kollegen ihres Mannes bewirtete, geschah es mit stiller Reserve, die für Scheu gehalten wurde. Aber Arisa hatte mehr als einmal den Verdacht gehabt, daß sich dahinter vielleicht eine starke Abneigung verbarg.

Melisande hatte jedoch eine große Leidenschaft, und das waren chinesische Antiquitäten. In ihrem Haus konnte man die herrlichsten Stücke finden, die es in Hongkong zu kaufen gab. Deshalb war es auch so verwunderlich, als sie sich später in Kalifornien so hartnäckig weigerte, das Antiquitätengeschäft ihres Mannes zu betreten. Doch Arisa gewöhnte sich auch daran, nachdem sich ihre anfängliche Verwunderung über diese, ihr unbegreifliche Einstellung gelegt hatte.

Als Elliots Sarg nun in die Erde versenkt wurde, kam Arisa mit einem Ruck in die Gegenwart zurück. Sie versuchte sich auf die Worte des Geistlichen zu konzentrieren, aber sein Gemurmel war fast unverständlich. Ihr Blick wanderte über die Leute, die alle etwas unter der Hitze zu leiden schienen. Der Geistliche warf nun eine Handvoll Erde auf den Sarg, und eine kleine Staubwolke stieg auf. Einer fliehenden Seele gleich, wurde sie von dem heißen Wind erfaßt und über den Abhang davongetragen. *Auf Wiedersehen, Vater . . .*

Die Straßen von Beverly Hills glühten in der Hitze. In der Einfahrt des Hauses stand der Lieferwagen eines Delikatessenhändlers. Eine Angestellte von Travish-Montaigne trug gerade etwas ins Haus, und Arisa war froh, daß Deline alles so gut organisiert hatte.

Die Klimaanlage summte leise und machte das Haus angenehm kühl. Arisa war nicht mit ihrem Bruder und Lily zurückgekommen, sondern mit Tanner in kameradschaftlicher Stille nach Hause gefahren. Jetzt ging sie schnell hinauf, um sich zu erfrischen und ein neues Make-up aufzutragen.

Als sie wieder herunterkam, ging sie kurz in das Eßzimmer und in die Küche. Aber es gab nichts mehr für sie zu tun. Zwei Mädchen in schwarzer Uniform waren am Eßtisch mit einigen Platten beschäftigt, und auf einer Seite des Büfetts stand eine große Punschschüssel mit Gläsern. Auf der anderen Seite sah sie mehrere Karaffen und Flaschen mit alkoholischen Getränken. In der Küche wurden bereits aufgewärmte Appetithappen aus dem Ofen geholt.

Deline, Forbes, Tanner, Quentin und das unmögliche Mädchen in dem grellen Kleid standen zusammen im Wohnzimmer. Etwas abseits davon, neben dem Kamin, plauderten Carter und die attraktive Frau miteinander.

Als sie den Raum betrat, kam Tanner auf sie zu. »Kann ich Ihnen etwas zu trinken bringen? Es gibt einen Punsch ohne Alkohol und die üblichen Sachen.«

»Einen kleinen Wodka mit Tonic, bitte.«

Mit einem kurzen Augenzwinkern verschwand er im Eßzimmer. Ein Mädchen bot ihr winzige Appetithappen auf einer Platte an, und als Arisa einen nahm, sah sie, daß ihr Bruder auf sie zukam.

»Forbes sagte mir eben, daß du nicht verkaufen willst«, kam es in einem anklagenden Ton.

»Stimmt. Jedenfalls nicht sofort.«

»Warum denn nicht, wenn man fragen darf?« entfuhr es ihm scharf.

»Ich glaube nicht, daß ich dir über meine Motive Rechenschaft schuldig bin«, erwiderte sie eisig.

Er kniff den Mund zusammen, und eine ärgerliche Röte überzog sein Gesicht. »Du wärst dümmer, als ich dachte, wenn du von Carters Angebot keinen Gebrauch machst.« Sie warf ihm einen kalten Blick zu und machte Anstalten, wegzugehen. »Entschuldige. Das habe ich nicht so gemeint«, lenkte er schnell ein. »Ich will ja nur das Beste für dich. Ich kann mir nicht helfen, aber ich sehe dich immer noch als Teenager vor mir, Arisa. Du mußt mir ein wenig Zeit geben, um mich umzustellen.« Er versuchte ein gewinnendes Lächeln, aber seine Augen blieben kalt dabei.

»Ja, erst Carter Montaigne, dann Forbes und jetzt du. Es wird langsam Zeit, daß ihr begreift, daß ich inzwischen erwachsen geworden bin. Ich verstehe aber nicht ganz, warum es euch allen so eilt, Vaters Geschäft loszuwerden. Schließlich hat er lange und hart dafür gearbeitet. Ich finde, daß ein wenig Überlegung durchaus angebracht ist, bevor man so eine Entscheidung trifft.«

Quentin grunzte ungeduldig. »Loswerden ist gut. Carter bietet keinen schlechten Preis. Er hat einen Haufen Geld in das Geschäft hineingesteckt. Ohne ihn gäbe es jetzt wahrscheinlich gar keines mehr, denn Vater hat in letzter Zeit immer mehr die Lust dran verloren.«

»Jedenfalls paßt es mir nicht, daß mir alle vorschreiben wollen, was ich tun und lassen soll«, entgegnete sie gereizt.

»Sei doch nicht kindisch«, fuhr er auf. »So, wie es jetzt steht, ist das deine einzige Chance, überhaupt noch zu etwas Geld zu kommen. Ich bin auch gerne bereit, das Geld für dich zu investieren.«

Arisa konnte sich kaum mehr beherrschen. »Nicht jetzt, Quentin. Ich gebe zu, daß ich in den letzten Jahren nicht gerade eine Mustertochter gewesen bin – aber denk doch mal dran, daß Vater noch kaum im Grab liegt.« Etwas milder fuhr sie fort: »Alles ist so schnell gegangen – ich brauche etwas Zeit, um das alles zu verdauen.«

Er versuchte ein verständnisvolles Lächeln und legte seine Hand auf ihre Schulter. »Schon gut, wir können auch später noch darüber sprechen. Wie wär's mit einem Mittagessen in den nächsten Tagen?«

»Gerne, Quentin. Ich ruf dich an.« Sie ging von ihm weg und zu Deline hinüber, die eben vom Gang hereinkam. »Deline, du hast das alles wunderbar organisiert. Vielen Dank!«

»Ist alles in Ordnung?« Deline warf einen prüfenden Blick in die Runde.

»Perfekt«, versicherte ihr Arisa. Sie sah, daß Carter jetzt mit Justin Forbes sprach. Im selben Moment warf der Anwalt einen schnellen Blick in ihre Richtung, sah aber sofort wieder weg, als er sich beobachtet fand. Unterhielten sie sich über sie? Sie schien ein begehrtes Thema zu sein. Forbes hatte bereits mit Quentin über sie gesprochen und vielleicht auch schon mit Carter. Die junge Frau, die mit Quentin gekommen war, saß neben ihm auf dem weißen Sofa. Sie hatte die Beine übereinandergeschlagen und zeigte freizügig ihren Schenkel. Es war nicht ganz klar, ob sein aufmerksamer Gesichtsausdruck Langeweile oder Faszination ausdrückte. »Kennst du die Frau, die mit Quentin gekommen ist?« fragte sie Deline. »Er sagt, daß sie eine Freundin meines Vaters war.«

Delines kühler Blick blieb einen Moment auf Lily haften. »Sie war ein paarmal im Geschäft. Sie hat keinen Grund hier zu sein.«

Arisa hörte die scharfe Mißbilligung in ihrer Stimme und sah sie überrascht an. »Wer ist sie?«

»Lily Taylor. Sie arbeitet in irgendeinem Geschäft am Brighton Way. Dein Vater hat sie irgendwo in der Nachbarschaft kennengelernt.« Deline entschuldigte sich schnell, als ein uniformiertes Mädchen mit einer Platte vorbeiging, und ging wieder in die Küche hinaus.

Arisa schlenderte langsam zu der Gruppe am Kamin. Als Forbes sie sah, unterbrach er sich mitten im Satz und lächelte sie an. »Arisa . . .«

»Ich hoffe, ich störe nicht?«

»Nein, nein, überhaupt nicht. Aber, hätten Sie und Quentin später ein paar Minuten Zeit für mich?«

Sie ignorierte seine Frage und sah die Frau neben Carter an. »Ich glaube nicht, daß wir uns kennen?«

Die Frau warf ihr einen kühlen Blick zu. »Ich bin Claire Prigent. Carter und ich sind alte Freunde.« Sie sah ihn betont an, und er nahm gehorsam den Faden auf.

»Claire hat in Beverly Hills ein Studio für Innendekoration. Elliot und ich arbeiten schon lange mit ihr zusammen.«

»Nett, daß Sie gekommen sind«, murmelte Arisa etwas unaufrichtig. Die Frau war ihr auf Anhieb unsympathisch, und es ärgerte sie, daß Carter sie mitgebracht hatte. »Entschuldigen Sie mich bitte, da ist noch jemand, den ich begrüßen muß.« Als sie bei Quentin und Lily ankam, tauchte Tanner gerade mit ihrem Glas auf. Lily machte ein wenig Platz, damit sich die beiden setzen konnten, und störte sich nicht daran, daß ihr Rock dabei noch um ein paar Zentimeter hinaufrutschte.

»Ich habe gerade zu Quent gesagt, wie sehr uns allen Ihr Vater fehlen wird«, begann Lily. »Er war ein netter Kerl. Ihm hat das Leben wirklich Spaß gemacht.«

»Haben Sie ihn lange gekannt?«

»Ungefähr ein Jahr. Aber er war einer jener Menschen, die man schon ein ganzes Leben zu kennen glaubt, wissen Sie.«

Arisa war nicht sicher, ob Lily damit auf eine nähere Bekanntschaft mit Elliot anspielen wollte. Der Gedanke war ihr unangenehm. Sie mußte mehr erfahren. »Haben Sie auch mit Antiquitäten zu tun?«

Lily lachte schrill. »Ich? Du liebe Zeit, nein. Ich kann Ming nicht von Chippendale unterscheiden.« Sie kicherte über ihren eigenen Witz. »Ich arbeite in Janas Boutique.«

Arisa erinnerte sich, daß der Laden in der Nähe von Travis Imports war. Nein, Travis-Montaigne! Sie warf einen bitteren Blick zu Carter hinüber.

»Sie leben in Paris?« fragte Lily.

»Ja.« Hatte Lily eine Affäre mit Quentin?

»Sie haben es gut. Sie können tun und lassen, was Sie wollen. Ich hab's leider nicht so schön. Ich muß mir meine Brötchen selbst verdienen.« Sie sank mit einem tiefen Seufzer zurück.

»Ich arbeite auch«, entgegnete Arisa scharf.

»Ach? Ich dachte . . .« Sie unterbrach sich hastig und zuckte mit den Schultern.

»Was dachten Sie?« hakte Arisa mit betont ruhiger Stimme nach.

Lily schien plötzlich zu merken, daß sie sich in eine Ecke manövriert hatte. »Elliot erzählte«, begann sie verteidigend, »daß Sie nie lange bei einem Job blieben und nicht wüßten, was Sie wollten.«

»Manchmal muß man eben die Stelle wechseln, um herauszufinden, was man wirklich will«, warf Tanner ein und starrte nachdenklich in sein Glas. »Es ist oft besser, als ein ganzes Leben lang in einem Job zu bleiben, den man nicht mag. Aber man braucht verdammt viel Mut dazu.« Er lächelte Arisa kurz zu. »Ihr Vater hat auch noch gesagt, daß Sie eines Tages das Richtige finden werden. Er hat fest an Sie geglaubt.«

Sie warf ihm einen dankbaren Blick zu. Aber es gab ihr ein komisches Gefühl, daß sich ihr Vater so offen über sie unterhalten hatte. Es ärgerte sie immer mehr, daß sie diese Einladung nach der Beerdigung nicht verhindert hatte. Es war eine völlig sinnlose Geste.

Als eine Bedienung mit Drinks vorbeikam, griff Lily nach einem neuen Glas und trank. Als sie es wieder auf den Tisch stellte, war es halb leer. »Na, ich kann es mir jedenfalls nicht leisten, die Stellen einfach zu wechseln, bloß weil sie mir nicht gefallen. Das Leben in dieser Stadt ist zu verdammt teuer. Wissen Sie, was ich für ein Einzimmerapartment bezahlen muß? Dreihundertsechzig!« Sie sah Mitleid heischend in die Runde. Als niemand etwas erwiderte, gönnte sie sich noch mal einen kräftigen Schluck. »Dreihundertsechzig«, wiederholte sie mit Nachdruck. »Unmöbliert.« Ihre Stimme war jetzt etwas schrill geworden und hatte die Aufmerksamkeit der beiden Männer am Kamin erregt.

»Ich glaube nicht, daß hier jemand an deinen Mietproblemen interessiert ist«, murmelte Quentin abwehrend.

»Ihr seid aber besser daran interessiert«, zischte sie plötzlich gehässig. »Mein Hauswirt will nämlich seine Moneten pünktlich am Ersten des Monats sehen. Und Elliot hat mir versprochen, bis dahin alles zurückzuzahlen. Was zum Teufel soll ich denn sonst tun?« Ihre Augenlider klappten wütend auf und nieder.

»Lily . . .« Quentin streckte beruhigend seine Hand aus.

»Lily, Lily«, äffte sie ihn laut nach.

Er wand sich verlegen. Justin Forbes räusperte sich laut und blickte zu ihnen herüber. Lily bemerkte es und funkelte ihn wütend an.

»Sie sind doch sein Anwalt und müssen sich um seine Schulden kümmern, oder?« fuhr sie ihn an.

»Ich habe keine Unterlagen gesehen . . .«, murmelte Forbes stirnrunzelnd.

»Es ist mir völlig schnurz, ob da Unterlagen sind oder nicht! Ich will mein Geld wieder haben!« Sie war etwas betrunken, und ihre Worte überschlugen sich beinahe.

»Um was für einen Betrag handelt es sich denn?« warf Carter Montaigne ein, um sie zu besänftigen.

»Eintausend Dollar sind es. Er hatte vor seiner Reise nach Hongkong keine Zeit mehr, zur Bank zu gehen, und er brauchte dringend Bargeld. Er wollte es mir mit Zinsen zurückzahlen, sobald er wieder zurück war.«

»Wann war das?« fragte Carter sachlich.

»Vor zwei Wochen. Und was geschieht?« Sie legte eine dramatische Pause ein, bis sie sicher war, daß ihr auch alle zuhörten. »Elliot kratzt einfach ab, und in dem Laden will niemand von seiner Schuld wissen. Na gut, ich verstehe ja, daß alles durcheinander ist, weil der arme Elliot tot ist. Aber genug ist genug. Jetzt will ich mein Geld haben – ich *brauche* es.«

»Hat Elliot was unterschrieben?« fragte Forbes lauernd.

»Nein, er hat nichts *unterschrieben!*« Sie äffte seinen Amtston nach und schnitt eine Fratze dazu. »Elliot hat seine Schulden immer zurückgezahlt. Für ihn war das eine Ehrensache, und außerdem war er auch ein guter Freund. Ich habe ihm einfach einen Gefallen getan.«

»Es tut mir leid, aber dann muß die Sache etwas genauer untersucht werden«, antwortete er kühl und kniff seinen Mund zusammen.

»Hören Sie schlecht?« fuhr sie ihn ungezogen an. »Ich habe doch gesagt, daß ich das Geld jetzt brauche. Wovon soll ich denn sonst meine Miete bezahlen?«

Als Forbes indigniert antworten wollte, winkte Carter schnell ab. »Bestimmt kann die Angelegenheit bald erledigt werden, Miß Taylor. Aber wollen wir diese Unterhaltung nicht zu einer passenderen Gelegenheit fortsetzen? Kommen Sie doch morgen mittag in mein Büro.«

»Um eins«, sagte Lily, etwas beschwichtigt.

»Gut.« Carter stellte sein Glas hin. »Wollen wir gehen, Claire? Arisa hatte einen sehr anstrengenden Tag und kann sicher etwas Ruhe vertragen.« Er warf einen vielsagenden Blick zu Lily hinüber.

Eine unbehagliche Stille breitete sich aus. Claire nahm schweigend ihre Tasche von einem Tischchen und folgte Carter mit einem kleinen, belustigten Lächeln zur Tür hinaus. Arisa sah ihr finster nach. Forbes blieb jedoch wie angewurzelt stehen und starrte immer noch fassungslos auf Lily. Quentins Gesicht war purpurrot. Was für eine Idee, diese Frau ins Haus mitzubringen! Arisa kochte vor Wut.

Lily ignorierte die Stimmung um sie herum und schüttelte plötzlich die Eiswürfel in ihrem leeren Glas. Sie hielt es Quentin auffordernd vor die Nase. Doch nun reagierte Arisa blitzschnell und stand auf.

»Sie haben genug getrunken. Es ist besser, wenn Sie jetzt gehen«, sagte sie energisch und sah Quentin an. »Bring Lily hinaus, Quentin.«

Lily öffnete überrascht ihren Mund, doch bevor sie etwas sagen konnte, hatte Quentin sein Glas hingestellt und ihren Arm genommen. »Arisa hat recht, Lily. Wir müssen gehen.«

Lily schob kampflustig die Unterlippe vor, und Arisa befürchtete schon einen neuen Ausbruch. Doch dann knallte sie nur das leere Glas auf den Tisch und riß ihre Guccitasche an sich. Sie erhob sich steif, lächelte hoheitsvoll und rauschte hinaus. Quentin war ihr dicht auf den Fersen. Bevor die Eingangstür ins Schloß knallte, hörte man Lily noch überlaut sagen: »So eine Kuh! Die hält sich wohl für was Besseres!«

Forbes räusperte sich verlegen. »Solche Dinge kommen immer wieder mal vor«, begann er. »Jemand sieht eine Chance, schnell zu Geld zu kommen. Aber Carter wird ihr schon den Marsch blasen. Wenn Sie jedoch noch mal von ihr belästigt werden, Arisa, lasse ich ihr von der Polizei einen tüchtigen Schrecken einjagen. Dann wird sie schon merken, daß es aussichtslos ist.«

Arisa war plötzlich nur noch müde und wollte von allem nichts mehr wissen. Tanner sah sie prüfend an und stand auf.

»Sie sehen aus, als ob Sie einen neuen Drink gebrauchen könnten.« Er nahm ihr leeres Glas und verschwand damit im Nebenzimmer.

Forbes räusperte sich noch einmal. »Leider hat sich heute kein Gespräch mehr ergeben. Wir müssen wohl auf einen anderen Tag warten.« Er griff in die Innentasche seiner Jacke, zog einen langen Umschlag heraus und legte ihn auf den Tisch. »Eine offizielle Lesung des Testaments ist nicht nötig. Ihr Bruder hat seine Kopie bereits erhalten, und das hier ist Ihre.« Er richtete sich wieder auf. »Wenn Sie in Ruhe über den Verkauf nachgedacht haben, werde ich mit Carter und Quentin einen Termin ausmachen. Guten Tag.« Vor der Tür blieb er jedoch noch mal stehen und sah zurück. »Der Ton der Beerdigung war genau richtig. Ich glaube, Ihr Vater wäre damit zufrieden gewesen.« Er nickte kurz und ging dann endgültig hinaus.

Arisa sank erleichtert auf das Sofa zurück. Einen Moment später kam Tanner zurück und reichte ihr ein Glas. »Wodka und Tonic.«

Sie nickte dankbar. »Ist Deline noch da?«

»Nein, sie ist schon gegangen, aber die Mädchen räumen noch

auf. Ich leiste Ihnen noch Gesellschaft, bis Sie ausgetrunken haben, und dann verschwinde ich auch.« Er setzte sich ihr gegenüber und trank aus seinem Glas. »Ich habe das Gefühl, als ob Sie mit Ihrem Bruder nicht besonders gut auskommen. Stimmt das?«

Sie zuckte mit den Schultern. »Ich kenne ihn kaum. Er ging von zu Hause weg, als ich noch ein Kind war. Und als wir später hierher zogen, sahen wir ihn auch nur sehr selten. Nur mein Vater hielt die Verbindung zu ihm aufrecht.«

»Ihr Vater hat ihn fast nie erwähnt.«

»Wahrscheinlich gab es nicht viel zu sagen. Quentin ist eben Quentin. Wir haben uns alle früh daran gewöhnt.«

»Das schwarze Schaf in der Familie, wie?«

Sie lachte. »So ähnlich. Jemand, der so taktvoll ist, eine Lily zur Beerdigung seines Vaters mitzubringen. Na ja.« Sie schnitt eine Grimasse.

Er rieb das Glas nachdenklich an seiner Wange. »Hören Sie, es geht mich zwar nichts an, aber da ist etwas, was ich nicht ganz verstehe. Vielleicht ist es auch nicht wichtig, aber trotzdem . . .«

Sie sah ihn fragend an.

»Lily behauptet, daß sie Elliot vor seiner Reise nach Hongkong Geld geliehen hat.«

Arisa schwieg erwartungsvoll.

Tanner schüttelte den Kopf. »Ich weiß, daß Elliot weder eine Reise nach Hongkong noch anderswohin vorhatte.«

»Sind Sie sicher?«

»Ja, denn die Hankow-Sammlung war in der Stadt. Alle Sammler in der Gegend haben seit Monaten darauf gewartet. Elliot ging jeden Tag in die Ausstellung – ich auch. Er hatte zwei Ming-Schalen im Auge – herrliche Dinger. Sie stammten aus dem Kaiserpalast des 15. Jahrhunderts. Die Schalen waren sehr begehrt, und Elliot beauftragte mich, herumzuhören, um die anderen Interessenten ausfindig zu machen. Die Mings kamen am Donnerstag unter den Hammer, und Elliot hat sie gekauft.« Er blickte auf und sah sie eindringlich an. »Er war so selig über seinen Fang, daß er sich für den Rest der Woche kaum mehr vom Geschäft trennen konnte. Wenn die Versicherung nicht gewesen wäre, hätte er sie am liebsten mit nach Hause genommen. Er hat bestimmt nicht an eine Reise nach Hongkong gedacht, darüber bin ich ganz sicher.«

Arisas Augen funkelten. »Dann lügt Lily also doch!«

Tanner runzelte die Stirn. »Möglich. Vielleicht hat er das Geld aber auch für etwas anderes gebraucht und nur schnell einen Vorwand erfunden.«

»Das sieht meinem Vater nicht ähnlich«, entgegnete Arisa fest. »Warum würde er sich von einer Frau, die er nur flüchtig kannte, Geld leihen?«

Tanner trank bedächtig aus seinem Glas. »Vielleicht brauchte er das Geld für etwas Persönliches«, schlug er vor.

»Eintausend Dollar, in bar?«

»Er konnte impulsiv sein. Vielleicht hatte er etwas gesehen, das er schnell kaufen wollte.«

»Ach, zum Kuckuck!« fuhr sie auf. »Alles ist natürlich möglich, aber trotzdem nicht sehr wahrscheinlich. Auch wenn er vor einem Jahr wirklich in finanziellen Schwierigkeiten war, wie alle sagen, so muß sich die Lage inzwischen durch die Partnerschaft etwas gebessert haben. Auch wenn sein privates Konto überzogen gewesen wäre, hätte die Firma seinen Scheck decken können. Nein, ich glaube, daß Lily nur einfach ihr Glück versucht, um schnell zu ein paar Moneten zu kommen.« Sie schnaubte verächtlich. »Carter Montaigne weiß bestimmt auch, daß da keine Hongkongreise war. Ich glaube nicht, daß Lily morgen viel Erfolg bei ihm haben wird.«

Tanner grinste vielsagend. »Ich auch nicht. Aber ich muß sagen, daß ihr Gesicht sehenswert war, als Sie sie hinauswarfen.«

Arisa lächelte zufrieden. Tanners Worte taten ihr wohl. Sie nippte an ihrem Drink. Es war erstaunlich, wie entspannt sie sich in seiner Gesellschaft fühlte.

»Es war gut, daß Sie so energisch waren«, fügte er bewundernd hinzu.

Sie winkte ab. »Ich konnte sie einfach nicht mehr ertragen und auch nicht meinen lieben Bruder, der wie ein Ölgötze daneben saß und sie einfach weiterplappern ließ. Er ist so empfindsam wie ein Kaktus.«

Tanner trank sein Glas leer und stand auf. »So, jetzt lasse ich Sie allein, damit Sie sich etwas ausruhen können. Wenn ich noch irgend etwas für Sie tun kann . . .«

»Danke, Sie haben schon genug getan.«

»Es war mir ein Vergnügen.« Er verbeugte sich kurz. Dann griff er in seine Jackentasche und zog eine Visitenkarte heraus. »Mein Apartment ist über dem Laden. Beide haben dieselbe Telefonnummer. Ich biete Ihnen ein geduldiges Ohr zum Zuhören an, sollten Sie eines nötig haben, und außerdem kenne ich auch das beste mexikanische Restaurant der Stadt. Wenn Sie mal Lust dazu haben, würde ich Sie gerne dort einführen.«

»Gerne«, antwortete sie und ging mit ihm zur Tür.

»Wie wär's am Mittwoch? Oder haben Sie schon etwas vor?«

»Nein, am Mittwoch geht es gut. Noch mal vielen Dank für alles, Tanner.«

»Bis bald dann«, sagte er lächelnd. »Machen wir es früh – sagen wir um sechs?«

»Fein.«

Er winkte noch mal, als er die Stufen hinuntergesprungen war und rief: »Bis zum Mittwoch!«

Das Jahr der Kuh

Hongkong, März 1925

Mei Shau krümmte sich vor Schmerzen und biß sich auf die Finger. Ihr zierliches, ovales Gesicht war in Schweiß gebadet, und ihr loses Hemd klebte wie nasses Moos an ihrem Körper. Leise wimmernd dachte sie an William, dessen Kind sich nun aus dem Kerker ihres Körpers zu befreien suchte.

Die Erinnerung an ihn hatte ihr in den letzten Monaten die notwendige Kraft gegeben, um nicht doch noch aufzugeben. Nach dem Blutbad im Zug hatte sie, angetrieben von dem Verlangen, an jenem Ort zu sein, wo William sie finden konnte, irgendwie den Weg zurück nach Hongkong gefunden. Sie war über einen Monat unterwegs gewesen. Jeder qualvolle Schritt war nur erträglich gewesen, weil er sie William näherbrachte. Als sie endlich in Kaulun angekommen war, mußte sie zwei Tage am Hafen warten, bevor sich eine alte Frau erbarmte und sie in einem Boot übersetzte. Ein eiskalter Wind peitschte das Wasser vor sich her, und Mei Shau kauerte halb erfroren in dem Sampan. Die Alte bekam schließlich Mitleid mit ihr und warf eine Ölhaut über sie.

In der Stadt lebte sie in den Straßen. Wenn der Hunger übermächtig wurde, bettelte sie oder stahl sich etwas von den Ständen. Sie schlief in Hauseingängen und deckte sich mit Zeitungen zu. Nach und nach dämmerte ihr jedoch, daß das Kind unter ihren Entbehrungen leiden könnte, und sie gestand sich schweren Herzens ein, daß sie diese Prüfung nicht ohne Hilfe überstehen würde. Sie schleppte sich zum englischen Krankenhaus und setzte sich neben das Tor. Nachdem sie einige Zeit geduldig gewartet hatte, sah sie Miß Abigail. Als die Frau nach einem kurzen angewiderten Blick auf das schmutzige, zerlumpte Bündel weitergehen wollte, gab sich Mei Shau mit einem hastigen Wortschwall in Englisch zu erkennen. Bevor sich die Krankenschwester von ihrer Überraschung erholen konnte, hatte ihr Mei Shau ihre Geschichte erzählt und sie flehentlich um Hilfe gebeten und dafür ihre Dienste angeboten. Miß Abigail hatte ein gutes Herz und zögerte nicht lange. Sie nahm das bemitleidenswerte Geschöpf mit nach Hause und badete und fütterte es wie ein Kind. Sie behandelte und pflegte Mei Shaus eitrige Füße und stärkte ihren ausgemergelten Körper, bis sie wieder gesund und bei Kräften war. Im Lauf der Zeit entwickelte sich sogar fast eine Freundschaft zwischen den beiden Frauen. Miß Abigail war über I Fongs Mißhandlung seiner Tochter so empört gewesen, daß sie ihm gerne ihre Meinung gesagt hätte. Nur die flehentlichen Bitten Mei Shaus hielten sie schließlich doch noch davon ab. Aber sie beschloß, seinen Laden nie wieder zu betreten, und Mei Shau dankte es ihr, indem sie nicht nur den ganzen Haushalt führte, sondern auch noch die ganze Wäsche selber wusch und bügelte.

Das neue Jahr brach an. Fahnen, Bänder und Laternen spannten sich über die Straßen, und der Duft von Räucherstäbchen und der scharfe Geruch von Feuerwerkskörpern hing in der Luft. Mei Shau beteiligte sich nicht an den Festlichkeiten und wagte sich nur einmal in den kleinen Tempel, um sich für ihre Rettung zu bedanken und für William zu beten. William schien ihr dort so nahe, daß sie glaubte, sein Gesicht in dem wabernden Rauch der Räucherstäbchen zu sehen und seine Stimme in den Gongschlägen zu hören.

Einen Monat später, als die ersten dumpfen Schmerzen die Ankunft des Kindes andeuteten, war er aber immer noch nicht gekommen. Und jetzt, in ihrer Qual, mußte sie ihre ganze Willenskraft zusammennehmen, um nicht laut nach ihm zu rufen. Sie sehnte sich danach, ihren Schmerz mit ihm zu teilen, und auch die Freude darüber, daß ihr gemeinsamer Sohn nun aus dem dunklen Kokon herausbrechen und sein Gesicht der Sonne zeigen würde. Der Schmerz selbst war unwichtig. Wichtig war nur, daß William zu ihr und seinem Sohn zurückkam.

Eine dunkle Welle schlug über ihr zusammen und zog sie in den kreisenden Abgrund mit hinab. Sie rang um Luft und versuchte sich dagegen zu wehren, aber die Welle riß sie mit und hielt sie mit eisernen Klauen fest. Tiefer – tiefer – tiefer. Das Rauschen in ihren Ohren wurde zum ohrenbetäubenden Getöse. Sie keuchte und bäumte sich auf. Aber die Welle packte sie mit neuer Wucht, zog sie in eine wahnwitzige Spirale hinein, die sie völlig einhüllte und ausfüllte, bis sie schließlich auf den nassen, warmen Sand zurückgespuckt wurde.

Erschöpft, aber auch erleichtert, blieb sie reglos liegen. Sie war wie betäubt und spürte keinen Schmerz. Sie wollte die Augen öffnen, aber die Lider waren zu schwer. Sie wollte den Kopf heben, als sie das leise Mauzen einer Möwe hörte, aber auch er war so schwer wie Blei. Ihr schweißgebadeter Körper kühlte sich langsam ab, und plötzlich fror sie.

Die Tür ging auf, und ein kalter Luftzug strich über sie hinweg. »Du lieber Gott!« hörte sie Miß Abigails dunkle Stimme ausrufen. Schritte kamen hastig auf sie zu, und Mei Shau lächelte.

Alles war gut ... Sie spürte, wie sich die Frau neben sie kniete und ihr das nasse, klebrige Hemd vom Leib riß. Sie hörte ein leises Wimmern und öffnete die Augen. Sie sah einen winzigen, strampelnden Fuß, und dann schrie das Kind.

Was für kräftige Lungen er hatte. So ein starker Bengel! Sie hob die Hände zu ihm auf, doch Miß Abigail schüttelte lächelnd den Kopf und ging zu der Wickelkommode hinüber, die sie erst kürzlich in das kleine Kämmerchen gestellt hatte. Sie hielt das schreiende Baby im Arm und holte einige Tücher aus einer Schublade. Geschickt wickelte sie das Kind darin ein und ging dann zur Strohmatte zurück. Mei Shau blickte mit leuchtenden Augen zu ihr auf.

»Mein Sohn«, flüsterte sie und hielt die Arme hoch. Miß Abigail kniete sich hin und legte ihr das Bündel in die Arme. Mit stolzer Freude sah Mei Shau ihrem Erstgeborenen ins Gesicht. So winzig ... Sie lächelte verwundert. Das Baby fuchtelte mit einem Händchen über die Kante des Tuches. Seine Finger waren so zart wie Bambussprossen. Die Hand eines Gelehrten ...

»Mein Sohn«, flüsterte sie wieder. »Er wird groß und stolz wie sein Vater werden.«

Miß Abigail unterbrach sie sanft. »Es ist ein Mädchen, Mei Shau, und es wird so mutig und stolz wie seine Mutter sein.«

Mei Shau sah die Frau ungläubig an. »Ein Mädchen?« fragte sie und wußte bereits, daß die Frau nicht log und die Wahrheit sagte.

»Ein allerliebstes Mädchen.« Miß Abigail zog die Decke behutsam über Mutter und Kind. »Ich schätze, sie wiegt etwa fünf Pfund. Sie ist so perfekt, wie ein Baby überhaupt nur sein kann. Doch jetzt mußt du dich ausruhen. Gleich wirst du wieder schön warm und trocken sein. Gibst du mir bitte das Baby?« Sie hob das Kind aus Mei Shaus Armen und legte es auf das weiche, saubere Leinen in dem Korb, der schon dafür bereitstand. Das Baby mauzte wieder leise. Miß Abigail kam mit einem neuen, trockenen Hemd zurück und half Mei Shau hinein. Dann nahm sie die nasse Strohmatte weg, legte eine neue an ihren Platz und wickelte Mei Shau in eine frische Decke.

»So, gleich wirst du wieder warm wie ein Brötchen sein«, sagte sie zufrieden. »Schlaf jetzt, Kind, du hast es dir verdient.« Sie nahm den Korb, ging damit hinaus und schloß leise die Tür hinter sich.

Mei Shau blieb still liegen und wagte kaum zu atmen. Ein Mädchen! Nicht der Sohn, den sie William in ihrem Herzen versprochen hatte. Nicht der Sohn, der William endlich wieder an ihre Seite zurückbringen würde. Ein Mädchen!

Eine Träne stahl sich aus ihrem Auge und rollte langsam über die Wange hinunter. Ein Mädchen. Sie weinte still vor sich hin, denn nun wußte sie, daß sie William nie wiedersehen würde.

3

»Du hast überhaupt kein Recht, mir Vorwürfe zu machen«, verteidigte sich Quentin. »Woher sollte ich denn wissen, daß sie so einen Zirkus machen wird?« Sein Gesicht war rot angelaufen. Mißmutig lockerte er seine Krawatte.

»Es war ausgesprochen geschmacklos, sie überhaupt mitzubringen«, antwortete Deline. »Auch wenn sie das Geld nicht erwähnt hätte, wäre sie bei der Beerdigung deines Vaters überflüssig gewesen.« Sie schenkte Tee ein und stellte eine grüne, durchsichtige Tasse vor ihn hin.

Gott, sie würde auch noch Tee machen, wenn es ein Erdbeben gab! »Und dein schlitzäugiger Freund gehört wohl zur Familie, wie?« gab er ironisch zurück.

Ihre schwarzen Augen funkelten wütend. »Ich warne dich, sag das nicht noch einmal!«

»Schon gut, schon gut.« Er hob beschwichtigend die Hand. »Tut mir leid wegen Lily. Ich wollte ihr halt einen Gefallen tun.«

»Jetzt muß sich Carter um sie kümmern.«

»Er wird schon mit ihr fertig werden. Er will auch nicht, daß das Testament verzögert wird. Ich bin gespannt, wann Arisa verkaufen wird.«

»Sie will nicht.«

»Ich weiß, aber sie wird es sich bestimmt noch anders überlegen. Sie ist zwar ein Dickkopf, aber nicht dumm.«

Deline stellte ihre Tasse hin und faltete bedächtig die Hände. »Das alles löst aber nicht dein Problem, Quentin.« Ihre Blicke trafen sich. »Ich kann dir nur helfen, wenn du tust, um was ich dich bitte.«

»Du meinst, um was dich Bok bittet«, verbesserte er sarkastisch. »Was springt denn für dich dabei raus?«

»Es genügt mir vollkommen, wenn Mr. Bok zufrieden ist.«

Er sah sie abwägend an. »Warum hat denn Elliot die Jade nicht selbst zu Bok gebracht?«

»Das wollte er. Er wollte sie an dem Tag, an dem er starb, in den Laden bringen.«

»Wieso war sie denn nicht sowieso schon im Laden?«

»Er hat sie immer zu Hause gehabt. Du weißt, daß er sich von einigen Stücken nicht trennen konnte. Dazu gehörte auch die Jade. Aber als ihm Mr. Bok das Angebot machte, war er bereit, darüber nachzudenken.«

»Weißt du«, sagte Quentin nachdenklich, »diese ganze Geschichte kommt mir wie ein Märchen vor. Ich weiß nicht, ob ich mich da hineinziehen lassen soll.«

Sie zuckte fast unmerklich mit den Achseln. »Die Wahl liegt ganz bei dir. Ich habe es nur erwähnt, weil du mich um Geld angebettelt hast.«

Er errötete leicht. So war es immer. Er brauchte Geld, und sie gab es ihm oder zeigte ihm einen Weg, wie er dazu kommen konnte.

»Dreißigtausend Dollar, oder?« sagte sie ruhig und drehte das Messer in der Wunde herum. »Bok ist bereit, diese Summe zu zahlen, solange du ihm besorgst, was er will. Da das Stück im Geschäftsinventar nicht aufgeführt ist, gibt es auch keine Unterlagen darüber.«

»Eigentlich brauche ich fünfzigtausend«, sagte er und sah sie lauernd an. »Ich wollte dir nur keinen Schreck einjagen.«

»Erspar mir deine Lügen, Quentin. Du hast dich noch nie geniert zu verlangen, was du brauchst. Und egal, wieviel man dir gibt, es ist nie genug.«

»Dieses Mal stimmt es aber«, antwortete er bissig. »Ich brauche fünfzigtausend. Du könntest ja vielleicht aus Bok noch zwanzigtausend mehr rausholen. Er will doch die Jade unbedingt haben, oder? Wenn er deinen Preis nicht zahlen will, soll er sie sich doch selber holen.«

Sie wurde weiß vor Ärger. »Du weißt nicht, was du da sagst.«

»Nein? Nehmen wir doch mal an, Elliot hat es in seinen Banksafe gelegt. Der ist nach seinem Tod sofort versiegelt worden, und niemand kann dran, bis er in Gegenwart von einem Finanzbeamten geöffnet wird. Und die einzigen, die zu der großen Eröffnung zugelassen werden, sind die unmittelbaren Angehörigen, nämlich Arisa und *ich*. Einer von uns wird anschließend damit hinausgehen. Und ich stelle es mir gar nicht schwierig vor, noch andere Interessenten dafür zu finden. Wenn Bok dreißigtausend dafür bezahlen will, zahlt ein anderer mindestens dasselbe, wenn nicht mehr.«

Deline beherrschte sich nur mit Mühe und schien bis zehn zu zählen. Dann lächelte sie. »Du kannst selbstverständlich tun, was du willst. Aber du hast offenbar vergessen, daß Arisa einen Anspruch auf dieses Stück hat. Denn *sie* hat seine Sammlung geerbt, nicht du. Und dann bleibt dir nämlich gar nichts mehr.«

Er sank resigniert in sich zusammen. Er hätte es ja wissen müssen. Es hatte überhaupt keinen Sinn, ihr was vorzumachen. Sie hatte völlig recht. Es war besser, wenn er ihren Rat befolgte. »Okay«, sagte er schließlich. »Sehen wir, was ich tun kann.«

Am Tag nach der Beerdigung begann Arisa mit der unerfreulichen Aufgabe, die Sachen ihres Vaters durchzusortieren. Sie begann mit dem Schlafzimmer, Ankleidezimmer und Bad ihrer Eltern. Als sie die Tür zum Ankleidezimmer öffnete, sah sie erstaunt, daß die eine Seite des Raumes völlig leer war. Die Anzüge, Hemden, Jacken und Hosen hingen noch immer an demselben Platz, den ihnen Melisande einstmals zugeordnet hatte. Die Schuhe standen auf langen Metallständern darunter, seine zusammengelegten Pullover lagen in Fächern auf dem Regal darüber. Es war, als hätte er es nicht gewagt, die gewohnten Grenzen seiner ehelichen Partnerschaft zu überschreiten. Gedankenvoll streichelte Arisa eine seiner Kaschmirjacken. Es schien, als ob ihr Vater in diesen vergangenen Jahren in einem Vakuum gelebt hatte. Als ob er den Tod seiner Frau und die Abwesenheit seiner Tochter doch nie ganz akzeptiert hatte. Erst jetzt verstand sie so richtig, wie einsam er gewesen sein mußte. Sie hatte seine wortkarge, reservierte Art der letzten Jahre völlig mißverstanden. Es war nicht so gewesen, weil er sie nicht liebte, sondern genau das Gegenteil. Er hatte ihr den notwendigen Abstand eingeräumt, damit sie sich von ihrem Schock erholen konnte – und sie hatte dann später diese Distanz beibehalten.

Langsam untersuchte sie seine Anzüge, die fast alle in gutem Zustand waren. Eine Hose war vom Bügel gerutscht und lag auf dem Boden. Sie hob sie auf, ließ sie dann aber sofort wieder fallen. Schnell schloß sie die Tür hinter sich und ging zum Telefon. Nachdem sie von der Auskunft die Nummer der Heilsarmee erfahren hatte, rief sie dort an und bat sie, alles abzuholen.

Anschließend sah sie noch die Schubladen im Schlafzimmer durch, fand aber nur eine kleine Lederschatulle, in der eine Armbanduhr, Manschettenknöpfe und eine Krawattennadel lagen. Sie ging damit in das Arbeitszimmer ihres Vaters hinunter.

Es war ein maskuliner Raum, abgeschieden vom Rest des Hauses und vollgestopft mit einem Sammelsurium unpassender Möbel, staubiger Akten, Antiquitäten, zum Bersten voller Buchregale und Gegenständen aus Keramik und Jade. Sie warf einen Blick in die Akten. Aber sie waren in einem hoffnunglosen Zustand und offensichtlich nur für den von Bedeutung, der sie zusammengestellt hatte. In den unverständlich beschrifteten Mappen lagen Briefe, Zeitungsausschnitte, Magazinartikel, Broschüren, Ausstellungs- und Auktionskataloge wild durcheinander. Arisa gab auf und ging zu den Buchregalen hinüber und fand eine umfassende und wertvolle Handbibliothek. Ihr Blick flog interessiert über die

Titel der Lederbände. Es gab mehrere Erstausgaben, mit brüchigen Einbänden und vergilbten Seiten. Zwei waren in chinesischer Schrift gedruckt und handgebunden. Ihre Bildtafeln und Illustrationen waren so herrlich, daß sie sich nur widerstrebend von ihnen trennen konnte, um mit ihrer Arbeit fortzufahren.

Das Zimmer erinnerte sie stark an sein Arbeitszimmer in Hongkong. Sie erkannte mehrere Stücke der Sammlung wieder, die er ihr dort vor so vielen Jahren gezeigt hatte. Es war dieselbe Sammlung, die ihm dann später den Aufbau von Travis Imports ermöglicht hatte. Einige der ursprünglichen Stücke gab es natürlich nicht mehr, denn sie mußten damals, als er das nötige Anfangskapital für das Geschäft brauchte, verkauft werden.

Arisas erster Blick auf Kalifornien war vom Flugzeug aus gewesen, als sie über der sandigen Halbmondküste der Stadt zur Landung ansetzten. Es war die größte Stadt, die sie je gesehen hatte. Hingerissen von den vielen winzigen Swimmingpools, die wie blaue Saphire zu ihr heraufblitzten, zeigte sie sie aufgeregt ihrer Mutter. Aber Melisande warf kaum einen Blick zum Fenster hinaus. Nichts konnte ihr das geliebte Hongkong ersetzen. Sie haßte Kalifornien unbesehen. Ihr Vater aber blinzelte ihr aufmunternd zu. Alles würde gut werden.

Doch leider war anfangs gar nichts gutgegangen. Kalifornien, das gelobte Land, war vor allem ein Mekka der Jugend. Schwärme von Hippies drängten sich an den Stränden; Schüler und Studenten lauerten auf eine Chance in Hollywood; es schien, als ob sich die ganze Jugend des Kontinents im Land der Sonne versammelt hätte. Und aus den Universitäten wälzte sich ein stetiger Strom frisch ausgebildeter Architekten, die sich auf dem blühenden Immobilienmarkt ihre ersten Sporen verdienten.

Elliot fand sich plötzlich ganz unvorhergesehen im Wettbewerb mit unzähligen jungen und auch erfahrenen Architekten, die sich alle um dieselben wenigen Stellen bemühten. Der Markt war einfach überlaufen. Er war schließlich gezwungen, die Stelle eines Planzeichners in einer kleinen Firma anzunehmen, um seine dahingeschwundenen Reserven wieder aufzufüllen. Arisa mußte in eine staatliche Schule gehen, die sie haßte, und sie lebten in einem möblierten Bungalow, den Melisande noch mehr haßte. Melisande wachte darüber, daß sich Arisa nicht mit den Kindern aus der Nachbarschaft anfreundete. Es sei ja alles nur für eine kurze Zeit, erklärte sie oft, und bald würden sie bestimmt wieder nach Hongkong zurückkehren. Arisa saß also nach der

Schule hauptsächlich in dem erdrückend kleinen Wohnzimmer und hörte zu, wie ihre Mutter in Erinnerungen und Zukunftsträumen schwelgte. Obwohl Melisande die Chinesen haßte, sehnte sie sich nach Hongkong zurück. Für sie war die Kolonie in erster Linie britisch und keineswegs chinesisch.

Elliot, der Hongkong und alles Chinesische ebenfalls liebte, weigerte sich jedoch, zurückzukehren. Arisa dachte zuerst, daß er sich etwas beweisen wollte. Aber im Lauf der Zeit begriff sie, daß sein Entschluß einen tieferen Ursprung haben mußte. Er ließ sich von den Argumenten und Tränen seiner Frau nicht erweichen. Er hatte mit dem Leben in Hongkong abgeschlossen, es war vorbei. Es würde dort nie mehr wie früher sein, und deshalb wollte er auch nicht mehr zurückkehren. Jetzt waren sie in Amerika, und hier würden sie auch bleiben.

Sogar der Mangel an Arbeitsplätzen brachte ihn nicht ins Wanken. Seine Arbeit gefiel ihm genausowenig wie seiner Frau, aber es war wenigstens Arbeit. Er ignorierte Melisandes Beschwerden, so gut es ging, und wenn sie sich doch einmal zu einem bitteren Streit entwickelten, floh er aus dem Haus, um sich die Wunden zu lecken. Er arbeitete immer mehr und hoffte auf eine Beförderung, die ihre finanzielle Lage verbessern würde. Aber es dauerte ein ganzes Jahr, bis er sich eingestand, daß sie nie kommen würde. Und eines Tages wurde er dann entlassen. Sein Chef bedauerte sehr, aber das Geschäft war nur mäßig, und er mußte die Unkosten reduzieren. Elliot war beinahe erleichtert darüber. Jetzt mußte er wenigstens nicht mehr acht Stunden in diesem ungeliebten Büro verbringen. Melisande triumphierte – jetzt mußte er endlich Vernunft annehmen! Er würde doch sicher nicht noch einmal so eine Stelle suchen, die wieder zu nichts führen konnte. So erniedrigend! Es gab doch überhaupt keinen Grund, in Los Angeles zu bleiben. Quentin hatte sich eine eigene Karriere aufgebaut, und sie sahen ihn nur sehr selten. Er brauchte sie nicht mehr.

Doch ebenso wie Melisande, die ihre Sehnsucht nach Hongkong nicht aufgeben wollte, wich auch Elliot nicht von seinem Plan, in Los Angeles zu bleiben. Nach einem besonders stürmischen Streit verließ er das Haus und kehrte erst nach drei Tagen wieder zurück. Melisande war zuerst empört, dann besorgt, und schließlich bekam sie Angst. Als Arisa am dritten Tag von der Schule nach Hause kam, sah sie ihre Mutter mit starrem Blick auf dem Sofa sitzen. Auf ihrem Gesicht stand nacktes Entsetzen. Arisa ließ ihre Bücher fallen und kniete sich vor sie hin.

»Was ist, Mutter?«

Arisa preßte die eiskalten, leblosen Hände an ihre Wangen. Sie wollte ihre Mutter irgendwie trösten, konnte aber nicht die richtigen Worte finden. Tränen schossen ihr in die Augen. Sie begriff plötzlich, daß ihre Mutter in einer Fantasiewelt lebte. Sie würden bald nach Hongkong zurückziehen – sie würden zurückbekommen, was sie verloren hatten –, nichts würde sich dort verändert haben. Obwohl nur dreizehn Jahre alt, erkannte Arisa nun mit großer Klarheit, daß sie selbst auch nur ein Spielchen gespielt hatte. Vielleicht, um ihrer Mutter, die so wenig Gefallen an ihrem gegenwärtigen Leben fand, eine Freude zu machen. Vielleicht aber auch, um der Wirklichkeit ihrer eigenen Lustlosigkeit zu entkommen. Denn auch sie hatte nie den Versuch gemacht, die Veränderungen zu akzeptieren.

Sie schniefte ein wenig und wischte sich dann die Tränen aus den Augen. Sie umarmte ihre Mutter und sagte leise: »Hab' keine Angst, Mutter. Es wird schon wieder alles gut werden.« Als Melisande nur stumm den Kopf schüttelte, nahm ihn Arisa in beide Hände und sagte eindringlich: »Es wird alles gut werden, Mutter, du wirst sehen – du wirst schon sehen.« Sie lächelte ermutigend, als ihre Mutter erstaunt aufsah, und wiederholte noch einmal: »Du wirst schon sehen.«

Und es wurde tatsächlich alles wieder gut, wenn auch auf eine ganz unerwartete Weise. Als sie am selben Abend das Abendbrot wegräumten, kam Elliot zurück. Melisande, die gerade einen Topf abtrocknete, erstarrte mitten in ihrer Bewegung, als die Haustür aufging und Schritte auf die Küche zukamen. Arisa drehte sich vom Abwaschbecken herum und atmete tief auf, als sie ihren Vater in der Tür stehen sah. Die Sorgenfalten waren aus seinem Gesicht verschwunden, und seine Augen leuchteten, wie sie es schon lange nicht mehr gesehen hatte. Zögernd lächelte sie ihn an.

»Hallo, Daddy. Hast du schon gegessen? Es gibt *moo shu* – es ist noch was übrig. Ich habe es selbst gekocht.«

Er lächelte und legte seinen Arm um sie. »Ich habe schon gegessen, aber ich nasche gerne noch ein bißchen davon.« Er küßte sie auf die Wange und sah dann zu Melisande hin. Sie stand noch immer bewegungslos da, war ihm nur mit den Augen gefolgt. »Wie wär's, wenn du Tee machst und dich dann zu mir setzt, während ich Arisas Kochkünste probiere?« Er sah zu Arisa hinüber, die sich bereits am Herd zu schaffen machte. »Du auch, Baby. Ich habe euch was zu erzählen.«

Melisande atmete hörbar auf. Einen Moment lang war ihr Gesicht wie ein offenes Buch. Hoffnung keimte in ihr auf, brannte lichterloh und verlosch dann wieder. Ihre Augen senkten sich und sahen plötzlich wieder den Topf in ihrer Hand. Langsam begann sie ihn abzutrocknen. Sie hatte in seinen Augen den Sieg gesehen – und auch Frieden. Sie wußte, daß sie den Kampf nun endgültig verloren hatte.

Arisa brachte das *moo shu* und stellte Teetassen auf den Tisch. Dann setzte sie sich auf einen Stuhl und sah ihn erwartungsvoll an. Sie fand, daß er glücklich und zufrieden aussah und auch erleichtert. Als er nicht sofort sprach, fragte sie ungeduldig: »Hast du eine neue Stelle gefunden, Daddy?«

Er spitzte die Lippen und antwortete geheimnisvoll: »Das kann man wohl sagen! Aber nicht so eine langweilige wie bei Pagets. Eigentlich ist es auch keine richtige Stelle.« Er sah kurz zu Melisande hin, als ob er auf eine Frage von ihr wartete. Aber sie sah nur stumm vor sich hin.

Arisa hatte die Begeisterung in seiner Stimme herausgehört und drängte nun aufgeregt: »Was ist es denn, Daddy? Sag es doch!«

Elliot schien seine Worte sorgfältig abzuwägen, bevor er ihr antwortete. »Ich werde ein eigenes Geschäft aufmachen und Kunst aus dem Orient einführen.«

Arisa klatschte begeistert in die Hände. Sie hatte immer gewußt, daß er chinesische Kunst über alles liebte, und nun würde er sein eigenes Geschäft haben!

»Woher willst du das Geld dafür nehmen?« warf Melisande trocken ein. »Es kostet Tausende, so ein Geschäft aufzubauen.«

»Ich habe die Ch'ien-Lung-Tasse verkauft.« Einen Moment lang war es so still, daß man nur noch das Zischen des Wasserkessels hörte.

»Ach, Daddy, deine Ch'ien Lung?«

»*Deine* Ch'ien Lung«, verbesserte er sie leise. Er nahm ihre Hand und sah sie ernst an. »Ich habe nicht vergessen, daß ich dir meine Sammlung versprochen habe, Arisa, und ich werde es auch wieder gutmachen. Sobald das Geschäft auf eigenen Füßen steht, beginne ich mit einer neuen Sammlung, die noch schöner sein wird als die alte. Aber im Moment brauche ich eine größere Geldsumme. Ich muß auch noch ein paar andere Stücke verkaufen.« Er holte tief Luft und lächelte dann etwas gezwungen. »Ich habe schon einen günstigen Laden in Melrose gesehen und glaube, daß ich einen Mietvertrag für ein Jahr bekommen kann. Es ist eine gute Gegend.«

Arisa spürte, wie seine Finger leicht bebten. Sie sprang auf, warf ihre Arme um seinen Hals und küßte ihn auf die Wangen. »Ich freue mich so, Daddy. Es wird ganz bestimmt klappen!« Sie tanzte übermütig um seinen Stuhl herum. »Mama? Freust du dich denn nicht?«

Melisande fuhr zusammen. »Du hast keine Ahnung, wie man so ein Geschäft führt, Elliot«, sagte sie rauh.

»Für den Anfang weiß ich genug, und den Rest werde ich dazulernen. In der chinesischen Kunst kenne ich mich jedenfalls gut aus, und das ist das Wichtigste. Und da sich die politische Lage inzwischen beruhigt hat, kann man auch wieder in Hongkong einkaufen. Ich habe so viele gute Verbindungen dort . . .« Er unterbrach sich kurz und fuhr dann etwas nüchterner fort: »Ich gebe zu, daß es nicht leicht sein wird. Aber versuchen muß ich es. In der Architektur ist hier kein Platz für mich. Ich will mich nicht noch einmal in eine Sackgasse hineinarbeiten.«

Der Wasserkessel fing schrill zu pfeifen an, und Arisa lief schnell zum Herd und goß das Wasser in die Teekanne. Sie verstand nicht, warum sich ihre Mutter gar nicht zu freuen schien. Aber vielleicht mußte sie sich erst an diesen neuen Gedanken gewöhnen. Sie selbst fand die Idee jedenfalls fabelhaft. Vielleicht konnten sie sogar bald in ein hübscheres Haus umziehen. Das würde Mama dann bestimmt glücklich machen. Arisa stellte die Teekanne auf den Tisch und fragte: »Wann willst du den Laden eröffnen, Daddy? Wird er wie Fook Shings Laden aussehen?« Fook Shings Laden in Hongkong, mit den dunklen Teppichen und Wandbehängen und dem leuchtenden Messinggong neben der Tür, war einer ihrer liebsten gewesen.

Er lachte. »Wahrscheinlich eher wie Mr. Changs in der Ladder Street«, antwortete er augenzwinkernd. Wie oft hatten sie über den unglaublichen Durcheinander des winzigen Ladens gelacht, in dem Mr. Chang sein Geschäft betrieb. Doch obwohl der Laden wie eine Rumpelkammer aussah, beherbergte er eine der erlesensten Sammlungen Hongkongs. Elliot hatte den Laden selten mit leeren Händen verlassen.

Arisa lachte vergnügt. »Und wirst du dir auch einen Haarzopf wachsen lassen und ein schwarzes Käppchen tragen?«

Er steckte schnell seine Hände in nichtvorhandene, weite Ärmel, grinste und verbeugte sich mehrere Male, so wie es Chang immer getan hatte. »Sie ehren mein unwürdiges Haus, Missy Travish . . .«

Arisa kicherte. Wie schön, daß er wieder daheim und so guter

Laune war. Sie strahlte ihre Mutter an, die ihr schließlich ein winziges Lächeln schenkte. Ihre Panik hatte sich mit Elliots Rückkehr wieder gelegt, und die Zweifel und Ängste schienen langsam abzuklingen. Arisa sah, wie ein leichter rosa Hauch in ihre Wangen stieg.

Ja, alles würde jetzt wieder gut werden.

Aber es dauerte noch eine geraume Weile, bis das Geschäft endlich florierte. Es waren zwei lange Jahre der Entbehrung gewesen, und die einzige Veränderung, die sich zunächst zugetragen hatte, war in Elliot selbst erschienen. Er war nicht mehr deprimiert, sondern zeigte plötzlich einen ausgeprägten Ehrgeiz und Unternehmungsgeist. Langsam, aber sicher sprach sich sein Name herum, und das Geschäft wurde bei Dekorateuren und Sammlern immer bekannter und beliebter. Nach einem Jahr konnte er sich seine erste große Reise nach Hongkong leisten, und bald darauf entstand die Firma ›Travish Imports‹. Ihre finanzielle Lage verbesserte sich, und Elliot kaufte ein kleines Haus am Rande von Beverly Hills. Melisande schien sich darüber zu freuen und begann, es geschmackvoll einzurichten. Aber niemals setzte sie einen Fuß in das Geschäft ihres Mannes. Auch am Anfang, als Elliot um das Überleben seines neuen Unternehmens kämpfte, war sie völlig unbeteiligt geblieben. Sie hörte zwar zu, wenn er von seinen Problemen und Triumphen berichtete, äußerte aber nie eine eigene Meinung dazu. Es war, als ob sie die abergläubische Furcht hatte, daß sie ihr Schicksal endgültig besiegeln würde, wenn sie dem Geschäft irgendeine Bedeutung beimaß.

Nach außen hin machte sie einen entspannten und zufriedenen Eindruck, doch wenn sie mit Arisa alleine war, sprach sie immer noch sehnsüchtig von ihrem Leben in Hongkong.

Bevor Elliot auf seine erste Reise nach Hongkong ging, stellte er Deline Armitage als seine Assistentin ein. Sie war in Hongkong aufgewachsen und mit orientalischer Kunst genauso vertraut wie Elliot selbst.

Travish Imports wurde so erfolgreich, daß die Firma ein Jahr später in einen größeren Laden, in Beverly Hills, umzog. Arisa ging bereits in die höhere Schule und trauerte jetzt der Vergangenheit nicht mehr nach. Sie begann, die Gegenwart in vollen Zügen zu genießen. Die Erinnerung an Hongkong wurde immer blasser, je mehr sie sich den Mädchen ihrer Altersgruppe anschloß. Manchmal regte sich ein leises Schuldbewußtsein in ihr, denn sie hatte auch aufgehört, die Vertraulichkeiten ihrer Mutter zu ermutigen. Sie wußte, daß Melisande im stillen immer noch auf eine Rückkehr hoffte. Elliot sprach manchmal davon, daß sie ihn auf seinen Reisen begleiten könnte, aber es wurde nie etwas daraus.

Zu ihrem sechzehnten Geburtstag bekam Arisa von ihrem Vater einen Gebrauchtwagen geschenkt, der sie bei ihren Freunden sehr beliebt machte. Ihr Selbstbewußtsein wuchs, als sie alle darum kämpften, in dem Kabrio von ihr spazierengefahren zu werden. Arisa fuhr gut und hatte noch nie einen Unfall gehabt – bis zu jenem schicksalhaften Tag, an dem sie ihre Mutter zu einer Galerieeröffnung nach Laguna fahren sollte. Eine vom Regen verschmierte Autobahn – ein Cadillac, der sie plötzlich schnitt – das Kreischen der Räder – und dann knallte das Kabrio gegen die Leitplanke, an der es wie zerknülltes Reispapier hängenblieb. Und dann das Feuer – das war das Grauenvollste gewesen. Die lodernden Flammen, die das bis zur Unkenntlichkeit verzerrte Gesicht ihre Mutter umgaben. Diese Flammen – und die schrecklichen Schreie. Lange danach noch schreckte sie immer wieder zitternd und schweißgebadet aus ihrem Schlaf auf, die Schreie im Ohr und den schweren öligen Rauch in der Nase.

Als sie wieder in die Schule zurückkehrte, konnte sie das Mitleid ihrer Klassenkameraden und Lehrer nicht ertragen. Es war schlimmer als ihre schuldbeladene Einsamkeit. Sie wurde völlig apathisch, beteiligte sich nicht mehr am Unterricht. Verzweifelt wandte sich ihr Vater an den Schulpsychologen.

»Sie fühlt sich am Tod ihrer Mutter schuldig«, erklärte ihm der Arzt. »Vielleicht kommt auch noch ein älteres, tieferes Schuldgefühl dazu. Jedenfalls will oder kann sie nicht darüber sprechen. Bis es soweit ist, kann ich nicht viel mit ihr machen. Vielleicht eine Therapie . . .«

Elliot sprach noch am selben Abend mit Arisa darüber. Seit dem Unfall kam Deline Armitage jeden Tag um zwei Uhr in den Laden und blieb bis Geschäftsschluß, damit er daheim sein konnte, wenn Arisa von der Schule kam. Er hatte Angst, sie allein zu lassen. Obwohl er sich große Sorgen um sie machte, war er auf ihre heftige Reaktion doch nicht vorbereitet.

»Ich gehe zu keinem Psychiater!« schrie sie ihn wild an. »Ich bin doch nicht verrückt! Ich weiß genau, was ich getan habe, und ein Arzt kann Mutter auch nicht mehr zurückbringen. Reicht es noch nicht, daß ich sie umgebracht und dein und mein Leben ruiniert habe? Laß mich allein!« Sie rannte schluchzend hinaus und schloß sich in ihrem Zimmer ein. Voller Angst, daß sie sich etwas antun könnte, lief er ihr nach und bat sie, die Tür zu öffnen. Er versprach alles zu tun, was sie nur wollte.

Die Tür öffnete sich mit einem Mal. Tränen glitzerten noch auf ihren Wangen, und ihre rotgeränderten Augen hatten in dem Zwielicht eine violette Farbe angenommen. »Ich will weg – ich kann hier nicht mehr bleiben.«

Er zögerte erst, aber ihr eindringlicher Blick verlangte die Erfüllung seines Versprechens. »Wirst du die Schule erst noch beenden?«

»Nein.« Sie schüttelte den Kopf. »Nein, hier nicht.«

»Woanders? In der Schweiz vielleicht? Da, wo dieses Mädchen aus deiner Schule hingegangen ist, erinnerst du dich?« Er zermarterte sich das Gehirn nach einem schnellen Ausweg. »Du hast erzählt, daß sie in ihren Briefen darüber geschrieben hat. Über die Universität können wir dann immer noch reden, wenn es soweit ist.« Er hatte in der gegenwärtigen Lage keinen Spielraum mehr, um lange mit ihr zu verhandeln. Sie war am Zug, und er betete insgeheim, daß sie ihn nicht verschenken würde. Aber sie nahm sein Angebot an, wenn auch teilnahmslos. Erleichtert legte er seinen Arm um sie. Die Krise war vorbei.

Dann folgten der Rest des Schuljahres in einer Akademie in der Schweiz – ein Sommer mit Freunden in England und dann der Entschluß, nicht mehr nach Kalifornien zurückzukehren, sondern auf ein englisches College zu gehen. Kalifornien verschwand in der Vergangenheit, genauso wie damals Hongkong.

Und jetzt hatten sich auf einmal alle Türen wieder geöffnet. Sie mußte sowohl der Vergangenheit wie auch der Zukunft entgegentreten. Sie begann, die Papiere auf dem Schreibtisch ihres Vaters durchzusehen. Briefe, Kataloge, Broschüren, Quittungen und unleserliche Notizen lagen durcheinander. Sie zog die Schubladen auf und betrachtete das hoffnunglose Chaos darin. Sie hatte ihren Vater immer für einen methodischen Mann gehalten. Wenn er mit den Geschäftsunterlagen auf ähnliche Weise umgegangen war, hatte sein Buchhalter nichts zu lachen gehabt. Sie hoffte, daß sich Deline um den Schriftverkehr gekümmert hatte. Mit einem schweren Seufzer begann sie, die Papiere in kleine Häufchen aufzuteilen.

Es dauerte den ganzen Tag, bis sie etwas Ordnung hineingebracht hatte, obwohl sie die Sachen nicht einmal genau durchlas. Sie fand eine Quittung für einen Banksafe in der Security Bank. Ob das wohl der Schlüssel war, den er ihr nach Paris geschickt hatte? Vielleicht wußte Forbes etwas davon. Vor ihr lag ein Stapel von Rechnungen, und sie lachte kurz auf. Ohne ein Scheckbuch konnte man nicht sagen, welche davon bezahlt worden waren und welche nicht. Aber sie konnte kein Scheckbuch finden. Danach mußte sie Forbes auch fragen, oder Deline, oder Carter. Vielleicht hatte der Geschäftsbuchhalter seine persönlichen Rechnungen erledigt.

Sie nahm die Rechnung einer Kreditanstalt in die Hand, die sie in einem ungeöffneten Umschlag gefunden hatte. Der Betrag lautete über fünftausend Dollar und schien sich hauptsächlich aus Restaurantsrechnungen zusammenzusetzen. Das mußten Spesen sein – was sonst? Komisch, daß die Rechnung nicht direkt an das Geschäft geschickt worden war. Sie sah plötzlich, daß es sich sogar um eine Mahnung handelte. Sie schüttelte den Kopf. Er hatte tatsächlich ein wenig die Übersicht verloren. Aber vielleicht war die Rechnung auch gekommen, als er sich so intensiv mit der Hankow-Kollektion beschäftigt hatte. Er hatte wahrscheinlich einfach vergessen, den Brief zu öffnen. Sie nahm einen leeren Umschlag heraus und adressierte ihn an Carter Montaigne. Als Testamentsvollzieher war das jetzt seine Sache.

Sie stand auf und streckte sich. Dann ging sie in die Küche, um sich einen Drink zu machen. Sie wünschte, daß sie sich etwas für den Abend vorgenommen hätte, denn ein wenig Gesellschaft wäre jetzt nett gewesen. Sie trug ihr Glas ins Wohnzimmer und legte sich auf das Sofa.

Wenn sie Carters Angebot nicht annahm, dann konnte sie eigentlich nicht mehr nach Paris zurückkehren. Sie hatte kaum Geld, um sich eine Flugkarte zu kaufen, geschweige denn, um den Vertrag für die Galerie abzuschließen. Vielleicht sollte sie ihren Stolz hinunterschlucken und doch verkaufen. Aber dann sah sie im Geist sein arrogantes Gesicht vor sich. Nein, sie würde ihm damit nur in die Hände spielen. Sie mußte sich auf jeden Fall erst mit Forbes beraten, bevor sie einen Verkauf überhaupt in Erwägung zog. Sie wußte ja noch nicht einmal, wieviel ihre Anteile wert waren.

Nervös leerte sie ihr Glas und trug es in die Küche zurück. Es hatte keinen Sinn, hier herumzusitzen und zu brüten. Heute abend konnte sie sowieso nichts mehr entscheiden. Es war besser, wenn sie noch ein wenig einkaufen ging und anschließend irgendwo zu Abend aß. Morgen würde sie Carter besuchen und ihm einen anderen Vorschlag machen. Denn da sie nun schon mal hier war, konnte sie ihre Zeit auch im Geschäft zubringen. Das wäre dann die Gelegenheit, für ihre eigene Galerie etwas zu lernen, und gleichzeitig konnte sie sich auch an Ort und Stelle über den wirklichen Zustand des Geschäfts informieren.

Das Jahr des Hasen

Kanton, Dezember 1927

Lei Tong umklammerte das glatte, kalte Metall des Gewehrlaufs, der zu einem Teil seines Selbst geworden war. Im Winter war der eiskalte Stahl mit der Kälte in seinem Herzen vergleichbar, und in der Hitze des Sommers wurde er zum Symbol seines brennenden Hasses, der nun nie mehr erlöschen konnte. Es hatte Momente gegeben, in denen er seine Rachgier befriedigen und alle Energien gegen die verhaßten Fremden einsetzen konnte – aber es waren zu wenige gewesen. Die Armee der Kuomintang begann in seinen Augen zu verweichlichen. Wie sonst sollte man erklären, daß sie so bereitwillig einem Waffenstillstand zugestimmt hatte, der von der Regierung und den Ausländern verlangt worden war? Diese Teufel, die alle Schulen und Missionen führten und wie Esel ihren sanften Gott anwieherten, hatten immer noch zuviel Macht. Er verachtete und haßte sie aus tiefstem Herzen.

Er verlagerte sein Gewicht, um den Schmerz in seinem Arm zu erleichtern. Die Knochen waren wieder zusammengewachsen, und sein Arm war so stark, daß er die schwerste Waffe halten konnte. Aber die Schmerzen konnte er nur mit größter Willenskraft ignorieren. Die Hand selbst tat nicht weh, aber zwei Finger hingen leblos und verkrümmt von ihr herab. Die anderen hatten erst über ihn gelacht und ihm den Spitznamen ›Teufels Hand‹ gegeben, als er wochenlang verbissen seine Fingerübungen gemacht hatte, um mit dem zweiten Finger schießen zu lernen. Aber als ihm dann seine Muskeln gehorchten und er das Ziel besser traf als sie, hatten sie aufgehört zu lachen. Sein Spitzname hatte sich verwirklicht. Er war nun wirklich eine Teufelshand geworden.

Nur jetzt hatte die Teufelshand den Befehl erhalten, erst dann zu schießen, wenn ihm Sun Fo, ein Offizier unter General Shan, das Signal gab. Lei Tong sah zu dem Offizier hinüber, der zwischen seinen Männern stand und wartete. Vom Flußufer klang das Geräusch von Schüssen herüber, und Lei Tongs Finger kribbelten. Wenn man ihn der Flußpatrouille zugeteilt hätte, könnte er nun ebenfalls schießen, anstelle wie ein Ölgötze hier herumzustehen.

Das Viertel war unnatürlich ruhig, und die Ladenbesitzer hatten ihre Läden mit schweren Eisengittern verbarrikadiert. Ein Bus voller Kameraden fuhr jetzt an ihnen vorbei, und Lei Tong sah, daß sich vor dem Tor des Canton-Krankenhauses noch eine andere Soldatengruppe formiert hatte. Plötzlich kam aus der Richtung der englischen Schule ein Bote auf sie zugelaufen, und die Männer sahen erwartungsvoll auf. Er sprach hastig auf Sun Fo ein, der fast sofort ein Signal gab. Die Männer setzten sich in Bewegung.

Lei Tongs Blut begann, heiß in seinen Adern zu kreisen. Trotz des brennendes Schmerzes in seinen Lenden, der ihn unablässig an seine geraubte Männlichkeit erinnerte, lief er in der ersten Reihe voran. Die ausländischen Teufel waren genauso schlimm wie die Banditen, die den Zug überfallen und ihn wie ein Tier gefoltert hatten. *Alle,* die sich an China wie an einem Reiskuchen sattfressen wollten, mußten vertrieben werden. *Wir werden sie alle töten,* kreischte es in seinem Kopf. *Bringt sie alle um!*

Lautlos quollen die Männer aus der engen Gasse heraus und umringten die Schule. Der erschrockene Pförtner versuchte noch schnell, das schwere Tor zu schließen, aber die Männer schoben ihn einfach zurück und stürmten in den Hof. Zwei Bauern, die gerade eine kleine Kuhherde hinaustreiben wollten, blieben wie versteinert stehen, ließen dann ihre Stricke fallen und tauchten blitzschnell in der wogenden Menschenmenge unter. Einer der Soldaten stellte ihnen nach, doch ein scharfer Befehl von Sun Fo rief ihn zurück. Sie waren nicht auf chinesische Bauern aus, sondern auf den Verräter aus ihrer Mitte, der die Engländer und Amerikaner von ihrem Plan unterrichtet hatte.

Der Hof war nun voller Soldaten, und eine kleine Gruppe rannte bereits die Treppe zur Eingangstür hinauf. Laut krachten die Gewehrkolben gegen das schwere Holz.

»Im Namen von General Shan, öffnet die Tür«, brüllte Sun Fo. Und hinter ihm riefen die Männer im Chor: *»Min-chu! Min-ch'uan! Min-sheng!* Weg mit den fremden Teufeln!«

»Wir werden sie wie Schweine aufspießen«, zischte Kamerad Bok neben Lei Tong durch seine Zähne. »Wenn General Shan und das Hasenherz Sun Fo keinen Mut dazu haben, wird eben die Rote Hand unsere Leute rächen.«

Lei Tong sah seinen Kameraden mit funkelnden Augen an. »Schlagen wir zu?« Wilde Erregung schnürte ihm fast die Kehle zu.

Bok streckte zur Antwort nur seine linke Hand aus und packte damit Lei Tongs linke. Das war der Gruß und das Zeichen der Bruderschaft. Lei Tongs Atem rasselte laut. Sie würden ihrem Eid treu bleiben und die fremden Teufel nicht nur vertreiben, sondern auch töten. Das war der einzige Balsam, der die Schmerzen in seinem Körper lindern konnte. Rücksichtslos drängte er zu der schweren, messingbeschlagenen Tür hinauf, die sich jetzt plötzlich öffnete.

»Wir wollen den Verräter Pook Yat haben!« bellte Offizier Sun.

Der weiße Mann namens Downs blinzelte sie kurzsichtig an. »Was fällt euch ein, die Freunde General Shans beim Essen zu stören?« rief er entrüstet.

»Wer einen Verräter der Kuomintang versteckt, hat seine Freundschaft mit dem Volk verspielt!«

»Er ist nicht hier«, log Downs ungeschickt und blinzelte nervös.

Sun schob den alten Mann einfach zur Seite und betrat das Haus. Eine kleine Gruppe seiner Männer folgte ihm, darunter auch Lei Tong und Bok. Sie trampelten durch die Eingangshalle der Schule, rissen alle Türen des Korridors auf und durchsuchten die Räume dahinter. Sun gab einigen Männern den Befehl, oben zu suchen, und Lei Tong und Bok schoben sich schnell an ihre Spitze. Mit blitzenden Bajonetten und schußbereiten Gewehren stürmten sie die Treppe hinauf.

Der Gang wurde nur durch ein kleines Dachfenster erhellt. Lei Tong stieß eine Tür auf und durchsuchte das Zimmer. Mit seinem Bajonett stieß er durch die Kleider im Schrank, riß das Bettzeug von der weichen, dicken Matratze, die auf vier Füßen stand, und schlitzte die Kissen auf, bis die Federn wie frischgefallener Schnee wieder auf den Boden rieselten. Nichts! Fluchend stürzte er wieder auf den Gang hinaus und mischte sich unter die anderen Männer. Sie durchsuchten das ganze Stockwerk und ließen keine Tür ungeöffnet. Lei Tong ging ein zweitesmal durch den ganzen Gang und warf noch mal einen Blick in jedes Zimmer. Aber es half nichts, sie mußten mit leeren Händen hinuntergehen.

Sein Magen verkrampfte sich vor Enttäuschung. Was hatten diese verfluchten Fremden mit Pook Yat gemacht? Hatten sie ihn weggezaubert? Er mußte einfach hier sein. Das Haus war seit Stunden beobachtet worden, und eine Flucht war ganz ausgeschlossen. Zitternd vor Wut stand er am Geländer und sah in die Halle hinab.

»Ich habe euch ja gesagt, daß er nicht hier ist!« rief Downs triumphierend und schüttelte seine Faust vor Sun Fos Gesicht herum.

»Die Augen meiner Männer haben aber gesehen, wie er in dieses Haus gekommen ist. Du lügst, alter Mann, und ich werde dich töten!« zischte Sun Fo und legte die Bajonettspitze spielerisch an den Bauch des Mannes.

»Er ist aber nicht hier!« wiederholte der Amerikaner störrisch, doch seine Stimme zitterte dabei wie ein Blatt im Wind.

Schwer atmend ging Lei Tong auf die Treppe zu, als er plötzlich von seinem Kameraden zurückgehalten wurde. Bok deutete auf das

Ende des Ganges, wo in die Wandtäfelung eine fast unsichtbare Tür eingelassen war. In dem düsteren Licht war sie nur schwer erkennbar. Schweigend gingen sie darauf zu, öffneten sie leise und sahen eine enge, steile Stiege, die zum Speicher hinaufführte. Lautlos schlichen sie hinauf. Der Raum war kalt und staubig und wurde durch eine Luke im Dach nur spärlich beleuchtet. Ihr Blick wanderte über Kisten, Schachteln und Koffer, und dann deutete Bok plötzlich auf einen großen Überseekoffer aus Leder. Auf dem Boden darum herum waren deutliche Spuren im Staub zu sehen.

Sie schlichen lautlos darauf zu und schlugen zusammen, mit einer Bewegung, den Deckel zurück. Zwei Menschen kauerten darin und bedeckten ihre Gesichter, als ob sie sich damit unsichtbar machen wollten.

Grunzend riß Bok einen Kopf an den Haaren hoch und grinste. »So, Kamerad Pook Yat, du versteckst dich also hinter den Rökken der weißen Teufel!« Er zerrte den zitternden Mann an den Haaren heraus. Die andere Person in der Kiste bewegte sich unwillkürlich, und Lei Tong streckte blitzschnell seine Hand danach aus. Es war eine Frau! Ein weiblicher Teufel!

»Natürlich«, knurrte er, »der Hund liegt bei der Hündin!« Er riß sie hoch, und die Frau schrie verängstigt auf. Schaudernd starrte sie auf das Bajonett hinab, das ihr Lei Tong gegen die Brust hielt.

Unter Aufbietung aller Kräfte sagte sie mit zitternder Stimme: »Pook Yat hat nichts getan. Laßt ihn gehen.« Aber sie hätte sich ihre Worte sparen können.

Lei Tong lachte nur. Sie bat doch tatsächlich um das Leben dieses Verräters! Ha! Er warf einen verächtlichen Blick auf Pook Yat, der furchtsam schwieg. Wenn ihn Bok nicht festgehalten hätte, würde er sich jetzt im Staub wälzen und sie um Gnade anflehen. Feigling! Aber er wußte, daß er schon so gut wie tot war. Als Verräter ihrer Bruderschaft konnte er sich auf eine lange Folter gefaßt machen. Er kannte die Strafe. Lei Tong und Bok tauschten einen kurzen Blick aus. Sie verstanden sich.

Bok schubste den Gefangenen vor sich zur Treppe hin, und Pook Yat wand sich tänzelnd, damit ihm nicht alle Haare samt der Wurzel ausgerissen wurden. Die Frau aber brachte keinen Laut hervor. Sie starrte nur mit ihren blauen, weit aufgerissenen Augen auf Lei Tong. Als er verächtlich grinste, fand sie plötzlich wieder ihre Stimme.

»Ich werde meinem Mann von eurer sinnlosen Brutalität berichten«, begann sie. »Wir stehen unter dem persönlichen Schutz von General Shan. Es war völlig richtig von Pook Yat, daß er uns vor diesem schrecklichen kommunistischen Aufstand gewarnt hat. Ihr werdet nicht ungeschoren davonkommen, das kann ich euch versprechen!« Sie streckte herausfordernd das Kinn vor, konnte aber das Zittern ihrer Lippen nicht ganz verbergen.

»Mach schnell . . .«, rief ihm Bok zu, bevor er wie ein Maulwurf in dem dunklen Treppenaufgang verschwand.

Lei Tong nickte. Als die Frau aus dem Koffer steigen wollte, verdrehte er ihr brutal den Arm, so daß sie laut aufschrie. Er stieß sie grob zurück, und noch während sich ihre Überraschung in Entsetzen verwandelte, gab er ihr einen neuen Stoß, so daß sie wie eine Marionette in dem Koffer zusammenklappte. Sie setzte zu einem Schrei an, doch er hob schnell sein Bajonett und stieß mit aller Kraft zu. Der Schrei wurde ein Röcheln und endete in einem langgezogenen, klagenden Wimmern. Sie hob hilflos die Hand, um sich vor dem nächsten Stoß zu schützen, aber er stach wieder und wieder nach ihr, bis sie schließlich leblos in ihrem eigenen Blute lag.

Die runden, blauen Augen starrten leer zu ihm auf. Er wischte das Bajonett an ihrem Rock ab, und seine Lippen kräuselten sich dabei zu einem grausamen Lächeln. Dann schnickte er mit der Bajonettspitze ihre helle Hand, die über den Rand gefallen war, in den Koffer zurück.

»Jetzt kannst du für immer in den Tiefen deiner Hölle schlafen, du Hündin«, sagte er zufrieden, knallte den Deckel zu und ging nach unten.

Sun ließ den Gefangenen fesseln und ihn von drei Soldaten hinausführen. Von Bajonetten angetrieben, taumelte er mit grotesken Sprüngen die Stufen hinab und über den Hof.

»Das ist unmenschlich!« rief der amerikanische Lehrer entrüstet. Aber seine Worte gingen in dem Gejohle und Gelächter der Männer unter. »Ich werde mich persönlich bei General Shan beschweren und dafür sorgen, daß man euch alle zur Rechenschaft zieht!« Aber da zogen die Soldaten mit ihrem Opfer bereits zum Hof hinaus und beachteten ihn nicht mehr.

Downs ließ hilflos die Arme fallen.

Offizier Sun wollte sich gerade seinen Soldaten anschließen, als sich Lei Tong neben ihn stellte. »Und was ist mit diesem Amerikaner? Er wird die Nationalen auf uns hetzen.«

Sun warf einen angewiderten Blick über die Schulter zurück. »Es wäre mir ein großes Vergnügen, ihn neben Pook Yat zu sehen.«

»Und wer hindert uns daran?« flüsterte Lei Tong harsch.

»Er steht unter dem persönlichen Schutz von General Li, der vor diesen fremden Teufeln Angst hat«, antwortete Sun bitter. »Es heißt, daß die Engländer und Amerikaner angreifen wollen, wenn ihren Leuten etwas geschieht.« Er warf einen haßerfüllten Blick auf Downs. »Wir müssen uns noch gedulden, bis . . .« Er brach ab und blickte den anderen vielsagend an.

Ein stechender Schmerz zog durch Lei Tongs Körper. Der Amerikaner würde bald das tote Weib im Speicher finden und dann mit großem Geschrei zu General Li rennen.

»Wir gehen jetzt«, befahl Offizier Sun und folgte seinen johlenden Männern zum Hof hinaus.

»Ihr werdet eure Tat büßen«, schrie ihm der Amerikaner hysterisch nach, drehte sich um und stieg schnell die Stufen hinauf.

Lei Tong wirbelte herum, zog aus seinem Gürtel einen dünnen, scharfen Dolch und rannte ihm lautlos nach. Im nächsten Moment war alles vorbei. Erst lief nur ein dünner Blutfaden herab, doch dann, als die Wunde wie eine reife Frucht aufplatzte, schoß eine hellrote Fontäne heraus. Der alte Mann sackte röchelnd zu Boden.

»Schnell«, drängte Bok und warf einen befriedigten Blick auf den zuckenden Körper. »Schnell!«

Zusammen rannten sie aus dem Hof hinaus und schlossen das schwere Tor hinter sich.

Obwohl sie theoretisch General Shans Einheit angehörten, ignorierten sie seine Befehle und schlugen ihr Lager in den verwahrlosten Gebäuden nördlich der Akademie auf. Sun Fo hatte sein Vertrauen in diesen Papiersoldaten verloren, der immer nur redete, anstatt zu kämpfen. Und seine Männer waren schon lange der Meinung, daß die Zeit der Worte vorbei war.

Lautes Gelächter und Hohnrufe füllten den Lagerplatz hinter den Baracken, als sich Pook Yat an dem Holzkreuz wand. Sein Gesicht war nur noch eine blutige, unkenntliche Masse. Er konnte nicht schreien, denn man hatte ihm die Zunge herausgeschnitten. Blut lief ihm übers Kinn, und die Fesseln hatten seine Arme und Beine wundgeschürft.

Ein torkelnder Soldat warf eine leere Weinflasche nach ihm. Sie traf ihn am Kopf und zerschellte am Boden.

»Pen, der Meisterschütze!« schrie jemand und lachte laut.

»So ein großes Ziel könnte nur ein Krüppel verfehlen«, rief ein anderer.

Weinflaschen kreisten von Hand zu Hand, und hin und wieder blieb einer der Soldaten vor dem Kreuz stehen und stach mit seinem Bajonett spielerisch nach Pook Yat. Dann schlitzte ihm einer die Hose auf, und ein anderer zog mit der Schneide seines Dolches über Pook Yats Genitalien. Ein ungeduldiges Gedrängel entstand, als jeder versuchte, als nächster an die Reihe zu kommen.

Lei Tong lehnte an einer Mauer und sah dem Treiben unbeteiligt zu. Er hatte kein Mitleid mit dem Verräter, aber sein Anblick erinnerte ihn wieder an den eigenen Schmerz, den er damals im Zug erlitten hatte und der noch immer in seinem Körper nagte. Niemals würde er diesen Moment vergessen. Er hob die Flasche Reiswein, die ihm Bok gebracht hatte, und trank gierig. Bisher hatte es noch keinen Alarm in der englischen Schule gegeben. Lagen die Leichen noch immer in ihrem Blut? War der Pförtner nicht mehr zurückgekommen? Oder hatte er sich sofort wieder aus dem Staub gemacht, als er das Blutbad entdeckte?

Sporadische Schüsse klangen aus der Stadt herüber. Es hieß, daß ein französisches Kanonenboot alle Franzosen aus ihrem Krankenhaus evakuiert hätte und daß viele andere Ausländer aus der Stadt flohen. Und außerdem ging das Gerücht um, daß General Lei Kuf-lam Truppen der Fünften Einheit von der Insel Honam herübergeschickt hätte, um die Rebellen zu vertreiben, die für die Rote Armee kämpften.

Lei Tong grinste verächtlich und trank wieder aus seiner Flasche. Sie sollten nur kommen! Die Rote Armee würde die Weiße Fahne genauso besiegen wie die fremden Hunde, die an der Brust des Pazifismus saugten und sich über die Gewalttaten der Roten Armee aufregten. Bald würde sich die Rote Armee über ganz China ausgebreitet und das Volk aus seinen Fesseln befreit haben. Bald würde über dem ganzen Land die herrliche Rote Fahne der Kuomintang wehen. Und dann konnte auch ein Chiang Kai-shek die Revolution nicht mehr aufhalten, indem er versuchte, die Welle des wahren Nationalismus einzudämmen.

Plötzlich hörte er ein aufgeregtes Flüstern in der Nähe und sah neben Bok einen fuchtelnden Mann stehen, der wie ein Händler gekleidet war. Er erkannte Kamerad Ying Pow und ging hinüber, um ihn zu begrüßen. Aber der Mann war so erregt, daß er kaum Notiz von ihm nahm.

»Der General hat den Befehl gegeben, alle Schuldigen zu fassen. Hundert Männer durchsuchen bereits die Stadt.«

Lei Tongs verkrüppelte Hand begann zu prickeln. Bok sah ihn vielsagend an. »Man hat die Amerikaner gefunden. Der Pförtner, dieser räudige Hund, hat ihnen gesagt, daß er uns gesehen hat. Man weiß, wer wir sind.«

»Ach, die Kameraden werden uns schon helfen«, sagte Lei Tong nachlässig. »Vergiß nicht, daß der Kampf gegen die Weißen jeden Moment beginnen kann.«

Bok kniff die Lippen zusammen. »Ha! Du hast wohl noch nicht gehört, daß General Shan in dieser Stunde mit Chian Kai-shek verhandelt und ihm, als Gegenleistung für seinen Auszug aus Shameen, unsere Einheit an seine Truppen ausliefern will! Für unsere Armee vielleicht kein großer Preis, Kamerad, für uns aber schon.« Er fuhr sich mit der Hand bezeichnend über die Kehle. »Wir müssen schnell verhandeln.«

»Ich renne doch nicht davon wie ein Hase!«

Bok ignorierte ihn. »Wir könnten uns nach Schanghai durchschlagen und uns dort den Kameraden anschließen. Die Bruderschaft wird uns auf dem Weg schon helfen. Lebende Soldaten kämpfen besser als tote.«

Lei Tong saugte den letzten Tropfen aus seiner Flasche. Sein Freund hatte recht. Der Kampf war noch lange nicht zu Ende. Er wischte sich mit dem Ärmel über den Mund, holte mit dem Arm weit aus und warf die Flasche zum Kreuz. Sie traf den Rücken eines Soldaten, der gerade eine Handvoll Lehm in die blutige Höhle von Pook Yats Mund stopfte und den Schlag kaum bemerkte.

»Auf nach Schanghai, mein Freund«, rief Lei Tong etwas betrunken. »Und auf einen glorreichen Sieg!«

Mehrere Männer drängten sich um die rotglühende Kohlenpfanne und versuchten sich daran aufzuwärmen. Lei Tong stampfte mit den Füßen auf und zuckte zusammen, als es in seinen Sohlen wie von tausend scharfen Nadeln zu stechen begann. Seit Wochen war er nicht mehr richtig warm geworden. Es war, als ob man in diesem nördlichsten Teil der Mongolei zu einem Eiszapfen frieren müßte. *Aiii . . .* Rastlos schob er die kalten Hände in die wattierten Ärmel seiner Jacke.

Die Tür flog plötzlich krachend auf, und zwei Männer kamen herein. Ein eisiger Windstoß vertrieb die spärliche Wärme aus der Bretterbude, und sie mußten sich zusammen gegen die Tür stemmen, um sie wieder zu schließen. Sie waren so vermummt, daß sie wie Pandabären aussahen.

Die Leute um die Kohlenpfanne waren jäh verstummt und sahen den Neuankömmlingen gespannt entgegen. Auch Lei Tong wartete mit wachsender Erregung. Wie die anderen, hatte auch er über die Anführer der Roten Hand immer nur munkeln hören. Und jetzt war endlich der ersehnte Moment gekommen, in dem er sie zum erstenmal sehen würde. Die beiden Männer gingen durch den Raum und begrüßten mit feierlicher Miene jeden Mann im Namen der Bruderschaft. Lei Tong spürte bei der Berührung ihrer Hände, wie ein Energiestoß in seinen gelähmten Arm schoß.

Nach der Begrüßung setzten sich die Männer um einen Holztisch. Alle Augen waren auf Tan Tin-sum gerichtet, dem ersten Führer der Schanghai *tong,* als er sich bedächtig von seinen Hüllen befreite. Sein rundes Gesicht schien von innen heraus zu leuchten, und seine Augen bestätigten, was alle schon wußten: Er war der Führer.

Der zweite Mann begann nun, die letzten Neuigkeiten aus der Stadt zu berichten. Kommunistische Soldaten kehrten gruppenweise aus den Hügeln von Kiangsi zurück, in die sie während Chiang Kai-sheks Verfolgung im Frühjahr versprengt worden waren. Die Rote Macht wurde immer größer, und viele Mitglieder hatten unerkannt die Regierung und das Militär infiltrieren können. Chiangs Marionetten hatten nun keine Chance mehr. Mao Tse-tung war auf dem Weg nach Schanghai und würde dort das Kommando übernehmen.

Mao ...! Ein langgezogener Seufzer lief durch die Gruppe der Männer. Mao ...!

Tan Tin-sum hob die Hand, und es wurde still, als sich wieder alle Augen auf ihn richteten. »Alles ist gut vorbereitet. Der Sieg ist uns gewiß. Wenn sich die Kommunisten weiterhin an ihre Ideale halten, zu denen wir uns auch bekannt haben, werden wir mit ihnen kämpfen. Aber wir sind auch eine Bruderschaft, mit einer ganz bestimmten Aufgabe, die alles andere in den Schatten stellt. Wir haben den Eid abgelegt, die ›Steine des Himmels‹ in den Palast des Kaisers zurückzubringen!« Seine Stimme war durchdringend geworden, und seine Worte gruben sich tief in alle Herzen ein.

»Hai-hai«, antworteten die Männer im Chor.

Tan Tin-sums Hand verschwand in seiner Jacke und kam als geschlossene Faust wieder zum Vorschein. Lei Tongs Puls begann zu rasen. Als er sich in Kanton der Bruderschaft angeschlossen hatte, ging das Gerücht um, daß ein ›Stein des Himmels‹ in den Besitz der Roten Hand gekommen sei und von Tan selbst gehütet würde.

Als Schanghai von den Rebellen überfallen worden war, hatten Diebe Kwan-Yin Min geplündert. Die ›Steine des Himmels‹ waren danach vom Altar verschwunden gewesen. Drei davon fanden sich kurz darauf an der Leiche eines Soldaten, der während eines Gefechts gefallen war. Diese hatte man zur sicheren Verwahrung in ein entlegenes Dorf gebracht. Ein vierter, den Tan jetzt angeblich hatte, war von einem dummen Bauern zufällig in der Erde gefunden worden. Aber er wollte ihn nicht herausgeben, und Tan hatte ihn getötet. Der fünfte war jedoch verschwunden. Tan hatte seine Spur bis zu einem amerikanischen Major verfolgt, der inzwischen ebenfalls gefallen war. Und obwohl er den Leichnam mit eigenen Händen ausgegraben, durchsucht und sogar aufgeschlitzt hatte, war der Stein unauffindbar geblieben. Seitdem hatte man von dem fünften ›Stein des Himmels‹ nichts mehr gehört. Seit vierundzwanzig Monden war er einfach spurlos verschwunden geblieben.

Ein erwartungsvolles Schweigen legte sich jetzt auf den Raum. Tans Faust schwebte in der Luft, öffnete sich langsam, und dann legte er den vierten ›Stein des Himmels‹ auf den Tisch. Die Männer starrten ehrfürchtig darauf.

Die Jade leuchtete wie das Auge Gottes. Trotz ihres unermeßlichen Alters waren die eingravierten Linien klar erkennbar. Lei Tong riß ungläubig die Augen auf und spürte, wie sich ein schweres Gewicht auf seine Brust legte. War das ein Traum? Es konnte doch nicht sein, daß ...

Er merkte gar nicht, daß er ein gurgelndes Geräusch ausstieß und ihm Bok einen erstaunten Blick zuwarf. Tan nahm nun den Stein wieder in die Hand und verbarg ihn an seinem Körper. Die Versammlung war zu Ende. Die Männer blieben ehrerbietig stehen, bis ihre Führer hinausgegangen waren. Dann vermummten sie sich ebenfalls und verließen gruppenweise den Raum. Bok und Lei Tong blieben als letzte zurück, und Bok sah seinen Kameraden kritisch an.

»Du siehst aus, als hättest du ein Gespenst gesehen«, sagte er.

Lei Tong setzte zum Sprechen an, wurde aber plötzlich von einem Schüttelfrost gepackt. In seinem Kopf toste es.

»Was ist denn mit dir? Bist du etwa krank?« Eine Spur von Verachtung lag in seiner Stimme, denn in der Roten Hand war kein Platz für Schwächlinge.

Lei Tong kämpfte mit sich, konnte dann aber seinen Verdacht nicht länger für sich behalten. Er sah seinen Freund beschwörend an und krächzte: »Ich glaube, ich habe den fünften ›Stein des Himmels‹ schon mal gesehen. Ich begreife zwar nicht, wie es sein kann, aber ich schwöre dir, daß er am Hals meiner Schwester hängt!«

4

Carter warf den Zettel wütend auf den Schreibtisch zurück. Arisa hatte entweder immer noch nicht begriffen, oder es war ihr einfach egal. Hatte sie denn bei Elliots letztem Besuch in Paris nicht gemerkt, wie sehr er sich verändert hatte? Aber wahrscheinlich war sie zu sehr mit sich selbst beschäftigt gewesen. Frauen, die so verwöhnt waren wie sie, kümmerten sich nicht darum, wo ihr Geld herkam – solange es nur kam.

Irritiert las er den Zettel noch einmal.

Bei diesen Rechnungen handelt es sich offenbar um Spesen. Zahlen Sie sie bitte.
Arisa Travish

Ihre Unterschrift war unterstrichen und das Wort ›bitte‹ hinten angehängt worden – als ob sie sich plötzlich wieder an ihre Internatsmanieren erinnert hätte. Das Ganze bedeutete jedenfalls, daß sie Elliots Sachen durchgegangen war. Na ja, besser sie als Quentin. Er hätte sich wahrscheinlich nur die Rosinen herausgeholt und den Rest einfach liegenlassen. Arisa hingegen hatte die unangenehmen Sachen herausgeholt und sie dann ihm in den Schoß gelegt. Er seufzte.

Einerseits hatte sie völlig recht, denn er war verantwortlich dafür, daß alle ausstehenden Rechnungen bezahlt wurden. Aber ihre arrogante Einstellung irritierte ihn. Er blätterte mißmutig durch die Belege, die sie beigelegt hatte. Es schien, als ob Elliot in der ganzen Stadt Schulden gemacht hätte. Da waren Rechnungen von verschiedenen Restaurants, von etlichen Bars, wo man ihn anschreiben ließ, von Herrenmodengeschäften und einer Boutique. Das war wahrscheinlich etwas für Lily Taylor gewesen. Kein Wunder, daß er sie anpumpen mußte.

Er schob die Rechnungen zusammen und legte sie in den Umschlag zurück. Als die Gegensprechanlage summte, drückte er auf einen Knopf und bellte: »Ja?«

»Tanner hat eben wegen der Throndecke angerufen, die Elliot bei der Hankow-Auktion gekauft hat«, sagte Deline. »Er glaubt, daß es sich um ein früheres Manchu handelt, als wir dachten, und findet, daß sie nicht repariert werden sollte.«

»Was sagst du dazu?«

Sie zögerte kurz und antwortete dann: »Es stimmt schon, daß Sammler von frühen Stücken auch mit gewissen Schäden rechnen. Seide ist ein sehr delikates Material und fault schnell, wenn sie nicht richtig aufbewahrt wird. Er kann sie ja später immer noch reparieren, wenn ein Käufer darauf besteht.«

»Gut. Tanner soll die Decke nur reinigen und aufziehen, damit wir sie in der Textilabteilung ausstellen können. Je weniger man sie in die Hand nimmt, desto besser. Warten wir ab, was dann geschieht.«

»Noch etwas . . .«

»Ja?«

»Arisa ist gerade gekommen.«

Carter drehte sich auf dem Stuhl herum und sah durch die Einwegscheibe seines Büros in den Laden hinunter. Jawohl, da stand sie neben der Ming-Kollektion. Ihr Haar hatte durch die indirekte Beleuchtung einen weichen Glanz bekommen, und sie erinnerte ihn an eine Madonna aus dem Mittelalter. Er lachte trocken. Eher eine Madonna aus Stahl! Sie sah jetzt kurz zu den Büros herauf, als spürte sie, daß sie beobachtet wurde. Dann kam sie langsam die Treppe herauf.

»Sag ihr, daß ich mit ihr sprechen möchte, bevor sie wieder geht«, sagte er zu Deline.

»Gut, ich werde es ihr sagen.«

Er schaltete das Sprechgerät ab und beobachtete Arisa, als sie den Balkon entlangging. Sie bewegte sich mit der Grazie einer Tänzerin. Sie trug ein einfaches weißes Kleid, das sehr geschmackvoll und teuer aussah. Das Sonnenkleid wurde von dünnen Trägerchen gehalten und betonte ihre Bräune. Stammte die von der Sonne in Paris? Wohl kaum. Eher von der Riviera – oder einem guten Freizeitclub.

Er starrte immer noch durch das Fenster, als ihm plötzlich bewußt wurde, daß sie nicht weitergegangen war. Bevor er sich wieder ganz zu seinem Schreibtisch herumdrehen konnte, öffnete sich bereits die Tür. Typisch! Von Anklopfen hatte sie offenbar noch nie etwas gehört.

»Guten Morgen«, begrüßte er sie ironisch.

Sie ignorierte seinen Gruß und ließ sich ungefragt in einen Ledersessel fallen. Dann sah sie sich im Büro um, als ob sie es versteigern wollte.

»Sie haben es umgeräumt«, begann sie feindselig. »Wo haben Sie denn gearbeitet, solange mein Vater noch hier war?«

Er sah sie halb belustigt an. Am liebsten würde sie ihn wohl als Leichenfledderer beschuldigen. »Ich habe hier gearbeitet.«

»Das war aber sein Büro«, fuhr sie ihn an und verkniff sich offensichtlich gerade noch das Wort ›Lügner‹.

»Der Papierkram hat ihn nicht mehr interessiert. Er arbeitete hauptsächlich zu Hause oder unten im Lager.«

»Sie haben es ihm also einfach weggenommen.« Die Anklage war nun nicht mehr zu überhören.

»Nun, vielleicht hätte ich auch das Büro des Buchhalters teilen können«, antwortete er sarkastisch. »Könnten Sie das leichter akzeptieren?«

Einen Moment lang schien sie verlegen, doch dann hob sie herausfordernd das Kinn und sagte betont: »Ich, Mr. Montaigne, habe jedenfalls nicht die Absicht, mein Büro mit dem Buchhalter zu teilen.«

»Das wäre mir auch nie in den Sinn gekommen.« Was, zum Teufel, sollte das nun wieder? Mein Büro? Verdammt noch mal, das fehlte noch! Er sah sie lauernd an.

Ihre Mundwinkel verzogen sich jetzt zu einem winzigen Lächeln. »Gut, denn ich erwarte, daß mir dieses Büro morgen früh zur Verfügung steht. Ich möchte als erstes die Verkaufsunterlagen sehen, das Inventarverzeichnis und eine Gewinn- und Verlustaufstellung der ersten sechs Monate . . .«

»Was Sie brauchen, meine Liebe«, unterbrach er sie, »ist erst einmal eine anständige Tracht Prügel.«

Mit großer Genugtuung beobachtete er, wie sie ihn erst überrascht anstarrte, dann den Mund schloß und sich in eisiges Schweigen hüllte.

Gelassen ignorierte er ihre stille Empörung und fuhr fort: »Erstens bin ich dazu ernannt worden, diese Firma zu leiten, bis das Testament bestätigt worden ist. Das heißt, daß ich hier vorerst noch das Sagen habe. *Ich,* verstehen Sie, nicht Sie. Auch nicht wir beide, sondern nur *ich.* Und ob Ihnen das nun paßt oder nicht, das hier ist *mein* Büro. Und das bringt mich zum nächsten Punkt. Auch wenn Sie Anteilseigner sind, sogar der Haupteigner, haben Sie noch lange nicht das Recht, den Tagesablauf dieser Firma zu stören. Sie sind weder der Geschäftsführer noch eine Angestellte. Ich verstehe Ihren Wunsch, sich zu informieren, aber Sie werden es nicht auf meine oder der Firma Kosten tun. Ich gebe Ihnen gerne die Gelegenheit, sich mit der Firma vertraut zu machen. Sie können, wie alle neuen Kollegen, in der Werkstatt mit dem Auspacken und Katalogisieren beginnen und sich eine allgemeine Kenntnis der Waren aneignen, die wir hier führen. Im Hinblick auf Ihre Familienzugehörigkeit und die Tatsache, daß Sie bereits eine gewisse Fachkenntnis mitbringen, können wir vielleicht von einigen der anderen Aufgaben absehen, zum Beispiel vom Aufkehren und Hinaustragen des Mülls ...« Er ließ seinen Sarkasmus ätzend in die Wunde träufeln. »Es wäre jedoch sehr großzügig von Ihnen, wenn Sie die anderen Kollegen nicht allzu herablassend behandeln würden. Denn immerhin handelt es sich dabei um Leutchen, die sich ihr Brot selbst verdienen müssen.«

Er mußte es ihr lassen: Sie bewegte keinen Muskel. Es gab kein Aufplustern, kein Zittern und keine erboste Hysterie. Nur ihre violetten Augen waren zu Eisbergen erstarrt.

Es entstand eine lange Pause. Schließlich sagte sie erstaunlich gefaßt: »Das habe ich verdient. Ich war kindisch. Aber als ich Sie hinterm Schreibtisch meines Vaters sitzen sah ...«

Sie entschuldigte sich zwar nicht, aber ihre direkte Erklärung besänftigte ihn. »Nun, ich bin auch nicht gerade berühmt für meine diplomatischen Künste«, räumte er ein. »Aber da die Luft jetzt rein ist, sollten wir uns vielleicht doch einmal sachlich über Ihre Pläne unterhalten, insofern sie die Firma betreffen. Wenn Sie meine Autorität noch bezweifeln, erkundigen Sie sich bitte bei Forbes. Solange Sie sie akzeptieren, können wir uns sicher einigen.

Mein Ziel ist, daß Travish-Montaigne bei jedem Sammler und Dekorateur in Südkalifornien oben auf der Liste steht. Wenn sie an Antiquitäten denken, sollen sie alle nur Travish-Montaigne denken. Ihr Vater hat kurz vor seinem Tod einige exzellente Stükke gekauft. Sie und der vorhandene Lagerbestand sollten uns eine gute Saison ermöglichen. Unser Inventar ist sehr vielfältig. Deline kann Ihnen eine detaillierte Liste geben. Wie Sie schon wissen, haben wir verschiedene Abteilungen, und jede Verkaufskraft ist für ihre Ware voll verantwortlich. Sie muß nicht nur über ihren Warenbestand abrechnen können, sondern auch über das, was restauriert wird.

Tanner Holmes kennen Sie ja schon. Er restauriert für uns. Er ist sehr gut, sogar ausgezeichnet. Ihr Vater hat sehr viel von ihm gehalten.«

Arisa nickte. Sie konnte sich gut vorstellen, daß die beiden miteinander ausgekommen waren. Was sie im Moment jedoch verwunderte, war Carters Bereitwilligkeit, ihr soviel zu erklären. Als ob es ihm gar nichts ausmachte, wenn sie sich wirklich im Geschäft umsehen würde.

»Wenn Sie einmal gesehen haben, wie hier alles läuft«, fuhr er fort, »und was wir im Moment auf Lager haben, werden Sie auch besser verstehen, wie wir im Moment dastehen. Eine Bilanzaufstellung allein hilft nicht viel, wenn man nicht weiß, was im nächsten Monat, oder im Monat darauf, zu erwarten ist. Ob wir nun wieder in die roten Zahlen rutschen, kann zum Beispiel von einem überlastigen Inventar abhängen oder auch von dem Gehalt einer neuen Kraft, die wir erstens nicht brauchen und uns zweitens nicht leisten können.« Er lächelte dünn.

»Ich hatte nicht erwartet, daß Sie mich auf die Gehaltsliste setzen«, entgegnete sie ruhig.

Er sah sie an und nickte. »Gut, dann verstehen wir uns ja. Travish-Montaigne könnte Sie im Moment auch nicht bezahlen. Wenn Sie unter diesen Bedingungen hier arbeiten wollen, kann ich die anderen Kollegen anweisen, mit Ihnen zusammenzuarbeiten. Natürlich nur, solange ihre eigene Arbeit nicht darunter leidet.«

»Selbstverständlich.« Arisa staunte über sich selbst. Sie war mit einer ganz festen Absicht hereingekommen, und nun saß sie nur einfach da und aß ihm brav aus der Hand. Ihr Blick fiel auf den Schreibtisch, und sie sah den Umschlag, den sie ihm geschickt hatte. »Ich sehe, Sie haben die Rechnungen bereits erhalten. Ich fürchte, mein Vater hat seine persönliche Buchhaltung nicht allzu ernst genommen. Ich konnte nicht einmal sein persönliches Scheckbuch finden.«

»Er hatte keines.«

Sie sah ihn ungläubig an. »Jeder hat ein Konto. Ich weiß, daß er eines hatte.«

»Er hat es letztes Jahr geschlossen«, sagte er kurz. Der unangenehme Moment war gekommen. Wie sollte er ihr sagen, daß die Bank das Konto schließen mußte, weil Elliot es dauernd überzogen hatte und die Firma diese Summen nicht mehr decken konnte?

Sie runzelte die Stirn. »Das ist doch absurd.«

Er suchte vorsichtig nach den richtigen Worten. »Oberflächlich betrachtet, mag es so aussehen, aber es war trotzdem zum Besten.«

»Das erklärt mir gar nichts«, sagte sie scharf und sah ihn forschend an.

Jetzt, wo sie halbwegs normal geworden war, wollte er sie nicht von neuem reizen. Andrerseits mußte sie die Wahrheit früher oder später doch einmal hören. Vielleicht war es besser, wenn sie von ihm kam. Er holte tief Luft.

»Sie haben Ihren Vater in den letzten Jahren zwar nicht oft gesehen«, begann er behutsam, »aber ich bin überzeugt, daß auch Sie während seiner kurzen Besuche einige Veränderungen in ihm bemerkt haben müssen. Er lebte allein und versuchte, sich seine Einsamkeit etwas zu erleichtern. Wie Sie selbst wissen, war er immer ein großzügiger Mensch gewesen. Aber in den letzten Jahren ist diese Großzügigkeit leider etwas ins Uferlose geraten, und sein Zugang zum Bargeld mußte erschwert werden. Es war eine Vorsichtsmaßnahme.«

»Das Bezahlen von Spesenrechnungen kann man ja wohl kaum als Großzügigkeit bezeichnen«, entgegnete sie noch immer ruhig.

Er ignorierte ihre Bemerkung. »Wir machten es dann übersichtlicher für ihn, indem wir alle seine persönlichen monatlichen Verpflichtungen von seinem Gehalt abzogen. Da die Firma zu diesem Zeitpunkt aber bereits in Schwierigkeiten war, mußten wir bald darauf die Gehälter, die aus der Gewinnmasse kamen, einschränken. Es war nur eine vorübergehende Maßnahme, aber sie war für das Geschäft lebensnotwendig. Wir rechneten mit sechs bis acht Monaten, bis die Krise überstanden sein würde.«

Ihre Augen verengten sich. »Wie lange geht das nun schon?«

»Die finanziellen Schwierigkeiten hatten sich über eine Zeitspanne von vier bis fünf Jahren aufgebaut. Die Unkosten wurden erst zurückgeschraubt, nachdem ich in die Firma eintrat.«

Sie dachte an die großzügigen Schecks, die er ihr regelmäßig geschickt hatte. Er hatte finanzielle Schwierigkeiten nie erwähnt oder auch nicht angedeutet. Hatte er in ihr nur das Kind gesehen, das man verwöhnen und vor der rauhen Wirklichkeit schützen mußte?

Carter sprach weiter, als ob er ihre Gedanken lesen konnte. »Er wollte Ihre Schecks unbedingt weiterzahlen. Aber da sie nun von seinem Privatkonto kommen mußten, fraßen sie ein tiefes Loch in sein Erspartes.«

»Aber er mußte deswegen doch bestimmt keine Not leiden, oder?« Ihre Stimme war jetzt hell vor Empörung.

»Nein, aber darin lag das Problem. Er gab nämlich wesentlich mehr aus, als er einnahm. Die Firma mußte ihm immer wieder aushelfen, und schließlich blieb nichts anderes übrig, als einen Schlußstrich zu ziehen. Die Firma konnte sich diese Unkosten einfach nicht mehr leisten.«

Sie atmete heftig, als sie versuchte, das Gehörte zu verarbeiten. Am liebsten wäre sie auf und davongerannt. Zu gerne hätte sie sich eingeredet, daß er sie aus irgendeinem Grund belog. Es war ja auch wirklich kaum zu glauben, daß Travish Import nicht die Quelle eines großen Vermögens war, wie sie gedacht hatte, und daß ihr Vater praktisch pleite gewesen sein sollte. Plötzlich sah sie nicht nur ihre ganzen Zukunftspläne, sondern auch ihre Gegenwart in Frage gestellt.

Sie formulierte eine vorsichtige Frage. »Hört meine Unterstützung mit dem Tod meines Vaters auf?«

»Ja. Seine persönlichen Rechnungen werden dem Gericht vorgelegt und aus dem Nachlaß bezahlt. Wenn die Testamentsbestätigung durch ist, bekommen Sie, was von seinem Vermögen übrigbleibt.« Er sah sie nachdenklich an. »Soviel ich weiß, haben Sie noch ein privates Einkommen aus dem Nachlaß Ihrer Mutter? Können Sie davon leben?«

Er wußte nicht, wie unmöglich das war. Mit diesem Scheck konnte sie noch nicht einmal die Lebenshaltungskosten bestreiten, auch nicht, wenn sie mietfrei in dem Haus wohnte. Und gestern hatte sie noch all die neuen Kleider auf die Rechnung setzen lassen ...

Er sah sie aufmerksam an. »Sollte das ein Problem sein, bin ich gerne bereit, Ihnen etwas gegen Ihre Anteile vorzuschießen – das heißt, wenn Sie an einem Verkauf interessiert sind. Sonst könnten wir es auch als persönliches Darlehen betrachten, bis sich alles geklärt hat. Ich wünschte, wir könnten es über die Firma tun, aber das geht im Moment nicht. Ihr Vater hat kürzlich einige große Sachen gekauft, und wir müssen uns vorübergehend einschränken.«

»Meinen Sie die Sachen aus der Hankow-Sammlung?«

»Ach, Sie wissen davon?«

»Tanner Holmes erzählte es mir. Er behauptete, daß mein Vater deshalb auch keine Reise nach Hongkong geplant hatte, wie diese Frau – Lily – behauptete. Denn er hat die ganze Woche in der Ausstellung zugebracht. Ich hoffe, Sie haben Lily Taylor gesagt, daß sie sich ihren Tausender an den Hut stecken kann.«

»Ich muß die Sache noch etwas genauer prüfen.«

»Sie lügt doch!«

»Wir werden sehen. Ich möchte auf alle Fälle vermeiden, daß sie ihren Anspruch gegen den Nachlaß einreicht und damit die Testamentsbestätigung verzögert.«

»Aber wenn er keine Reise vorhatte, brauchte er sich doch auch kein Geld von ihr zu leihen, oder?«

»Vielleicht war es für etwas wie diese hier«, sagte er und klopfte auf den Umschlag voller Rechnungen, der vor ihm lag.

»Das sind aber Spesen.«

Er sah sie durchdringend an. »Leider sind sie das nicht.«

»Wollen Sie damit sagen, daß mein Vater all das für private

Zwecke ausgegeben hat?« fragte sie fassungslos. »Tausende von Dollars, in einem Monat, nur für Restaurants und Bars?«

»Ich fürchte, ja. Er nahm sich immer ein paar Wochen zusammen und schlug dann mit einem großen Finale zu. Er konnte es einfach nicht lassen, die Rechnungen anderer zu übernehmen, oder noch eine Runde auszugeben . . .«

»Das glaube ich Ihnen einfach nicht!« fuhr sie ihn wütend an und stand auf. Sie hatte jetzt den Verdacht, daß er nur so abfällig über ihren Vater sprach, um sie in die Defensive zu drängen.

»Wir haben ein separates Kreditkartenkonto«, fuhr er ungerührt fort, »das auf den Namen der Firma lautet. Es ist das einzige Konto, das wir für Geschäftsspesen benützen.« Er verschwieg ihr wohlweislich, daß er Elliot erst vor wenigen Monaten seine Karte hatte abnehmen müssen.

Sie starrte ihn ungläubig an, drehte sich auf dem Absatz herum und stürmte wortlos aus dem Büro hinaus. Sie glaubte kein Wort davon! Aber sie würde schon dahinterkommen, warum er so log. Und dann konnte er sich auf etwas gefaßt machen! So eine Unverschämtheit!

Sie lief auf die Treppe zu und prallte mit Quentin zusammen, der in diesem Moment aus Delines Büro heraustrat.

»Arisa, was, zum Kuck . . .« Er packte sie am Arm, bevor sie fallen konnte, und starrte sie überrascht an. »Was ist denn los? Du siehst ja aus, als ob der dritte Weltkrieg ausgebrochen ist.«

»Oh – hallo, Quentin. Was machst du denn hier?« Doch bevor er antworten konnte, warf sie einen schnellen Blick über die Schulter und zischte: »Dieser Mann!« Verärgert kniff sie den Mund zusammen. »Komm, geh mit mir essen. Ich brauche einen Drink, und wir müssen sowieso noch miteinander reden.«

Er sah schnell auf die Armbanduhr. »Ich habe aber um drei eine Verabredung.«

»Bis dahin ist noch viel Zeit.« Ohne auf eine Antwort zu warten, lief sie die Treppe hinab und aus dem Laden hinaus. Er hatte Mühe, ihr zu folgen. Als sie das Restaurant erreichten, war er völlig außer Atem und hatte vor Anstrengung ein knallrotes Gesicht.

Sie setzten sich in einen großen Eßsaal, der fast leer war. Quentin bestellte sich sofort einen Gin Martini und begann sich von der ungewohnten physischen Anstrengung zu erholen. Bevor Arisa ihren Wodka mit Tonic gekostet hatte, ließ er sich sein Glas erneut füllen.

»Schüttest du sie immer so schnell hinunter?« fragte sie spitz.

»Nein, aber normalerweise mache ich auch keinen Dauerlauf ins Restaurant«, knurrte er.

»Tut mir leid, Quent«, sagte sie verlegen. »Ich mußte meine Wut einfach abreagieren.«

»Carter Montaigne?« fragte er und grinste vielsagend.

Sie nickte. »Kennst du ihn gut?«

Quentin stellte das leere Martiniglas auf die kleine Cocktailserviette zurück. »Ich gehe nicht oft in das Geschäft. Keine Zeit dazu. Muß mich um meinen eigenen Kram kümmern.«

»Aber einiges mußt du doch trotzdem mitgekriegt haben«, beharrte sie. »Hat denn Vater nie über ihn gesprochen? Etwas mußt du doch über ihn wissen.«

Er sah sie etwas verlegen an, als ihm der Ober einen neuen Drink brachte.

Als er immer noch nicht antwortete, platzte sie ungeduldig heraus: »Um direkt zu sein, Quentin, traust du Carter Montaigne?«

»Wie meinst du das?« kam es nun ausweichend.

»Ach, zum Kuckuck, Quent, du weißt schon, was ich meine. Glaubst du, daß er Vater in der Partnerschaft übers Ohr gehauen hat? Stimmt es wirklich, daß die Firma fast bankrott war? Denn wenn man ihm zuhört, dann klingt es, als ob es nur ihm zu verdanken sei, daß es das Geschäft überhaupt noch gibt.«

Quentin stärkte sich von neuem an seinem Martini, bevor er sich zu einer Antwort aufraffte. »Das ist alles nicht so einfach.« Er sah nun, daß ihre Geduld endgültig am Ende war, und hob schnell die Hand, bevor sie etwas sagen konnte. »Ich bin noch an der Reihe!« Er klang so pompös, daß sie sich nur mit Mühe ein Grinsen verkneifen konnte.

»Montaignes Vertrag ist in Ordnung«, fuhr er fort. »Forbes hat die Papiere aufgesetzt, und sie sind nicht anfechtbar. Natürlich ist es möglich, daß er Vater irgendwie unter Druck gesetzt hat. Hast du irgendeinen Grund, das anzunehmen?« fragte er hoffnungsvoll.

»Ich bin nicht sicher. Die Bilanzaufstellung, die ich kurz sah, deutet zwar an, daß die Firma in Schwierigkeiten war. Und auch Forbes behauptet, daß sie nur durch Montaignes Geldspritze gerettet werden konnte.«

»Hat Forbes auch erklärt, warum die Firma nach so vielen Jahren plötzlich so schlecht dastand? Wo ist denn das Geld hinverschwunden?«

Sie verzog das Gesicht. »Carter behauptet, daß Vater das Geld mit vollen Händen zum Fenster rausgeworfen hat – mit großen

Restaurant- und Bareinladungen. Aber ich kann das einfach nicht glauben.«

»Na, und wenn er schon ein paar Scheine hat springen lassen – ich rede ja nicht vom Kleinkram.«

»Carter auch nicht. Für den letzten Monat alleine gibt es Rechnungen über fünftausend Dollar. Carter besteht darauf, daß es sich dabei nicht um Spesen, sondern um private Ausgaben handelt.«

»Fünftausend?« wiederholte Quentin ungläubig.

Sie nickte. »Und da ist Lily Taylors Geld noch nicht einmal dabei. Wer ist sie eigentlich, Quent?«

»Einfach 'ne Freundin von Elliot.«

»Und von dir auch?«

Seine Gesichtsmuskeln zuckten leicht. »Ich sehe sie nur selten. Sie rief mich an und fragte, ob sie mit mir zur Beerdigung kommen könnte. Da konnte ich schlecht nein sagen. Ich hatte ja keine Ahnung, daß sie so einen Zirkus machen würde.« Er blickte verlegen auf sein Glas, das schon wieder leer war, und der Ober setzte sich automatisch in Bewegung.

»Gehörte sie zu jenen Leuten, die er so großzügig verwöhnt hat?« Der Gedanke, daß sich ihr Vater solche Gesellschaft wie Lily gesucht hatte, damit er seine Abende nicht allein verbringen mußte, erfüllte sie mit Ekel. Einsamkeit schien Menschen zu verändern, und zwar nicht immer zu ihrem Vorteil.

»Natürlich hat er sie ausgeführt, wenn du das meinst.« Quentin hatte jetzt genug vom Thema Lily. »Ich möchte gerne wissen, warum du gefragt hast, ob man Carter trauen kann. Ich habe ihn noch nie gemocht. Vielleicht kann man ihm tatsächlich etwas nachweisen. Zum Beispiel, daß er Vater erpreßt hat.«

»Das sind starke Worte, Quentin. Gab es denn etwas, womit er ihn hätte erpressen können?«

»Woher soll ich das wissen?« kam es mürrisch. »Ich schätze, jeder hat irgendein Geheimnis in seinem Leben, das er nicht an die große Glocke hängen will. Es kommt ja jetzt nicht darauf an, ob sich Elliot schuldig gemacht hat, sondern ob sich Carter vielleicht übel benommen hat. Zutrauen würde ich es ihm ohne weiteres. Ich hatte zuvor nie von ihm gehört, und plötzlich war er der große Partner.«

»Aber du gibst auch zu, daß du Vater nur selten gesehen hast. Vielleicht waren sie wirklich schon jahrelang befreundet, ohne daß du es gewußt hast.« Sie suchte nach richtiger Munition, nicht nur vagen Andeutungen.

Aber Quentin war jetzt beleidigt. Er verstand nicht, warum sie ihm auf einmal in den Rücken fiel. »Ich weiß gar nicht, was du willst. Elliot hat ihn eben alles machen lassen und ist im letzten Jahr nur noch selten ins Geschäft gegangen. Carter nahm die Finanzen und das Management in die Hand, und Elliot hat sich nur noch um Einkäufe und Verkäufe gekümmert. Das ist alles, was ich weiß.«

Arisa runzelte nachdenklich die Stirn. »Das sieht ihm einfach nicht ähnlich. Du weißt doch auch, daß er zuvor fast nur für das Geschäft gelebt hat. Da stimmt doch irgend etwas nicht.«

»Er hat sich eben verändert, seit du weggegangen bist.«

Schon wieder eine Andeutung, daß ihr Vater nicht der Mann war, den sie gekannt hatte. Aber warum störte sie das eigentlich so? Es war doch ganz normal, daß sich Leute veränderten. Sie selbst hatte sich ja auch verändert. Vielleicht, weil sie seine Veränderung nicht miterlebt hatte und ihr die neue Person, von der nun alle sprachen, so fremd war.

»Wie sehr er sich verändert hat, habe ich auch erst gemerkt, als ich sein Testament las«, kam es nun düster von Quentin. »Ich dachte immer, daß wir das Geschäft zusammen übernehmen würden.«

Aha, er fand das Testament als nicht so fair, wie Forbes gesagt hatte. »Wirst du es anfechten?« fragte sie geradeheraus.

Sein Mund zuckte. »Es hätte keinen Sinn. Ich habe mich schon erkundigt.«

Arisa fragte den Ober nach der Speisekarte. Quentin spielte abwesend mit seinem Glas und räusperte sich dann. »Ich hatte wenigstens mit etwas Geld gerechnet.« Er schwieg einen Moment und legte den Kopf zur Seite. »Ich habe im Moment die Gelegenheit zu einem tollen Geschäft – es ist die Chance meines Lebens! Aber ich brauche schnell eine Menge Bargeld, sonst ist es damit vorbei.« Er beugte sich vor und sah sie eindringlich an. »Es ist riesig, Arisa, einfach riesig. Ich werde nie wieder eine größere Chance kriegen. Wenn ich mit nur dreißigtausend Dollar einsteige, habe ich für den Rest meines Lebens ausgesorgt.«

»Kannst du das Geld nicht durch dein Maklerbüro zusammenbringen?«

Er schüttelte ungeduldig den Kopf. »Das ist ja das Problem! Ich kann das Geld nicht loseisen, weil im Moment alles fest angelegt ist. Wenn ich vor zwei Wochen gewußt hätte, daß . . .«

Daß ihr Vater sterben würde? Oder daß er nicht erben würde? Arisa spürte auf einmal nur noch kalte Abneigung für ihren Bruder.

Er wurde rot. »Was ich sagen wollte, ist, daß ich damals, bevor Vater starb, mehrere Sachen abgeschlossen habe, weil ich dachte, daß . . .«

»Daß aus dieser Quelle noch mehr nachfließen würde«, beendete sie den Satz für ihn.

»Das klingt richtig schäbig, wenn du es so sagst«, kam es gekränkt.

»Stimmt es nicht? Hast du eigentlich mal eine Minute lang um Vater getrauert? Hast du mal an irgendwas anderes gedacht als an Geld?«

»Natürlich habe ich das«, fuhr er auf. Aber es klang nicht sehr überzeugend. »Doch das ist im Moment ganz unwichtig. Wichtig ist, daß ich das Geld sofort brauche. Kannst du es mir leihen? Dieses Geschäft ist . . .«

»Ich habe es nicht«, unterbrach sie ihn und lachte.

». . . eine todsichere Sache«, schloß er und starrte sie dann an, als ihre Worte in sein Bewußtsein eindrangen. »Aber du kannst es dir besorgen. Du kannst Montaigne deine Anteile verkaufen, und er würde dir das Geld vorschießen. Es wäre wirklich dumm, sein Angebot nicht anzunehmen. Mensch, Arisa, warum, zum Teufel, stellst du dich so an? Montaigne hungert nach deinen Anteilen. Laß ihn doch Top-Dollar dafür blechen. Ich kenne jemanden, der sich die Zahlen gerne ansehen wird . . .«

»Schluß damit, verdammt noch mal!« schnitt sie ihm das Wort ab. Er fuhr zurück, als ob sie ihn geohrfeigt hätte. »Ich habe dir bereits gesagt, daß ich mich noch nicht zum Verkauf entschlossen habe, und ich lasse mich nicht gerne herumkommandieren. *Ich* entscheide, ob und wann ich verkaufen werde. Im Moment paßt es mir keineswegs, mich in deinem Interesse vor Carter Montaigne zu erniedrigen. Wenn dein Geschäft so wichtig ist, leih dir das Geld von der Bank. Du mußt schließlich genug Beziehungen haben.«

Er holte tief Luft. »Ich habe dir bereits erklärt, daß ich bis über beide Ohren festsitze. Schau, ich zahle dir sogar zwei Prozent mehr für dein Geld.« Als sie nicht reagierte, geriet er in leichte Panik. »Oder du kannst dich sogar prozentual an dem Geschäft beteiligen, wenn du unbedingt willst. Das wäre dann das Geschäft deines Lebens!«

»Nein, danke.«

»Aber warum denn nicht?« Es klang komisch verzweifelt, als ob er ihre Dummheit einfach nicht begreifen könnte. »Jeder würde sich auf so ein Angebot stürzen.«

»Es gibt eine Menge Dinge, über die ich mir noch nicht im klaren bin. Es mag dich überraschen, Quentin, aber ich muß zufällig mein eigenes Leben leben. Und da ist eine Sache in Paris . . .« Doch nein, sie würde ihm noch nichts von der Galerie erzählen.

Aber er hatte bereits Lunte gerochen. »Ein Geschäft? Was ist es? Verstehst du denn nicht, daß ich dir damit die Chance biete, einen Haufen Geld zu machen? Schau, ich habe noch mit keiner Menschenseele darüber gesprochen. Diese Sache in Tahoe ist todsicher. Sie bauen ein Ferienparadies am See, mit einem Einkaufszentrum, größer und besser als alles, was man bisher gesehen hat. Es wird ungeheuer erfolgreich werden und alles Vergleichbare in den Schatten stellen. Und wenn das Geld dann bei dir hereinrollt, kannst du in Paris tun und lassen, was du willst.«

»Ich kann die Sache in Paris leider nicht so lange warten lassen«, wehrte sie ab und nahm die Speisekarte in die Hand. Sie dachte wieder daran, daß sie jeden verfügbaren Dollar in die Anzahlung hineingesteckt und nur noch dreißig Tage hatte, um den Rest zu bezahlen. Ihr Herz wurde plötzlich schwer, als ihr einfiel, daß von den dreißig Tagen schon sieben vergangen waren.

Er grunzte verärgert und vertiefte sich dann ebenfalls in das Menü. Nachdem der Ober ihre Bestellung aufgenommen hatte, zündete sich Quentin eine Zigarette an und fragte unvermittelt: »Was ist eigentlich mit deinem Trustfond?«

»Was soll damit sein?« fragte sie überrascht.

»Na, du kannst ihn doch beleihen.«

»Schon möglich, aber das will ich nicht.« Seine Hartnäckigkeit begann sie zu ärgern. Er hatte ihr gegenüber bisher auch nicht gerade viel Nächstenliebe gezeigt – warum sollte sie ihm also plötzlich solche riesigen Summen leihen?

Er kniff den Mund zusammen und sagte, nur mühsam beherrscht: »Sei doch nicht so stur. Diese Tahoe-Sache ist eine Chance, wie sie dir nicht noch einmal in den Schoß fallen wird.«

»Hör doch jetzt mal auf damit!«

»Wirst du es dir wenigstens noch überlegen?« fragte er hoffnungsvoll.

»Vielleicht, aber im Moment kann ich nichts versprechen.«

Der Ober kam jetzt mit dem Salat, und Quentin wechselte das Thema. »Wahrscheinlich mußt du nun Elliots Sachen durchsehen, oder? Das muß ein Alptraum sein.«

»Ja, viel Spaß macht es nicht, das kannst du mir glauben. Sein Schreibtisch ist ein unglaubliches Durcheinander.«

»Vielleicht könnten dir Forbes oder der Firmenbuchhalter dabei helfen.«

»Das ist nicht mehr nötig, denn den Papierkram habe ich schon aussortiert.«

»Und was wird mit dem Haus? Willst du es behalten?«

»Ja. Zumindest, bis ich weiß, was ich tun werde.«

»Hatte Vater nicht eine ziemlich gute Jade-Sammlung und noch andere Sachen? Er hat manchmal davon geredet.«

»Ja, aber die verkaufe ich auf keinen Fall. Ich will sie als Andenken an ihn behalten.«

»Ich würde die Sachen aber nicht so herumliegen lassen, wenn du wieder nach Paris zurückgehst. Du solltest sie an einem sicheren Ort aufbewahren.«

»Wenn ich nach Paris gehe, nehme ich sie natürlich mit.«

»Ich hoffe, die Sachen stehen auch jetzt nicht einfach so im Haus herum?«

»Warum bist du denn auf einmal so besorgt?« fragte sie etwas mißtrauisch.

»Du weißt offensichtlich nicht, wie hoch die Kriminalität in dieser Stadt ist. Und Beverly Hills ist der bevorzugte Jagdgrund aller Diebe.«

»Ich paß schon auf.« Das Haus war auch vor dem Tod ihres Vaters oft leergestanden, und es war nie etwas passiert.

»Stell wenigstens eine Liste aller Gegenstände zusammen und beschreibe sie genau. Wenn wirklich etwas passiert, kannst du sie der Polizei geben. Fotos wären noch besser.«

»Ach, Quent . . .«

»Es ist gar nicht soviel Arbeit, und eines Tages wirst du mir vielleicht dankbar sein. Ein wenig Vorsicht hat noch nie geschadet . . .«

»Noch so ein Spruch, und ich verschwinde hier.«

Er lachte kurz. »Schon gut. Aber mach es trotzdem. Weißt du was, ich helfe dir. Ich habe eine gute Polaroid und kann dir die Aufnahmen machen. Mir ist wohler in meiner Haut, wenn es getan ist, und schaden kann es auf keinen Fall. Wie wär's mit morgen? Ich habe nachmittags etwas Zeit.«

»Also wirklich, Quent . . .«

»Ich bestehe darauf.«

»Also gut, komm nach dem Mittagessen.«

Damit ließ er das Thema fallen und begann von seiner Firma zu erzählen. Sie hörte ihm nur mit halbem Ohr zu und dachte über ihre eigenen Probleme nach. Mit der Galerie konnte sie nicht mehr lange warten. Nur, woher sollte sie das Geld nehmen? Das erinnerte sie daran, daß sie noch mit Forbes über den monatlichen Scheck von dem Trustfond sprechen mußte, der bisher direkt auf ihre Bank nach Paris überwiesen worden war. Vielleicht konnte sie den letzten noch umleiten lassen und hier einlösen.

Sie entschuldigte sich und ging hinaus. Als sie kurz darauf wieder zurückkam, lag eine Rechnung auf ihrem Platz. Quentin grinste.

»Tut mir leid, aber ich war auf ein Mittagessen nicht vorbereitet und habe nicht genug Geld dabei. Kannst du das erledigen? Ich zahle es dir morgen zurück.«

Sie sah ihn bestürzt an. »Ich habe auch kein Geld, Quentin.«

»Du kannst auch mit einer Kreditkarte bezahlen. Meine sind alle im Büro.«

Sie war sich nicht ganz sicher, ob er ihr einen Streich spielen wollte. Wenn ja, dann hatte er dieses Mal Pech gehabt. »Du vergißt, daß ich gerade aus Frankreich komme. Ich habe keine amerikanischen Kreditkarten.«

»Gar keine?« kam es zweifelnd.

»Nicht eine einzige, mein Lieber. Nicht eine einzige.« Er sah sie so komisch an, daß sie lachen mußte. »Was machen wir jetzt, mein lieber Bruder?«

Er runzelte nachdenklich die Stirn und lachte dann ebenfalls. »Wir armen, reichen Kinder, wie? Na, dann müssen wir die Rechnung auf Travish-Montaigne ausstellen lassen. Ich werde es Deline erklären.« Arisa schob die Rechnung über den Tisch, und Quentin fügte noch ein großzügiges Trinkgeld hinzu. Dann unterschrieb er mit seinem Namen und druckte darunter in großen Buchstaben ›TRAVISH-MONTAIGNE IMPORTS‹, als wäre es das Natürlichste der Welt.

»So, wollen wir gehen?«

Der Maitre stand an der Tür und verabschiedete sie höflich. »Auf Wiedersehen, Signor – Signorina . . .«

Das Jahr der Schlange

Hongkong, Dezember 1941

Abigail stützte sich schwer auf ihren Stock und stand mühsam auf. Mei Shau beobachtete sie mitfühlend. Wenn sie die Schmerzen ihrer Freundin nur irgendwie erleichtern könnte!

»Sooo, das wäre geschafft«, ächzte Abigail, als sie schließlich geradestand. Dann nahm sie Mei Shaus Arm und holte tief Luft, bevor sie sich zum ersten Schritt aufraffte. Der andauernde Regen, der monoton auf das Dach trommelte, schien ihre Gelenke noch rostiger als sonst zu machen. Langsam und schmerzhaft setzte sie einen Fuß vor den anderen, bis sie einen kleinen Kreis in dem engen Zimmer abgeschritten hatte.

»So, ich glaube, jetzt kann ich meinen Gast begrüßen. Du darfst mich nicht immer so lang bewegungslos sitzen lassen, Kind«, nörgelte sie gewohnheitsmäßig. Mei Shau lebte jetzt schon so lange mit ihr, daß sie sich den Haushalt ohne sie gar nicht mehr vorstellen konnte. Mai Yun war ja inzwischen auch kein Kind mehr, sondern ein bezauberndes, sechzehnjähriges Mädchen – fast so alt wie Mei Shau, als sie damals . . .

Langsam überquerten sie den Gang zum Wohnzimmer, in dem ein warmes, helles Kaminfeuer prasselte. Das goldene Licht zweier Lampen verbannte die graue Trübsal des Wetters nach draußen, wo sie hingehörte. Grantland Whitaker, der sich am Kamin aufgewärmt hatte, kam ihr schnell entgegen.

»Du siehst heute viel besser aus, Abigail«, dröhnte er herzlich und nahm ihre Hand. Er entließ Mei Shau mit einem kurzen Nikken, das sie aber geflissentlich übersah. Erst als Abigail sagte: »Danke, Mei Shau. Bring uns jetzt bitte Tee und Grantland einen kleinen Brandy dazu«, wich sie von ihrer Seite.

Abigail ließ sich vorsichtig in einem zweiten Sessel neben dem Kamin nieder. Erbittert über ihre Glieder, auf die sie sich nicht mehr verlassen konnte, seufzte sie leise. Soviel hatte sich im Lauf der letzten Jahre verändert. Während sie immer älter und hilfloser geworden war, hatte sich Hongkong mit jugendlichem Aufschwung weiterentwickelt. Seit 1918, als sie in die Kolonie gekommen war, hatte sich die Einwohnerzahl mehr als verdoppelt, und der abgelegene, einst isolierte Handelsplatz war zu einer geschäftigen Weltstadt geworden. Und nun war das friedvolle Juwel in der blauen Chinesischen See unvermittelt in den dunklen Schatten des Krieges geraten. Sie wußte, daß ihr britischer Freund gekommen war, um darüber zu sprechen. Die Hiobsbotschaften von zu Hause waren erschreckend: London vom Blitzkrieg überrascht und zerstört . . . Sie schauderte. Würde Hongkong dasselbe Schicksal erleben?

»Caroline läßt dich grüßen, Abigail. Sie konnte wegen der Hochzeit und dem Packen leider nicht mitkommen. Noch dazu ist die halbe Dienerschaft weggerannt, als ob die Japaner schon jetzt über die Bucht kämen.« Er schnaubte wütend. »Und die andere Hälfte ist so verängstigt, daß sie gar nicht mehr hört, was man ihnen sagt. Und als ob das noch nicht genug wäre, heult und jammert uns Melisande dauernd die Ohren voll, weil sie ihren jungen Mann gleich nach der Hochzeit wieder verlassen muß.« Er grunzte irritiert. »Wir versuchen, sie in Sicherheit zu bringen, und das ist der Dank dafür. Sie hat nichts als diesen Jungen im Kopf!«

Abigail lächelte. »Seit wann hat denn Liebe was mit Logik zu tun? Bist du schon so alt, Grantland, daß du das vergessen hast? Und da dachte ich doch glatt, daß ich ein alter Dummkopf wäre.«

Er lachte laut. »Wahrscheinlich hast du recht. Sie tun mir natürlich auch leid. Aber auf solche Gefühle werden die Japaner keine Rücksicht nehmen. Mir gefällt überhaupt nicht, was man aus dem Norden hört. Die Handelsblockade hat bisher überhaupt nichts erreicht, außer daß sie jetzt mit dem Rücken zur Wand stehen. Im Grunde haben sie keine andere Wahl mehr als anzugreifen.«

»Unsinn, Grantland. Das japanische Kabinett kann sich die Dummheit eines überstürzten Angriffs genauso ausmalen wie wir. Daß sie in Indochina sind, wird ihnen bestimmt reichen. Glaub mir, sie sind nur auf Rußland aus. Mit ihren Drohungen wollen sie die Amerikaner einfach verunsichern. Was sagt denn Melisandes junger Mann dazu?«

»Elliot?« Er zuckte mit den Achseln. »Die Amerikaner haben zwar alles japanische Geld in Amerika eingefroren und Tokio damit in eine empfindliche Klemme gebracht. Aber obwohl Präsident Roosevelt noch mit ihnen verhandelt, haben amerikanische Geschäftleute fast alle Hoffnung aufgegeben. Sie sind es, die am meisten verlieren werden. Die Vereinigten Staaten selbst sind ja vor den japanischen Bomben sicher. Wir sind es, die die Wucht des Krieges zu spüren kriegen, wenn er kommt.«

Sie sah ihn beunruhigt an, denn sein Ton war ungewohnt ernst und eindringlich. Ganz anders als bei seinen früheren Besuchen. »Wird Elliot zurückgehen?«

»Er bleibt noch bis nach Weihnachten hier. Seine Firma versucht noch immer, Reis aus Indochina hereinzubringen. Die Japaner haben noch nicht alles abriegeln können, und einige Handelsstraßen sind noch offen. Die Nachrichten werden mit jedem Tag schlechter, und es wird immer wichtiger, daß sie noch soviel wie möglich einführen. Für den Fall, daß . . .« Er schwieg bedeutungsvoll und sah Abigail über den Rand seiner Brille an. »Elliot ist natürlich auch dafür, daß Melisande mit uns nach Kanada kommt. Er weiß genau, daß sie hier nicht mehr lange sicher sein wird. Und wir sind uns alle einig, daß du ebenfalls mitkommen mußt.« Er hob schnell die Hand, als sie widersprechen wollte. »Erspar mir deine Argumente, Abigail. Die Lage wird nicht besser werden. Die Hälfte unserer Landsmänner sind bereits geflohen. Seit das Konoo-Kabinett gestürzt wurde, hat Tojo einen stetigen Konfrontationskurs verfolgt. Er glaubt an die spirituellen Werte eines Krieges und ist ein rücksichtsloser, gefährlicher Mann. Glaube mir, ein Krieg ist unausbleiblich. Und wenn er kommt, sollte keiner von uns mehr hier sein.« Als Mei Shau mit einem Tablett hereinkam, lehnte er sich wartend zurück. Er goß sich einen Brandy ein und sah zu, wie sie den Tee einschenkte. Dann hob er sein Glas, trank daraus und fragte: »Kann ich Caroline sagen, daß du mitkommst?«

»Du darfst mich nicht so drängeln, Grantland.« Abigail nahm die hauchdünne Porzellantasse auf und ließ sich von Mei Shau eine große Serviette auf den Schoß legen.

»Drängeln!« trompetete Whitaker laut. »Guter Gott, Abigail, verstehst du denn nicht, daß die Japaner jeden Moment durch deine Hintertür kommen können?« Sofort bereute er seinen Ton und senkte wieder die Stimme. »Wir haben schon zu lange auf ein Wunder gewartet und viel zuviel Zeit vertrödelt. Es kommt nicht mehr, Abigail. Wir müssen der Wirklichkeit endlich ins Gesicht sehen.«

Ernüchtert dachte Abigail über seine Worte nach. Das Thema wurde nicht zum erstenmal besprochen. Die Gefahr war greifbar, das wußte sie auch. Und Grantland war auch niemand, der unbegründete Panik verbreitete. Andererseits war seine Lage anders als ihre, denn er mußte sich um die Sicherheit seiner Familie kümmern. Sie jedoch – sie lebte nun schon so lange in Hongkong, daß es ihr fast undenkbar schien, es zu verlassen. Zudem war sie nicht mehr die Jüngste und konnte auch nicht mehr als Krankenschwester arbeiten, weil sie zu verkrüppelt war. Ihr Erspartes würde dort nicht lange ausreichen, und wovon sollte sie dann in Kanada leben?

»Du kannst Caroline sagen, daß ich darüber nachdenken werde, Grantland.«

»Du hast nicht mehr viel Zeit.«

»Ich weiß. So, jetzt trink deinen Tee und erzähl mir was Nettes. Was macht deine Arbeit? Bist du mit den Plänen für die neue Siedlung fertig?«

Er leerte sein Glas, trank dann einen Schluck Tee und goß sich noch mal einen Brandy nach. »Im Moment ist fast alles zum Stillstand gekommen. Die Flüchtlinge strömen in die Stadt, als ob Hongkong die letzte Bastion der gelben Rasse wäre. Nur gibt es einfach nicht genug Platz, um sie alle unterzubringen.«

»Na ja, es ist verständlich, daß sie dem Krieg auf dem Festland entkommen wollen, auch wenn es hier eng ist.« Sie hatte sich jedoch auch nie daran gewöhnen können, daß Chinesen auf so engem Raum zusammenleben konnten. Ganze Familien hausten in Zimmern, die halb so groß wie ihre Küche waren. Sogar Mei Shau hatte sich geweigert, aus ihrer winzigen Kammer in ein größeres Zimmer umzuziehen. Auch dann noch, als Mai Yun längst kein Kind mehr war. Sie lächelte nachsichtig. Die beiden fühlten sich eben in so engen Verhältnissen am wohlsten. Und glücklich ... Was sollte aus ihnen werden, wenn sie nach Kanada ging? Sie unterdrückte einen Seufzer und konzentrierte sich wieder auf Grantland, der jetzt von der Knappheit der Arbeitskräfte und Baumaterialien sprach. Die Versuche der Regierung, die Flüchtlinge menschenwürdig unterzubringen, waren bisher gescheitert. Es war also voraussehbar, daß die Chinesen die evakuierten Häuser der Briten schnell beziehen würden. Abigail versuchte, sich Whitakers Haus voller Chinesen vorzustellen. Es war ein so komisches Bild, daß die lächeln mußte. Sie würde natürlich dafür sorgen, daß Mei Shau und Mai Yun in ihrem Haus bleiben konnten. Tja, aber wie lange würde das gutgehen? Wenn es stimmte, was Grantland über die Japaner erzählt hatte ... Schon allein der Gedanke an das Packen und die Entscheidungen, was hierbleiben und mitgenommen werden mußte, erschreckte sie. Dazu kam, daß sie sich in einem Land, in dem es so viele Monate lang kalt war und soviel Schnee gab, nicht wohl fühlen würde. Es war besser, in Hongkong zu sterben.

Sie warf einen wehmütigen Blick auf Grantlands gerötetes Gesicht. Seine Besuche würden ihr sehr fehlen. Auch Carolines und Melisandes Besuche natürlich. Aber es war vor allem Grantland, mit dem sie eine echte Freundschaft verband. Der Krieg, wenn er kam, mußte jedoch auch wieder einmal zu Ende gehen. Die Whitakers würden zurückkommen, und mit Gottes Hilfe war sie dann vielleicht auch noch da. Das stetige Trommeln des Regens schläferte sie ein. Ihr Kopf sank langsam auf ihre Brust herunter, und die Teetasse klirrte auf der Untertasse.

»Du liebe Zeit, ich muß ja gehen. Du bist ein wenig eingenickt, Abigail.« Grantland rettete die Tasse, bevor sie auf den Boden fallen konnte. Er stellte sie auf das Tablett und nahm dann ihre Hand zwischen die seinen. »Wir gehen nächste Woche, Abigail. Wir haben wirklich nicht mehr viel Zeit.« Seine Augen blickten sie plötzlich etwas entrückt an, als ob er eine Vision der Zukunft vor sich sah. »Nicht mehr viel Zeit . . .« Zart drückte er ihre arthritischen Finger und tätschelte die Hand auf ihrem Schoß.

Er brüllte nach Mei Shau, die fast im selben Moment mit seinem Mantel und Hut hereinkam, als hätte sie schon die ganze Zeit darauf gewartet.

»Ich komme am Donnerstag wieder vorbei. Vielleicht kann ich Caroline überreden, mitzukommen. Aber durch diese Hochzeit am Samstag . . .«, er schüttelte den Kopf über die Widrigkeit der Umstände. »Wie auch immer, wir sehen dich auf jeden Fall bei der Hochzeit. Melisande würde es uns nie verzeihen, wenn du nicht dabei wärst. Ich schicke dir den Wagen.«

»Grüße mir das Kind, Grantland. Sie scheint wirklich kaum alt genug, um schon zu heiraten. Erstaunlich, wie schnell die Jahre vorbeigegangen sind. Caroline soll am Donnerstag ja nicht herkommen. Sie hat schon genug zu tun. Nach der Hochzeit haben wir immer noch Zeit, um uns zu unterhalten.«

Ein Schatten huschte über sein Gesicht. Aber er erinnerte sie nicht mehr daran, wie bald sie schon abreisen würden. Mei Shau übergab ihm an der Tür seinen Regenschirm und ging dann zurück, um ihrer Herrin und Freundin wieder ins Bett zu helfen.

Als Abigail etwas später mit einer Wärmflasche unter der Bettdecke lag, knipste Mei Shau bis auf die Nachttischlampe das Licht aus.

»Danke, Mei Shau. Ich weiß wirklich nicht, was ich ohne dich täte. Dieses Wetter . . .« Abigail seufzte. Sie wußte ja, daß das Wetter nur zum Teil an ihrer Gebrechlichkeit schuld war.

»Werden Sie mit ihm gehen?« fragte Mei Shau leise.

»Nein, Mei Shau. Mein Zuhause ist hier. Ich werde hierbleiben.«

Mei Shau legte ihre Hand auf Abigails Füße. »Schlafen Sie gut, Miß Abigail.«

Abigail schloß die Augen und fiel erleichtert in einen Halbschlummer. Die Entscheidung war also zugunsten von Mei Shau ausgefallen, und nun konnte sie auch Grantlands Enttäuschung gefaßt entgegensehen. Gottlob blieb ihm nicht mehr viel Zeit, um sie doch noch zu überreden. Aber die Freude in Mei Shaus Augen bestätigte ihr, daß sie sich richtig entschieden hatte. Das war ihre Belohnung. Ebenso wie die vielen Jahre, in denen sie sie so treu versorgt und gepflegt hatte. Es kam ihr vor, als wäre es erst gestern gewesen, als sie Mei Shau hierhergebracht hatte – waren seitdem tatsächlich schon sechzehn Jahre vergangen? Und dazu hatte sie auch noch Mai Yun, die so reizend und hübsch war und die sie nach Herzenslust verwöhnen konnte.

Mei Shau hatte den Vater nie erwähnt. Es war, als ob sie mit der Geburt des Kindes den Faden der Erinnerung an ihn endgültig zertrennt hätte. Als Abigail einmal vorschlug, ihm durch die Firma, die ihn nach Hongkong geschickt hatte, einen Brief zu schicken, hatte sie mit ausdruckslosen Augen erklärt, daß der Vater ihrer Tochter tot sei. Das war natürlich eine Lüge, aber Abigail verstand, daß er für Mei Shau tatsächlich nicht mehr existierte. Sie hatte anders reagiert, als sie vom Tod ihres Bruders und Vaters hörte. Als sie Lei Tongs Namen auf den langen Listen jener sah, die 1934 in den Steppen und Bergen von Szetschuan, auf dem langen Marsch der Kommunisten, umgekommen waren, hatte sie vor Erleichterung gelächelt. Ebenso wie über den Tod des Vaters, von dem Abigail durch das Personal im Krankenhaus erfahren hatte. Der erschlagene Wäschereibesitzer war nur wenige Meter von seinem Haus entfernt gefunden worden. Die Polizei vermutete, daß ihn Diebe nach einem Mah-Jongg und Weinabend überfallen und ausgeraubt hatten – obwohl angeblich niemand etwas gehört oder gesehen hatte. Solche Todesfälle waren jedoch im chinesischen Sektor an der Tagesordnung, und sie konnten selten verhindert oder aufgeklärt werden. Doch für Mei Shau bedeutete der Tod der beiden Männer, die sie für immer ins Exil verbannen wollten, daß sie sich nun nicht mehr vor ihnen zu fürchten brauchte.

Abigail überlegte schläfrig, ob sie Mei Shau vielleicht doch hätte sagen sollen, daß sie einmal in die Wäscherei zurückgegangen war, um mit ihrer Mutter zu sprechen. Aber Mei Shau würde ihre Motive bestimmt nicht verstehen. Abigail hatte Mei Shaus Mutter nur davon unterrichtet, daß ihre Tochter am Leben war und daß sie sich keine Sorgen um sie zu machen brauchte. Die alte Frau hatte sich daraufhin dankbar und tränenreich verbeugt, denn sie hatte ihre Tochter für tot gehalten. Die Götter waren wieder einmal gnädig gewesen. Aber sehen wollte sie ihre Tochter nicht mehr.

Abigails Gedanken begannen zu wandern. Dieses Land – es war voller Tod und Grausamkeiten – so sinnlos – sie schienen entschlossen, sich gegenseitig umzubringen – oder aus Platzmangel zu verhungern und zu ersticken – würde es hier nie Frieden geben? Würde die Welt je wieder im Frieden leben ...?

»Ich will nicht zu der englischen Hochzeit gehen«, maulte Mai Yun.

Ihre Mutter seufzte leise. »Du würdest Miß Abigail kränken. Es ist für mich auch kein großes Vergnügen, in der englischen Kirche zu sitzen und zuzusehen, wie Ausländer heiraten. Aber die Whitakers sind Freunde von Miß Abigail, und wir werden deshalb auch hingehen.«

Mai Yun ging mißmutig zum Fenster. Seit drei Tagen regnete es ununterbrochen. Würde es überhaupt nicht mehr aufhören? Sie hatte genug davon, mit nassen Schuhen und feuchten Kleidern in der Universität zu sitzen. Wenn der Sommer nur endlich käme! Wenn sie nur nicht zu Melisande Whitakers Hochzeit gehen müßte! Immer wenn dieses Mädchen mit ihren Eltern zu Besuch gekommen war, hatte sie Mai Yun wie einen Kuli behandelt. Einmal hatte sie sogar in ihrem Beisein von einem ›Freund‹ erzählt, der sich in eine Chinesin verliebt hatte und von seinen Eltern sofort nach Oxford geschickt worden war, damit er sich an so eine unpassende Verbindung gar nicht erst gewöhnen konnte. Mrs. Whitaker hatte damals schnell das Thema gewechselt, aber Mai Yun war sehr verletzt gewesen und hatte es nie wieder vergessen. Sie war sicher, daß Melisande sie damit absichtlich in Verlegenheit bringen wollte. Mai Yun selbst verfluchte oft ihre Herkunft, die sie weder chinesisch noch amerikanisch sein ließ. Über ihren Vater wußte sie nur, daß er aus Amerika gekommen und vor ihrer Geburt wieder dorthin zurückgekehrt war. Sie hatte es schon vor langem aufgegeben, ihre Mutter darüber auszufragen. Dieses Thema gehörte der Vergangenheit an, war vergessen, tot.

Aber Melisande Whitaker erinnerte sie mit jedem Blick daran. Und jetzt sollte sie auch noch zur Hochzeit jener Person gehen, die sie am meisten haßte. Fast wünschte sie sich einen Angriff der Japaner, damit die Hochzeit nicht stattfinden konnte. Nur würden dann die, die sie liebte, genauso darunter leiden wie jene, die sie haßte.

Ihre Mutter legte eine Hand auf ihren Arm. »Die Zeremonie dauert nur eine Stunde. Das ist nicht so lang. Und wenn Miß Abigail anschließend auf den Empfang geht, besuchen wir das Haus von Kwan. Ich werde Kim Fai anrufen und fragen, ob wir kommen können.«

Mai Yun vergaß ihren Kummer und lächelte erfreut. Ein Besuch in dem vermögenden Kwan-Haushalt war der Preis wert, den sie vorher dafür zahlen mußte. Kwan Chan-ho besaß eine wunderbare Jade- und Porzellansammlung, deren Schönheit unübertroffen war. Kwan hatte es glücklicherweise geschafft, die Sammlung, zusammen mit seiner Familie, aus Schanghai herauszubringen, bevor die Nationalen und Kommunisten die Stadt unter sich aufgeteilt hatten. Er lebte nun schon seit vielen Jahren in Hongkong und hatte seinen Reichtum wieder neu aufgebaut. Eines Tages würde sie auch in einem Haus wie Kwan leben. Irgendwann . . .

Der Samstag morgen überraschte alle mit einem azurblauen Himmel und einer leichten Brise, die durch den ewig rastlosen Bambus strich. Und die düstere, mit drohenden Türmen und Giebeln ausgestattete Johanneskirche wurde von der Sonne in einen festlichen, goldenen Mantel gehüllt.

Sehr ungerecht, wie Mai Yun säuerlich fand. Sie saß mit ihrer Mutter und Miß Abigail in einer der vorderen Bänke und hörte dem Geistlichen zu, der Melisande Whitaker und Elliot Travish zu Mann und Frau erklärte. Trotz ihres Ärgers mußte sie zugeben, daß die Braut schön war. Auf ihren Wangen lag ein rosiger Hauch, und das Leuchten ihrer blauen Augen schien seinen Ursprung in dem Mann neben ihr zu haben.

Mai Yun betrachtete jetzt Elliot Travish etwas genauer. Sie hatte ihn zwar schon öfters gesehen, da er mit Melisande manchmal zu Besuch gekommen war, ihn aber bisher nie sehr bemerkenswert gefunden. Doch jetzt mußte sie ihre Meinung ändern. Er stand aufrecht, wie eine hohe Tanne, vor dem Altar. Seine Haare hatten die Farbe der Muskatnuß, und seine Augen lagen wie schwarze Steine in den Augenhöhlen. Aber sie waren nicht hart, sondern weich und sanft, als er seine Braut nun verliebt ansah. Und schwach, entschied sie. Melisande würde ihn an der Leine halten, genau wie die alten Großväter, die ihre Vögel im Victoria Park spazierenführten. Ihr Gesicht wurde plötzlich heiß vor Eifersucht. Warum durfte dieses hochmütige, verhaßte Mädchen so glücklich sein? Wie hatte sie sich das verdient? Sie starrte auf das Paar, das jetzt vor dem Altar kniete.

Ob ihre eigene Hochzeit wohl auch einmal in so einer häßlichen Kirche stattfinden würde? Oder würde man sie in einer geschlossenen Hochzeitssänfte zu ihrem Bräutigam tragen? Immer wieder fühlte sie sich zwischen den beiden Kulturen hin- und hergerissen. Einerseits liebte sie ihre chinesische Herkunft, andrerseits haßte sie auch den Umbruch, der jetzt Chinas Grundmauern erschütterte. Sie liebte die Antiquitäten, wie Mr. Kwan sie sammelte, aber sie haßte die engen, zum Bersten vollen, schmutzigen Läden und Straßen, in denen sie zu kaufen waren. Sie haßte scharfzüngige, herablassende Ausländer wie Melisande, aber sie beneidete sie auch um ihr vergnügtes und leichtes Leben. Melisande würde nie im Haus eines anderen arbeiten müssen, wie Mei Shau es tat, oder um eine Stelle in einem überfüllten Büro kämpfen müssen, um das Notwendigste zum Leben zu verdienen.

Die Braut und der Bräutigam küßten sich jetzt, und Mai Yun spürte einen scharfen Schmerz in ihrer Brust. Melisande und Elliot waren verheiratet. So schnell ging das. Wie lange würde es noch dauern, bis die zwei Welten von Mai Yun zueinander finden würden?

Sonntag, 8. Dezember 1941

Mai Yun stand am nächsten Morgen früh auf. Der Tag versprach so schön wie der gestrige zu werden, und sie beschloß, einen kleinen Ausflug zu machen. Sie fuhr mit dem Bus auf den Peak und ging in dem elegantesten Villenviertel Hongkongs spazieren. Anschließend schlenderte sie durch den angrenzenden Park des Hügels und genoß das fruchtige, feuchte Aroma der Erde und Blätter in vollen Zügen. Die englische Hochzeit am Vortag hatte sie unruhig und seltsam unzufrieden gemacht. Sogar ihr Besuch bei Kwan hatte den hypnotischen Bann der Trauung nicht brechen können. Miß Abigail hatte später erzählt, daß der Empfang sehr festlich gewesen sei und die Gäste mit Champagner, einem großzügigen Büfett und einem siebenstöckigen Hochzeitskuchen bewirtet worden waren. Was hatte Melisande in ihrer Hochzeitsnacht wohl empfunden? War es wie ein Erwachen, wie das Entfalten einer Blume, die die Wärme der Sonne spürt? Oder war die kalte, hochmütige Engländerin unfähig zu solchen Gefühlen. Behandelte sie ihren Mann so, wie sie den Rest der Welt behandelte?

Mai Yun dachte daran, wie anders ihr Leben in einer chinesischen Familie verlaufen wäre. Man hätte ihre Heirat schon vor langem arrangiert, und sie wäre jetzt, je nach dem Stand ihrer Familie, entweder die Frau eines Händlers oder vielleicht eines angesehenen Geschäftsmannes. Ihre Mutter hatte ja ihre eigene Familie oder ihr früheres Leben nie erwähnt, aber Mai Yun vermutete, daß sie nicht mehr denselben Namen trug, mit dem sie geboren worden war. Sie bezweifelte auch, daß ihrer eigenen Geburt eine Hochzeit vorausgegangen war. Aber sie hatte kein Verlangen, an dieses Thema zu rühren, denn es war schon schlimm genug, daß ihr amerikanischer Vater offensichtlich nichts von ihr wissen wollte. Wenn sie jetzt auch noch bestätigt bekäme, daß sie ein Bastard war, wäre das Leben wirklich sehr unerträglich geworden.

Sie blieb stehen und blickte auf die Stadt und den bunten Hafen hinunter. Auf dem fernen Kai-Tak-Flughafen glitzerten die Militärflugzeuge in der Sonne. Diese ausländischen Flugzeuge hockten wie Geier auf chinesischem Boden. Würde der Krieg wirklich kommen? Es schien so undenkbar. Doch sogar in der Universität sprach man fast nur noch vom Krieg, der auf dem Festland wütete – dem Krieg, der sich ausweiten konnte, wenn Japan den Forderungen der Alliierten nicht nachgab.

Sie seufzte und starrte zu den weit entfernten Hügeln der Neun Drachen hinüber. Ein großer Schwarm Vögel zog gerade über den Kamm des Gebirges. Einen Moment lang glaubte sie fast, das Schlagen ihrer Flügel zu hören. Sie hob schützend die Hand über die Augen und beobachtete, wie der Schwarm, nachdem er den Kamm überflogen hatte, an Höhe verlor. Die Flügel schimmerten in der Sonne.

Aber halt! Das waren ja gar keine Vögel! Das waren Flugzeuge! Sie konnte jetzt ihr Dröhnen ganz deutlich hören. Da löste sich plötzlich ein Flugzeug aus dem Schwarm und legte sich in die Kurve. Ein anderes folgte – und noch eines –, und zusammen rasten sie direkt auf den Kai-Tak-Flughafen zu. Sie flogen die Stadt auch nicht langsam wie normale Linienflugzeuge an – sondern sie schienen sich direkt darauf zu werfen. Plötzlich wurde die Stille von lauten Explosionen zerrissen. Mai Yun war nicht sicher, ob der Boden unter ihren Füßen tatsächlich erzitterte oder ob es nur das laute Geräusch war, das alles vibrieren ließ. Betäubt sah sie eine schwarze Rauchwolke, die wie ein Pilz in die Luft schoß. Dann hörte man nur noch die Explosionen, als die Flugzeuge über ihr Ziel donnerten und eine Bombe nach der anderen abwarfen. Der Rauch wurde so dicht, daß sie beinahe übersah, wie die glitzernden Flugzeuge nach ihrem erfolgreichen Angriff wieder hinter den Bergen verschwanden. Flammen züngelten durch die schwarzen Schwaden über dem Flughafen. Sirenen begannen zu heulen.

Bomben! Krieg! Sie stand wie angewurzelt auf einem Fleck und starrte benommen und mit ungläubigem Entsetzen auf die Szene vor sich. In einem der eleganten Häuser hinter ihr wurde eine Tür aufgerissen. Dann schrie jemand gellend: »Die Japaner greifen an!«

Irgendwo weinte eine Frau.

Donnerstag, 19. Dezember 1941

Sie hörte das Donnern der Flugzeuge und im selben Moment das Heulen der Sirenen. Mai Yun fuhr mit klopfendem Herzen von ihrer Schlafmatte hoch und suchte nach der Taschenlampe, die immer neben ihrem Lager stand. Durch die Verdunkelung war es pechschwarz im Bungalow. Da! Der hohe Pfeifton einer Bombe! Sie hielt den Atem an und zählte. *Yat – yee – saam . . .*

Die Wucht der Explosion riß sie auf die Matte zurück. Hinter der festgenagelten Verdunkelung schepperten die Fenster, und irgendwo zersplitterte Glas. Schon kam das Getöse eines zweiten Flugzeugs herangebraust, und dann fing es wieder zu pfeifen an, als die Bombenmagazine von neuem ihre tödlichen Geschosse ausspuckten.

Mai Yun schlug sich entsetzt die Hände vors Gesicht und schrie nach ihrer Mutter, obwohl sie wußte, daß sie schon längst bei Miß Abigail sein mußte.

Als die Bombe einschlug, war es, als ob der Druck sie erst ganz ausfüllte und dann fast auseinanderriß. Holz knirschte, Glas zersplitterte, und dicke Staubwolken hüllten sie ein, so daß sie fast erstickte. Sie versuchte aufzustehen, doch der Boden bäumte sich unter ihren Füßen auf, und sie schlug der Länge nach hin. »Mama! Mama!« kreischte sie.

Hustend kämpfte sie sich aus dem Schutt heraus. Ihre Hände waren naß von Blut, und in ihrer Schulter saß ein stechender Schmerz. Die Bombe mußte entweder ins Haus selbst oder gleich daneben gefallen sein. Um sie herum bebte und knirschte es, und sie suchte verzweifelt nach einem Ausgang. Plötzlich wurde der Boden zur lebenden, in sich zusammenfallenden Masse, und ein Balken krachte schwer gegen ihren Arm. Sie fiel zurück, als ein brennender Schmerz durch ihren Körper zuckte.

Mit fast übermenschlicher Kraft raffte sie sich wieder auf und sah endlich die Tür, die nur noch an einer Angel hing. Sie stieß sie auf und blinzelte verständnislos in das grelle Licht, das ihre Augen traf. Sie sah ins Freie! Die vordere Hauswand war verschwunden, und die Zimmer lagen nackt und offen vor der zerstörten Straße. Das Haus gegenüber war ein Flammenmeer, und seine verkohlten Trümmer krachten in den Bombenkrater davor.

Mai Yun stolperte zwischen den verstreuten Möbeln auf Miß Abigails Zimmer zu. Sie spürte keinen Schmerz, als sie mit ihren nackten Füßen auf Holz und Glassplitter trat. Ein unheimliches Glühen wies ihr den Weg. Sie torkelte durch die offene Tür und erstarrte vor Grauen. »Mama!«

Kleine Flammen züngelten an der Verdunkelung und dem Bettzeug entlang. Aus einer umgestürzten Lampe war Öl auf den Tisch gelaufen, und von den Rändern stiegen schwarze, kräuselnde Rauchfäden auf. In der Mitte des Bettes lagen zwei blutüberströmte Gestalten halb aufeinander.

»Mama!« schrie sie wieder. Sie schnellte auf das Bett zu und zerrte an dem leblosen Körper ihrer Mutter. »Mama!«

Die Augen ihrer Mutter öffneten sich langsam, wie in unsagbarer Pein. Ihr Gesicht war unter der Maske von Staub und Blut beinahe unkenntlich. Ihre Augen rollten willenlos in ihren Höhlen herum.

Mai Yun wischte mit ihrer Hand über das Gesicht, aber der Blutstrom ließ sich nicht stillen. Schluchzend riß sie sich die Pyjamajacke vom Leib und preßte den Stoff auf die klaffende Wunde auf Mei Shaus Stirn. Ihre Mutter wimmerte leise und machte einen angestrengten Versuch, sich aufzusetzen.

Das Blut sprudelte in hellen Strömen über ihr Gesicht. »Halt still, Mama!«

Mei Shaus Lippen bewegten sich mühsam.

»Du darfst nicht reden!«

»Mi – Mi – A – Ab –«

»Schh, bleib still!« Mai Yun klopfte mit der Hand schnell einen kleinen Brandherd auf dem Kissen aus und legte dann den Kopf ihrer Mutter sanft darauf zurück. Ihr Magen bäumte sich auf, als sie einen Blick auf Miß Abigail warf. Mit großer Überwindung hob sie ihre weiche, leblose Hand vom Bett auf und suchte nach dem Puls der Frau. Niemand hätte so eine Verletzung überleben können. In Miß Abigails Kopf steckte ein langes, gezacktes Holzstück, das wie ein Pfeil im Schädel vibrierte und ihn auf die Matratze darunter nagelte. Mai Yun ließ die Hand wieder fallen. Sie wandte sich ab, nahm ihre Mutter auf ihre Arme und trug sie aus dem Zimmer.

Die vielen einzelnen Feuer breiteten sich in Windeseile aus und verwandelten die ganze Straße in ein schauerliches Inferno. Einen Moment lang sah man noch die Silhouetten der Häuser vor dem Hintergrund der lodernden Glut, und im nächsten fielen sie krachend zu einem prasselnden Scheiterhaufen zusammen. Menschen rannten, dunklen Schatten gleich, kopflos in alle Richtungen, um sich vor dem Verderben zu retten. Mai Yun biß die Zähne zusammen und vergrub ihr Gesicht in dem blutdurchtränkten Hemd ihrer Mutter, als ein glühender Funkenregen auf ihre nackten Schultern fiel. Sie zwang sich, einen Fuß vor den anderen zu setzen. Die Hitze war so stark, daß ihre Lungen bei jedem Atemzug wie Feuer brannten. Plötzlich ging das Schlafzimmer hinter ihr in Flammen auf, als das brennende Öl die Decken auf dem Bett in Brand setzte. Einen Moment lang sah man ganz deutlich, wie Miß Abigails Körper in der Glut ihres Scheiterhaufens aufleuchtete, und dann war sie in den hungrigen Flammen verschwunden. Mei Shau stieß einen gequälten Schrei aus, und Mai Yun rannte, wie von Furien gehetzt, mit ihrer Bürde aus dem Haus.

Die Straße hatte sich in einen unkenntlichen Schutthaufen verwandelt. Das Straßenpflaster war um den Bombenkrater herum zu bizarren Formen verzogen und ausgebuchtet. Dichter, schwarzer Rauch quoll aus dem riesigen Loch. Das unablässige Geheul von Sirenen und die Schreie der Verwundeten füllten die Nacht. Mai Yun schluchzte verzweifelt, als sie sich zu orientieren versuchte, um sich und ihre Mutter in Sicherheit zu bringen.

Plötzlich ragte eine Gestalt vor ihr auf und vertrat ihr den Weg. Blindlings versuchte sie, sich daran vorbeizuschieben, aber ein starker Arm hielt sie fest.

»Miß Abigail? Wo ist sie?«

Mai Yun blickte in das schmutzige Gesicht des Mannes. Sie hörte nicht, was er sagte, und verstand nicht, warum er sie aufhielt. Plötzlich stöhnte Mei Shau laut auf, und ein frischer Blutstrom schoß aus ihrer Kopfwunde. Der Mann ließ Mai Yun schnell los und beugte sich zu ihrem Ohr hinunter, um sich in dem Lärm, der sie umgab, verständlich zu machen.

»Wo ist Abigail?« brüllte Elliot Travish.

»Tot.« Mai Yun starrte auf das brennende Haus zurück.

»O, mein Gott . . .« Elliot starrte sie entsetzt an. Warum nur war Abigail nicht mit den Whitakers mitgegangen! O Gott!

Das Mädchen sah ihn mit toten Augen an. Er drehte sich um und ging weg. Aber nach ein paar Schritten kam er wieder zurück. Er konnte diesen Blick der Verzweiflung nicht ignorieren. Schnell führte er sie aus dem glühenden Funkenregen zum anderen sicheren Straßenende. Gierig sogen sie die feuchte, klare Luft ein, die vom Hafen heraufrollte. Dann untersuchte er im Licht seiner Taschenlampe Mei Shaus Verletzungen. Das Blut war jetzt zum Stillstand gekommen, aber das Gesicht wurde schon wächsern. Noch bevor er ihre Schläfe berührte, wußte er bereits, daß sie tot war. Die Haut fühlte sich klamm an. Mai Yun beobachtete ihn mit furchtsamen Augen.

»Sie ist tot, Mai Yun«, sagte er schwerfällig. »Tut mir leid.«

Sie bewegte sich nicht, brach weder in Hysterie noch in Tränen aus. Sie blieb einfach wie versteinert stehen, mit der Leiche ihrer Mutter in den Armen, und starrte ihn an. Behutsam nahm er ihr den Körper ab und legte ihn neben einem Baum ins Gras. Das Mädchen kauerte sich sofort daneben.

Als er sie wieder hochziehen wollte, schauderte sie plötzlich, als ob ein eisiger Wind ihre Seele berührt hätte, und riß sich los. Dann kniete sie sich wieder neben den leblosen Körper.

»Sie ist tot«, wiederholte Elliot. »Du kannst jetzt nichts mehr für sie tun.«

Mit zitternder Hand griff sie unter das blutige Hemd und nahm behutsam den Jadeanhänger ab, den ihre Mutter noch immer trug. Dann stand sie auf und brach in herzzerreißendes Schluchzen aus. Voller Mitgefühl legte er seinen Arm um sie und zog sie an seine Brust.

Er war eigentlich gekommen, um Abigail in Sicherheit zu bringen, denn das hatte er den Whitakers noch vor ihrer Abreise versprochen. Die letzten zehn Tage waren wegen der nächtlichen Bombenangriffe der Japaner, den Bränden und dem Plündern die schiere Hölle gewesen. Es hatte eine ganze Woche gedauert, bis er und Abigail endlich auf der Liste standen, die ihnen eine Flucht über den Hafen ins freie China ermöglichte. Eine Woche zuvor hatte man noch hinausfliegen können, wenn man die entsprechenden Mittel besaß. Inzwischen beherrschten die Japaner jedoch alle Luftwege, und es war nur noch eine Frage der Zeit, wann sie die Stadt besetzen würden.

Für Abigail kam nun jede Hilfe zu spät. Er seufzte bekümmert. Und wenn er heute nacht nicht verschwand, war es mit ihm auch zu Ende. Er versuchte, sich vorsichtig von dem Mädchen zu lösen, aber sie klammerte sich nur um so heftiger an ihn. Er sah erst jetzt, daß ihr Oberkörper entblößt war und sie vor Kälte zitterte. Sanft befreite er sich von ihren Armen und zog seine Jacke aus. Dann streifte er sie über ihre Arme und Schulter und zog sie über ihren kleinen Brüsten zusammen. Die Ärmel hingen ihr bis auf die Knie hinunter und flappten lose im Wind. Sie erinnerte ihn an ein kleines, verlorenes Hündchen. Er wußte nicht einmal, ob sie ihn überhaupt erkannt hatte. Was sollte er mit ihr tun? Er konnte sie doch nicht einfach neben der Leiche ihrer Mutter sitzen lassen, bis die nächste Bombe fiel. Und auch wenn sie das noch überlebte, hätte sie danach noch viel Schlimmeres zu erwarten. Er biß die Zähne zusammen, als ihm die wilden Gerüchte über die Japaner einfielen.

»Los, komm mit«, sagte er plötzlich rauh. Als sie ihn nur verständnislos anstarrte, nahm er ihre Hand und ging mit ihr in die Richtung des Hafens davon. Er hatte die zwei Schiffskarten teuer bezahlt. Eine davon konnte nun wenigstens Abigails Schützling zu einem neuen Leben verhelfen.

5

Carters Ärger über Arisa legte sich bald wieder. Sie war eben unberechenbar wie Quecksilber. Erst verständnisvoll und freundlich und im nächsten Moment widerspenstig und feindselig. Sie versuchte sich offenbar immer noch mit einem Bild ihres Vaters vertraut zu machen, das sie nie gekannt hatte. Vielleicht kam da auch noch etwas schlechtes Gewissen hinzu, weil sie sich so wenig um ihn gekümmert hatte. Natürlich hätte Elliot sie gebraucht. Er hatte immer jemanden gebraucht. Die einen vermieden enge Bindungen, die anderen konnten ohne sie nicht leben. Trotz allem war Elliot ein Prachtkerl gewesen. Man konnte nur hoffen, daß Arisa das eines Tages auch begreifen würde.

Sie hatte seine Frage nicht beantwortet. Demnach waren ihre Finanzen ein empfindlicher Punkt. Wahrscheinlich hatte sie noch mit ihrer monatlichen Unterstützung gerechnet. Aber damit war es vorbei. Und wenn sie von der Firma Geld haben wollte, mußte sie jetzt dafür arbeiten oder ihre Anteile verkaufen. Anders ging es nicht.

Seufzend schob er Elliots Rechnungen beiseite und konzentrierte sich auf die Morgenpost, die ihm Deline auf den Schreibtisch gelegt hatte. Als er den Stapel fast durchgesehen hatte, summte das Telefon.

»Carter Montaigne . . .«

»Guten Morgen, Liebling. Ich dachte, du würdest mich mal anrufen. Willst du mich noch immer strafen?«

Er lehnte sich im Stuhl zurück. »Guten Morgen, Claire. Ist irgendwas passiert, oder rufst du nur aus Langeweile an?« Er hatte keine Lust, auf ihr Spielchen einzugehen. Sie wollte anscheinend immer noch nicht glauben, daß er sich von ihr getrennt hatte. Es paßte einfach nicht in ihre Spielregeln. Zwar mußte sie ebenfalls gemerkt haben, daß ihre Affäre schal geworden war, aber sein Entschluß hatte sie überrascht. Und sie ließ sich nicht gerne überraschen. Nicht in diesen Dingen. Außerdem brauchte sie noch seine Hilfe im Studio, das sie zusammen aufgebaut hatten. Er hatte einen sehr sicheren Geschmack, und seine Marktkenntnisse waren um vieles größer als ihre. Der einzige Nachteil war, daß er sich mit dem Geschäft seinen Lebensunterhalt verdienen mußte, während sie das Geld nicht nötig hatte. Claire vertrieb sich damit lediglich die Zeit, um nicht aus Langeweile umzukommen. Allerdings hatte sie inzwischen auch Gefallen daran gefunden und den Ehrgeiz entwickelt, ihr Studio erfolgreich zu machen. Und wahrscheinlich würde sie das auch schaffen.

»Beides, Liebling. Hast du Lust, mit mir nach Paris zu fliegen?«

»Geschäftlich oder nur zum Vergnügen?«

Sie lachte kehlig. »Ich verbinde immer beides, wie du weißt. Das macht das Leben viel lebenswerter.«

»Ich sitze im Moment leider fest, Claire. Elliots Tod hat alles ziemlich durcheinandergebracht.«

»Na, na. Du führst doch den Laden schon, seit du sein Partner geworden bist. Außerdem weiß ich zufällig, daß du alles bestens organisiert hast.«

Er wußte schon, daß sie sich seit dem Ende ihrer geschäftlichen Zusammenarbeit regelmäßig über ihn informieren ließ. Komischerweise störte ihn das nicht. Mit den Millionen ihres Vaters war es ihr zur Routine geworden, über jeden, den sie kannte, ein Dossier anfertigen zu lassen.

»Das bedeutet aber nicht, daß man mich hier nicht braucht. Danke vielmals für die Einladung, Claire. Aber ich muß dieses Mal leider passen.«

»Da ist die Matique-Auktion«, lockte sie.

»Muß ich dieses Jahr leider auslassen.«

»Ich hatte gestern abend einen Anruf von Harry«, plauderte sie weiter. »Er ist mal wieder fündig geworden und behauptet, ein herrliches Vezzi-Original zu besitzen. Aber ich bezweifle es. Du kennst ja Harry. Er übertreibt immer so.«

Carter setzte sich überrascht auf. Ein original Vezzi – das wäre ein Knüller!

Claire genoß seine Überraschung. »Ich habe schon seit Jahren keinen Vezzi mehr gesehen. Ich dachte, daß man die schon längst alle gefunden hätte. Wahrscheinlich hat Harry nur eine Kopie – du weißt ja selbst, wie viele es davon gibt.«

»Hat er dir gesagt, was es ist?« warf Carter lässig ein.

»Mmm – nein. Hab' ich vergessen zu fragen. Ich selbst habe im Moment niemanden, der sich dafür interessiert. Und da deine Sammler sowieso mehr dafür zahlen als meine Kunden, sollst du die erste Option darauf haben, Liebling. Sollte es wirklich echt sein!«

»Hast du Harrys Nummer? Ist er in Paris?« Eine Beschreibung des Vezzi wäre natürlich sehr wünschenswert.

Sie lachte. »Er rief aus irgendeiner Villa in Nizza an. Der Arme hatte nur eine Minute Zeit, weil ihm die Contessa die Ohren volljammerte, daß sie noch für ihren Flug nach Paris packen müßten.« Ihr komisch-ernster Ton klang Harry so ähnlich, daß Carter grinsen mußte. Genauso würde Harry jemanden abwimmeln, wenn er nicht zurückgerufen werden wollte, damit ihm niemand seine gegenwärtigen Manöver gefährden konnte.

Carter blätterte rasch durch seinen Kalender. Verdammt, er konnte wirklich nicht weg, nicht einmal für ein paar Tage. Aber ein Vezzi – es würde mehr als nur die Reise bezahlen. Er überflog den Kalender noch einmal.

»Ich wünschte, du würdest dir's noch mal überlegen, Liebling«, murmelte Claire am anderen Ende.

»Wann fährst du?«

»Heute, mit den Fairchilds. Sie haben mich für ein paar Tage zu einer Kreuzfahrt auf dem Mittelmeer eingeladen. Wir machen einen Zwischenstopp in London. Hattest du nicht einen Besuch bei Christies vor? Das wäre doch die Gelegenheit dazu.«

Sie hatte von Anfang an gewußt, daß ihn ein Vezzi nach Paris locken würde. Und wenn es jemand anderer als Harry gewesen wäre, hätte er Claire wahrscheinlich der Lüge verdächtigt. Es war nicht auszuschließen, daß sie ihn, um ein paar Tage mit ihm allein zu sein, an der Nase herumführen würde. Na ja, einen Sieg hatte sie jetzt auf jeden Fall davongetragen. Jetzt war es an ihm, die Balance wiederherzustellen.

»Ich spreche nicht gern davon, Claire, aber wie du weißt, hat Elliots Tod unsere Finanzen eingefroren.« Er grinste, als er hörte, wie sie scharf einatmete. »Wie steht's denn mit dem Scheck, den du mir noch schuldest? Er war am zehnten fällig.«

»Natürlich, Liebling«, sagte sie schnell. »Ich dachte, Adam hat ihn dir schon lange geschickt. Gott, mir graut davor, einen neuen Buchhalter zu suchen. Aber wenn er noch langsamer wird, muß ich bald was unternehmen.«

»Wenn du ihm sagst, daß er mir jedes Vierteljahr am zehnten meinen Scheck schicken soll, tut er es bestimmt. Vergiß nicht, daß ich die Bilanz kenne. Es ist genug Geld in der Kasse, um mich pünktlich zu bezahlen.«

Die vierteljährlichen Zahlungen waren seine Dividende, die ihm aus seiner Partnerschaft zustanden.

Sie lachte leise. »Ich sorge dafür, daß du ihn heute noch bekommst. Ich hole dich um vier Uhr ab. Das gibt uns Zeit genug, um . . .«

»Einen Moment, Claire«, unterbrach er sie scharf. »Heute kann ich auf keinen Fall wegfahren. Das ist einfach nicht drin. Ich fliege am Donnerstag.«

»Aber die Fairchilds . . .«

»Grüße sie herzlich von mir. Vielleicht klappt's nächstes Mal.«

Sie seufzte ergeben. »Na gut, ich hole dich dann vom de Gaulle ab. Bis Freitag also.«

Ein Vezzi! Er lächelte zufrieden. Wenn es wirklich ein Original war, würde ihm der Verkauf vieles ermöglichen, was er sich schon lange wünschte. Er hatte früh gelernt, daß er fast alles haben konnte, wenn er es nur hartnäckig genug verfolgte. Angefangen hatte es in New York, als er der schmutzigen Dreizimmerwohnung in Brooklyn entkommen wollte. Seine Mutter war jede Nacht besoffen zurückgekommen, damit sie die Risse in den Wänden und die Küchenschaben nicht sehen mußte. Nachdem sie sich dann, so wie sein alter Herr, in den frühen Tod getrunken hatte, war er um eine kleine Sprosse höhergestiegen und in ein Zimmer in Manhattan umgezogen. Von dort konnte er in seine Abendklassen in der Columbia University laufen. Tagsüber fuhr er einen Lieferwagen für eine Wäscherei. Doch das dauerte nicht lange, da er, von der Universität weg, eingezogen wurde. Es hatte damals überhaupt nicht in seine Pläne gepaßt, aber er mußte eben das Beste daraus machen. Er hatte keine andere Wahl. Seine Jugend hatte ihn wenigstens so weit abgehärtet, daß ihm die Schlammlöcher und Reisfelder von Vietnam nicht allzuviel ausmachten. Er mochte sie genausowenig wie alle anderen, aber es war nur ein vorübergehendes Übel – so wie Brooklyn und das Mietshaus in Manhattan.

Danach war es leichter geworden. Er lernte, daß es einfacher war, sich erst den Weg freizuräumen, bevor man mit der wirklichen Arbeit begann. Er nahm verschiedene Jobs an, die immer mit Antiquitäten und Kunst zu tun hatten, eignete sich immer mehr Wissen an und machte sich mit allem und jedem in dieser Branche bekannt. Es dauerte fünf Jahre, bis seine Chance mit Claire kam, und vier Jahre mehr, bis er ihr über den Kopf gewachsen und weitergezogen war. Und dann folgte ein Jahr mit Elliot . . .

Nachdem er Deline vergeblich in ihrem Büro zu erreichen versuchte, fand er sie im Lager, wo sie gerade eine bronzene Urne auspackte. Vorsichtig hob sie das Gefäß aus der Verpackung und stellte es auf den Tisch.

»Ein schönes Stück«, sagte er bewundernd. Das rechteckige Gefäß war etwa vierzig Zentimeter hoch. Die Füße waren stilisierte Tiermasken, auf denen archaische Muster eingraviert waren. Das Metall hatte einen weichen Glanz, der die Verzierungen scharf hervorhob.

Deline betrachtete das Stück zufrieden. »Elliot sagte schon, daß sie schön ist. Er hatte recht.«

»Elliot hat sie gekauft?«

Sie nickte. »Für Elbert Faus. Er sah sie während seines letzten Besuches in Hongkong. Aber da war sie noch unverkäuflich. Vor ein paar Monaten hat er Leun Kee noch einmal angerufen und ihn überreden können, sie doch noch zu verkaufen.« Ihr Gesicht wurde traurig. »Schade, er hat sich so darauf gefreut.«

Carter nahm die Rechnung in die Hand. Die Bronze war teuer, aber er konnte sich auf Elliots Urteil verlassen. »Ich rufe Faus gleich an. Schick sie zu Tanner hinüber.«

»Er kommt heute nachmittag her, da kann er sie gleich mitnehmen«, antwortete sie.

Er sprach dann mit ihr über zwei Ming-Tische, die er noch vor seiner Paris-Reise an einen Kunden geliefert haben wollte. Nachdem sie ihm versichert hatte, daß sie fertig waren, sagte sie: »Ich wußte gar nicht, daß du eine Reise nach Paris vorhast.«

»Es ergab sich ganz plötzlich. Im Moment kommt es zwar etwas ungelegen, aber ich bin sicher, daß du alleine zurechtkommst. Mrs. Sherbock kommt am Freitag wegen des Eden Limoges. Entschuldige mich bitte bei ihr. Wenn ich zurückkomme, rufe ich sie sofort an, ob ihr das Set gefällt.« An der Tür drehte er sich noch einmal um. »Übrigens, ich habe Arisa erlaubt, daß sie sich hier umsehen kann. Aber nur, solange sie dabei niemandem im Weg herumsteht. Wenn nötig, erfinde irgendeine Arbeit für sie. Ich habe sie schon gewarnt, daß sie keine bevorzugte Behandlung erwarten kann.«

»Ist das nicht ein bißchen streng?«

»Ich finde nicht. Sie muß endlich begreifen, daß es sich hier nicht um ein Familienhobby, sondern um ein Geschäft handelt. Ich bin schließlich nicht ihr Vater. Sie muß sich an dieselben Regeln halten wie alle anderen auch.«

»Aber es gehören ihr fünfundsiebzig Prozent«, kam es etwas vorwurfsvoll.

»Aber bis das Testament bestätigt ist, leite ich die Firma. Daran kann sie jetzt nichts ändern. Später werden wir sehen, wie es weitergeht. Wahrscheinlich hat sie bis dahin sowieso genug und rennt nach Paris zurück.«

»Und wenn nicht?«

Er schnitt eine Grimasse.

Deline lächelte. »Ich bin sicher, daß Arisa bald verstehen wird, was du alles für die Firma getan hast. Ich vermute, daß sie dich dann nur zu gerne behalten wird.«

»Ja, damit ich die Lieferwagen ablade und den Müll hinaustrage«, entgegnete er trocken.

Sie lachten beide. Dann legte er die Rechnung wieder auf den Tisch und sah sich die Bronze noch mal an. »Das ist wirklich ein ausnehmend schönes Stück. Frage Tanner, was er für einen Preis dafür vorschlägt. Ich bin zu Hause, wenn du mich brauchst. Ich fliege am Donnerstag weg, aber nur für ein paar Tage.«

»Quentin war heute da«, sagte sie unerwartet. »Als Arisa bei dir war. Er bat mich, mit dir zu sprechen.«

»Über . . .?«

»Seine Anteile. Er möchte sie verkaufen.«

Carter hob erstaunt die Augenbrauen. »Schon vor der Testamentsbestätigung?«

»Sofort, wenn es geht. Seine fünf Prozent sind so wenig, daß es eigentlich nicht darauf ankommt, was Arisa vorhat.«

»Ach, und er teilt nicht ihre starke Loyalität zum Familiennamen?« bemerkte er ironisch.

In Delines Augen blitzte es gefährlich auf. Er sah, daß er zu weit gegangen war. Deline schien immer schon eine weiche Stelle für Quentin zu haben. Oft hatte sie zwischen Vater und Sohn den Friedensrichter gespielt, wenn sich die beiden Männer in die Haare gekommen waren.

»Quentin ist ein Geschäftsmann«, sagte sie nun scharf, »der sein Kapital verständlicherweise gewinnbringend anlegen möchte.«

»Hat er einen Preis erwähnt?«

Sie schüttelte den Kopf. Aber Carter war sicher, daß Quentin ihr die Summe – und sie war zweifelsohne der Höchstpreis – genannt hatte. Sie wollte damit nur einfach nichts zu tun haben.

»Okay, ich spreche mit ihm, sobald ich zurück bin. Mach mir für nächste Woche einen Termin mit ihm.«

Als er gegangen war, trug Deline die Urne zum Schreibtisch und katalogisierte sie. Dann bewunderte sie das Gefäß noch einmal. Elliot hatte wirklich ein gutes Auge gehabt. Carter verfügte über ein gutes Wissen, aber Elliots tieferes Verständnis fehlte ihm. Doch wenigstens gab er seine mangelnde Fähigkeiten zu und ließ sich auch etwas sagen.

Warum reiste er jetzt so plötzlich nach Paris? Nicht, daß es sie störte. Im Gegenteil! Sie genoß es, den Laden für sich zu haben. Er war inzwischen ganz zu einem Teil ihres Lebens geworden, so daß sie rastlos wurde, wenn sie einmal nicht dasein konnte. Sie lächelte. Sie war schon genauso schlimm, wie es Elliot früher gewesen war. Früher – wie lange war das schon her!

Das Telefon läutete. Sie rückte die Urne beiseite und nahm den Hörer ab.

»Deline Armitage«, sagte sie freundlich.

»Bok-Lo-san, Madame Armitage«, antwortete eine harsche Stimme.

Delines Fingerspitzen begannen irritiert auf der Schreibtischplatte zu trommeln. »Ja, Mr. Bok. Was kann ich für Sie tun?«

»Haben Sie die Ware erhalten, auf die ich schon so lange warte?«

Sie starrte blicklos auf die Wand vor sich. »Ich erwarte sie in Kürze.«

»Das haben Sie schon vor einigen Tagen gesagt«, kam es knapp.

Am liebsten hätte sie jetzt den Hörer auf die Gabel geknallt. Doch sie beherrschte sich. »Ich versichere Ihnen, daß ich alles tue, um die Lieferung zu beschleunigen.«

»Ich habe Ihre Versicherungen schon einmal gehört, Madame Armitage. Doch die Götter haben mich nicht mit viel Geduld gesegnet.«

»Sie werden die Lieferung erhalten wie versprochen«, sagte sie kalt. Das Trommeln ihrer Finger wurde schneller und lauter. »Geduld kann manchmal von großem Vorteil sein.«

Sein Atem zischte. »Verzeihen Sie, Madame Armitage. Ich vergaß, wieviel für Sie auf dem Spiel steht. Ich bin sicher, daß Sie nicht den Wunsch haben, mich zu enttäuschen. Verzeihen Sie, wenn ich Sie hin und wieder daran erinnere. Ich erwarte jedoch, bald von Ihnen zu hören. Sehr bald.«

Es knackte laut, und die Leitung war tot. Deline starrte noch immer auf die Wand. Sie war so sicher gewesen, daß Quentin die Jade finden würde. Was, zum Teufel, hatte Elliot damit gemacht? Wenn sie in einem Banksafe lag, würde sich Bok über die Verzögerung nicht freuen. Vielleicht sollte sie Arisa vorschlagen ... Nein, das ging nicht. Aber vielleicht konnte Quentin das Öffnen des Safes beschleunigen. Und wenn die Jade dort war, müßte man einen Weg finden, um sie von Arisa zu bekommen. Wenn nötig, mußte Bok diesen Teil eben selbst übernehmen. Sie wußte, daß seine Leidenschaft sehr tief ging. Er war ein Fanatiker. Und Fanatiker waren stets gefährlich.

Ein kleines zufriedenes Lächeln spielte um ihren Mund, als sie den blauen Staubmantel auszog, den sie immer im Lager trug. Sie hängte ihn an den Nagel, räumte ein paar Papier- und Schnurreste vom Schreibtisch und ließ sie in den Papierkorb fallen. Behutsam hob sie die Urne auf und ging damit in ihr Büro zurück.

Das Jahr des Pferdes

China, Mai 1942

Elliot wachte nur langsam auf. Moskitos zogen ihre summenden Kreise um ihn, und eine setzte sich jetzt auf seinen Fuß. Er kickte lethargisch danach und rollte sich seufzend auf die andere Seite. Eines Tages mußte auch dieser Alptraum wieder vorübergehen. Aber heute noch nicht . . .

Die Sonne kroch langsam über die flachen Reisfelder herauf. Noch war sie nur ein blutroter Streifen der Morgendämmerung. Bald jedoch würde sie mit ihrer sengenden Hitze den Reis zum Reifen bringen und die Menschen bei der Arbeit verdörren. Er wollte nicht aufstehen und wußte doch, daß er keine andere Wahl hatte. Hatte das alles überhaupt noch einen Sinn?

Er quälte sich von seinem harten Lager hoch und streckte sich müde. Seine Fesseln waren von Insektenstichen zum doppelten Umfang angeschwollen und böse aufgekratzt. Seine Füße starrten vor Dreck, und in den schmerzhaften Rissen, wo sich die Haut noch nicht verhärtet hatte, klebte hartverkrustete Erde. Seit zwei Monaten schon lief er barfuß, und immer noch spürte er die lanzenscharfen Blätter und gebrochenen Reisstengel, wenn er durch die Felder watete. Noch immer spürte er den Stich der Blutegel, die sich gierig an seinem Fleisch festsaugten, wenn er in den Furchen arbeitete. War es das wirklich alles wert?

Er stand in der Öffnung seiner Lehm- und Strohhütte und rieb sich den schmerzenden Rücken. Sein Körper hatte sich immer noch nicht an das dauernde Bücken und die schwere Arbeit gewöhnt. Er lernte am eigenen Leibe, wie verteufelt groß der Unterschied zwischen dem Handel und dem Anbau von Reis war. Wie viele der Menschen, die vom Handel lebten, wären wohl bereit, diesen Teil des Vorganges freiwillig auf sich zu nehmen?

Freiwillig . . . Wenn er bereit war zu hungern, konnte er jederzeit damit aufhören. Hier wurde gearbeitet, damit man zu essen hatte. Davon gab es eh kaum genug. Jedes Reiskorn, das aus den überfluteten Feldern mühsam herausgearbeitet wurde, war so kostbar wie Gold. Die Leute im Dorf wären wahrscheinlich froh, wenn er sich hinlegte und einfach starb. Seine Ration würde dann das Leben eines anderen um ein paar Tage oder Wochen verlängern.

Er schlurfte um die Hütte herum zur Latrine. Vielleicht sollte er doch mit Mai Yun reden und weiterziehen. Nur, wohin? Da war ja nichts. In ein anderes Dorf? In die Berge! Zurück nach

Kanton? Hier waren sie wenigstens relativ sicher. Hin und wieder hörte man im Dorf Nachrichten von draußen. Man konnte zwar unmöglich sagen, ob sie stimmten, aber man nahm sowieso nur das Schlimmste an. Singapur und die Philippinen waren gefallen – Tausende von alliierten Soldaten waren auf dem Marsch von Bataan in die Gefängnislager im Norden umgekommen ... Im Frühjahr war, etwa fünfzig Meilen von ihnen entfernt, ein Flugzeug in den Bergen abgestürzt und verbrannt. Eine kleine Gruppe von Chinesen, die danach durch das Dorf gekommen war, hatte es angeblich gesehen. Sie behaupteten, daß es amerikanisch sei. Daraufhin hatte das Dorf tagelang zwischen Angst und Hoffnung gelebt, unsicher, ob vielleicht ein Gegenangriff der Amerikaner im Gange war. Aber es war nichts geschehen, und bald hatte sich ihr Leben wieder normalisiert. Seit Wochen hatten sie keine japanischen Bomben oder Kampfflugzeuge mehr gesehen. Vielleicht war der Krieg sogar vorbei, und sie wußten es nur nicht. Vielleicht war die Welt am Ende. Vielleicht war außer diesem engen Flußtal nichts mehr übrig. Vielleicht war es doch besser zu arbeiten, als sich in Tagesträumen zu verlieren!

Mai Yun hatte inzwischen die Schlafmatten zusammengerollt und ging jetzt zur gemeinsamen Küche in der Mitte des Dorfes, wo das Wasser für den Morgenreis bereits kochte. Als sie Elliot sah, brachte sie ihm eine Tasse heißen Tee.

»Guten Morgen, Elliot.«

»Guten Morgen, Mai Yun.« Er nahm die Tasse und lächelte dankbar. Der heiße Tee tat ihm gut, und er spürte, wie etwas Energie in seinen müden Körper zurückkehrte. Er staunte immer wieder, wie sich Mai Yun, trotz der langen Flucht und dem harten Kampf ums Überleben, entfaltet hatte. Statt schwächer zu werden, schien sie noch kräftiger zu werden. Jedesmal wenn ihn auf dem langen Treck, unterbrochen von Bombenangriffen, umgeben von hysterischen Flüchtlingen, Verletzten und Leichen, Mut oder Hoffnung verlassen wollte, war sie es gewesen, die ihn immer wieder angetrieben hatte. Mit: »Nur noch eine Meile«, oder: »Nur noch eine Stunde länger, und wir sind sicher«, hatte sie ihn immer wieder auf die Beine gebracht. Und irgendwie hatte sie es auch geschafft, immer genug Nahrungsmittel aufzutreiben, damit sie nicht verhungern mußten.

Nachdem sie die Stadtbezirke hinter sich gelassen hatten, hielten sie sich in nordwestlicher Richtung, um von den riesigen Reisfeldern, dem fruchtbaren Land und den bevölkerten Gegenden wegzukommen. Sicherheit war nur in den kargen Außenbezirken zu finden, die auch für die Japaner wertlos waren. Der große Flüchtlingstreck hatte sich bald aufgelöst, und sie waren allein von Dorf zu Dorf gewandert, bis man sie hier endlich aufgenommen hatte. Hier waren sie sicher, so sicher, wie man es in diesem bedrohten und verwüsteten Land eben sein konnte.

Mai Yun kehrte zu den Frauen am Herd zurück, und Elliot trank schnell seinen Tee aus. Die nächste Mahlzeit gab es erst wieder nach mehreren Stunden auf den Feldern. Die Arbeit war so monoton, daß er zuviel Zeit zum Nachdenken hatte. Wo könnte er jetzt sein, wenn er mit Melisande und ihren Eltern weggegangen wäre? Kanada? Kalifornien? Als Amerikaner hätte er ohne weiteres nach Kalifornien und zu der Mutterfirma von Sheffield Importing zurückgehen können, wo er früher gearbeitet hatte. Er grinste ironisch, als er sich den kegelförmigen Strohhut aufsetzte und die Hosenbeine hochkrempelte. Sicher war die Firma geschlossen oder hatte eine Abwehrfunktion übernommen, da man ja keinen Reis mehr importieren konnte. Der Reis war zwar hier, aber man konnte ihn nicht rausbringen. Seufzend nahm er seinen langen Stab zum Jäten und watete in das wogende Halmenmeer hinaus.

Die Dämmerung hing zögernd über dem Tal, und die Dorfbewohner hatten sich bereits in ihre Hütten zurückgezogen. Erfrischt von einem Bad im eiskalten Fluß, aber hundemüde saß Elliot vor seiner Hütte und betrachtete die breiten, dunkelgrauen Streifen am Himmel. Er spürte, wie sich Mai Yun neben ihn setzte, aber er sah sie nicht an.

Sie saßen schweigend nebeneinander und hingen ihren Gedanken nach, bis sie leise sagte: »Die Dunkelheit hilft der Seele. Sie gibt ihr Frieden . . .«

Er starrte auf den Horizont, der kaum mehr zu erkennen war. »Obwohl uns Krieg und Tod so nah sind, können wir es weder hören noch sehen«, sagte er deprimiert.

»Daran darf man nicht denken.«

»Man darf es auch nicht vergessen, Mai Yun. Da draußen ist das wirkliche Leben, nicht hier.«

»Aber wir sind hier«, kam es sanft zurück. »Wir versuchen, hier zu überleben, damit wir eines Tages wieder zurückkehren können.«

Er sah in ihr blasses, ovales Gesicht. »Glaubst du wirklich daran? Wird es dann überhaupt noch ein Hongkong geben? Eine Welt, so wie wir sie kannten?«

Sie sah ihn schweigend an, und er glaubte, in der Tiefe ihrer Augen so etwas wie Schmerz zu sehen. Plötzlich schüttelte sie energisch den Kopf. »Wir sind die Welt«, sagte sie fest. »Sie existiert, weil wir existieren. Sie lebt, weil wir leben. Wir können uns nicht mit den Toten begraben lassen.«

Sie hatte ihre Mutter und Abigail nie wieder erwähnt, und Elliot verstand nach einiger Zeit, daß sie die Vergangenheit einfach abgeschaltet hatte, um die Gegenwart bewältigen zu können. Denn sie hatte in Hongkong ja alles verloren – Familie, Heim und Freunde. Aber vielleicht war das auch der Grund, warum ihr das isolierte Leben hier nichts ausmachte. Denn er hatte sich daran immer noch nicht gewöhnen können. Es störte ihn, so von aller Zivilisation abgeschnitten zu sein. Er starrte wieder auf das weite, dunkle Land hinaus, das für ihn ein rettender Hafen und auch ein Gefängnis geworden war.

Er spürte plötzlich ihre warme Hand auf seiner Schulter. »Wenn es außer diesem Tal keine andere Welt mehr gibt, dann müssen wir unser Glück eben hier finden. Auch wenn die Zeit in dieser Nacht zum Stillstand kommt, bleibt sie trotzdem für immer unser Eigentum.«

»Laßt uns fröhlich und munter sein, denn morgen müssen wir sterben . . .«, sagte er bitter und rieb dann seine Wange an der Hand auf seiner Schulter. »Verzeih, aber ich finde das alles sehr deprimierend. Ohne deinen Mut hätte ich es nie geschafft. Ich bin dir für deine Hilfe sehr dankbar.«

Sie drückte seine Schulter leicht. »Ohne mich hättest du vielleicht eine viel leichtere Flucht gehabt.«

»Nein, denn es war ja schon alles abgeriegelt, bevor wir überhaupt nach Kaulun kamen. Manchmal komme ich mir so – so nutzlos vor und feige. Während alle anderen um ihr Leben kämpfen müssen, sitze ich hier im Versteck und baue Reis an. Ich muß dauernd daran denken, was da draußen vor sich geht. Liegt die Welt bereits in Schutt und Asche? Wie lange können wir hier der Wirklichkeit noch entkommen?«

»Wir können im Moment nicht anders leben. Es gibt Millionen, die genauso leben wie wir. Und wenn der Krieg einmal zu Ende ist, werden wir es sein, die die Welt wiederaufbauen.«

Er sah sie fast ehrfürchtig an. »Daran glaubst du wirklich, nicht wahr?«

»Natürlich, und du mußt auch daran glauben. Wem würde es helfen, wenn wir uns den Bomben entgegenwerfen? Müssen wir umkommen, nur weil wir Angst vor der Zukunft haben? Das Leben ist ein ewiger Kampf, und der Tod ist unsere Belohnung nach einem gut gefochtenen Kampf. Wir werden die Japaner besiegen, indem wir diesen Reis dort essen«, sagte sie heftig und deutete auf die dunklen Felder hinaus, »damit ihre Bäuche leerbleiben. Sie wollen China auffressen, aber uns werden sie nicht auch noch verschlingen. Wir müssen am Leben bleiben, damit sie weniger zum Leben haben.«

Er holte tief Luft und stieß sie dann wieder langsam aus. »Du tust mir gut, Mai Yun. Du hast meine dunklen Dämonen vertrieben.«

Sie nahm seine Hand und legte sie an ihre Wange. »Du tust mir auch gut«, flüsterte sie. Ihre Blicke trafen sich. »Mußt du oft an sie denken?« flüsterte sie so leise, daß er sie kaum hören konnte.

Er wußte, wen sie meinte. Sein Gewissen begann sich zu regen, denn er dachte nur noch selten an Melisande. Sie waren nur drei Tage und Nächte zusammen gewesen, bevor sie Hongkong verlassen hatte. Die Erinnerung an sie war wie ein nebelhafter Traum – irgendwie unwirklich, nicht Teil von ihm.

»Meistens bin ich zu müde, um überhaupt nachzudenken«, antwortete er ausweichend.

»Aber ein Mann braucht doch eine Frau.«

Die Worte schwebten auf ihn zu, und er war plötzlich unfähig, seinen Blick von ihr abzuwenden. Seit Monaten versuchte er zu ignorieren, daß er sich nach der Berührung dieser Frau sehnte. Immer wieder hielt er sich vor, daß sie ja fast noch ein Kind war. Andererseits war sie nur ein paar Jahre jünger als Melisande ...

»Ich will dein sein«, hauchte sie. »Du brauchst mich.«

Ihre Worte wurden zum verführerischen Balsam, und ein unwiderstehliches Verlangen nach ihr erwachte in ihm.

»Komm«, sagte sie einfach und legte seine Hand auf ihre zarte Brust.

Die Berührung erinnerte ihn an die kleinen, nackten Brüste, die sich damals an ihn gepreßt hatten, als sie den Leichnam ihrer Mutter beweinte. Er konnte den zarten Körper sogar jetzt noch in seinen Armen spüren.

»Komm«, wiederholte sie. Dann stand sie auf und zog ihn, ohne seine Hand von ihrer Brust zu lassen, in die Höhe. In der Hütte, wo sich die Dämmerung mit dem Mond zu einem weichen Grau vermischte, flogen ihre Hände über seinen Körper und halfen ihm aus seinen Kleidern. Mit einer fließenden Bewegung schlüpfte sie dann aus ihrem *san* und *koo,* und plötzlich stand sie in ihrer ganzen herrlichen Nacktheit vor ihm.

Verlangend streckte sie ihm die Arme entgegen. Zögernd ging er auf sie zu. Bei der Berührung ihrer Hände schoß ein schmerzliches Begehren durch seinen Körper. Ihre weichen Arme legten sich um ihn, und ihre Haare streiften seine Wange, als sie ihr Gesicht an seiner Brust verbarg. Er hörte sie leise stöhnen. Sein Blut pulsierte heiß durch die Adern, und dann hörte er nur noch das laute Rauschen in seinen Ohren. Er spürte ihr seidiges Haar unter seiner Hand, als er ihr Gesicht anhob und ihren Mund suchte. Ihre Lippen waren unsagbar weich und warm. Seine Hände strichen über die sanfte Wölbung ihres Rückens hinab und liebkosten dann ihre festen, glatten Brüste. Sein Verlangen wurde übermächtig und seine Leidenschaft grenzenlos.

Ohne ihren Mund freizugeben, hob er sie hoch und legte sie auf die Schlafmatte. Ihre schlanken Finger tanzten über seine Haut und erforschten seinen Körper. Er stöhnte laut, als sie ihre hellen Schenkel öffnete und die Beine um ihn schlang. Und dann spürte er nur noch das heiße Feuer ihrer Leidenschaft und ihres Körpers, der sich so warm und fordernd und gebend an ihn schmiegte. Ihre Ekstase wuchs und steigerte sich, bis sich ihre Körper in höchstem Verzücken vereinigten.

Ein wenig später zog sie ihn an ihre Brust und hielt ihn so fest, als hätte sie Angst, den Preis, den sie gewonnen hatte, wieder zu verlieren. Glücklich und zufrieden lagen sie nebeneinander in der dunklen Stille, bis der Schlaf sie übermannte.

»Siehst du, wie gut ich dir tue«, murmelte sie noch gegen seine Lippen, bevor sie endgültig einschlief.

6

Tanner Holmes spitzte anerkennend die Lippen und pfiff leise, als Arisa die Tür öffnete. »Sehr hübsch«, sagte er und sah sie bewundernd an.

Sie trug ein hellviolettes Wickelkleid mit dunkelgrünen und weißen Paspeln und einen Gürtel aus gleichfarbigen Kordeln, das sie erst vor ein paar Tagen neu gekauft hatte. Ein kleines Bolero verhüllte ihren freien Rücken. Dazu trug sie weiße, hochhackige Sandaletten, die ihre sonnengebräunten Beine betonten.

»Sie sagen immer genau das Richtige. Kommt das von einer natürlichen Begabung oder langer Übung?«

»Das sind meine Berufsgeheimnisse«, sagte er augenzwinkernd.

»Wollen Sie kurz hereinkommen?« Sie trat einladend zur Seite. »Wir wär's mit einem Drink?«

»Da wir mexikanisch essen werden, dachte ich, eine Margarita wäre kein schlechter Auftakt. Mögen Sie?«

»Und wie!«

»Ich habe zu Hause einen vollen Krug auf Eis stehen. Und von dort ist es nicht weit zum Restaurant. Haben Sie Lust?«

»Klar. Ich hole nur noch schnell meine Tasche.«

Ein paar Minuten später öffnete er die Wagentür eines alten Kabrios. Das Dach war offen, und die schwarzen Kunststoffsitze waren mit Schaffellen bedeckt, damit man in der Hitze nicht dran kleben blieb. Er knallte die Tür hinter ihr ins Schloß, kletterte hinter das Lenkrad und fuhr los. »Das ist meine Henrietta«, erklärte er stolz und tätschelte dabei das Armaturenbrett. »Sie ist zwar alt und nicht sehr schön, aber mein. Ich würde sie nicht einmal gegen einen Cadillac eintauschen. Ist es Ihnen zu windig?«

»Nein, überhaupt nicht. Ich mag es so.« Obwohl die Sonne bereits hinter den Bergen versank, war es noch immer sehr heiß, und die leichte Brise, die vom Meer hereinkam, war angenehm erfrischend.

Tanner pfiff fröhlich vor sich hin, während er durch die Straßen fuhr. Manchmal sah er sie von der Seite an und machte gelegentliche Bemerkungen über den Verkehr oder die Gegend. Mit den vom Wind zerzausten Haaren wirkte er sehr jungenhaft. Er trug eine hellbraune Hose und ein offenes Sporthemd, und Arisa war froh, daß sie sich nicht zu elegant angezogen hatte.

»Kommen Sie eigentlich aus Los Angeles?« fragte sie ihn etwas später.

Er schüttelte den Kopf. »Nein, ich bin zugewandert wie die meisten hier. Echte Einheimische gibt es kaum.«

»Ja, das stimmt wohl. Auch die meisten meiner Schulfreunde waren mit ihren Familien von woanders hergekommen.«

Sie kamen nun in eine kleine Straße, die Arisa nicht kannte, und Tanner hielt plötzlich vor einem kleinen Geschäft. »Wir sind da«, verkündete er und deutete auf den Laden. Das große Schaufenster war mit einem dunklen Vorhang verhängt, so daß man nicht hineinsehen konnte. Auf dem Glas stand in kleinen Buchstaben: T. HOLMES.

Vor der soliden Holztür holte er einen Schlüsselbund aus der Hosentasche. »Möchten Sie die Werkstatt sehen, oder sterben Sie schon vor Sehnsucht nach den Margaritas?«

»Beides, aber zuerst die Werkstatt, bitte.«

Er nahm zwei Schlüssel von dem Bund und öffnete das Doppelschloß. Seine Hand verschwand kurz um den Türpfosten, schaltete die Alarmanlage aus und das Licht an, und dann traten sie ein. Ihr Blick fiel zuerst auf vier große Arbeitstische und dann auf eine große Anzahl von Kisten, Schränken und Regalen mit einer verwirrenden Vielfalt von Gegenständen darin. Nähere Betrachtung verriet jedoch, daß hier eine peinliche Ordnung herrschte. Flaschen, Tuben, Gläser, Dosen mit chemischen Lösungsmitteln, Farben, Klebstoff und Lacke standen ordentlich aufgereiht in schmalen Fächern. Pinsel hatten ihren eigenen Platz und Wattebälle und Stoffreste wieder einen anderen. Arisa hatte noch nie eine so organisierte Werkstatt gesehen.

»Sie haben hier ja Arbeit für die nächsten zehn Jahre«, rief sie beeindruckt aus, als sie die vielen Antiquitäten sah, die offensichtlich auf ihre Wiederherstellung warteten.

Er lachte. »So langsam arbeite ich nun auch wieder nicht, aber vielleicht würden Ihnen einige meiner Kunden recht geben. Doch wenn etwas fünfhundert Jahre alt ist, dann wischt man eben nicht nur mit einem Staubtuch darüber oder klebt es mit Tesafilm zusammen. Schauen Sie . . .« Er führte sie zu einem Tisch, auf dem eine Meißner Tasse stand. »Ich arbeite schon seit ein paar Wochen daran. Am Rand ist ein ziemlich großes Stück herausgebrochen, und noch immer sind da ein paar Splitter, die ich einpassen muß.«

Sie untersuchte die Tasse. Außer einer winzigen Bruchstelle am Goldrand sah die Tasse tadellos aus. Sie machte ihm ein Kompliment.

»Nicht schlecht«, gab er zu, »aber leider ist sie jetzt nicht mehr viel wert.« Er klopfte mit dem Fingernagel gegen das dünne Porzellan und lauschte. »Sehen Sie, der Klang ist weg.« Er sagte es, als hätte er einen Freund verloren.

»Aber sie ist wieder genauso schön wie zuvor«, sagte sie. »Und das ist wichtiger als ihr Wert.«

Er grinste sie an. »Sie klingen genau wie Ihr Vater. Er hat auch immer zuerst auf die Schönheit eines Stückes geachtet. Der Wert spielte bei ihm keine so große Rolle. Ich glaube, daß er die Sachen, die er gekauft hat, am liebsten alle selbst behalten hätte. Schade, daß er sich damit seinen Lebensunterhalt verdienen mußte.«

»Ja, als ich klein war, hat er mir seine Sammlung oft gezeigt. Es war dann jedesmal, als ob man einen Schrein betrat. Ich habe von ihm viel über orientalische Kunst gelernt.«

»Warum haben Sie's dann sausenlassen?«

»Die Sammlung? Habe ich ja nicht. Er hat anfangs, als er das Geschäft aufbaute, einige Stücke verkaufen müssen. Aber der Rest ist noch immer im Haus. Ich würde sie nie hergeben.«

»Sie haben mich mißverstanden. Ich meinte nicht die Sammlung, sondern Ihre Neigung zur Orientalistik. Sie haben ein gutfundiertes Kunstwissen, und Europa ist doch eine Fundgrube für alles Orientalische. Warum haben Sie sich also nicht darauf konzentriert?«

Ihre Wangen röteten sich. »Kinder folgen nicht immer den Fußtapfen ihrer Väter.«

»Okay, es geht mich ja auch nichts an. Aber ich finde es trotzdem schade, daß Sie Ihr Talent nicht einsetzen, sondern Ihre Zeit mit anderem Kram verplempern. Ihr Vater wußte, daß Sie ein Talent dafür haben. Sie wissen es bestimmt auch, aber Sie wollen sich's nicht eingestehen. Deswegen haben Sie sich auch nie für etwas anderes entscheiden können. Sie treten nur dauernd auf derselben Stelle herum.«

»Ich habe einfach noch nicht das Richtige gefunden!« fuhr sie ihn verärgert an. Dabei ärgerte sie sich gar nicht so sehr über ihn als über sich selbst, denn sie mußte zugeben, daß er gar nicht so unrecht hatte. Aber er wußte auch nichts von ihrer Galerie und ihren Plänen in Paris. Das sollte ja ihr erster, entscheidender Schritt sein.

»Sobald ich wieder in Paris bin«, sagte sie dann etwas ruhiger, »werde ich eine kleine Galerie kaufen. Ich habe sogar schon meine erste Anzahlung geleistet. Sie sehen also, daß ich nicht ganz so unentschlossen bin, wie Sie glauben.«

Er schwieg und sah sie prüfend an, bis sie ihren Blick abwenden mußte. Tanner hatte wirklich kein Recht, ihr Vorwürfe zu machen. Hatte er nicht selbst lange gebraucht, bis er festen Boden unter den Füßen fand?

Er lächelte plötzlich und beendete die unbehagliche Stille. »Na gut. Hauptsache ist, Sie tun, was Ihnen wirklich Spaß macht. Und dann werden Sie es auch schaffen. Und jetzt geht's hinauf zu den Margaritas!«

Sie verließen die Werkstatt, und Tanner stellte den Alarm wieder ein, knipste das Licht aus und sperrte die Tür ab. Der Eingang zur Wohnung lag gleich daneben, und auch diese Tür hatte zwei Schlösser. Sie stiegen über eine enge Treppe zum ersten Stock hinauf, wo sich eine weitere Tür mit zwei Schlössern befand. Arisa sah ihm kopfschüttelnd zu, als er sie aufschloß.

»Haben Sie dahinter Kronjuwelen?« scherzte sie.

»Nein, aber wenn ein Dieb in meine Werkstatt käme, würde er eine vergleichbare Beute finden. Ich denke nicht gern daran, sonst hätte ich nur noch schlaflose Nächte.«

»Aber warum die Wohnung?« fragte sie und deutete auf die Schlösser.

»Tja, ich bin eben genauso schlau wie der beste Einbrecher. Wußten Sie, daß der schwache Punkt eines jeden Geschäfts nicht im Hintereingang, sondern in der Decke liegt? Meine Wohnung befindet sich direkt über der Werkstatt, und deswegen habe ich zwei Alarmsysteme einbauen lassen.«

Nachdem er auch jetzt wieder den Alarm ab- und das Licht eingeschaltet hatte, gingen sie hinein. Sie hatte sich eine Junggesellenbehausung vorgestellt, die seiner etwas flapsigen Persönlichkeit entsprechen würde, und sah statt dessen eine gemütliche und geschmackvoll eingerichtete Wohnung. Die Wände waren in warmen, erdigen Farbtönen gehalten, die der modernen Einrichtung aus Chrom und Glas sehr schmeichelten. Ihr Blick wanderte über die vollen Bücherregale und blieb an einer lavendelfarbenen Vase mit einer aufgeplatzten Glasur hängen, die zwischen den Büchern stand. Er bemerkte ihren bewundernden Blick und sagte: »Ich habe sie von Ihrem Vater geschenkt bekommen, als ich mein Geschäft eröffnete.«

»Sie ist wunderschön.«

»Ch'ing, K'ang-hsi-Dynastie«, sagte er über die Schulter und verschwand in der Küche. Einen Moment später fing ein Mixer zu rattern an.

»Kann ich Ihnen was helfen?«

»Nein, danke. Schalten Sie nur einfach das Radio ein und machen Sie es sich bequem. Ich bin in einer Sekunde fertig.« Er begann wieder zu pfeifen.

Sie drehte an dem Knopf, bis sie hübsche Musik gefunden hatte, und ging dann an den Bücherregalen entlang. Er besaß eine gute Bibliothek. Zwischen den Büchern standen mehrere kleine Skulpturen. Ein dunkles Walroß aus Stein, eine Eskimoskulptur aus Alaska gefielen ihr besonders gut. Im Fach darunter sah sie eine mit grellen Farben bemalte afrikanische Maske, und weiter unten, in Bodennähe, breitete ein zerbrechlicher Vogel aus Glas, zwischen zwei Taschenbuchreihen, seine Flügel aus.

»Sie sehen, ich habe einen etwas unkonventionellen Geschmack«, sagte Tanner plötzlich neben ihr.

»Vielseitig«, verbesserte sie ihn lächelnd. »Gibt es eigentlich etwas, das Sie *nicht* mögen?«

Er grinste nur. »Kommen Sie, die Margaritas sind fertig.« Auf ihren fragenden Blick hin führte er sie in die Küche. »Das ist Überraschung Nummer zwei.« Er öffnete eine kleine Hintertür, die auf einen großen, überdachten Balkon führte. Überrascht blieb sie stehen und sah sich mit offenem Mund um. Was er aus dem Balkon gemacht hatte, war kaum zu glauben. Der Boden war mit künstlichem Rasen ausgelegt und stand voller Pflanzen, die in Körben und allen möglichen Keramiktöpfen wuchsen. Sogar von der Decke hingen Bambusbehälter, aus denen es wild herauswucherte. Sie kam sich wie in einem Dschungel vor. Es roch sogar danach, feucht und kühl – wie im Wald. Zu einer Seite standen vier Stühle um einen zierlichen, weißen Tisch. Auf der Glasplatte sah sie ein Tablett, auf dem der Mixer voll schäumender, kalter Margarita stand und zwei weite, langstielige Gläser. Tanner bot ihr einen Stuhl an.

»Mademoiselle, s'il vous plaît. Er goß die Margarita in die Gläser und setzte sich neben sie. Ihr Blick schweifte über die Stadt, die sich bläulichviolett über ihnen erstreckte. Lichter blinzelten durch die Fächer der Palmen herauf, und das Summen des Verkehrs war hier oben nur noch ein leises Flüstern.

»Es ist märchenhaft, Tanner. Sie haben sich in der Steinwüste von Los Angeles eine richtige Oase geschaffen.«

»Ich sitze am Abend gerne hier draußen.«

»Natürlich, das würde ich auch.« Sie hob ihr Glas und probierte ihre Margarita. Sie war perfekt, genau die richtige Mischung von süß-sauer und salzig. Dann sah sie wieder stumm auf die Stadt hinaus und mußte plötzlich an Paris denken. Aber so einen Balkon konnte sie sich dort gar nicht vorstellen. Der kräftige, fruchtbare Duft der Erde paßte nicht dorthin. Veilchen, ein Geranientopf, ein Blütenzweig im Frühling – das war Paris. Dieser grüne Dschungel hier erinnerte einen eher an Hongkong, an die Feuchtigkeit, den schweren Duft exotischer Blüten, die kleine kühle Brise vom Meer . . .

»An was denken Sie, Arisa?«

Mit einem kleinen Ruck kam sie wieder in die Gegenwart zurück. »Ich versuchte mir gerade diesen Balkon in Paris vorzustellen.«

»Und – gelang es Ihnen?«

Sie schüttelte den Kopf. »Nein. Aber ich dachte auch an Hongkong. Dort würde er eher hinpassen.«

Er schenkte die leeren Gläser wieder voll. »Haben Sie dort gerne gelebt?«

»Ja, aber ich war damals noch ein Kind. Es war mein Zuhause, meine Welt.« Sie verstummte kurz. »Aber wo sind Sie aufgewachsen, Tanner?«

»In Minnesota.«

»Auf dem Land?«

»Nein, am Rande von Minneapolis.«

»Hat es Ihnen dort gefallen?«

»Nein, ich kam mir dort immer wie in einer Falle vor. Obwohl ich dort aufgewachsen bin, fühlte ich mich nie richtig heimisch. Ich habe immer auf den Moment gewartet, in dem ich endlich abhauen konnte.«

»Komisch, ich hätte gewettet, daß Ihre Antwort wie meine lauten würde. Ich dachte, alle Kinder hätten eine starke Beziehung zu ihrem ersten Heimatort und daß die Probleme dann erst mit den späteren Umzügen beginnen.«

»Das trifft vielleicht auch auf die meisten zu. Aber ich habe noch nie in ein Schema gepaßt.« Er lächelte, doch in seinen Augen stand eine seltsame Trauer.

»Hatten Sie keine schöne Kindheit?«

»Doch, ganz normal. Ich mußte weder Hunger leiden, noch wurde ich geschlagen. Ich hatte ganz normale Eltern, wie sie in den meisten Familien vorkommen. Als ich älter wurde, kamen wir nicht mehr so gut miteinander aus, aber auch das ist in den meisten Familien so.«

»Sie sagten schon einmal, daß Sie in der Armee waren.«

Er nickte. »Ja, so bin ich schließlich aus Minnesota rausgekommen, sonst säße ich vielleicht heute noch dort.« Er sah, daß ihr

Glas leer war. »Die Margarita ist leider ausgegangen. Ich hoffe, Sie haben jetzt ordentlich Hunger.« Er stand auf und stellte die Gläser auf das Tablett zurück.

»Ja, einen Bärenhunger.«

»Haben Sie Laufschuhe an?« Er blickte zu ihren Füßen hinunter. »Nein, dann nehmen wir doch besser Henrietta.«

Kurz darauf saßen sie wieder im Auto und fuhren zum Farmers Market. Als sie dort ankamen, sah sie sich neugierig um. Er schien sich seit ihrer Kindheit kaum verändert zu haben. Es war einer der herrlichen Märkte, wo man wirklich alles finden konnte, angefangen von Souvenirs und Textilien, bis hin zu Fleisch, Obst und Gemüse. Langsam schoben sie sich durch den Trubel, betrachteten die ausgestellten Waren und amüsierten sich über die Touristen, die sich mit ihren Fotoapparaten abkämpften. Schließlich kamen sie zu einem großen Platz, auf dem sich ein mexikanischer Schnellimbiß allem Anschein nach großer Beliebtheit erfreute. Sie hatte sich sofort wieder erinnert, und Nostalgie durchflutete sie. Hier gab es das beste mexikanische Essen in Los Angeles. Glücklich, als wäre sie im Zirkus, begann sie das ausgehängte Menü zu lesen.

»Was wünschen Sie, Señorita?« fragte Tanner lächelnd.

Nach einer kurzen Beratung gaben sie dem jungen Mann hinter dem Ladentisch ihre Bestellung. Arisa genoß das würzige Aroma, während er Tacos und Enchiladas auf einen Pappteller häufte. Tanner sammelte noch kleine Pappbecher mit extra scharfer Soße und Plastikbesteck ein und kämpfte sich dann mit dem beladenen Tablett zu einem Tisch durch, der eben frei geworden war. Dann stand er noch einmal auf und holte zwei Becher eiskalte Limonade. Heißhungrig begannen sie zu essen. Arisa hatte schon lange nicht mehr solchen Spaß gehabt, und es schmeckte ihr besser, als wenn sie in einem teuren Restaurant gesessen hätte. Sie plauderten behaglich, und Arisa erzählte ihm über ihr Leben in Paris.

Als sie fertig waren, schlenderten sie noch einmal zwischen den Ständen umher, bis die Händler schließlich ihre Läden für die Nacht verriegelten. Dann gingen sie zu dem fast leeren Parkplatz zurück, und Arisa gestand, wie sehr sie diesen Abend genossen hatte.

»Gut!« lachte er. »Vielleicht verführt es Sie dazu, hierzubleiben und nicht nach Paris zurückzugehen.«

Aber sie war jetzt nicht in der Stimmung, eine neue Diskussion zu beginnen, und lächelte nur. Erst als sie durch die Stadt zurückfuhren, wunderte sie sich insgeheim ein wenig, warum er unbedingt wollte, daß sie in Los Angeles blieb. War es Loyalität zu ihrem Vater, oder hatte er vielleicht ein persönliches Interesse daran? Bisher hatte er aber keine romantischen Absichten erkennen lassen. Auch jetzt fuhr er sie direkt nach Hause und schlug keinen letzten Drink in seiner Wohnung vor.

Er bog in die Einfahrt ihres Hauses ein und begleitete sie zur Haustür. »Vielen Dank für den Abend, Arisa. Ihre Gesellschaft hat ihn für mich besonders nett gemacht.«

»Ich muß mich bei Ihnen bedanken, Tanner. Denn seit ich aus Paris gekommen bin, habe ich mich zum erstenmal richtig entspannen können. Und das ist Ihr Verdienst.«

»Das ist sehr nett von Ihnen«, sagte er plötzlich etwas steif. »Aber es ist auch ein großes Vergnügen, so eine hübsche Frau wie Sie auszuführen. Gute Nacht, Arisa. Träumen Sie was Schönes.«

»Gute Nacht, Tanner.«

Sie wartete, bis er zum Wagen gegangen war, und betrat dann das Haus. In der Halle legte sie die Handtasche auf einen kleinen Tisch und ging auf das Wohnzimmer zu, aus dem ein schwacher Lichtschein fiel. Sie hatte eine Lampe brennen lassen, bevor sie weggegangen war. Plötzlich zögerte sie und sah sich unbehaglich um. Ein unheimliches Kribbeln saß ihr im Nacken. Doch soweit sie sehen konnte, war alles, wie es sein sollte. Aufmerksam sah sie den Gang entlang, der zum Eßzimmer und zur Küche führte, und lauschte angestrengt. Die grauen Schatten verdichteten sich dort zu undurchdringlicher Finsternis, und die Uhr im Eßzimmer tickte so laut, daß es im ganzen Haus widerhallte.

Sie versuchte sich zusammenzunehmen. Es war nichts als Einbildung. Aber das unheimliche Gefühl wollte nicht weichen, und sie war schon im Begriff, Tanner zurückzurufen, als sie seinen Wagen davonfahren hörte. Ärgerlich schüttelte sie den Kopf. Sie war wirklich ein Angsthase! Resolut ging sie zur Haustür zurück und knipste das Licht in der Halle an. Plötzlich fuhr sie zusammen. Da war ein Geräusch gewesen! Hastig knipste sie das Licht wieder aus und lauschte mit pochendem Herzen. Es kam aus dem Arbeitszimmer ihres Vaters! Während sie noch überlegte, in welche Richtung sie fliehen sollte, sah sie in dem Halbdunkel, wie die Tür des Arbeitszimmers aufging und eine Gestalt heraustrat. Im nächsten Moment sprang der Schatten, denn mehr war es fast nicht, wie ein Panther auf sie zu. Entsetzt fuhr sie zur Tür herum, wurde jedoch fast im selben Moment brutal zurückgerissen. Ihr

Rücken bog sich schmerzhaft nach hinten, als sich eine Hand wie eine eiserne Klammer auf ihren Mund legte und ihren angstvollen Schrei im Keim erstickte. Sie rang um Luft, trat mit den Füßen und zerrte verzweifelt an den stählernen Fingern. Umsonst. Sie spürte noch, wie die Finger der anderen Hand an ihrem Nacken suchten, plötzlich zudrückten – und dann fuhr ein sengender Schmerz durch ihren ganzen Körper. Einen Moment lang hatte sie das Gefühl, schwerelos zu schweben, und dann verlor sie die Besinnung und sank zu Boden.

Als sie wieder zu sich kam, schwebte sie wie entrückt in einem grauen samtigen Nebel. Die ersten Momente waren nur leeres Bewußtsein. Doch plötzlich setzte die Erinnerung ein, und sie riß angstvoll die Augen auf. Ihr Puls begann zu hämmern, als sie an den Einbrecher dachte. Im Haus war es totenstill – bis auf das laute Ticken der Uhr. Vorsichtig setzte sie sich auf und blickte sich furchtsam um. Aber sie sah und hörte nichts. Sie fuhr sich mit der Zunge über die geschwollenen Lippen und schmeckte Blut. Zitternd kroch sie zu dem Tischchen mit dem Telefon hinüber und wählte die Nummer der Polizei. Mit leeren Augen starrte sie den dunklen Gang entlang, bis es in der Leitung knackte.

»Beverly Hills Police.«

»Da ist jemand in meinem Haus . . .« Ein trockenes Schluchzen entrang sich ihrer Kehle. Aber der Polizist schien sie nicht zu hören, und dann merkte sie plötzlich, daß sie flüsterte.

»Ich«, begann sie wieder. »Hier – ein – ein Einbrecher . . .«, stammelte sie in den Hörer.

»Ist er noch da?« fragte die Stimme kurz und sachlich.

»Ich – ich weiß nicht.«

»Die Adresse?«

Sie gab sie ihm.

»Ein Wagen ist unterwegs. Wo sind Sie jetzt?«

»In der Halle.«

»Bleiben Sie, wo Sie sind. Laufen Sie nicht durchs Haus, und gehen Sie auch nicht hinaus. Verstehen Sie?«

Sie nickte, und dann fiel ihr ein, daß er sie ja nicht sehen konnte. »Ja«, antwortete sie gehorsam.

Sie legte den Hörer auf und lehnte sich gegen die Wand. Wenn der Einbrecher noch im Haus war, dann mußte er sie gehört haben. Sie starrte wie hypnotisiert in die Dunkelheit und lauschte. Die Stille war wie ein zentnerschweres Gewicht. *Mein Gott, er hätte mich umbringen können.* Sie fing unkontrolliert zu zittern an und verschränkte die Arme, um sich Halt zu geben. *Nimm dich zusam-*

men ... Er hätte, aber er hat ja nicht ... Er ist bestimmt weg ... Entweder hat er gefunden, was er wollte, oder er kriegte es mit der Angst und hat sich aus dem Staub gemacht. Sie schielte in das Wohnzimmer hinüber. Es sah wie sonst aus, kein Durcheinander, nichts war zu sehen. Unter Aufbietung ihrer ganzen Willenskraft stand sie auf, um besser hineinsehen zu können. Jawohl, da war die Jade – das T'ang-Pferd – alles war noch da. Was hatte er also gesucht? Die Ungewißheit machte ihr von neuem Angst.

Wie zur Antwort auf ihren stummen Hilferuf hörte sie nun einen Wagen in der Auffahrt. Erleichtert lief sie zur Haustür und wartete, bis es laut klopfte.

»Wer ist da?«

»Polizei.«

Schnell öffnete sie die Tür. Ein Mann in Uniform trat ein. »Haben Sie gerade einen Einbruch gemeldet?«

Sie nickte. »Er war hier, als ich nach Hause kam.«

»Wo war er?«

Sie deutete den Gang entlang. »Im Arbeitszimmer meines Vaters.«

Der Polizist bedeutete ihr, ins Wohnzimmer zu gehen, zog seine Pistole und ging lautlos den Gang entlang. Vor dem Arbeitszimmer wartete er einen Moment, nahm dann den Türknauf in die Hand, stieß sie mit einem Ruck auf und preßte sich im selben Moment eng an die Wand daneben. Seine Hand verschwand vorsichtig um den Türpfosten. Als das Licht aufflammte, fiel er blitzschnell in die Hocke und zielte schußbereit in das Zimmer hinein. Als sich nichts rührte, stand er auf und ging hinein. Einen Moment später kam er wieder heraus, ging in die Küche und das Eßzimmer und schaltete überall das Licht ein.

»Was ist oben alles?« fragte er Arisa, als er schließlich zurückkam.

»Drei Schlafzimmer. Meines ist hinten, die beiden anderen liegen vorne. Eine Tür führt ins Bad und die beiden anderen zu eingebauten Wandschränken.«

Als er am Fuß der Treppe das Licht zum Obergeschoß anknipste, kam ein zweiter Polizist durch die Haustüre.

»Hinten ist nichts, Jim.«

»Bleib bei ihr«, sagte der andere und nickte zu Arisa hin, »ich schau oben schnell nach.«

Er stieg rasch die Stufen hinauf, blieb aber auf halbem Weg stehen und suchte durch die Balustrade den oberen Gang ab. Dann erst ging er weiter und verschwand.

Der zweite Polizist stellte sich so, daß er sowohl Arisa wie auch das obere Stockwerk sehen konnte. Angespannt wartete er auf irgendein unvorhergesehenes Geräusch von oben und schien aufzuatmen, als sein Partner wieder herunterkam.

»Niemand da. Ich habe auch keine Spuren entdecken können, auch im Arbeitszimmer nicht.« Er warf einen prüfenden Blick auf Arisa. »Sind Sie sicher, daß jemand hier war?«

»Ganz sicher«, antwortete sie fest. »Er kam aus dem Arbeitszimmer meines Vaters und griff mich an, bevor ich die Haustür erreichen konnte.«

»Sind Sie verletzt?« fragte der erste Polizist sofort.

»Ich bin furchtbar erschrocken. Er hat mich von hinten gepackt und mir den Mund zugehalten. Als ich mich wehrte, hat er mich seitlich am Nacken furchtbar gedrückt, und dann habe ich die Besinnung verloren.« Sie warf einen Blick auf ihre Armbanduhr. »Aber ich war nur ein paar Minuten bewußtlos.«

»Zeit genug, um zu entkommen«, sagte Jim resigniert und deutete dann auf das Wohnzimmer. »Wollen Sie sich nicht setzen?«

Da schrillte das Telefon plötzlich laut, und Arisa sprang erschrocken zurück. Sie stolperte und wäre hingefallen, wenn sie der Polizist nicht geistesgegenwärtig am Arm festgehalten hätte.

»Ich glaube, Sie setzen sich lieber doch«, sagte er fürsorglich.

»Es ist schon wieder vorbei. Ich bin nur erschrocken«, sagte sie und griff nach dem Hörer. »Ja?«

»Arisa?«

»Ja?« Sie war noch so durcheinander, daß sie kaum sprechen konnte.

»Carter hier. Ich wollte . . .« Er unterbrach sich. »Ist was? Sie klingen so . . . Ist was nicht in Ordnung?«

Sie stieß die angehaltene Luft durch die Zähne. »Carter – nein, mir fehlt nichts. Ich hatte eben nur eine sehr unangenehme Überraschung.«

»Meinen Sie meinen Anruf?« kam es kalt zurück.

»Nein, nein!« Sie kicherte fast hysterisch. »Als ich vorhin nach Hause kam, habe ich einen Einbrecher überrascht.«

»Einen Einbrecher! Hat er Ihnen was getan?« fragte er besorgt. »Ich komme sofort zu Ihnen rüber.«

»Nein! Das brauchen Sie nicht. Mir fehlt wirklich nichts.«

»Doch, ich komme sofort rüber«, sagte er bestimmt und legte auf, bevor sie noch etwas sagen konnte.

Arisa schüttelte verwirrt den Kopf und sagte benommen: »Er will gleich rüberkommen.«

»Ist nicht schlecht, wenn jemand herkommt, bis Sie sich wieder von dem Schreck erholt haben«, sagte der Polizist, der Jim hieß. »Glauben Sie, daß Sie jetzt mit uns durchs Haus gehen könnten, um zu sehen, ob irgendwas fehlt? Man sieht zwar keine Spuren, aber fehlen kann ja trotzdem was.«

Sie begleitete sie von Zimmer zu Zimmer, und sie sahen zu, wie sie alle Fächer, Schubladen und Schränke durchsuchte. Aber soweit sie sehen konnte, fehlte nichts. Alle die kleinen wertvollen Gegenstände, die man hätte mühelos einstecken können, waren noch da. Nur der Schreibtisch ihres Vaters war offensichtlich durchsucht worden. Papiere, Rechnungen, Bleistifte – alles, was sie vor ein paar Tagen so schön aufgeräumt hatte, lag nun wild durcheinander. Jemand war in großer Eile gewesen.

»Wahrscheinlich hatte er gerade erst angefangen. Können Sie sagen, ob etwas fehlt?«

Sie machte eine hilflose Bewegung. »Mein Vater starb vor kurzem, und ich habe erst vor ein paar Tagen alles durchgesehen. Aber da war nichts von Wert drin.«

»Tja, dann tut es mir leid, aber . . . Wir werden einen Bericht schreiben, aber zu mehr wird es leider nicht reichen. Sie haben den Mann nicht erkannt, und fehlen tut auch nichts . . .« Er zuckte mit den Schultern und lächelte entschuldigend. »Da können wir nicht viel tun. Haben Sie eine Ahnung, wie er hereingekommen ist? Denn es gibt auch keine Anzeichen, daß er gewaltsam eingebrochen ist.«

Arisa schüttelte den Kopf. »Nein. Ich bin ganz sicher, daß ich das Haus abgesperrt habe, als ich wegging.«

»Hat sonst noch jemand einen Hausschlüssel?«

»Das weiß ich nicht. Vielleicht die Putzfrau. Ich habe bis vor zwei Wochen in Paris gelebt und keine Ahnung, ob es außer meinem auch noch andere Schlüssel gibt.«

Der Polizist führte sie ins Wohnzimmer zurück und notierte sich noch weitere Einzelheiten. Als sie das Geschäft erwähnte, wollte er wissen, ob es im Haus auch wertvolle Antiquitäten gab, und sie deutete auf die Möbel und Kunstgegenstände um sich herum. »Alle diese Stücke sind wertvoll.«

Er sah sich beeindruckt um. »Dann wette ich, daß der Einbrecher nach etwas Bestimmtem gesucht hat. Hat denn in oder auf dem Schreibtisch wirklich nichts gelegen?«

»Nein. Und mein Vater hat auch keine größeren Geldsummen im Haus gehabt.« Sie dachte an die unbezahlten Rechnungen, die sie gefunden hatte.

»Hatte er eine Pistole?«

»Ich habe keine gesehen. Er kam auch so schnell, daß ich – nein, ich bin sicher, daß seine Hände leer waren.«

»Ich meinte Ihren Vater.«

Sie sah ihn überrascht an. »Nein – das heißt, ich glaube nicht.«

Es klingelte. Der Polizist stand auf und ging zur Haustür. »Das ist bestimmt Carter Montaigne, der Partner meines Vaters«, sagte Arisa.

Carter eilte mit langen Schritten auf sie zu und sah sie besorgt an. Nachdem sie ihm versichert hatte, daß ihr wirklich nichts fehlte, wandte er sich an die Polizisten. »Was genau ist passiert«, fragte er und sah sie eindringlich an.

Einer der beiden berichtete, wie und warum sie zum Haus gekommen waren. Als Carter hörte, daß Arisa angefallen worden war und die Besinnung verloren hatte, nahm er sie sofort fürsorglich am Arm.

»Sind Sie wirklich nicht verletzt? Kommen Sie, setzen Sie sich hin.«

Sie lehnte ab, doch er fackelte nicht lange und führte sie zum Sofa. Und plötzlich begannen ihre Knie zu zittern, und sie ließ sich erleichtert darauffallen. Dann ging Carter mit den beiden Polizisten zur Tür, und nachdem er noch ein paar Minuten leise mit ihnen geredet hatte, schloß er die Tür hinter ihnen und schob den Riegel vor.

»So«, sagte er, als er zurückkam, »sind die Getränke noch dort, wo Elliot sie immer aufgehoben hat?«

Sie nickte nur, und er verschwand eilig aus dem Zimmer. Kurz darauf hörte sie das Klappern von Eiswürfeln. Jetzt begann ihr Körper plötzlich auf den Schock zu reagieren. Die Schwäche in ihren Beinen breitete sich langsam wie ein Schwamm im ganzen Körper aus, bis sie wie im Schüttelfrost von Kopf bis Fuß zitterte. Sie kauerte sich in die Sofaecke und umklammerte sich mit ihren Armen. Erst nach einer Weile wurde ihr bewußt, daß Carter zurückgekommen war und neben ihr saß.

»Hier, das wird Ihnen helfen.« Er drückte ihr ein kaltes Glas in die Hand. Sie wollte erst ablehnen, als sie von einem neuen Schwächeanfall geschüttelt wurde. Sie hob schnell das Glas an den Mund und trank zähneklappernd daraus. Einen Moment später fühlte sie sich etwas besser und lächelte schwach.

»Wollen Sie darüber sprechen?«

»Da ist nicht viel zu sagen. Es kam alles so schnell . . .«

»Sie können dem, was Sie der Polizei schon gesagt haben, nichts mehr hinzufügen?«

»Nein. Ich weiß weder, wer es war, noch, was er wollte.« Sie schauderte erneut und trank noch einmal aus ihrem Glas. »Die ganze Sache ist widerlich. Morgen lasse ich alle Schlösser erneuern und Sicherheitsketten anbringen.«

»Lassen Sie mich das übernehmen.«

»Das ist nicht nötig«, entfuhr es ihr schärfer als gewollt. Sie sah auch sofort ein irritiertes Blitzen in seinen Augen und biß sich auf die Lippen. »Tut mir leid, ich wollte Sie nicht anfahren. Meine Nerven sind anscheinend doch nicht so gut, wie ich dachte. So was ist mir aber auch noch nie passiert.«

»Sie brauchen sich nicht zu entschuldigen.« Er legte seinen Arm auf die Sofalehne und begann mit leichten Strichen ihren Nacken zu massieren. Bei der unerwarteten Berührung zuckte sie zusammen. »Tut es weh?«

»Nein, eigentlich nicht.« Sie ließ ihn gewähren, und ihre verkrampften Muskeln begannen sich allmählich zu entspannen. Bald hatten seine Fingerspitzen den harten Knoten aufgelöst. »Ist es jetzt besser?«

»Mmm.«

»Gut. Trinken Sie Ihr Glas ruhig ganz aus. Ich prüfe jetzt noch schnell alle Türen und Fenster, und dann gehen Sie am besten ins Bett und schlafen. Morgen früh werden Sie sich wie neugeboren fühlen.«

Sie hörte, wie seine Schritte durchs ganze Haus marschierten. Obwohl sie jetzt froh war, daß er gekommen war, nagte doch noch ein kleiner Zweifel an ihr. Er hatte sie noch nie zuvor angerufen. Warum also ausgerechnet heute abend? Besonders, da sie erst an diesem Morgen so eine unangenehme Auseinandersetzung gehabt hatten. Gab es vielleicht zwischen dem Einbruch und seinem Anruf einen Zusammenhang? Doch dann schüttelte sie mißmutig den Kopf. Das war ein Zufall, sonst nichts.

Bald darauf kam er ins Wohnzimmer zurück. »Ich laß Sie jetzt allein, damit Sie zu Bett gehen können. Vergessen Sie aber nicht, den Riegel an der Haustür vorzuschieben. Die anderen Türen und Fenster sind alle zu. Vielleicht lassen Sie heute nacht die Klimaanlage laufen, damit Sie kein Fenster öffnen brauchen. Morgen früh, bevor ich wegfahre, schicke ich Ihnen noch den Schlosser her.«

»Sie fahren weg?«

Er lachte verlegen. »Ach, das habe ich doch glatt vergessen. Deswegen rief ich Sie ja überhaupt an. Ich muß morgen überraschend nach Paris fliegen. Ich hörte heute nachmittag, daß es dort ein Stück gibt, das ich unbedingt sehen muß und vielleicht kaufen werde. Es bleibt mir nichts anderes übrig, als für ein paar Tage hinzufahren.«

»Ich dachte, Travish-Montaigne kann sich im Moment keine Unkosten leisten?« bemerkte sie spitz.

Doch dieses Mal ließ er sich nicht beirren, und er lächelte sie nur einfach an. »Wenn aus diesem Kauf was wird, wie ich sehr hoffe, könnte es alle unsere Probleme auf einen Schlag lösen.«

»Und wenn nicht?«

Er zuckte die Achseln. »Die Reise wird auf keinen Fall umsonst sein. Ich kann mir bei der Gelegenheit auch noch andere Sachen ansehen. Ich habe Deline gebeten, Sie unter ihre Fittiche zu nehmen, wenn Sie in den Laden kommen. Wenn sie Ihnen etwas nicht beantworten kann, können Sie mich fragen, wenn ich zurück bin. Es sind nur ein paar Tage. Auf meinem Schreibtisch liegen einige Bücher, die Sie vielleicht interessieren werden. So, wenn es Ihnen wirklich besser geht, dann verabschiede ich mich jetzt.«

Sie stand auf und ging mit ihm zur Tür. »Es war sehr nett von Ihnen, daß Sie gekommen sind. Es hat mir wirklich geholfen.« Sie atmete tief ein und fügte dann noch schnell hinzu: »Tut mir leid, daß ich so schnippisch war.«

Er lächelte. »Das macht doch nichts.« Plötzlich hob er ihr Kinn an und küßte sie sanft auf den Mund. »Gute Nacht, Arisa. Vergessen Sie nicht, die Tür zu verriegeln.« Und dann war er weg.

Wie im Traum schob sie den Riegel vor und lehnte sich gegen die Tür. Der Tag war voller Überraschungen gewesen. Und sein Kuß war besonders unerwartet gekommen – aber Carter Montaigne war eben ein unberechenbarer Mann. Lächelnd schaltete sie die Lichter aus und ging nach oben. Zu ihrer eigenen Überraschung schlief sie fast sofort ein und träumte auch nicht von unheimlichen Einbrechern, sondern von Carters sanftem Kuß.

Das Jahr des Affen

China, August 1944

Es war Mittag, als die japanischen Soldaten gesichtet wurden. Zwei Kinder, die am Fluß Wasser geholt hatten, kamen aufgeregt ins Dorf zurückgerannt, so daß die Wasserkrüge an der langen Stange zwischen ihnen tanzten. Doch bevor sie von den Frauen wegen des verschütteten Wassers geschimpft werden konnten, fingen sie mit wilden Gesten zu schreien an.

Mai Yun, die mit anderen Frauen sonnengetrocknete Reishalme gegen ein Bambussieb schlug, unterbrach ihre Arbeit und hörte aufmerksam zu. Plötzlich formte sich ein Bleiklumpen in ihrer Brust. Sie hatte die Worte ›Soldaten – Lastwagen – Panzer‹ vernommen.

Sie ließ den halbgedroschenen Reisstengel fallen und rannte zu den Feldern hinaus, wo die Männer, halbverborgen zwischen den hohen, reifen Reishalmen, standen. Das rhythmische Zischen der Sicheln klang wie das Dröhnen von Insekten. Sie legte die Hand über die Augen und suchte das Feld nach Elliot ab. Als sie ihn am Ende einer Reihe entdeckte, lief sie, ohne auf die verärgerten Rufe der Männer zu achten, quer durch das Feld zu ihm hin.

Er sah überrascht auf. »Mai Yun!«

»Schnell, komm!«

»Wir sind noch lange nicht fertig.«

Ungeduldig riß sie ihm die Sichel aus der Hand und schleuderte sie weit ins Feld hinaus. »Tu was ich sage!« zischte sie wild, packte seinen Arm und zerrte ihn zum Dorf zurück.

Verständnislos stolperte er hinter ihr her und versuchte, ihr Fragen zu stellen. Aber sie schüttelte nur den Kopf und trieb ihn zu größerer Eile an. Es mußte etwas Außergewöhnliches passiert sein, soviel war ihm klar. Aber was? Mit siedendheißem Schrekken fiel ihm plötzlich das Kind ein, und nun begann er ebenfalls zu laufen.

Als sie zu ihrer Hütte kamen, fiel sein Blick als erstes auf die Wiege, die aus einem Reiskorb bestand. Doch das Kind schlief friedlich und schien unversehrt. Er drehte sich scharf zu Mai Yun herum, die bereits ihre wenigen Kleidungsstücke zusammensuchte, und packte sie hart bei den Schultern.

»Wirst du mir endlich sagen, was, zum Teufel, los ist?« herrschte er sie an.

Zur Antwort legte sie ihren Kopf zur Seite und lauschte nach draußen. Er hörte nun, daß die anderen Frauen ihre Männer auch vom Feld zurückriefen. »Schnell, wir haben nur noch wenig Zeit«, flüsterte sie angstvoll. »Soldaten!«

»Hier?« Elliot starrte sie verständnislos an. Sie riß sich los und bündelte schnell ihre Sachen zusammen. »Was für Soldaten?« Er packte sie wieder am Arm. »So rede doch endlich!«

»Die Kinder haben sie vom Fluß aus gesehen. Sie werden in einer Stunde hier sein.«

Benommen starrte er aus der Hütte und wischte sich den Schweiß vom Gesicht. »Vielleicht sind es Chinesen. Chiang Kaisheks Armee ist auch unterwegs.«

»Diese Soldaten kommen aber aus Kanton«, zischte sie, wild vor Angst. »Es sind Japaner. Sie werden uns alle umbringen, wenn sie uns hier finden.« Sie drückte ihm das Kleiderbündel in die Arme, ging zur Wiege und riß das schlafende Kind heraus, das erschrocken zu wimmern anfing. Dann sah sie Elliot entschlossen an. »Wir haben diese Jahre nicht ausgehalten, um uns jetzt umbringen zu lassen.«

Draußen war das Stimmengewirr lauter geworden, als die Leute herumliefen und ihre Habseligkeiten zusammensuchten. Ihre Panik schien den Ernst der Lage zu bestätigen, und es bestand kein Zweifel mehr darüber, daß das Dorf evakuiert wurde.

Elliot half schnell, als sich Mai Yun das Baby auf den Rücken band, und dann folgten sie den anderen. Da die Soldaten offensichtlich dem Fluß folgten, schlugen die Flüchtlinge die entgegengesetzte Richtung in die Berge ein. Innerhalb weniger Minuten sahen sie nur noch die kleine Rauchsäule der Dorfküche.

Nach etwa einer Stunde wurden sie von Po Mu, dem Dorfältesten und ihrem Anführer, angehalten. Die Soldaten mußten nun das Dorf erreicht haben, und es war am besten, sich hier im hohen Gras zu verstecken. Er warnte sie vor jeder unbedachten Bewegung und befahl ihnen, sich so flach wie möglich auf den Boden zu legen. Und dann warteten sie atemlos.

Die Sonne brannte heiß und trocken auf sie herunter, als sie staubig und verschwitzt auf der Erde kauerten. Als das Baby zu wimmern begann, hob Mai Yun schnell ihr *san* und stillte es. Dann hörte man nur noch das zufriedene Schmatzen, als es behaglich saugte. Elliot, dem die Geräusche unnatürlich laut vorkamen, schloß die Augen, um besser hören zu können. Doch abgesehen von dem schrillen Zirpen der Zikaden war es vollkommen still.

Was konnte es bedeuten, daß die Japaner hier waren? Im Umkreis von hundert Meilen gab es nichts anderes als winzige Dörfer und ein paar Reisfelder, an denen nicht einmal die Chinesen interessiert gewesen waren. Die Gegend war so arm, daß es weder Waffen noch Industrie gab und kaum genug zu essen. Die Soldaten schienen dem Fluß landeinwärts zu folgen, also in den Westen. Aber wohin?

Er blickte auf die Berge. Was war dahinter? In den letzten zwei Jahren waren nur spärliche Berichte über den Krieg in ihr Dorf gedrungen. Angeblich sollten die Philippinen wieder in den Händen der Alliierten sein. Das wäre natürlich ein gutes Zeichen, vielleicht sogar der Anfang vom Ende des Krieges. Wie gerne er daran glauben wollte! Er seufzte leise. Der Krieg hatte nun schon so lange gedauert, daß er sich ein Ende kaum mehr vorstellen konnte. Sein Leben hatte sich so grundsätzlich verändert. Er hatte inzwischen sogar gelernt, an die Vorsehung zu glauben, die jedem Menschen einen bestimmten Weg vorschreibt. Sein Leben – und ihr Leben – es war nun hier. Er hatte sich auch daran gewöhnt, von der Hand in den Mund zu leben, so wie Mai Yun, die jeden Tag nahm, wie er kam. Aber es ging ja auch gar nicht anders. Und dann hatte ihr Leben durch das Kind auch einen gewissen Sinn erhalten. Zuerst hatte er sich über ihre Schwangerschaft die größten Vorwürfe gemacht. Aber anstelle darunter zu leiden, wie er erwartet hatte, war sie zufrieden und glücklich gewesen.

Die Geburt war, während er auf dem Feld gearbeitet hatte, schnell und unkompliziert vorübergegangen. Als er am Abend zurückkam, lag sein neugeborener Sohn im Schatten der Hütte, und Mai Yun stand schon wieder am Herd der Dorfküche und kochte. Seine Überraschung war grenzenlos gewesen. Mai Yun gab ihrem Kind den Namen Dai-yat Tsai, erster Sohn.

Aber in der darauffolgenden Nacht, als er mit Mai Yun in seinen Armen schlief, hatte er zum erstenmal von Melisande geträumt. Er war schweißgebadet aufgewacht und hatte dann draußen vor seiner Hütte gesessen und lange in die Finsternis hinausgestarrt.

Plötzlich hörte er das Knattern von Schüssen und fuhr erschrocken in die Höhe. Mai Yun riß ihn sofort wieder zu Boden. Die Schüsse schienen von weit her, aus der Richtung des Dorfes, zu kommen. Er wartete auf ein Wort von Po Mu, aber der alte Mann rührte sich nicht.

Mai Yun zog ihn näher zu sich und flüsterte in sein Ohr: »Sie versuchen, uns aufzuschrecken, denn sie wissen, daß wir nicht weit weg sind. Wir dürfen uns jetzt nicht verraten. Ihre Kugeln können uns hier nichts tun.«

Er entspannte sich etwas. Natürlich, der Rauch hatte den Soldaten verraten, daß das Dorf noch nicht lange verlassen war. Aber würden sich die Soldaten nicht ausbreiten und sie suchen? Jetzt prasselte eine zweite Gewehrsalve los, und das Echo schallte von den Bergen zurück. Dann wurde es wieder völlig ruhig im Tal. Die Sonne kroch weiter, und es verging eine Stunde, bis Elliot den Kopf über das Gras zu heben wagte und den Horizont absuchte. Er sah eine große Rauchwolke, sonst nichts.

Sie blieben die ganze Nacht im Gras liegen, und erst am Morgen kroch ein Mann lautlos davon, um die Lage auszukundschaften. Als er zurückkam, berichtete er, daß die Soldaten weitergezogen waren, aber das Dorf geplündert und niedergebrannt hätten. Sie hatten den ganzen gedroschenen Reis mitgenommen, aber die Felder unversehrt gelassen.

Als die Sonne die Berggipfel berührte, kehrten sie müde in ihr Dorf zurück. Man würde wieder von vorne beginnen.

7

Als Carter durch den vollen Wartesaal des Flughafens ging, sah er sich vergeblich nach Claires blondem Kopf um. Wahrscheinlich war sie doch auf der Jacht der Fairchilds oder ließ es sich in irgendeiner Villa auf dem Land gutgehen.

Trotz des langen Fluges war er nicht müde. Er hatte erst gelesen, dann kurz geschlafen und fühlte sich jetzt völlig ausgeruht. Seine innere Uhr stellte sich ohne Schwierigkeiten auf den Zeitunterschied um.

Während er noch suchend in dem Gebäude umherging, dachte er wieder an Harry und das geheimnisvolle Vezzi. Harry hatte das seltene Talent, wertvolle Antiquitäten ausfindig zu machen. Es war seine einzige Begabung und rettete ihn davor, nur ein uninteressanter und zudem lästiger Schmarotzer zu sein. »Was der eine als Ramsch abtut, ist dem anderen ein Vermögen wert«, sagte Harry immer, und er hatte damit völlig recht. Harry fand also ›Ramsch‹ und verscherbelte ihn für teures Geld an Liebhaber. Wollte sich ein Eigentümer von seinem Kitsch nicht trennen, konnte ihn Harry meistens doch noch auf die eine oder andere Weise dazu überreden. Gewöhnlich zahlte er nur einen Bruchteil dessen dafür, was er später selbst dafür verlangte.

»Carter!«

Claire stand in der offenen Tür ihres silbernen Ferrari, der neben einer Reihe von Taxen in zweiter Reihe stand, und winkte mit beiden Armen.

»Carter! Hier!«

Er zwängte sich zwischen den Autos hindurch, warf seinen Koffer hinein und setzte sich auf den Beifahrersitz.

»So ein Verkehr«, beschwerte sie sich, als sie wieder hinter dem Lenkrad saß. »Ich hatte schon Angst, daß ich dich verpasse.« Sie drehte ihm ihren Mund zu und zog ihn leidenschaftlich an sich, als er sie folgsam küßte. Hinter ihnen begann es, wütend zu hupen.

»Schön, daß du da bist«, murmelte sie unbeeindruckt von dem Lärm.

Er grinste. »Schau, daß du hier rauskommst, sonst fährt uns der Citröen da hinten noch platt.«

Sie schnitt eine Grimasse, fluchte leise und schoß mit quietschenden Reifen in den Verkehr hinaus. Sie war eine vorzügliche Fahrerin, und er lehnte sich behaglich zurück und streckte die Beine aus.

»Hast du Harry schon gesehen?«

Sie warf ihm einen vorwurfsvollen Blick zu. »Also, du könntest wenigstens so tun, als ob du wegen mir gekommen wärst.«

Er zuckte mit den Achseln und lächelte amüsiert. Claire gab wirklich nie auf.

Sie zog einen Flunsch. »Ja, ich habe ihn gesehen, aber nicht den Vezzi. Er will ihn nur dir zeigen.«

»Nett von ihm«, bemerkte Carter trocken. »Hast du wenigstens einen Termin mit ihm gemacht?«

Sie nickte. »Morgen mittag im Café Marie. Ich wußte schon, daß du ihn so schnell wie möglich sehen willst. Vielleicht hast du dann danach doch noch Lust, mit mir nach Monaco auf die Yacht der Fairchilds mitzukommen.«

Es klang, als handelte es sich lediglich um einen Ausflug zum Stadtrand hinaus. Aber für jemanden in ihrer Position bedeutete es auch nicht mehr.

Als er darauf nicht antwortete, kniff sie den Mund zusammen, überholte einen langsamen Daimler und fuhr dann scharf auf ihre alte Fahrbahn zurück. Hinter ihnen kreischten Bremsen auf, und dann folgte empörtes Hupen. Sie lächelte zufrieden. Es war ihre Art, sich abzureagieren.

»Erinnerst du dich noch an Nicolai Penzov?« fragte sie nun.

»Der komische kleine Russe?«

Sie nickte. »Ich dekoriere gerade sein Apartment. Er macht mich völlig verrückt. Sein Geschmack ist furchtbar, und er hat an allem etwas auszusetzen. Ich muß ein Stück finden, das zu seinem schrecklichen vergoldeten Pfeilerspiegel paßt. Er weigert sich, ihn von der Wand zu nehmen, und ich bin sicher, daß er dahinter ein Safe versteckt hat. Jedesmal wenn ich die Hand danach ausstrecke, wird er fast hysterisch.« Sie seufzte laut.

»Wie wär's mit einem Tisch davor?« schlug er vor.

»Ja, daran habe ich auch schon gedacht.«

»Vielleicht mit oder aus Glas. Das würde dann den Spiegel betonen und etwas vom Rahmen ablenken. Christie's haben gerade einen blau und bernsteinfarbigen Empiretisch mit Bronze und Ormulubeschlägen. Sie sind sehr dezent und würden zwischen den beiden Stücken eine Beziehung herstellen.«

»Vielleicht hast du recht«, kam es nachdenklich.

»Und da der Tisch aus Rußland kommt, hat er vielleicht besondere Freude daran.«

»Und ob! Ich habe daheim einen Christiekatalog liegen und werde ihnen gleich ein Angebot schicken.«

Ihre gute Stimmung war wiederhergestellt. Er sah zum Fenster hinaus. Sie war genauso launisch wie Paris – zu Tode betrübt, und im nächsten Moment himmelhoch jauchzend. Ja, Arisa hatte auch etwas davon.

Der Gedanke an sie überraschte ihn. Es war ihm immer noch nicht ganz klar, warum er sie am gestrigen Abend geküßt hatte. Vielleicht, weil sie ihm plötzlich so verletzbar und hilfsbedürftig vorgekommen war. Doch dann schüttelte er fast bedauernd den Kopf. Eine Schwalbe macht schließlich noch keinen Sommer.

Sie bogen jetzt in die Avenue Foch ein, dann in eine kleine Seitenstraße und hielten vor einem Apartmenthaus. Ein Portier und Garagengehilfe eilten dienstfertig heraus.

»*Bonsoir,* Mademoiselle Prigent.«

»*Bonsoir,* Henri. Bringen Sie ihn in die Garage, wir brauchen ihn heute nicht mehr.«

»*Oui,* Mademoiselle.«

Claire deutete auf Carters Koffer. »Lassen Sie ihn nach oben bringen.«

»*Oui,* Mademoiselle.«

Sie hakte sich bei Carter ein. »Wir werden heute bei mir zu Abend essen und es uns gemütlich machen.«

Carter hatte nichts anderes erwartet und lächelte nachsichtig. Im Grunde mochte er sie ja immer noch, und wenn sie jetzt dachte, einen Sieg errungen zu haben, störte ihn das nicht. Ihre Runden waren meist von kurzer Dauer und zudem alles andere als unangenehm.

Die Concierge hatte offensichtlich schon nach oben gerufen, denn als sie mit dem Aufzug in der obersten Etage ankamen, wurden sie bereits von einer Frau in einem taubengrauen, geschneiderten Kostüm erwartet. Ein Lächeln huschte über ihr Gesicht, als sie Carter sah.

»Guten Abend, Mr. Montaigne.«

»Guten Abend, Mrs. Vals«, begrüßte er sie freundlich. Die Haushälterin war schon seit sechs Jahren bei Claire und lenkte mit eiserner Hand ihren Haushalt. Sie wachte über Dienstmädchen, Köche und Diener und kümmerte sich um die Haushaltskonten, Menüs und zahllose andere Dinge, die Claire zur perfekten Gastgeberin machten.

Claire trug ihr auf, Getränke ins Wohnzimmer bringen zu lassen, und Mrs. Vals verschwand lautlos. Dann führte ihn Claire in das Wohnzimmer und sank auf ein großes, graues Wildledersofa. Sie klopfte einladend auf den Platz neben sich, doch er ignorierte ihre Geste und ging statt dessen zu einem der großen Fenster hinüber. Er war beeindruckt von ihrem Apartment. Claire hatte den Komfort von New York mit der reichen Eleganz des aristokratischen Paris verbunden und Altes und Neues geschmackvoll aufeinander abgestimmt. Er warf einen Blick auf die Avenue Foch hinunter.

»Komm und setz dich zu mir«, befahl sie erneut. »Oder soll ich Mrs. Vals sagen, daß sie das Abendessen verzögern und unsere Drinks ins Schlafzimmer bringen soll?«

Er kam zurück und setzte sich grinsend ans andere Ende des Sofas. Claire zog ihre schlanken Beine herauf und schmollte niedlich.

»Warum bist du denn so reserviert? Freust du dich denn überhaupt nicht, mich zu sehen?«

»Natürlich, aber ich bin nicht um die halbe Welt geflogen, nur um mit dir ins Bett zu hüpfen. Obwohl die Vorstellung zugegebenermaßen sehr verführerisch ist. Du wußtest aber, daß du mich nur mit Harrys Vezzi nach Paris locken konntest. Und nun mußt du auch in Kauf nehmen, daß ich in erster Linie daran interessiert bin.«

Ein Mädchen in schwarzer Uniform kam herein und brachte ihnen die Drinks. Claire wartete, bis sie wieder alleine waren, und sagte dann scharf: »Ist es dein neuer Schützling, der dich so verkrampft macht?«

»Schützling?« fragte er überrascht. »Meinst du etwa Arisa?«

Sie nickte kurz und fixierte ihn über den Rand ihres Glases.

»Wie kommst du denn auf die Idee?«

»Ich habe zufällig bemerkt, wie du sie angesehen hast. Nur dachte ich zuerst, daß du die Nase voll hast von weiblichen Geschäftspartnern. Wenigstens hast du das gesagt, als du dich von mir getrennt hast.«

»Ich habe mir Arisa nicht gerade ausgesucht, wie du weißt.«

»Bleibt sie denn?«

»Ich weiß es nicht. Stört es dich?«

»Ich hätte eher gedacht, daß es dich stört.«

»Natürlich tut es das«, entgegnete er irritiert. »Aber ich kann schließlich nichts daran ändern, oder? Ich habe ihr ein Angebot gemacht, und bisher hat sie es abgelehnt. Ich hoffe aber immer noch, daß sie es sich anders überlegen wird.«

»Was ist denn mit ihrem Bruder?«

Er schnaubte verächtlich. »Er möchte gern verkaufen. Aber da er nicht genug Anteile hat, macht es leider keinen Unterschied.«

»Ich kenne ihn.«

»Von der Beerdigung her?«

»Nein. Ich habe ihn schon vorher bei einer Party kennengelernt. Er war mit Peti Martin gekommen, und ich wunderte mich damals schon, wie sie den ganzen Abend mit ihm aushalten konnte. Er ist der große Nervtöter jeder Party. Ich weiß nicht, wo ihn Peti aufgetrieben hat. Jedenfalls hat sie ihn schnell wieder fallenlassen, nachdem sich etliche unserer gemeinsamen Freunde weigerten, sie wieder mit ihm zusammen einzuladen.«

Carter mußte etwas grinsen. Claire übertrieb zwar gerne, aber ihr Urteil über Quentin traf den Nagel ziemlich auf den Kopf.

»Er langweilt alle mit seinem Investmentkram und geht jedem sofort auf die Nerven. Ich konnte nie verstehen, daß er wirklich Elliots Sohn ist. Du hast Glück gehabt, daß nicht er das Geschäft geerbt hat. Auch wenn ich *ihn* Arisa vorziehen würde«, fügte sie betont hinzu.

»Ich bekomme langsam den Eindruck, daß du eifersüchtig bist«, sagte er schmunzelnd.

»Würde es was ändern?«

Er tätschelte ihre Hand. »Man kann nie wissen.«

Es war zwar nicht viel, aber sie wußte, daß sie sich damit zufriedengeben mußte. Sie sah ihn herausfordernd an. »Es ist überhaupt nicht nett von dir, mich so auf die Folter zu spannen. Du könntest ruhig ein bißchen freundlicher zu einer alten Freundin sein . . .«

Er stellte, immer noch schmunzelnd, sein Glas hin, nahm sie in die Arme und küßte sie. Als er sie wieder freigab, kuschelte sie sich an ihn. »Das war besser«, sagte sie leise, »aber nur die Vorspeise.«

»Auf den Nachtisch mußt du noch etwas warten.«

»Geduld war noch nie meine starke Seite«, maulte sie und legte ihre Hand auf seinen Schenkel. »Was hast du eigentlich mit der Frau gemacht, die Elliot das Geld gegeben hat?« fragte sie plötzlich.

»Noch nichts. Sie hat keinerlei Beweise, und Forbes weigert sich, ihr das Geld zu geben.«

»Wenn du mich fragst, hat sie wahrscheinlich die Wahrheit gesagt.«

Er sah sie überrascht an. »Wie kommst du darauf?«

»Na, du weißt doch selbst, daß Elliot bei jeder Gelegenheit Geld geliehen hat.«

»Nein, das weiß ich überhaupt nicht. Wovon redest du? Er war zwar sehr großzügig, aber . . .«

Sie schüttelte ungeduldig den Kopf. »Also wirklich, Carter, du kannst doch nicht so naiv gewesen sein. Er hat mich in den letzten zwei, drei Jahren auch regelmäßig angehauen.«

»Was!«

»Ich dachte, du wüßtest das.« Sie lachte leise und griff nach ihrem Glas. »Es waren freundliche, kleine Anleihen. Er hat sie aber immer wieder zurückgezahlt – und mich dafür zum Mittag- oder Abendessen eingeladen. Bei Lily war es bestimmt genauso. Und wenn er nicht so plötzlich gestorben wäre, hätte er ihr das Geld auch zurückgegeben.«

Es war ein Abend voller Überraschungen. Er hatte keine Ahnung gehabt, daß Claire mit Elliot ausgegangen war – wenn man das so nennen konnte. Sie sah das ungläubige Staunen auf seinem Gesicht. Zufrieden über die Wirkung ihrer Worte kraulte sie ihn unterm Kinn. »Eifersüchtig, Liebling?«

»Eher überrascht«, wehrte er ab. »Ich habe Elliot anscheinend doch nicht so gut gekannt, wie ich dachte.« Es fiel ihm ein, daß er Arisa fast genau denselben Vorwurf gemacht hatte. Ob es wohl noch andere Dinge gab, die ihm unbekannt waren? Er konzentrierte sich wieder auf Claire. »Dich habe ich offensichtlich auch nicht gut genug gekannt.«

»Aber Liebling«, verteidigte sie sich mit gespieltem Ernst, »du hast selbst gesagt, daß ich Elliot kultivieren soll, weil er so wichtig für mein Geschäft sei.«

Carter ging darauf nicht ein, ihn beschäftigte eine ganz andere Frage. »Weißt du, wofür er all das Geld brauchte?«

Sie zuckte mit den Schultern. »Ich habe ihn nie gefragt, aber ich hatte den Eindruck, daß es sich um eine laufende Schuld oder so was handelte. Denn einmal sagte er wie im Scherz, daß sein Monatstermin wieder gekommen sei.«

Das uniformierte Mädchen erschien jetzt in der Tür und rief sie zum Abendessen. Sie gingen ins Eßzimmer hinüber. Die Kerzen auf dem Tisch, der Mondschein, der durch die offene Balkontür hereinfiel, und die leisen Töne einer Brahms-Symphonie kreierten eine angenehm wohltuende Atmosphäre. Ernsthafte Themen wurden ignoriert, und nachdem der Käse weggeräumt worden war, zogen sie sich im gegenseitigen Einverständnis ins Schlafzimmer zurück.

Harry Cherney, schlank und adrett, mit einem bleistiftdünnen Schnurrbart und dunklen, sinnlichen Augen, die auf gewisse Frauen unwiderstehlich anziehend wirkten, wäre früher ein Dandy genannt worden. Er gab vor, in Frankreich geboren zu sein, doch sein Englisch hatte einen unmißverständlichen, amerikanischen Akzent. Carter vermutete insgeheim, daß er seine Abstammung mit derselben Sorgfalt kreiert hatte, mit der er auch seine Anzüge schneidern ließ.

Als er jetzt, von etlichen Frauen verstohlen beobachtet, über die Terrasse des Cafés Marie kam, blickte er sich suchend um und schenkte dabei gleichzeitig seinen Bewunderinnen ein verheißendes Lächeln. Dann entdeckte er Carter und schlängelte sich behende zwischen den Tischen hindurch.

»Carter, alter Freund!« rief er schon von weitem. »Wie schön, daß man dich mal wieder hier sieht!« Er nahm Carters Finger zwischen seine schlanken, fast femininen Hände, und Carter befürchtete einen Moment lang, daß er ihn auch noch küssen würde. Doch zu seiner Erleichterung ließ ihn Harry sofort wieder los, rückte einen Stuhl in den Schatten und setzte sich. »Du siehst fantastisch aus, wie immer«, kam es nun überschwenglich.

»Du bleibst auch immer derselbe, Harry.«

Der kleine Mann grinste. »Ich kann doch mein Publikum nicht enttäuschen, oder?«

»Dein weibliches Publikum, meinst du wohl, wie? Aber wie geht es dir?«

»Könnte nicht besser sein. Hast du schon bestellt?«

Carter schüttelte den Kopf, und Harry winkte einen Ober herbei. »Bringen Sie uns eine Flasche Chambertin und *agneau à la broche.*« Dann lehnte er sich zurück, zündete sich mit einem goldenen Feuerzeug eine Gauloise an und inhalierte genußvoll.

»Claire sagt, daß du einen Vezzi für mich hast«, begann Carter ohne Umschweife.

Harry stieß langsam den Rauch durch die Zähne und sah ihn dann gekränkt an. »Bei dir kommt immer zuerst das Geschäft, Carter. Immer das leidige Geschäft. Freust du dich denn überhaupt nicht, einen alten Freund wiederzusehen?«

»Ich bin hingerissen, Harry. Aber vor allem, weil du angeblich einen Vezzi hast.«

Harry sah ihn noch immer mit gespieltem Schmerz an. »Nicht angeblich, Carter – sondern wirklich!« Er blickte verschwörerisch über die Schulter und beugte sich dann vor. »Ich habe sie in der Nähe von Cannes gefunden. Die Marquise de Mativare – kennst du sie?«

»Ich hatte noch nicht das Vergnügen.«

Harry kicherte. »Das ist Ansichtssache. Das Vergnügen ist vielleicht größer, wenn du die Augen schließt. Ein echter Drachen.

Aber wie alle Frauen ist auch sie für Charme empfänglich. Als ich sah, mit was für erlesenem Ramsch der Marquis, ihr geliebter, verblichener Ehemann, das Haus vollgestopft hatte, wurde ich ganz besonders charmant, das darfst du mir glauben. Sie sitzt auf einem Vermögen, und es ist ihr völlig schnurz. Sie hat so viel Geld, daß sie nicht mehr weiß, was sie damit tun soll, und außerdem hat sie keine direkten Erben.« Er schüttelte betrübt den Kopf über das traurige Schicksal dieser armen Frau.

»Der Vezzi«, erinnerte ihn Carter.

»Ach ja. Ich habe teuer dafür bezahlt, mein Freund – und nicht mit Geld, wie du dir vorstellen kannst.« Er zwinkerte mit einem Auge und stöhnte bei der Erinnerung daran. »Nach einer Woche fiel es ihr dann endlich ein, mich für unsere *intimité* mit einem kleinen Andenken zu beehren.«

»Was ist es genau?«

»Eine Vase im chinesischen Stil.«

»Ist sie signiert?«

Harry nickte, und seine Augen glitzerten. »*Venezia*. Ich wußte auf den ersten Blick, daß sie echt ist, Carter. Glaub mir.«

»Ich könnte genauso einen Wolf Schafe hüten lassen«, antwortete Carter trocken. Harry kicherte wieder. »Hast du sie sonst schon jemandem gezeigt?«

»Es hat sich vielleicht herumgesprochen, daß ich diesen unglaublichen Schatz besitze. Aber du hast das Vorkaufsrecht, mein Freund.«

Der Ober kam nun mit Gläsern und einer Flasche Wein. Er wartete, bis ihn Harry begutachtet hatte, füllte die Gläser und stellte die Flasche in den Schatten.

»Ich möchte die Vase gerne sehen.«

Harry trank einen Schluck Wein und schloß dabei genießerisch die Augen. »Sie ist in meinem Apartment.«

»In diesem Loch! Bist du verrückt, Harry?« fuhr ihn Carter entsetzt an. Sogar ein Vierjähriger kann das Türschloß deiner Wohnung öffnen!«

Harry zuckte mit den Schultern. »Schon, aber nicht einmal ein Vierjähriger würde in einem so offensichtlichen Loch einbrechen, oder? Was würde er schon zu finden hoffen? Nein, nein, das Apartment ist ein ideales Versteck dafür.«

Seine Logik war zwar überzeugend, aber es machte Carter immer noch nervös, so ein unbezahlbares Kunstwerk in Harrys Zimmern zu wissen. Es gab Sammler, die für einen echten Vezzi morden würden.

»Wir gehen sofort nach dem Essen hin«, sagte Carter entschlossen.

»Ah, sie interessiert dich also?«

»Natürlich. Aber ich will sie erst sehen – und ich möchte auch ein zweites Gutachten haben.«

»Das ist überhaupt kein Problem«, winkte Harry ab und füllte die Weingläser von neuem. Dann unterhielt er Carter mit amüsanten Geschichten von der Marquise und seinem *Bon-vivant*-Leben, und nachdem sie gegessen hatten, gingen sie über den Place St-Michel, auf dem es von Touristen nur so wimmelte. Studenten und Musikanten schoben sich bettelnd durch die Massen, und einmal zischte Harry einen besonders hartnäckigen jungen Mann wütend an, als er ihnen nicht mehr von der Seite wich.

»Faules Pack! Heutzutage will einfach niemand mehr arbeiten«, knurrte er erbost.

Carter warf ihm einen amüsierten Blick zu, denn Harry selbst hatte in seinem ganzen Leben auch noch nie einen Handstreich getan. Sie hielten ein vorbeifahrendes Taxi an, und Harry gab dem Fahrer seine Adresse. Dann setzten sie sich schweigend zurück und sahen zum Fenster hinaus. Carter überlegte, wem er den Vezzi anbieten sollte. Er kannte ein Dutzend Leute, die daran interessiert wären, und zwei würden ihm keine Ruhe mehr lassen, wenn sie davon hörten. Elbert Faus etwa, ein Millionär in Pasadena, dessen Sammlung manches Museum in den Schatten stellte, würde jeden Preis dafür bezahlen. Er besaß vier ausgezeichnete Vezzis, und ein fünfter wäre ihm ein Hochgenuß. Und Ganvali Maracuda wäre bereit, jede Offerte von Faus zu überbieten, wenn es zu einer Auktion kam. Ja, wenn der Vezzi wirklich echt war, würde er ihm einen guten Gewinn bringen, egal, wieviel Harry dafür verlangte. Der einzige Haken war, daß sich Harry nie auf langwierige Kreditgeschäfte einließ. Carter hatte aber nur einen Kreditbrief über dreißigtausend und zusätzliche zehntausend, die ihm Claire geschuldet hatte.

Als sie nicht weit weg von Harrys Wohnung im Verkehr steckenblieben, zahlten sie den Fahrer und stiegen aus. Harry wohnte in einem uralten Mietshaus, das früher eine Künstlerkolonie beherbergt hatte. Im Lauf der Jahre waren die Ateliers jedoch in Wohnungen aufgeteilt worden, und das Haus hatte sehr darunter gelitten. Carter erinnerte sich an seinen ersten Besuch bei Harry. Hof und Haus waren grauenhaft und schienen zu Harrys adretter Erscheinung und dem Umgang, den er pflegte, überhaupt nicht zu passen. Um so größer war die Überraschung gewesen, als er in das Apartment kam, das, wider Erwarten, mit einer herrlichen Auswahl von Antiquitäten möbliert war. Harry hatte sie aus verschiedenen Villen zusammengesucht und nannte sie Geschenke dankbarer Freundinnen.

Als sie nun Harrys Wohnung betraten, verschwand er schnell über eine kleine Treppe nach oben. Carter setzte sich und wunderte sich, wo Harry die Vase wohl versteckt hatte. Es machte ihn noch immer nervös, daß dieses kostbare Stück hier einfach so herumlag.

Ein paar Minuten später erschien Harry mit einem schwarzen Sack in den Armen. Er setzte sich gegenüber von Carter, zog an der Kordel und holte ein in Plastik eingehülltes Bündel heraus. Behutsam schälte er die Vase aus einer weiteren Hülle aus Lammwolle. Carter hatte ihm gespannt zugesehen, und als sie nun endlich zum Vorschein kam, hielt er den Atem an.

Die Vase war etwa dreißig Zentimeter hoch und bestand aus eierschalenfarbigem Porzellan. Kraniche flogen über eine europäischer Vorstellung nachempfundene, chinesische Landschaft. Carter rutschte zum anderen Ende des Sofas, wo das Licht besser war, und nahm das Gefäß vorsichtig in die Hände. Das Porzellan war unbeschädigt und die Farben klar und tief. Er drehte sie um und untersuchte die Signatur auf dem Fuß. ›*Venezia.*‹ Das ›z‹ tanzte etwas aus der Reihe, und die Schattierung der Buchstaben war uneben. Dem Zeichen folgte ein charakteristischer Punkt. Auch das Gewicht schien dieser Art von Porzellan zu entsprechen.

Sein Puls schlug schneller, als er das Muster etwas genauer untersuchte. Es war typisch für die Arbeiten aus der Vezzi-Werkstatt. Es war eine der schönsten Vasen, die er je gesehen hatte. Mit feuchten Handflächen stellte er die Vase wieder auf den Tisch.

»Ich will trotzdem noch ein zweites Gutachten haben, Harry.«

Harrys Augen funkelten. »Gricci?«

Der vormalige Restaurationsexperte des Louvre war natürlich ein hervorragender Vorschlag. »Ist er in der Stadt? Ich dachte, er hätte sich nach Brest zurückgezogen.«

»Er ist hier. Ich habe erst gestern mit ihm gesprochen, denn ich wußte schon, daß du auf Formalitäten bestehen wirst. Er sitzt im Moment in der Wohnung seiner Schwester.«

»Du denkst auch an alles.«

»Ich versuche es wenigstens«, antwortete Harry unschuldig und begann die Vase wieder einzupacken.

»Wir haben noch nicht über den Preis gesprochen«, erinnerte ihn Carter.

Harry warf einen gequälten Blick gen Himmel. »Wir sind alte Freunde, Carter.«

»Was nicht bedeutet, daß du sie mir schenken wirst, oder? Was willst du also dafür haben?«

»Dreißigtausend Dollar.«

»Du bist wahnsinnig.«

Harry zuckte mit den Achseln.

»Du hast keinen Pfennig dafür gezahlt, das hast du selbst gesagt.«

»Ich habe meine Zeit investiert, lieber Carter, und einiges mehr. Man kann eine Marquise, besonders diese, nicht einfach in fünf Minuten dazu überreden, sich von einem Erbstück zu trennen.«

»Ich gebe dir fünfundzwanzig, vorausgesetzt, daß Gricci sie als echt anerkennt.«

»Er hat aber zu den Geräten des Louvre keinen Zugang mehr. Du mußt dich auf sein Auge verlassen.«

»Das riskiere ich.« Carter wußte, daß Gricci einer der Besten auf seinem Gebiet war. »Fünfundzwanzig?«

»Ich könnte mehr dafür bekommen.«

Carter schwieg. Sie wußten beide, daß das stimmte. Andererseits hatte Harry sie bisher niemand anderem verkauft, und das mußte bedeuten, daß ihm an einem schnellen Abschluß mit Carter gelegen war. Er konnte nicht damit hausieren gehen, denn wenn es bekannt wurde, daß er alle seine Liebesgaben verkaufte, würden seinen Quellen schnell versiegen.

»Also gut«, gab Harry schließlich nach. »Aber ich muß es in bar haben.«

Vermutlich wollte er auch das Finanzamt nicht auf sich aufmerksam machen. »Einverstanden. Können wir gleich zu Gricci gehen?«

»Aber natürlich, mein Lieber, er wartet schon auf uns.« Harry grinste siegesgewiß und stopfte das unförmige Bündel wieder in den Sack zurück.

Gricci weigerte sich jedoch, seinen Ruf aufs Spiel zu setzen. Zwar hielt er die Vase so behutsam, als wäre sie sein eigenes Enkelkind; zwar gab er zu, daß es sich zweifelsohne um ein herrliches Beispiel früher italienischer Arbeit handelte – aber es könnte trotzdem auch eine erstklassige Fälschung sein. Er könne sich ein absolutes Urteil nur nach einem Pigmenttest erlauben, und wie sie wußten, hatte er zu dem Labor des Louvre keinen Zugang mehr. Wenn es eine Fälschung war, dann kam sie jedoch aus dem späten achtzehnten oder frühen neunzehnten Jahrhundert. Wahrscheinlich von Cozzi oder Doccia und war deshalb ebenfalls von sehr großem Wert.

Griccis leise Zweifel ermöglichten es Carter, den Preis noch um fünftausend Dollar herabzuhandeln. Harry hatte unter den Umständen keine andere Wahl, als nachzugeben, und bestand darauf, daß Carter die Vase gleich mitnahm. Das Geld würde er am nächsten Tag erhalten. Carter verabschiedete sich, und als er in Claires Apartment kam, verschloß er die Vase in seinem Koffer. Hier war sie sicherer als in Harrys Wohnung.

An diesem Abend aßen sie mit einem Ehepaar, dessen Haus von Claire dekoriert werden sollte, im Le Grand Vefour. Claire nahm die Tischunterhaltung von Anfang an in die Hand und erfuhr von ihren Gästen, ohne daß sie es merkten, welche Kunstrichtung, Farben und Stile sie bevorzugten und was für einen Lebensstil sie führten. Es war ein erfolgreicher Abend für Claire. Das Ehepaar war von ihr hingerissen und gratulierte sich selbst zu der guten Wahl, die es getroffen hatte.

Später an diesem Abend, als Carter und Claire wieder nach Hause kamen, fielen sie dankbar ins Bett und liebten sich mit altgewohntem Behagen. Claire stand noch einmal auf, um die Balkontür zu öffnen, und Carter betrachtete sie anerkennend, während sie sich faul streckte. Sie war sehr attraktiv, und alte Gewohnheiten ließen sich schwer ablegen. Es war ihm völlig klar, daß sie ihn beim Abendessen ausgenutzt hatte. Das Ehepaar war ihm nur vorgestellt worden, damit sie mit ihm ihre Strategie besprechen konnte. Bevor er Paris verließ, würde sie von ihm eine Liste verschiedener Vorschläge erwarten. Aber warum auch nicht? Schließlich waren sie jetzt gute Freunde.

Claire streckte sich noch einmal und kam dann zum Bett zurück. Sie hatte eine gute Figur und war stolz darauf. Sie setzte sich neben ihn und lehnte sich mit der Hüfte an seinen Schenkel. Ihre kühlen Fingerspitzen strichen über sein Bein, und er zog sie sanft zu sich herab. Glücklich seufzend schmiegte sie sich an ihn und suchte seinen Mund. Ihr Körper begann leise zu vibrieren, als seine Hände über ihren Körper strichen und sie zu neuer Leidenschaft entfachten.

Das Jahr des Hundes

Hongkong, Frühjahr 1946

Sie hörten vom Ende des Krieges, nachdem die zweite Ernte vorbei war. Fast täglich kamen jetzt kleine Flüchtlingsgruppen, die zur Küste zurückkehrten, durch ihr kleines Tal. Die Dorfbewohner waren glücklich und erleichtert, daß sich ihr Leben nun wieder normalisieren würde. Sie brauten große Tontöpfe voll Reiswein und tranken mit jedem neuen Wanderer auf die Zukunft, von der sie sich alle ein neues Leben versprachen.

Als sich das Dorf auf das Jahr des Hundes vorbereitete, war es Mai Yun, die das Thema ihrer Rückkehr anschnitt. Er selbst hatte sich schon seit einiger Zeit im stillen damit beschäftigt. Es widerstrebte ihm jedoch, das ungestörte, einfache Leben, an das er sich nun gewöhnt hatte, wieder aufzugeben. Er war jetzt an die harte Arbeit und ihre Einsamkeit gewöhnt und fühlte sich zum erstenmal in seinem Leben ganz im Einklang mit seiner Umgebung. Er hatte kein Verlangen danach, seinen inneren Frieden für die zweifelhaften Vorteile Hongkongs aufzugeben.

»Aber unser Sohn soll es besser haben als diese armen Bauern hier«, wiederholte Mai Yun beharrlich.

Elliot beobachtete, wie Dai-yat Tsai begeistert nach der Wäsche an der Leine haschte, die im Wind hin und her flatterte.

»Du siehst selbst, wie glücklich er hier ist«, sagte er.

»Aber er ist nur ein Baby, Elliot. Er kann nicht wissen, was ihm bevorsteht«, antwortete sie grimmig.

»Aber auch wir sind hier sehr glücklich gewesen. In Hongkong werden wir das alles nicht mehr haben.«

»Wir können uns dort ein anderes, besseres Leben aufbauen. Er muß zur Schule gehen. Er ist kein Bauer; er soll etwas lernen! Das alte China gibt es nicht mehr. Wir müssen ihn und auch uns auf die neue Welt vorbereiten.«

Er schwieg lange. Seine Hände waren hart und voller Schwielen, seine Haut tiefgebräunt, seine Füße wie gegerbtes Leder, und sogar die Moskitos plagten ihn nicht mehr. Er war ein Bauer geworden.

»Wir werden am zweiten Tag des neuen Jahres aufbrechen«, entschied sie. »Das Jahr des Hundes ist ein gutes Jahr für einen neuen Anfang.«

Dai-yat Tsai kam jetzt auf ihn zugewackelt, und Elliot breitete die Arme aus. Er preßte das Kind fest an sich und setzte es schließlich wieder auf den Boden. Sofort machte sich der Kleine zu neuen Abenteuern auf.

Elliot sah blicklos vor sich hin und sagte leise: »Ich habe eine Frau in Hongkong.« Er hörte, wie sie scharf einatmete, und spürte, wie sie erstarrte.

Es entstand eine lange Pause. »Sie floh«, erwiderte Mai Yun schließlich mit harter Stimme. »Du hast sie selbst zum Flugzeug gebracht.«

»Der Krieg ist jetzt vorbei, und sie wird zurückkommen.«

»Nein!« kam es verächtlich. »Sie hat ihren Mann verlassen und nur an ihren eigenen Vorteil gedacht. Sie wird von Hongkong nichts mehr wissen wollen, da es ihr nicht mehr dasselbe Leben wie früher bieten kann. Das alte Hongkong ist zerstört.«

Er wünschte, sie hätte recht. »Ihr Vater arbeitet für die Regierung«, widersprach er ihr ruhig. »Er ist Architekt und wird einer der ersten sein, die zurückkommen. Man braucht ihn, um die Stadt wieder aufzubauen. Und Melisande wird mit ihm kommen.«

Der Name, den er seit drei Jahren nicht mehr ausgesprochen hatte, ging ihm nur schwer von der Zunge. Er sah Mai Yun an. Wie schön sie war. Sie war gereift, ohne die Blüte ihrer Jugend zu verlieren. Ihre Haut war klar und rein, ihre Augen dunkel wie der Fluß, der über die schwarzen Felsen schnellte. Sie hatte den zierlichen Körperbau und graziösen Gang einer Palastjungfrau, aber die Ausdauer eines zähen Bauern. Er hatte selbst gesehen, wie sie ohne Anstrengung schwere Körbe aufgehoben und getragen hatte. Sie konnte ohne Unterbrechung stundenlang über dem Dreschsieb stehen, während sich andere Frauen im Schatten ausruhen mußten. Und nachts, wenn sie seine Schlafmatte teilte, war sie voller Energie und erfreute ihn auf jede erdenkliche Weise. War es da verwunderlich, daß Melisande nur noch eine vage Erinnerung war? Er seufzte.

Sie sah ihn plötzlich mit wilder Entschlossenheit an. »Wir werden zusammenbleiben. Melisande kann uns nicht mehr nehmen, was uns gehört, und wir müssen tun, was unsere Pflicht ist.« Sie nahm sich das Lederband mit dem Jadeanhänger, der ihrer Mutter gehört hatte, vom Hals und hielt es ihm hin. »Es gehörte meiner Mutter, schon bevor ich geboren wurde. Es war das Wichtigste in ihrem Leben. Sie sprach niemals darüber, aber ich weiß, daß sie es von meinem Vater bekam – einem Amerikaner. Es war für sie ein Symbol der Hoffnung und Treue.« Sie legte den warmen Stein in seine Hand und schloß seine Finger darum herum. »Er soll jetzt unser Talisman sein. In ihm liegt unsere Zukunft, damit uns die Vergangenheit nichts anhaben kann. In unserem

Kind vermischen sich dein chinesisches Blut und mein amerikanisches Blut und machen uns drei zu einem Ganzen.«

Die Entscheidung war gefallen. Sie würden nun das Dorf verlassen, wie es Mai Yun wünschte. Er schwieg und wußte nichts zu sagen. Vielleicht hatte er ja immer gewußt, daß sie eines Tages zurückkehren würden. Ja, vielleicht hatte er im Unterbewußtsein sogar darauf gewartet.

Es war Frühling, als sie endlich in die befreite Kolonie zurückkehrten. Der Monsun war bereits in den Südwesten abgewandert, und es war wärmer geworden. Man fing an, die zerstörte Stadt wieder aufzubauen.

Die Kolonie wurde vom Militär verwaltet, und man hatte schon das Geröll weggeräumt, Bombenkrater aufgefüllt und beschädigte Gebäude entweder repariert oder abgerissen. Die meisten Leute waren jetzt aus dem Exil zurückgekehrt, und die Industrie begann wieder anzulaufen. Doch das Bauen neuer Wohnhäuser wurde durch den Mangel an Baumaterial und ihre Kosten erheblich verzögert. Ganze Stadtviertel waren zerstört worden, und die Bevölkerung, schon vor dem Krieg sehr vielzählig, hatte sich durch den Flüchtlingszustrom noch mehr vergrößert.

Die Straße, in der Mai Yun mit Miß Abigail gelebt hatte, existierte nicht mehr. Bulldozer hatten die ganze Gegend eingeebnet, um den Bau neuer Häuser zu ermöglichen.

Elliot und Mai Yun fanden schließlich ein Zimmer in einem überfüllten Mietshaus, in dem es weder fließendes Wasser noch andere sanitäre Einrichtungen gab. Sie lebten wie Tausende andere Flüchtlinge auch, aber Elliot fand den Schmutz und das Ungeziefer so abstoßend, daß er sich nach dem Bauerndorf zurücksehnte, wo sie wenigstens nicht wie Tiere gehaust hatten. Mai Yun litt unter den Verhältnissen genauso wie er, aber sie weigerte sich, an eine Rückkehr überhaupt nur zu denken.

Nach langem Suchen fand Elliot schließlich auch Arbeit, im Büro einer neuorganisierten Fischereigenossenschaft. Obwohl er keine gültigen Ausweispapiere mehr besaß, waren seine Erfahrungen im Importgeschäft ausschlaggebend dafür gewesen, daß man ihm die Stelle gegeben hatte. Man empfahl ihm jedoch, seinen amerikanischen Paß unverzüglich neu zu beantragen.

Er machte sich auch sofort auf den Weg zum Konsulat, und als er es später wieder verließ, hörte er überraschend seinen Namen. »Elliot!«

Bevor ihm dämmerte, daß er die britische Stimme kannte, hatte er sich schon automatisch umgedreht. Er starrte in das Gesicht von Grantland Whitaker.

»Elliot, mein Gott, ich kann es kaum glauben! Bin ich froh, dich zu sehen! Melisande ist aus Angst um dich fast krank. Wir haben schon die ganze Kolonie nach dir abgesucht – ich wollte gerade noch mal mit dem Konsul sprechen, ob er was Neues von dir gehört hat.« Er schlug seinem Schwiegersohn herzlich auf den Rükken und umarmte ihn voller Freude.

Elliot war wie gelähmt und brachte keinen Ton heraus. Whitakers leichter Gabardineanzug und sein blütenweißes Hemd mit Krawatte erinnerten ihn plötzlich an seinen eigenen billigen Anzug und seine schwieligen Hände.

»Bist du die ganze Zeit in Hongkong gewesen? Wir fürchteten schon, daß du vielleicht in Stanley interniert bist, oder noch schlimmer – du hast ja keine Ahnung, in welchem Zustand die Unterlagen sind.« Er schlug Elliot erneut auf die Schulter. »Komm, gehen wir zum Hotel Mandarin hinüber. Das müssen wir erst mal betrinken. Mein Gott, ich bin so froh, dich zu sehen. Melisande wird verrückt, wenn sie's hört.«

Elliot ließ sich widerstandslos zum Hotel hinüberführen. Als sie sich gesetzt und die Drinks bestellt hatten, legte Grantland seinen Arm um Elliots Schultern und sagte, daß er erstaunlich fit aussähe, wenn auch etwas mager. Dann hob er sein Glas. »Auf eine bessere Zukunft, mein Junge!« Er trank einen langen Schluck und entschuldigte sich dann augenzwinkernd. »Ich komme gleich wieder, mein Junge«, stand auf und verschwand schnell im Hotelfoyer.

Elliot starrte abwesend auf die Gesichter um ihn herum. Die Unterhaltung und das laute Gelächter dröhnten in seinen Ohren. Es war eine Welt, die er einmal gut gekannt hatte. Und wo stand er jetzt? Er war zwischen zwei Welten gefangen und wußte nicht, welche er wählen sollte. Einerseits drängte es ihn, auf und davon zu laufen, bevor Grantland wieder auftauchte – zurück zu Mai Yun und Dai-yat Tsai. Andererseits fühlte er sich zu der Welt, die er früher gekannt hatte, ebenfalls hingezogen. Er konnte die Europäer in Hongkong auch nicht vermeiden und würde schon allein durch seine Arbeit immer wieder mit ihnen zusammenkommen. Bald würde er wieder alte Bekannte treffen. Es war unausbleiblich. Er lachte bitter. Hatte er Mai Yun nicht gesagt, daß es besser wäre, nicht zurückzukehren? Daß Grantland Whitaker nach Hongkong zurückkommen würde? Mit Melisande?

Es war ihm unerträglich heiß geworden, und er schwitzte heftig. Grantland rief jetzt natürlich Melisande an. Wenn er nur einfach von hier verschwinden könnte! Aber was half das? Er war ein Idiot gewesen, nach Hongkong zurückzukommen! Jetzt gab es keinen anderen Ausweg mehr, als Melisande die Wahrheit zu sagen.

Grantland kam strahlend zurück und bestellte gleich eine neue Runde. »Ich mußte Melisande und Caroline versprechen, daß wir nur noch einen Drink nehmen, bevor wir nach Hause gehen. Aber – jetzt erzähl mir deine Geschichte. Du mußt sie zwar nachher noch mal wiederholen, aber ich schätze, daß es ein paar Einzelheiten geben wird, die du dann auslassen mußt. Melisande hat schon genug geheult, mein Junge. Wir wußten bald, daß dich ihre Briefe nicht erreichen würden, aber sie hat in den ersten Monaten trotzdem jeden Tag geschrieben. Sie ist ein braves Mädchen, Elliot. So, nun aber raus mit der Sprache!«

Zögernd begann Elliot mit dem ersten Bombenangriff auf die Kolonie, und wie er versucht hatte, Abigail zu retten. Es schien so lange her – ein ganzes Leben. Als er von dem Feuer und Abigails Tod berichtete, wurde Grantlands Gesicht traurig.

»Das hatte ich befürchtet. Armes Ding.« Er schüttelte ernst den Kopf und forderte Elliot dann auf, weiterzusprechen.

Da sich Grantland nicht nach Abigails Hausbewohnern erkundigte, beschrieb Elliot seine Flucht nach Kaulun und sein Leben auf dem Land, ohne Mai Yun zu erwähnen. Es würde noch schwer genug werden, es Melisande zu sagen. Nachdem er dann noch seine Rückkehr geschildert hatte und erklärte, wo er jetzt arbeitete, schüttelte Grantland den Kopf.

»Warum bist du denn nicht zu deinem alten Job zurückgegangen, Junge? Die hätten dich doch sofort wieder eingestellt. Alle Firmen suchen nach erfahrenen Männern, um die Wirtschaft wieder anzukurbeln.«

»Ich dachte, daß mir ein Wechsel guttun würde. Und die Stelle klang interessant. Einige Männer, die früher mit der Fischerei zu tun hatten, waren zusammen in Stanley interniert. Um sich dort die Zeit zu vertreiben, haben sie einen Modellplan entwickelt, um die Fischereiindustrie neu zu organisieren. Sehr interessante Ideen. Ich glaube . . .«

»Na, wir werden sehen«, wurde er unterbrochen. »Wir werden sehen, mein Junge. So, nun trink aus. Die Damen warten schon auf uns.«

Als der Wagen vor dem Haus hielt, wartete Melisande bereits vor der Tür auf sie. Lachend und weinend zugleich, warf sie sich in Elliots Arme, als er die Stufen hinaufging.

»Ach, Elliot!« Schluchzend preßte sie ihr Gesicht an seine Schulter und hielt ihn so fest umklammert, als fürchte sie, ihn gleich wieder zu verlieren.

Elliot legte seine Arme um sie, und als sie erwartungsvoll zu ihm aufsah, küßte er sie.

»Ach, Elliot, wie schön, daß ich dich wiederhabe! Aber komm rein, Mutter wartet schon. Wir konnten es kaum glauben ... Ach, ich bin so froh, daß du wieder da bist!«

Caroline Whitaker nahm seine Hände und legte ihre Wange an die seine. »Mein lieber Elliot!«

Dann begannen beide Frauen auf einmal zu reden und wollten hören, wie es ihm ergangen war. Melisande hing an seinem Arm und führte ihn zur Terrasse hinterm Haus, wo ein Hausmädchen gerade eine dampfende Teekanne auf den bereits gedeckten Tisch stellte. Dann zog sie ihren Stuhl näher zu Elliot heran, nahm wieder seinen Arm und sah ihm unverwandt ins Gesicht.

Elliot wiederholte seine Geschichte, die er Grantland bereits erzählt hatte, in allen Einzelheiten – bis auf Mai Yun. Genau wie Grantland dachten auch die Frauen nicht daran, sich nach Abigails chinesischen Freunden zu erkundigen. Es war, als ob Mai Yun und ihre Mutter nie existiert hätten.

Später, nach dem Tee, zogen sich Melisandes Eltern diskret zurück und ließen die jungen Leute allein. Melisande nahm Elliots Hand und zog ihn zur Treppe, die nach oben zu ihrer Wohnung führte. Als er etwas zögerte, lächelte sie scheu und schlug die Augen nieder. »Ich habe von diesem Moment so oft geträumt«, flüsterte sie, »ich kann kaum glauben, daß er nun wirklich gekommen ist. Ach, Elliot, ich habe mich so nach dir gesehnt ...«

Er folgte ihr hinauf und sah, daß sich die Einrichtung ihrer Wohnung ganz verändert hatte. Erst jetzt fiel ihm auf, daß das ganze Haus renoviert worden war. Wahrscheinlich hatte es unter der japanischen Besatzung sehr gelitten.

Das Zimmer blickte auf den grünen Park des Peaks und den Hafen darunter. Von hier aus machte die Stadt einen ganz unversehrten Eindruck. Die Wunden des Krieges, die Armut, der Schmutz und das Elend waren unsichtbar. Während er noch aus dem weiten Fenster starrte, legte ihm Melisande von hinten ihre Arme um den Hals.

»Liebling.«

Seine Brust verkrampfte sich schmerzhaft. Er ließ die weißen, gestärkten Vorhänge wieder fallen und drehte sich zu ihr herum. Tränen quollen aus ihren Augen und liefen über ihre Wangen.

»Melisande, ich . . .« Er wünschte jetzt, daß er Grantland die Wahrheit gleich gesagt hätte. Es wäre vielleicht leichter gewesen, mit einem Mann darüber zu sprechen.

Sie legte einen Finger auf seine Lippen. »Nicht reden.« Ihre Arme hielten ihn jetzt nicht mehr sanft, sondern mit wilder Entschlossenheit. Ihre Finger fuhren über seinen Nacken und sein Gesicht. Sie preßte sich an ihn, und ihre Lippen suchten hungrig nach den seinen. Er konnte ihr den Kuß nicht verwehren. Sein Kopf schwirrte. Mai Yun stand ihm vor Augen, verschwand wieder, und dann schien sich plötzlich alles in Dunst aufzulösen.

»Elliot – es war schrecklich, nicht zu wissen, wie es dir ging.« Sie sah ihn fast unsicher an, konnte immer noch nicht ganz glauben, daß er wahrhaftig vor ihr stand.

Wie von fern hörte er seine eigene Stimme, die ihr versicherte, daß der Schrecken nun endgültig vorbei war – und dann glaubte er es selbst. Er führte sie zum Bett. Langsam, fast feierlich, zogen sie sich aus, beobachteten sich dabei und lächelten geheimnisvoll. Und als sie in seinen Armen lag und er wieder Melisandes Mann wurde, verschwand der letzte hartnäckige Gedanke an Mai Yun. Während ihrer kurzen gemeinsamen Zeit, nach der Hochzeit, war Melisande sehr leidenschaftlich gewesen, doch inzwischen zeigte sie auch ein reiferes Einfühlungsvermögen. Sein Verlangen nach ihr erwachte von neuem, und er erlebte mit Freude ihre wiedererweckte Leidenschaft. Es war eine vollkommen harmonische und beglückende Vereinigung für beide.

Als sie sich später in den Armen lagen, sprach Melisande über ihre Zukunft. Ihr Vater hatte versprochen, ihnen ein Haus zu kaufen, und sie wollte sich sofort nach etwas Passendem umsehen. Und der Schneider ihres Vaters mußte Elliot sogleich eine neue Garderobe anfertigen. Denn den armseligen Anzug, den er trug, mußte man wegwerfen oder der Wohlfahrt übergeben. Als er lachend darauf hinwies, daß er drei Jahre lang nichts anderes als ein Hemd und eine Hose besessen hatte, sah sie ihn mitleidig an. Sie nahm seine Hand und strich mit dem Finger über die harten Schwielen.

»Nie wieder mußt du nun so tun, als ob du ein Chinese wärst«, sagte sie. »Jetzt bist du zu Hause, Liebling.«

Schuldbewußt dachte er an Mai Yun, die in dem tristen Wohnhaus saß und auf ihn wartete. Je länger er mit der Wahrheit zögerte, um so schwerer würde es werden. Aber wie sah die Wahrheit jetzt aus? Er war so davon überzeugt gewesen, daß er sein Leben mit Mai Yun verbringen wollte – bis zu dem Moment, wo er wieder in der Umgebung und bei jenen Leuten war, die ihm so vertraut gewesen waren. Hätte er Melisande vorhin wirklich lieben können, wenn er nicht doch noch diese Bindung spürte, die sie einmal vereint hatte? Aber da war auch noch Dai-yat Tsai – sein Sohn. Er liebte das Kind von ganzem Herzen. Er konnte ihn nicht einem armseligen Leben überlassen, das ihm ohne seinen Vater sicher wäre. Er stöhnte unwillkürlich, und Melisande sah ihn unruhig an.

»Was ist, Elliot?« fragte sie leise.

»So viel ist passiert, Melisande . . .«

»Ich weiß, aber jetzt ist ja alles vorbei, Liebling. Wir haben uns wieder gefunden, und das ist die Hauptsache.«

Er wich ihrem Blick aus. »Kann man es jemals wieder ganz vergessen?«

»Natürlich. Du darfst einfach nicht mehr daran denken. Unser gemeinsames Leben fängt jetzt erst an – alles andere ist unwichtig.«

»Da ist – da ist etwas, was du wissen mußt.«

Sie stützte sich auf ihren Ellbogen und sah ihn an. »Ich will es aber nicht wissen«, sagte sie, fast den Tränen nahe. »Es war ein schrecklicher Krieg, und es hat keinen Sinn, ihn wieder aufleben zu lassen. Wir müssen von neuem beginnen, und zwar jetzt, nicht in 1941. Jetzt, Elliot!«

Ihr Blick war so entschlossen, daß sich sein Magen erneut verkrampfte. Er strich ihr eine Haarsträhne aus dem Gesicht. »Bitte, Melisande, du mußt mich anhören.«

Sie schüttelte den Kopf. »Ich will es nicht hören.« Sie schlug die Augen nieder. »Ich weiß . . .«

»Du kannst nicht wissen, was . . .«

»Glaubst du denn, daß ich in den letzten Jahren nicht mit der Möglichkeit gerechnet habe?« brach es aus ihr heraus. »Alle möglichen Vorstellungen haben mich gequält. Wir waren schließlich nur sehr kurz zusammen. Aber ich habe mir geschworen, daß es mir nichts ausmachen wird, solange wir uns nur wiederfinden. Nichts, Elliot, verstehst du? Wenn du mit anderen Frauen geschlafen hast, dann kam es so, weil du verzweifelt und einsam warst. Andere Ehefrauen mußten mit denselben Ängsten leben. Aber jetzt bist du wieder hier und auch gesund, und alles andere ist unwichtig.«

Er schwieg, und als sie ihr Gesicht an seiner Schulter barg, streichelte er ihr Haar. »Kannst du ein Kind verzeihen, Melisande?« flüsterte er. »Ich habe einen Sohn . . .«

Sie wurde ganz still, so still, daß man die Vorhänge am Fenster leise im Wind rascheln hörte. Ihr Körper wurde erst steif und begann dann zu zittern. »Ein Kind . . .«, flüsterte sie ebenso leise. Und dann fielen Tränen auf seine Schultern.

Zögernd begann er über jenen Teil der Geschichte zu sprechen, den er bisher verschwiegen hatte. Wie er Mai Yun mit ihrer sterbenden Mutter gefunden hatte; ihre gemeinsame Flucht; ihr Leben in dem Dorf; sein Sohn Dai-yat Tsai.

Als er wieder schwieg, war es lange still, bis sie plötzlich, fast begierig, fragte: »Aber du hast sie im Dorf zurückgelassen?«

»Nein. Mai Yun wollte in die Stadt zurückkehren, um dem Jungen ein besseres Leben zu ermöglichen.«

Ihr Kopf fuhr ruckartig auf. »Sie sind hier? In Hongkong?«

»Ja.« Er dachte wieder an die Frau und das Kind, die beide in dem engen, dunklen Zimmer auf ihn warteten. Wenn ihn Melisande jetzt davonjagte und nie mehr sehen wollte, könnte er es gut verstehen. Doch statt dessen hielten ihn ihre Arme nur um so fester.

»Du gehörst mir«, sagte sie bestimmt. »Ich habe so lange auf dich gewartet, und jetzt lasse ich dich nicht mehr gehen. Ich habe es verdient, deine Frau zu sein. Du schuldest mir das! Das mußt zu mir geben!« Ihre Stimme versagte, und sie brach erneut in Tränen aus.

Er hatte ihr benommen zugehört. Daß ihm Melisande so bereitwillig vergeben würde, hatte er nicht erwartet. Aber genausowenig hatte er ja auch mit Mai Yuns Zähigkeit gerechnet. So veränderte der Krieg die Menschen. Ohne Erwartungen nahmen sie jeden Tag, wie er kam. Er dachte an seine Arbeit in der Fischereigenossenschaft. Das war sein erster, unbewußter Schritt in das alte Leben zurück gewesen. Natürlich war er kein chinesischer Bauer. Er und Mai Yun hatten das immer gewußt. Sie beide hatten vom Leben mehr erwartet. Für sich und auch für Dai-yat Tsai.

Als ob sie seine Gedanken lesen konnte, sagte Melisande nun: »Du bist kein Chinese, Elliot. Aber dein Kind ist es, auch wenn es dein Blut hat. Und sie ist es.« Sie brachte den Namen der anderen Frau nicht über die Lippen. »Kannst du dir nicht vorstellen, wie euer Leben als Familie hier aussehen würde? Die Chinesen würden euch genausowenig akzeptieren wie die Briten. Chinesen sind anders als wir.« Sie schwieg plötzlich, als hätte sie Angst, daß der Boden unter ihren Füßen nachgeben könnte. Elliot mußte doch die Torheit einer solchen Verbindung begreifen! Er mußte einfach!

Aber er dachte an seinen dunkelhaarigen Sohn, der überhaupt nicht chinesisch aussah. Und an Mai Yun, deren Schönheit durch die Mischung ihres Blutes nur noch größer geworden war. Welcher Welt gehörten die beiden an? Mai Yun verlangte nach seiner Welt; jener Welt, die ihrem Sohn ein Leben ermöglichen würde, das sie selbst unter Abigails Fittichen gekannt hatte. Ein angenehmes Zuhause, gute Schulen, die Rettung aus der Armut und dem Elend der normalen chinesischen Familie. Mai Yun verlangte so sehr danach, daß sie es riskiert hatte, nach Hongkong zurückzukehren, anstatt in ihrem sicheren Hafen zu bleiben. Und er hatte sich von ihr zurückführen lassen, genauso, wie er sich damals von ihr durch ein kriegszerrissenes Land in die Sicherheit hatte führen lassen.

»Elliot?« hauchte Melisande an seinem Ohr.

Er mußte mit Mai Yun sprechen. Aber er würde für sein Kind sorgen. Das Kind war unschuldig.

»Elliot?«

»Ich bleibe bei dir«, sagte er schließlich leise. »Ich bleibe, Melisande.« Er spürte, wie sich ihr Körper entspannte, und zog sie fest in seine Arme.

Eine eiskalte Hand griff nach ihrem Herzen, als er zu sprechen begann. Als er nicht nach Hause gekommen war, hatte Mai Yun schon geahnt, daß sie ihn verloren hatte, daß er in die fremde Welt entschlüpft war, in die sie ihm nicht folgen konnte. Er war wie eine Kriegsbeute, die man vorübergehend dem Feind überlassen hatte, wieder zurückverlangt worden. Aber sie war es, die ihn zu diesem Risiko gezwungen hatte, und nun hatte sie verloren.

Elliot sah nur eine ausdruckslose, weiße Maske, ohne jede sichtbare Regung. Die Augen waren tiefe, unergründliche Höhlen. Wenn sie nur weinen, schreien oder ihn beschimpfen würde. Aber nein, sie starrte ihn nur wortlos an.

»Ich werde für dich und Dai-yat Tsai sorgen«, sagte er hilflos. »Grantland Whitaker hat mir schon in seinem Büro eine Stelle angeboten. Dort werde ich doppelt so viel verdienen wie in der Genossenschaft. Er hat mir auch versprochen, dir eine Wohnung in dem ersten fertiggestellten Wohnblock zu beschaffen. Du wirst keine Not leiden . . .« Er merkte selbst, wie dürftig seine Worte klangen, und wandte verlegen seinen Blick ab.

»Er ist sehr mächtig«, war ihr einziger Kommentar.

War es ein Urteil über Whitaker oder ihn selbst? Elliot versuchte, sein schlechtes Gewissen zu ignorieren. »Dai-yat Tsai wird in die Schule gehen, so wie wir es geplant hatten. Ich werde ihn nicht verlassen.« Er verstummte wieder, wußte ja, daß er *sie* verließ.

Grantland und Caroline waren über seine Beichte zuerst erschrocken, dann verletzt und schließlich empört gewesen. Aber Melisande war nicht von seiner Seite gewichen und hatte ihn standhaft verteidigt. Es war Vergangenheit, es war vorbei, hatte sie ihren Eltern erklärt. Elliot war jetzt wieder bei ihr, er war ihr angetrauter Ehemann, und sie würde ihn nicht mehr aus ihren Augen lassen. Wenn ihre Eltern das nicht verstehen konnten oder wollten, würde sie mit Elliot weggehen. Caroline hatte sich die geschwollenen Augen betupft, und Grantlands Gesicht war steinern gewesen. Er gab dann nach, aber nur unter gewissen Bedingungen. Elliot mußte sich von der Chinesin sofort trennen und versprechen, sie nie mehr wiederzusehen. Er, Grantland, würde dafür sorgen, daß sie und das Kind anständig leben konnten. Eine kleine Wohnung in einem der Häuser für chinesische Flüchtlinge würde ausreichend sein.

Melisande hatte triumphierend und ermutigend Elliots Hand gedrückt. Er nahm die Bedingungen an und bat sich nur noch aus, daß er selbst Mai Yun davon unterrichten würde.

»Gut. Aber wenn sie Schwierigkeiten macht, dann warne sie, daß ihr Leben nicht mehr so rosig sein wird, wie sie es von Abigail her gewöhnt ist.« Whitakers Lippen preßten sich grimmig aufeinander.

»Ach«, begann Caroline schluchzend, »wenn ich an unsere arme Freundin denke und wie sie diese Mei Shau mit ihrem Kind aufgenommen und wie eine Tochter behandelt hat – und jetzt so ein Undank!«

»Sei ruhig, Caroline!«

Elliot wurde es bei dieser Erinnerung noch nachträglich heiß. Er sah sich in dem kleinen, armseligen Zimmer um. Es gab nichts einzupacken. Die Kleider auf seinem Körper waren sein ganzer Besitz. Dai-yat Tsai schlief in der Ecke auf einer Matte. Sein dünner Körper war zusammengerollt, als wollte er der Welt den Zugang zu seinen Träumen verwehren. Elliot spürte einen scharfen Schmerz bei seinem Anblick.

Mai Yun stand auf und zündete mit einer flackernden Öllampe den winzigen Spirituskocher an. Dann stellte sie ihn auf den kleinen Tisch und setzte einen verbeulten Wasserkessel darauf. Als sie die Teekanne in die Hand nahm, sagte Elliot entschuldigend: »Ich muß jetzt leider gehen, Mai Yun.« Melisande hatte darauf bestanden, mitzukommen, und wartete unten im Wagen auf ihn.

»Auf Wiedersehen, Elliot«, sagte Mai Yun, ohne ihn anzusehen.

Er ging auf sie zu und zwang sie, aufzusehen. »In Gottes Namen, Mai Yun . . .« Tränen brannten in seinen Augen. »Ich – wir – eigentlich haben wir beide ja immer gewußt, daß es so kommen muß. Ich weiß, daß ich mich nicht richtig benommen habe, aber . . .«

O Gott, was konnte er ihr denn sagen?

Ihre Lippen bebten. »Es ist nie falsch zu lieben. Ich habe dich geliebt, Elliot. Und ich weiß, daß du mich geliebt hast. Ich bedauere es nicht.«

»Ich auch nicht«, stieß er rauh hervor. Wie könnte er jemals die Freuden bedauern, die sie ihm bereitet hatte; das Leben, das sie zusammen gelebt hatten?

»Du bist sicher, daß du dich richtig entschieden hast?« fragte sie ruhig.

Er zögerte kurz. »Ja.« Er hatte sich lange genug damit herumgequält. Es hatte keinen Sinn, noch einmal von vorne anzufangen.

»Gut. Dann geh jetzt.«

Er stand mit hängenden Armen vor ihr und sah sie hilflos an. Es war sehr still im Zimmer, und die Geräusche aus den benachbarten Zimmern drangen herein. Wütende Stimmen streitender Männer, das Weinen eines Babys . . .

Elliot warf einen schnellen Blick auf das schlafende Kind. Dann griff er in die Tasche und zog das Jadeamulett heraus, das sie ihm im Dorf gegeben hatte. Einen Moment lang hielt er es festumschlossen in der Hand, dann öffnete er die Finger und hielt es ihr hin.

»Es gehört dir – und ihm.«

Sie blickte auf den hellen Stein. Einen Augenblick schien sie wie hypnotisiert davon, dann schauderte sie leicht.

»Es ist dein Blut«, sagte sie tonlos, »das China, das du nie verlassen kannst. Mein Blut und das von meinem Sohn.« Abrupt drehte sie sich wieder zum Tisch herum.

Er starrte auf ihren Rücken, wollte sie mit seinem Blick zwingen, die Jade doch noch zu nehmen. Der Stein wog schwer in seiner Hand, schien mit ihm zu verwachsen. Sein Blut . . . Seufzend senkte er den Kopf und ging hinaus.

Wie so oft, wenn es sich um etwas Unangenehmes handelte, hörte man im europäischen Sektor von dem Choleraausbruch erst, als ihm bereits viele Chinesen in den Slums zum Opfer gefallen waren. Melisande erfuhr es von drei jungen Hausfrauen, mit denen sie zweimal in der Woche Bridge spielte. Als sie abends nach dem Essen mit Elliot auf der Veranda ihres neuen Hauses saß, das sie von ihrem Vater bekommen hatten, sprach sie darüber.

»Janes Onkel sagt, daß es kein Wunder ist, da sie so schmutzig sind und so eng aufeinander leben. Gottlob ist es hauptsächlich auf die Slumviertel von Wanchai und Causeway Bay beschränkt. Die Leute auf den Booten hat es am schlimmsten erwischt, aber man hat auch schon Fälle im nahen West Point gemeldet. Denk nur, wenn sich welche, die schon angesteckt sind, hier oben herumtreiben würden!« Sie sah ihn so entsetzt an, daß er lächeln mußte.

»Kein Grund zur Panik. Du bist hier oben völlig sicher. Aber es ist vielleicht besser, wenn du nicht in die Stadt hinuntergehst, bis die Epidemie wieder abklingt. Wenn das Wetter kühler wird, dann . . .«

»Aber ich mache mir um dich Sorgen. Du mußt mir versprechen, aufzupassen. Und das heißt, kein Mittagessen in chinesischen Restaurants – egal, wie sauber sie auch sind! Und lauf nicht soviel in der Stadt herum.«

»Keine Sorge, dein Vater gibt mir so viel Arbeit, daß ich nur noch selten zum Mittagessen komme.«

»Er sagt, daß du sehr begabt bist«, sagte sie stolz. »Er meint, daß du nach etwas Schulung bald mit den Architekten zusammenarbeiten könntest, anstatt nur im Büro zu sitzen. Ich bin ganz seiner Meinung.«

»Ich habe eigentlich keine Lust, mit ihnen zu konkurrieren. Er hat genug fähige Köpfe und braucht mich nicht.«

»Aber Liebling, du gibst einfach zu schnell auf.« Obwohl sie dabei lächelte, war ihr Ton scharf geworden. »Die Universität arbeitet gerade ein neues Programm für den Herbst aus, und es ist ein Kurs in Architektur vorgesehen. Vater möchte dich gerne hinschicken.«

Sein Gesicht verschloß sich. »Ich bin zu alt, um noch einmal die Schulbank zu drücken, Melisande.«

»Unsinn! Es wäre etwas Neues und könnte dir zu einer sehr angesehenen Stelle verhelfen. Ian Quimbly wird in ein paar Jahren pensioniert und du . . .«

»Da sind vier fähige Männer in der Abteilung, die auf eine Beförderung warten und sie auch verdienen«, unterbrach Elliot sie.

»Aber du würdest sie ohne Schwierigkeiten überflügeln.«

»Du bist nur einfach voreingenommen«, sagte er trocken.

»Vielleicht. Aber ich denke auch an unsere Zukunft. Du willst doch nicht dein ganzes Leben nur in einem Büro verbringen, oder?« Sie sah ihn vorwurfsvoll an.

Ihr Ton irritierte ihn, aber er beherrschte sich. »Wir werden sehen«, war alles, was er sagte. Seiner Ansicht nach mußte einem eine Karriere Spaß machen und nicht nur der Gier nach Prestige und Geld dienen. Und obwohl er eine gewisse Begabung dafür hatte, fehlte ihm die Neigung zur Architektur. Besonders wenn er die fantasielosen, nur für praktische Zwecke entworfenen Mietskasernen sah, an denen Grantlands Stab arbeitete.

Manchmal ertappte er sich dabei, wie er an das einfache, friedliche Leben im Dorf zurückdachte. Es war nicht so sehr Mai Yun, die ihm dabei einfiel, als Dai-yat Tsai. Das Gesicht des Jungen tauchte auch oft in seinen Träumen auf, und er spekulierte dann über die Entwicklung des Jungen. Er wußte, daß sie noch immer in der Stadt lebten. Grantland hatte ihnen eine Wohnung verschafft, sich aber geweigert, Elliot ihre Adresse zu geben. Grantland hatte es nur erwähnt, um zu beweisen, daß er sein Versprechen gehalten hatte. Und um Elliot an sein eigenes zu erinnern.

Einen Tag nach dem Gespräch mit Melisande erhielt Elliot in seinem Büro einen Brief, der von einer ihm unbekannten Hand adressiert war. Er öffnete den Umschlag und überflog schnell die wenigen Zeilen.

Mr. Elliot Travish
Sir:
Ich schreibe auf den ausdrücklichen Wunsch einer Patientin, die gestern bei uns eingeliefert wurde. Obwohl es nicht zu meinen Pflichten gehört, hat mich die Frau, eine Eurasierin namens Long Mai Yun, davon überzeugt, Ihnen zu schreiben. Sie ist an der Cholera erkrankt, und es ist sehr fraglich, ob sie noch geheilt werden kann. Sie sorgt sich unablässig um ein Kind, das ebenfalls krank sein soll, aber nicht mit ihr eingeliefert worden ist. Sie bittet Sie, sich um den Jungen zu kümmern. Der behandelnde Arzt ist der Ansicht, daß es Mrs. Long gesundheitlich sehr helfen könnte, wenn man sie über den Gesundheitszustand des Kindes beruhigen könnte.

Hochachtungsvoll
H. R. Meadows
Oberin, Tung-Wah-Krankenhaus

Er starrte benommen auf den Brief. Seine Hand zitterte, und seine Kehle war wie zugeschnürt. Sein Sohn ...! Lähmende Angst breitete sich in ihm aus.

Zitternd stand er von seinem Schreibtisch auf, zog den Mantel an und rannte aus dem Büro.

Die steifgestärkte Uniform der Krankenschwester raschelte, als sie ihn den langen Gang entlangführte. Die Cholerapatienten lagen in einem großen Saal am Ende eines abgelegenen Seitenflügels, und der faule Gestank der tödlichen Krankheit wurde mit jedem Schritt, den sie näher kamen, überwältigender. Sie gingen an der langen Reihe der Betten entlang, bis die Schwester am Ende des Saales plötzlich stehenblieb und auf ein Bett deutete.

Elliot starrte entsetzt auf die kleine Gestalt unter der grauen Decke. Sie lag so still, daß sie nicht einmal zu atmen schien.

»Sie bekam vor kurzem ein Beruhigungsmittel«, erklärte die Schwester leise. »Sie kann Sie hören, auch wenn es vielleicht nicht den Anschein hat.« Dann verschwand sie leise raschelnd von seiner Seite.

Elliot trat näher. Er war gewarnt worden, nichts zu berühren, und zog schnell seine Hand zurück, als sie sich wie von selbst nach Mai Yuns Gesicht ausstreckte. Ihre Haut war wächsern, und die ebenholzschwarzen Haare klebten an ihrem feuchten Gesicht wie Finger des Todes.

»Mai Yun ...« Seine Lippen hatten sich zwar bewegt, aber keinen Laut ausgestoßen. Er räusperte sich und versuchte es noch einmal. »Mai Yun?«

Sie rührte sich nicht, gab kein Anzeichen, ihn gehört zu haben. Er betrachtete angstvoll die feinen Äderchen auf ihren wächsernen Augenlidern.

»Mai Yun, hörst du mich? Ich bin es – Elliot. Ich bin sofort gekommen.« Schmerz zerriß ihm die Brust. Zitternd beugte er sich tiefer und griff gedankenlos nach der Bettkante, um sich zu stützen. Doch sofort riß er die Hand wieder zurück, als hätte er sich an glühenden Kohlen verbrannt. Er verschränkte die Hände auf seinem Rücken.

Hinter ihm zerriß ein gequältes Stöhnen die dumpfe Stille des Saales, aber er hörte es kaum. Sein Blick haftete auf Mai Yuns verhärmtem Gesicht. Hatte sie sich eben nicht bewegt? Zuckten die Augenwimpern nicht? Er beugte sich noch tiefer und rief ihren Namen noch einmal.

Da! Ihre Augen öffneten sich ganz langsam, blickten unsehend vor sich hin und blieben dann an seinem Gesicht hängen. Ihr Atem flatterte.

»Ich bin es«, sagte er leise. »Die Oberin hat mir geschrieben . . .«

Sie war im Delirium und sprach chinesisch. Ihre Stimme war jedoch so leise, daß er außer dem Namen des Kindes nichts verstehen konnte.

»Wo ist er, Mai Yun?« drängte er ängstlich.

Sie schien angestrengt darüber nachzudenken und flüsterte schließlich auf englisch: »An Po paßt auf ihn auf.«

»Wo?« Aber sie antwortete nicht, sah ihn nur flehend an. Sie konnte nicht mehr sprechen. Er begann seine Fragen so zu stellen, damit sie nur zu nicken brauchte.

»Ist An Po eine Krankenschwester?« Sie verneinte mit dem Kopf. »Eine Nachbarin?« Ja, nickte sie.

»In deinem Haus?« Ja.

»Hat er – ist er krank?« Eine Träne stahl sich aus ihrem Auge.

»Ich werde ihn finden«, versprach er. »Ich werde ihn finden und mich um ihn kümmern. Hab' keine Angst mehr.«

»Für immer?« Die Worte waren kaum hörbar.

»Du wirst wieder gesund werden. Du wirst ihn bald wiedersehen. Bitte, mach dir keine Sorgen mehr um ihn, ich kümmere mich um ihn. Ich schwöre es dir.«

Ihre Augenlider senkten sich, und ihr Atem wurde wieder flach. Er beugte sich ängstlich über sie, bis er sich versichert hatte, daß sie nur eingeschlafen und nicht gestorben war. Dann ging er mit müden Schritten hinaus.

Er fand die Oberin und erbat sich von ihr Mai Yuns Adresse. Er versprach, noch einmal wiederzukommen, und fuhr dann sofort mit dem Taxi zu Mai Yuns Haus. Ihm war übel vor Angst. Wenn er Mai Yun und das Kind nicht verlassen hätte, wäre so etwas nie passiert. Warum hatte er sich nicht persönlich von ihrem Wohlergehen überzeugt? Seine Selbstvorwürfe raubten ihm alle Kraft, und immer schwebte ihm die bemitleidenswerte Gestalt im Krankenhaus vor Augen.

Immer schien er sich nach den Wünschen anderer zu richten. Erst Mai Yun, dann Melisande und Whitaker. War er denn wirklich nur eine verdammte Marionette, die sich immer nur von anderen lenken und leiten ließ? *Warum?*

Das Taxi blieb jetzt vor einer Siedlung aus Reihenhäusern stehen. Er bezahlte den Fahrer und befahl ihm, auf seine Rückkehr zu warten, und ging suchend an den Häusern entlang. Mehrere halbnackte Kinder starrten ihn mit weit aufgerissenen Augen neugierig an. Er überquerte einen mit Unrat übersäten Hof und betrat das zweite Haus. Der Eingang war dunkel und eng, und ein überwältigender Gestank von kalten Kochdünsten, von Abfall und Fäkalien schlug ihm entgegen. Nachdem er vergeblich an fünf Türen geklopft hatte, erkannte endlich jemand Mai Yuns Namen und schickte ihn in den dritten Stock hinauf. Die Tür wurde von einer Frau mit einem hageren Gesicht geöffnet, und er sprach sie auf kantonesisch an.

»Ich suche das Kind von Long Mai Yun. Ich komme vom Krankenhaus.«

Ihre Augen starrten ihn furchtsam an.

»Ist er hier?« fragte Elliot. »Das Kind – Dai-yat Tsai?«

Die Frau trat zurück und ließ ihn ein. Das Zimmer war kleiner als der Ankleideraum in seinem Haus. Zwei Fenster, vor denen flatternde Kleider zum Trocknen aufgehängt waren, nahmen die ganze Außenwand ein. An einer anderen Wand lagen ein halbes Dutzend aufgerollter Schlafmatten aufeinander. Ein kleiner Ziegelherd stand in der Ecke, und auf einem Tisch, zwei Stühlen und einer kleinen Kleiderkiste stapelten sich Berge zusammengelegter Wäsche. Eine ältere Frau saß mit überkreuzten Beinen auf dem Boden und wurde von zwei kleinen Kindern umklammert, die erstaunt auf Elliot starrten. Neben ihr, auf dem Boden, schlief noch ein anderes Kind auf einer Matte. Es hatte sich zusammengerollt, so daß man nur das runde Hinterteil und ein Büschel schwarzer Haare sah. Die Frau, die die Tür geöffnet hatte, deutete schweigend auf das schlafende Kind.

»Dai-yat Tsai«, sagte sie schnell. »Ich habe ihn sehr gut gepflegt.«

Elliot ging schnell hinüber und beugte sich über den Jungen. Dann kniete er sich hin und drehte ihn herum. Erleichtert sah er, daß das Kind keine der schrecklichen Cholerazeichen aufwies. Es war zwar blaß, aber weder fiebrig noch feucht. Die Frau hatte unterdessen aufgeregt auf ihn eingeredet. Er hörte, daß sie Mai Yun fünf Hongkong-Dollar Miete im Monat für einen Teil des Zimmers zahlte und auf das Kind aufpaßte, während die Mutter zur Arbeit ging. Sie koche sehr gut, fügte sie verteidigend hinzu, und wasche auch die Kleider, jeden Tag.

Er winkte ungeduldig ab. »Zieh ihn an«, befahl er und deutete auf das Kind. »Ich nehme ihn mit.«

Sie sah ihn erschrocken an, ging dann aber folgsam zur Kiste und holte einige Kleidungsstücke heraus. Neben der Matte fiel sie auf die Knie und zog dem Kind schnell eine kurze Hose und ein verwaschenes, sauberes Hemdchen an. Dann schob sie das Kind zu Elliot hin. Dai-yat Tsai wimmerte und stopfte sich eine kleine Hand in den Mund. Elliot sah in seinen Augen keine Erinnerung, kein Wiedererkennen – nur Angst.

Mit schwerem Herzen nahm er ihn auf den Arm. »Mai Yun ist sehr krank«, sagte er zu den beiden Frauen, »und sie darf sich keine Sorgen um das Kind machen. Ich bringe ihn in ein Haus, wo man gut für ihn sorgen wird. Sie weiß, daß es ihm dort gutgehen wird. Sie dankt euch für eure Hilfe. Sobald sie wieder gesund ist, wird sie zurückkommen.«

Die Furcht verschwand langsam aus den Augen der Frau, und er sah Erleichterung, daß sie nun nicht länger für das Kind verantwortlich war. Er zog einen Geldschein aus der Tasche und gab ihn ihr.

»Sieh zu, daß du die Miete pünktlich bezahlst«, warnte er. »Tust du es nicht, wirst du hinausgeworfen, ist das klar?«

Sie nickte eifrig und lächelte dann scheu.

Während der langen Taxifahrt nach Hause versuchte sich Elliot mit Dai-yat Tsai anzufreunden, aber der Junge starrte ihn nur schweigend und furchtsam an. Als sie endlich vor dem weißangemalten Steinhaus hielten, zahlte er den Fahrer und trug seinen Sohn hinein.

Melisande erwartete ihn bereits. Sie war weiß vor Wut, und ihr Mund war ein dünner, harter Strich. Grantland Whitaker stand drohend hinter ihr.

»Du wagst es also, dieses Kind in mein Haus zu bringen«, sagte sie schneidend.

Grantland legte seine Hand fürsorglich auf ihre Schulter und schob sich dazwischen. »Du hast dein Ehrenwort gegeben, Elliot. Daran ändert auch der Gesundheitszustand dieser Frau nichts.«

Elliot erinnerte sich jetzt, daß er den Brief der Oberin auf seinem Schreibtisch liegengelassen hatte. Grantland hatte ihn offensichtlich gefunden. Gut, das ersparte ihm wenigstens eine lange Erklärung.

»Du hast mir dein Ehrenwort gegeben, daß du gut für sie sorgen wirst«, antwortete er in heller Empörung. »Warst du schon einmal in diesem elenden Haus, das du eine menschenwürdige Behausung nennst?«

»Diese Häuser wurden von den Behörden abgenommen. Sie halten sich in jeder Hinsicht an den genehmigten Bauplan«, entgegnete Grantland aufgebracht. »Man kann uns nicht dafür verantwortlich machen, wie diese Tiere darin leben und was sie daraus machen. Wir haben mehr als unsere Pflicht getan, indem wir ihnen einen Platz zum Wohnen gegeben haben.« Er warf einen angewiderten Blick auf das Kind in Elliots Armen. »Aber nichts gibt dir das Recht, dein Wort zu brechen, das du meiner Tochter, mir und ihrer Mutter gegeben hast. Wir werden es nicht dulden. Bring ihn sofort von hier weg!«

Elliot sah Melisande an. »Spricht dein Vater auch in deinem Namen?«

Sie schwieg. Sie hatte einen bitteren Zug um den Mund, und ihre Augen glänzten hart.

»Wenn er hier nicht erwünscht ist«, sagte Elliot ruhig, »dann gehe ich ebenfalls. Ich war ein Tor, als ich dachte, das Kind für immer aufgeben zu können. Es ist von meinem Fleisch und Blut!«

»Du wagst es . . .«, stotterte Whitaker, außer sich vor Wut, und ballte die Fäuste. »Schau, daß du hinauskommst!«

»Gerne. Ich packe nur schnell meine Sachen«, sagte er verächtlich. Melisandes blasses Gesicht wurde noch weißer, als er an ihnen vorbei zur Treppe ging. Er hörte, wie Whitaker in laute Verwünschungen ausbrach und ihn Melisande mit einem schnellen ›Vater!‹ zu besänftigen suchte, und spürte ihre Blicke, bis er die Schlafzimmertür hinter sich geschlossen hatte. Das Kind lag wie versteinert in seinen Armen und konnte vor Angst nicht einmal mehr weinen. Elliot setzte ihn auf das Bett und sah ihn liebevoll an.

»Ich werde auf dich aufpassen, bis deine Mutter wieder ganz gesund ist«, erklärte er ihm auf kantonesisch. »So, jetzt sei ein guter Junge und bleib schön sitzen, damit ich packen kann. Ich werde gleich fertig sein, und dann gehen wir hier weg.« Er zwang sich, in die ernsten Augen zu lächeln, obwohl er sich fast krank vor Ärger fühlte. Er holte schnell seine Kleider aus dem Ankleideraum und türmte sie auf dem Bett auf. Da er keinen Koffer hatte, mußte er einen Kopfkissenbezug nehmen.

Plötzlich ging die Tür hinter ihm auf, und er drehte sich schnell um. Melisande trat ein, lehnte sich gegen die Tür und beobachtete ihn beim Packen. Das Kind würdigte sie mit keinem Blick.

»Liebst du sie?« fragte sie plötzlich harsch.

Elliot fuhr fort, seine Sachen in den Bezug zu stopfen.

»Liebst du sie, Elliot?« fragte sie wieder.

»Willst du denn die Wahrheit wirklich hören?«

»Ja. Bitte antworte mir.«

Er sah auf. »Nein. Ich war und bin ihr für ihre Hilfe im Krieg dankbar, denn ohne sie hätte ich wahrscheinlich nicht überlebt. Jetzt ist sie schwerkrank und sie braucht meine Hilfe. Die Sorge um das Kind hat sie noch kränker gemacht. Sie hat alles für das Kind riskiert. Nicht nur ihr Leben, sondern auch ihre Zukunft. Sie wußte, wie dein Vater reagieren würde und daß sie nach diesem Hilferuf nicht mehr mit seiner Unterstützung rechnen kann. Trotz des Fiebers wußte sie das ganz genau. Aber ihre Sorge galt dem Kind, das auch meines ist!«

Sein Ärger hatte sich inzwischen erschöpft, und nun stand ihm nur noch seine eigene Unzulänglichkeit vor Augen. »Ich habe an ihrem Beispiel gelernt, wie selbstsüchtig ich bisher gehandelt habe, und finde es sehr beschämend.«

»Gehst du zurück zu ihr?«

»Nein. Aber von jetzt an werde ich mich persönlich um meinen Sohn kümmern. Ich werde dafür sorgen, daß er alle jene Möglichkeiten haben wird, die ihm dein Vater nicht gegönnt hat.«

»Er bedeutet dir so viel?« fragte sie fast verwirrt.

»Er ist an allem unschuldig. Er ist mein Kind.«

»Du bist bereit, alles, was wir haben, für ihn aufzugeben?«

»Wenn es sein muß.«

»Nein!« rief sie scharf. »Das kannst du nicht!«

»Du kannst es nicht verhindern. Dieses Mal nicht!«

Sie kam mit funkelnden Augen auf ihn zu, und er trat schnell zwischen sie und das Bett. Sie blieb abrupt stehen, als ob er sie geohrfeigt hätte, und auf ihren Wangen erschienen rote, hektische Flecken. Plötzlich standen ihre Augen voller Tränen.

»Aber ich liebe dich, Elliot. Ich will nicht, daß du weggehst.«

Er starrte sie finster an. »Dein Vater hat mir das Haus verboten, und ich kann nicht bleiben.«

»Es war ein Geschenk an uns«, entgegnete sie. »Es ist unser Haus. Und ich will, daß du bleibst.«

»Und der Junge?« fragte er zögernd und sah sie prüfend an. Rechnete sie immer noch damit, daß er nachgeben würde?

Ihr Blick fiel jetzt zum erstenmal auf das Kind, das wie zu einer Statue erstarrt auf dem Bett saß. Sie schien sein Gesicht in allen Einzelheiten zu untersuchen, als wollte sie sich versichern, daß es kein sichtbares, orientalisches Stigma aufwies. Dai-yat Tsai blickte ernst zurück. Ihre Augen flackerten zu Elliot hinüber.

»Liebst du mich, Elliot?«

Er zögerte und prüfte kurz sein Gewissen, bevor er antwortete. »Ja«, antwortete er schließlich, »ich liebe dich sehr.«

Sie atmete ein paarmal tief ein und aus und sah ihn dann entschlossen an. »Das ist alles, was ich verlange. Bleib. Das Kind auch.«

»Und dein Vater? Was wird er dazu sagen?«

»Ich werde es ihm erklären. Er möchte nur, daß ich glücklich bin. Ich werde mit ihm reden.«

»Ich muß aber Mai Yun noch einmal besuchen, damit sie weiß, daß Dai-yat Tsai gesund ist und bei uns lebt«, sagte er, noch immer auf der Hut.

Melisandes Gesicht verschloß sich wieder. »Natürlich«, antwortete sie dann.

Erleichterung breitete sich in ihm aus, und er spürte, wie sich seine verkrampften Schultermuskeln entspannten. »Gott sei Dank«, murmelte er leise.

»Heißt das, daß du nun hierbleibst?«

»Ja, Melisande.«

Sie warf sich in seine Arme und drückte ihr Gesicht an seine Brust. »Ach, Elliot«, bebte ihre Stimme, »ich hatte solche Angst. Ich konnte den Gedanken nicht ertragen, daß du mich für immer verlassen würdest. Ich wäre lieber gestorben . . .«

Sein Sieg hatte ihn körperlich und seelisch so erschöpft, daß er sie nur stumm umarmen und ihre Haare streicheln konnte. Lange standen sie so aneinandergelehnt, bis sie schließlich ihr Gesicht hob und ihm in die Augen lächelte.

»Ich gehe jetzt zu Vater hinunter.«

»Ich komme mit.« Er hob das Kind auf und folgte ihr die Treppe hinab.

Grantland Whitaker war auf der Veranda wie ein gefangener Löwe auf und ab gegangen. Sein Gesicht wurde dunkel, als er sie nun zusammen in das angrenzende Zimmer treten sah. Er kam sofort herein und sah seine Tochter erwartungsvoll an.

Als sie ihm gefaßt ihren Entschluß mitteilte, verengten sich seine Augen.

»Bist du wirklich sicher, daß du das willst, Melisande?«

»Wir beide wollen es so.« Ihre Stimme klang sehr bestimmt.

»Was ist, wenn die Mutter des Kindes stirbt?«

»Dann adoptieren wir es.«

Whitaker wurde bleich. »Und wenn sie überlebt?«

»Dann werden wir tun, was richtig ist«, antwortete seine Tochter. »Es wird bestimmt länger dauern, bis sie wieder kräftig genug ist, um zu arbeiten. Wenn sie das Kind wiederhaben will, muß Elliot die Entscheidung treffen.« Sie warf ihrem Mann einen festen Blick zu.

Whitaker hatte keine andere Wahl als nachzugeben. »Also gut, wenn das dein Entschluß ist, will ich ihn dir nicht ausreden. Mir liegt nur daran, daß du glücklich bist.«

»Dann sei doch so lieb und bitte Mutter, eines ihrer Hausmädchen herüberzuschicken. Ich brauche jemanden, der auf den Jungen aufpaßt, bis ich eine *amah* gefunden habe.«

Als sie in dieser Nacht eng aneinandergeschmiegt im Bett lagen, flüsterte Melisande, wie sehr sie hoffte, auch bald ein eigenes Kind zu haben. Er küßte sie aufs Ohr und versicherte ihr, daß ihn das sehr glücklich machen würde. Hätte er etwas dagegen, fragte sie etwas später, wenn sie Dai-yat Tsai einen christlichen Namen geben würden? Wenigstens, solange er bei ihnen war? Nein, er hatte nichts dagegen. Er bot ihr sogar an, den Namen selbst auszusuchen. Quentin, entschied sie kurz darauf. Das war ein schöner christlicher Name. Daraufhin schliefen sie zufrieden ein.

8

Als Arisa aufwachte, wunderte sie sich erst, warum die Fenster geschlossen waren und die Klimaanlage eingeschaltet war. Dann erinnerte sie sich plötzlich wieder an den Einbruch des Vorabends. Aber die ausgestandene Angst der Nacht hatte sich mit dem Morgenlicht verloren und war nun nicht mehr als ein sehr ungewöhnliches Erlebnis, an das man kopfschüttelnd zurückdenkt. Sie streckte sich faul und stand dann langsam auf.

Während sie noch beim Frühstück saß, bekam sie einen Anruf von einem Schlosser, der ihr versprach, innerhalb der nächsten Stunde vorbeizukommen. Sie fand es sehr aufmerksam von Carter, daß er sich noch daran erinnert hatte.

Bevor sie sich dann wieder an den Tisch setzen konnte, klingelte es an der Haustür. Der Laufbursche eines Blumengeschäfts stand davor und hielt eine lange Schachtel im Arm.

»Miß Travish?«

»Ja.«

Er überreichte ihr die Schachtel, verbeugte sich kurz und sprang pfeifend davon. Verwundert ging sie in die Küche und packte aus. Es lagen zwei Dutzend langstielige Teerosen und eine kleine Karte darin. Schnell öffnete sie den Umschlag und las: ›Ein kleines Trostpflaster für den großen Schrecken. Carter.‹

Lächelnd wählte sie eine passende Vase und stellte die Blumen hinein. Sie hätte ihn gerne sofort angerufen, aber er war bestimmt schon abgereist. Es mußte warten, bis er wieder zurückkam.

Nachdem der Schlosser mit der Arbeit fertig war, fuhr sie zu Travish-Montaigne, um mit ihrer Arbeit zu beginnen. Zu ihrer Überraschung wußte Deline über den Einbruch schon Bescheid.

»Es gibt in dieser Stadt so viele Verbrechen«, sagte sie kopfschüttelnd. »Wie schrecklich, daß dir so etwas passieren mußte.« Dann sah sie Arisa forschend an: »Glaubst du nicht, daß es vernünftiger wäre, heute nicht zu arbeiten? Carter war sehr besorgt um dich und wollte, daß du vorsichtshalber zum Arzt gehst.«

»Das ist nicht nötig«, versicherte ihr Arisa, »mir fehlt nichts. Der Einbrecher wollte mich nur außer Gefecht setzen, damit er schnell verschwinden konnte.«

»Trotzdem, es wäre mir lieber, wenn du dich untersuchen ließest. Ich kann dich schnell anmelden.«

Arisa, der die ganze Sache langsam etwas auf die Nerven ging, lehnte ab. »Das möchte ich nicht. Weißt du zufällig, wer sonst noch einen Schlüssel zum Haus hat? Da ist die Putzfrau . . .«

»Sie hat die besten Zeugnisse«, unterbrach Deline sie. »Ich habe sie alle nachgeprüft.«

»Ich hatte sie auch nicht im Verdacht, Deline. Aber es spielt jetzt sowieso keine Rolle mehr, da alle Schlösser ausgewechselt worden sind. Vater hat wahrscheinlich mehrere Schlüssel gehabt und auch ausgegeben. Quentin hat bestimmt einen, und Forbes vielleicht auch.«

»Und ich«, sagte Deline ruhig.

»Also, du hast mich gestern abend bestimmt nicht angefallen«, erwiderte Arisa lachend. Dann wurde sie jedoch wieder ernst. »Eigenartig ist nur, daß nichts gestohlen worden ist.«

»Sei doch froh«, sagte Deline sehr praktisch.

»Ja, du hast ganz recht. Aber jetzt Schluß damit. Ich möchte gerne mit der Arbeit beginnen. Wo soll ich anfangen?« Sie sah Deline erwartungsvoll an. »Weißt du, ich freue mich richtig darauf, das Geschäft meines Vaters endlich mal kennenzulernen.«

»Das würde ihn sehr freuen.«

»Ja, ich glaube auch. Es tut mir jetzt leid, daß ich mich früher nicht mehr dafür interessiert habe.«

Sie gingen zusammen zum Lagerraum hinunter, wo ihr Deline einen jungen Chinesen namens David Chan vorstellte. Er sollte ihr das System des Katalogisierens erklären. Deline ging dann hinaus, kam aber fast sofort wieder zurück.

»Ich vergaß, dich zu fragen, ob du mich morgen abend auf eine Party begleiten möchtest.«

Arisa zögerte.

»Es war Carters Idee«, sagte Deline lächelnd. »Es ist eine Wohltätigkeitsveranstaltung für das Tucker-Museum. Wir nehmen jedes Jahr zwei Karten, aber da Carter in Paris ist, haben wir beide sie geerbt. Hast du Lust?«

»Ja, gerne.«

Nachdem sich die Tür hinter ihr geschlossen hatte, pfiff David Chan leise vor sich hin. »Toll!«

Sie warf ihm einen amüsierten und fragenden Blick zu.

»Das ist Maracudos Party. Wissen Sie, wer das ist?« Arisa schüttelte den Kopf. »Das ist einer der reichsten Männer der Stadt. Als ihn sein Geld zu langweilen begann, hat er sich auf die Kunst verlegt. Seine Villa in Bel-Air ist inzwischen so voll damit, daß er dem Museum eine Stiftung vermacht hat. Diese Party bringt dem Museum jedes Jahr eine kühle Million ein. Sie werden morgen die Elite der Stadt kennenlernen.«

»Ich bin sehr beeindruckt«, sagte sie halb im Scherz.

Doch David war es ernst damit. »Ja, denn es ist *die* Party des Jahres. Filmstars, Fernsehen – alles wird dasein.«

»Ich werde mich bemühen, Travish-Montaigne nicht zu blamieren«, sagte sie lachend.

David erinnerte sich plötzlich wieder, wen er vor sich hatte, und wurde rot. »Ich wollte Sie nicht . . .«

»Machen Sie's nicht so tragisch, David. Ich verspreche, daß ich Ihnen am Montag alles darüber erzählen werde.«

Er grinste. »Okay, Miß Travish. Wo wollen Sie jetzt anfangen?« Er sah sich in dem vollen Lagerraum um.

»Am Anfang«, sagte sie. »Und sagen Sie bitte Arisa zu mir. Denn wenn ich mich dauernd wie ›Miß Travish‹ benehmen muß, lasse ich bestimmt etwas fallen.«

Die Villa in Bel-Air schmiegte sich an die Bergkuppe und strahlte ihnen mit festlichem Lichterglanz entgegen. Deline hatte sie abgeholt, und Arisa genoß jetzt den großen Empfang, den man ihnen bereitete. Nachdem ihnen zwei rotbejackte Diener die Wagentür geöffnet hatten, erhielt Deline ein Nummernkärtchen, und ein junger Mann parkte das Auto für sie. Ein Butler nahm ihre Einladung entgegen, und ein Mädchen führte sie zur Damentoilette, wo sie sich erfrischen konnten.

Dann gingen sie in den riesigen Ballsaal, und Arisa staunte über die vielen aufwendigen Abendkleider und Juwelen. Sie hatte noch nie so viel Reichtum auf einmal gesehen, nicht einmal in Paris. Es war, als wollten sich alle Damen gegenseitig übertrumpfen.

Ihr weißes Kleid war im Gegensatz dazu von täuschender Einfachheit. Es fiel in weichen Falten von ihren entblößten Schultern und wurde in der Taille von einer schmalen Goldkordel gerafft. Der schwingende Rock reichte bis zu den Waden, einer Länge, die sie für den Abend vorzog. Dazu trug sie weiße, hochhackige Riemchensandalen und einfache, goldene Ohrringe. Ihre Haare, die sie zurückgekämmt und zu einem mit Goldfäden durchzogenen, losen Strang gedreht hatte, vervollständigten die einfache Eleganz ihrer Erscheinung.

Deline trug ein elegantes *cheongsam* aus schwarzer Seide, das mit vereinzelten, hellgrünen Blüten bestickt war. Um ihren schlanken Hals lag eine kostbare Kette aus Jade mit einem tiefgrünen Anhänger – der der schwarzen Seide einen dramatischen Akzent verlieh. Ihre Frisur, ein weicher Chignon, gab ihr ein fast puppenhaftes Aussehen.

Deline führte Arisa langsam durch die Menge und stellte sie allen möglichen Leuten vor. Sie kannte so viele Gäste, daß es in Arisas Kopf bald zu schwirren begann und sie Gesichter und Namen verwechselte.

»Ich muß jetzt eine Pause machen, Deline. Du kennst sicher Hunderte von Menschen, mit denen du dich unterhalten möchtest. Laß mich jetzt ruhig alleine. Wir treffen uns dann später wieder.«

»Bist du sicher?«

»Ganz sicher. Geh nur.« Sie sah, wie Deline auch sogleich auf eine Gruppe in der Nähe eines Durchgangs zuging.

Der Raum war ungeheuer groß. Die hohe, mit Gold verzierte Decke war voller Fresken; an den Wänden hingen Teppiche und Bilder, und in den Nischen standen einige ausgezeichnete Skulpturen. Ganrali Maracudo hatte offensichtlich keine Hemmungen, seinen Reichtum offen zur Schau zu stellen.

Das Büfett stand vor einer Wand mit offenen Terrassentüren. Ober in gestärkten weißen Jacken schoben sich durch die Gäste und boten Champagner und Hors d'œuvres an. Arisa nahm ein langstieliges Champagnerglas und ging zu einer offenen Tür hinüber. Dort traf sie auf einen jungen Mann, der sie nachdenklich anstarrte.

»Sind Sie nicht Arisa Travish?« platzte er plötzlich heraus.

»Ja«, antwortete sie überrascht.

Ein breites Lächeln zog über sein Gesicht. »Paul Russell«, stellte er sich vor. »Wir waren in Beverly Hills zusammen in der Schule.«

Sie kramte in ihrem Gedächtnis nach und erinnerte sich plötzlich vage an einen schlaksigen Rugbyspieler. »Das ist ja ein netter Zufall«, sagte sie lächelnd und gab ihm die Hand.

»Ich hatte schon gehört, daß du wieder im Lande bist, und wollte dich bald anrufen.«

Sie lachte leise. »Ich sehe, du hast deine Routine von damals noch nicht aufgegeben.«

Er grinste. »Das ist der Nachteil, wenn man alte Bekannte trifft. Sie erinnern einen immer an alte Sünden. Aber es ist keine Routine. Ich wollte wirklich anrufen, denn ich hatte vom Tod deines Vaters gehört, und wollte dir mein Beileid aussprechen. Inzwischen kennst du wahrscheinlich nicht mehr viele Leute in Los Angeles, oder? Du warst ja so lange in Paris.«

»Du weißt aber viel über mich«, entgegnete sie etwas erstaunt.

»Na, du weißt ja – Kunsthändler klatschen gerne.«

»Du bist auch in diesem Geschäft?«

»Ich arbeite bei Sotheby Parke Bernet und habe deinen Vater dort oft getroffen. Ich glaube, er hat keine unserer Ausstellungen oder Auktionen verpaßt. War immer nach was Besonderem aus. Es tat mir sehr leid, als ich von seinem Tod hörte.« Sein ernstes Gesicht hellte sich wieder auf. »Aber wenigstens habe ich dich auf diese Weise wieder mal gesehen. Du siehst großartig aus.«

»Danke.«

»Wirst du in Los Angeles bleiben?«

»Kann ich noch nicht sagen. Im Moment hängt alles noch in der Schwebe. Ich werde auf jeden Fall noch etwas länger hierbleiben . . .«

Sie warf einen Blick in den Saal. »Das ist ja eine Riesenparty.«

»Ja, Maracudos Einladungen sind so gut wie ein Befehl«, kam es etwas ironisch.

»Ich bin nur durch Zufall hier.«

Er lachte kurz auf. »Das ist kein Zufall. Du repräsentierst schließlich Travish-Montaigne.«

»Und hat das eine besondere Bedeutung?«

Er zuckte mit den Achseln, und seine blauen Augen wurden plötzlich wachsam. »Maracudo hat es gerne, daß die Händler zuerst bei ihm anklopfen, wenn sie etwas finden.«

»Und tun sie das?«

»Die meisten. Es gibt ein paar Querschläger wie Carter Montaigne, die ihn mit ihrer Unabhängigkeit sehr irritieren. Deshalb beobachtet er sie auch wie ein Habicht.«

Leiser Unmut begann sich in ihr zu regen. »Ein sehr anspruchsvoller Mann. Ich fürchte, daß mir Mr. Maracudo nicht besonders sympathisch sein wird.«

»Du bist nicht die einzige. Aber gib acht. Er braucht einen Verbündeten gegen Montaigne und wird versuchen, dich mit seinem Charme zu becircen.«

»Wie meinst du das?«

Er wich ihrem Blick aus. »Vielleicht habe ich zuviel gesagt. Es ist besser, nicht daran zu rühren.«

»Aber das hast du ja schon. Bitte, erkläre es mir. Travish-Montaigne gehört jetzt zum großen Teil mir, und ich möchte alles wissen, was das Geschäft betrifft. Was gibt es zwischen ihm und Carter?«

»Sie sind einfach zwei starke, eigenwillige Männer, von denen keiner nachgeben will. Maracudo hat so viel Geld, daß er alles kaufen kann, was er sich einbildet. Er ist ein totaler Egoist, und er möchte gerne die größte und ungewöhnlichste Sammlung der Welt zusammentragen. Er beschränkt sich auf keine bestimmte Epoche oder Richtung – er ist wie ein hungriger Drache, der einfach alles verschlingt, was ihm über den Weg läuft. Es ist zum Beispiel zwecklos, auf einer Auktion gegen ihn zu bieten, wenn er sich für etwas entschlossen hat. Ich nenne ihn den ›Hungrigen Tiger‹. Alle kleinen Händler, die noch auf unsicheren Füßen stehen, werden am Ende von ihm verschlungen. Man kann es immer wieder auf seinen Partys beobachten, wenn jemand zum erstenmal eingeladen wird.« Sie folgte seinem Blick zum anderen Saalende hin, wo sich eine kleine Menschengruppe um einen schweren Mann mit stahlgrauen Haaren scharte. »Er hat einen bewährten Modus operandi«, fuhr Paul fort. »Erst läßt er sich von ihnen erzählen, was sie haben, und dann sagt er ihnen, was er haben will. Bis zum Montag haben die sechs alle ihre Quellen leergesaugt, um irgendwas für ihn zu finden. Jeder von ihnen möchte auf Maracudos Liste bevorzugter Händler stehen. Ein oder zwei schaffen es vielleicht auch.«

»Und der Rest wird grün vor Neid?«

»So ungefähr.«

»Und wo steht Carter Montaigne?«

»Nirgends. Ganrali will ihn auf seiner Liste haben, und Carter ist auch durchaus bereit, mit ihm Geschäfte zu machen, räumt ihm aber kein Vorkaufsrecht ein. Natürlich ist Maracudo nicht sehr glücklich darüber. Andererseits kann er ihn auch nicht ignorieren, denn da ist immer das Risiko, daß ihm was Gutes durch die Lappen gehen könnte.«

Arisa hörte einen Unterton von Respekt für Travish-Montaigne heraus. »Hat mein Vater mit ihm Geschäfte gemacht?« fragte sie.

»Dein Vater hat ihn überhaupt erst auf orientalische Kunst gebracht. Maracudo hielt von ihm mehr als von irgendeinem anderen Händler.«

»Carter ist kein Experte in orientalischer Kunst, das gibt er selbst gerne zu.«

»Aber Deline Armitage ist es, und Maracudo hofft, daß sie diese Seite übernehmen wird. Carter würde so einen lukrativen Bestandteil des Geschäftes auch nie aufgeben.« Paul warf ihr einen ernsten Blick zu. »Unter uns gesagt – ich schätze, daß es Maracudo nicht leid tut, daß Carter heute abend nicht dasein kann. Das gibt ihm die Möglichkeit, an dir zu arbeiten.«

»Er weiß ja gar nicht, daß ich hier bin!«

»Da irrst du dich. Dreh dich nicht um, denn unser Gastgeber

kommt jetzt gerade auf uns zu. Setz ein hübsches Lächeln auf, aber hüte dich vor seinem Fangzahn.«

Arisa spürte seine Anwesenheit schon bevor er in ihr Blickfeld trat, und sie widerstand nur mühsam dem Drang, sich umzudrehen. Paul überbrückte die gespannte Atmosphäre, indem er sie schnell miteinander bekannt machte.

»Guten Abend, Mr. Maracudo. Ich glaube, Sie haben Arisa Travish noch nicht kennengelernt? Arisa, unser großzügiger Gastgeber.«

Maracudo lächelte gewinnend und schüttelte Arisas Hand, als hätte er sein Leben lang auf diesen Moment gewartet. »Ich kann Ihnen gar nicht sagen, wie sehr ich mich gefreut habe, als ich hörte, daß Sie heute abend kommen würden.«

Somit war Pauls Voraussage bestätigt, und Arisa wunderte sich im stillen, woher der Millionär seine Information hatte. »Es freut mich, daß ich die Gelegenheit dazu hatte.«

In seinem grauen Blick tauchte die Andeutung von Respekt auf, als sie nicht in überschwengliche Katzbuckelei ausbrach. Er hob die Hand, und sofort tauchte ein Ober neben ihm auf. Maracudo nahm zwei Gläser von dem Tablett, gab eines Arisa und bedeutete dem Ober, ihr das leere Glas abzunehmen. Paul wurde geflissentlich ignoriert.

»Ich bewunderte Ihren Vater. Er kannte sein Geschäft in- und auswendig, und das gefällt mir an einem Mann. Ob es mir an einer so schönen Frau auch gefallen wird, bezweifle ich«, kam es in schmeichelnden Tönen, »denn es wird mir sicherlich schwerfallen, mich aufs Geschäft zu konzentrieren, wenn ich mit Ihnen arbeiten werde.«

Er lächelte dabei so bewundernd, daß sie sich gegen ihren Willen in den Bannkreis seines Charmes gezogen fühlte, obwohl Paul sie davor gewarnt hatte. Sie akzeptierte das Kompliment mit einem Lächeln. Wieder entdeckte sie in dem schiefergrauen Blick ein kleines Flackern. Überraschung? Anerkennung?

Gewandt änderte er die Taktik. »Unter den Stücken, die Sie heute abend sehen können, befindet sich auch eines von Travish-Montaigne. Ihr Vater hat es für mich in Hongkong gefunden. Ich glaube, Sie werden es sehr interessant finden. Haben Sie nicht auch in Hongkong gelebt?«

»Ja, bis ich zwölf war.«

»Diese verdammten Kommunisten«, murmelte er beiläufig. »Ihr Vater hat eine Menge Leute dort gekannt. Kein Wunder, daß er immer die besten Sachen gefunden hat, die es in diesem Geschäft gab.« Er legte den Kopf zur Seite und sah sie fast lauernd an. »Ich bin sicher, daß Sie dasselbe Talent haben. Werden Sie bald nach Hongkong reisen? Ich denke, daß ich vielleicht noch vor dem Jahresende hinfahren werde. Ich würde es als ein großes Vergnügen und Privileg betrachten, wenn Sie mir die Stadt zeigen würden.«

Sie lächelte. »Ich fürchte, die Erinnerungen einer Zwölfjährigen dürften für Sie von wenig Interesse sein. Und da sich die Stadt bestimmt sehr verändert hat, würde ich sie jetzt wohl kaum wiedererkennen.«

»Aber Sie werden doch sicher wieder einmal hinfahren, oder?«

Sie fühlte sich plötzlich etwas unsicher, verstand sein Interesse nicht ganz. »Das kann ich jetzt noch nicht sagen. Ich bin ja erst seit einer Woche hier und habe mich noch nicht mit allem, was das Geschäft betrifft, vertraut machen können. Erst dann kann ich mich zu dem einen oder anderen entschließen.«

»Sollten Sie sich dazu entschließen, meine Liebe, kann ich Ihnen jetzt schon ein Versprechen geben. Ich werde Sie jedesmal, wenn Sie von einer Geschäftsreise zurückkommen, persönlich vom Flughafen abholen. Ich habe das Gefühl, daß Sie dasselbe Kennerauge wie Ihr Vater haben.« Er zwinkerte ihr zu. »Es wird Ihnen bestimmt nicht schwerfallen, seine Kontakte ausfindig zu machen. Ja, wahrscheinlich sind Ihnen sogar noch einige aus Ihrer Kindheit bekannt. Hat mir Ihr Vater nicht einmal erzählt, daß Sie Kai Tang kannten?«

Sie runzelte die Stirn, als sie in ihrem Gedächtnis nach dem Namen suchte. »Ich glaube, er hatte einen kleinen Laden in der Nähe des Penninsula-Hotels. Er handelte mit Jade und Elfenbein?«

»Stimmt genau . . .«

»Ja, ich war ein paarmal dort. Mein Vater und Tang unterhielten sich immer auf kantonesisch, und ich sah mir währenddessen den Laden an.«

»Sprechen Sie kantonesisch?« warf Paul plötzlich ein.

Sie hatte seine Anwesenheit fast vergessen und lächelte ihn nun etwas schuldbewußt an. »Heute käme ich damit nicht mehr weit, denn ich habe es schon seit Jahren nicht mehr gesprochen. Aber als Kind habe ich es recht gut beherrscht, da ich eine chinesische *amah* hatte, die sich weigerte, Englisch zu lernen. Sie war überzeugt davon, daß die Worte der fremden Teufel Zauberei wären. Meine Mutter mußte sich mit ihr hauptsächlich durch Gebärden verständigen.«

Maracudo, der offensichtlich nicht gerne von seinem Thema abgelenkt wurde, sah nun ungeduldig zu einer Gruppe hinüber, die neben dem Büfett stand. Er schien sich darauf zu konzentrieren, als wollte er die Aufmerksamkeit einer bestimmten Person erregen. Und tatsächlich löste sich fast sofort ein weißhaariger, älterer Chinese von der Gruppe und kam zu ihnen herüber. Er ging leicht gebeugt, als ob ihm das Alter eine große Bürde auferlegt hätte. Sein Gesicht war von vielen Falten durchzogen, aber die Augen sahen ihnen wach und lebendig entgegen.

»Kai Tang«, sagte Maracudo fast gebieterisch. »Hier ist eine alte Bekannte von Ihnen, Arisa Travish.«

Der alte Mann lächelte und wartete höflich, bis Arisa das Wort ergriff. Sie nahm die durchsichtige, blaugeäderte Hand und sagte: »Wie schön, Sie nach so vielen Jahren wiederzusehen, Kai Tang.«

»Tochter des Berges«, sagte er mit einer raschelnden, papierenen Stimme.

Tang hatte ihr als Kind diesen Namen gegeben und erinnerte sich noch daran! Der Name war ihr früher sehr geheimnisvoll vorgekommen, bis ihr Vater sie dann einmal lachend darüber aufgeklärt hatte. Tang hatte ihn gewählt, weil sie auf dem Peak lebten!

»Bei diesem Namen sehe ich mich wieder als achtjähriges Kind in Ihrem wunderschönen Geschäft«, sagte sie lächelnd. »Ich hoffe, daß Ihre Familie mit viel Glück und Erfolg gesegnet wurde?« Automatisch benützte sie wieder die altgewohnte, höfliche und sehr chinesische Begrüßungsformel.

»Das Glück war ihr wohlgesinnt.«

Arisa warf einen kurzen Blick auf Maracudo. Er schien nachsichtig, aber auch aufmerksam zuzuhören. Sie vermutete, daß er den Händler nicht nur gerufen hatte, um sie wieder mit einem alten Bekannten zusammenzubringen.

»Ich hatte nicht erwartet, heute abend so viele alte Freunde wiederzusehen.« Sie lächelte erst Maracudo an, dann Paul und dann Tang.

Einige Minuten plauderte sie mit Tang über Hongkong. Wie Maracudo drückte auch er seine Hoffnung aus, daß sie den Fußstapfen ihres Vaters folgen und häufige Reisen in den Orient unternehmen würde. Und ganz langsam begann sie die Idee ebenfalls attraktiv zu finden.

»Ihr Vater hatte vor dem Wintermonsun noch eine Reise nach Hongkong geplant«, sagte Tang bedauernd. Dann lächelte er plötzlich wieder. »Aber wenn Sie nun statt seiner kommen, wäre es mir eine große Ehre, Sie zu empfangen.«

»Es würde mich sehr freuen, Sie zu besuchen.« Es wäre wirklich hübsch, dachte sie, Hongkong einmal wiederzusehen. Was Carter wohl zu dieser Idee sagen würde?

»Doch nun muß ich mich leider entschuldigen. Einige Herren wünschen noch mit mir zu sprechen.« Tang verbeugte sich und ging zu der Gruppe zurück, die er zuvor verlassen hatte.

Maracudo entschuldigte sich bald danach und ging zur Tür, wo mehrere neue Gäste aufgetaucht waren. Paul sah ihm kurz nach und wandte sich dann wieder an Arisa.

»Er hat was vor«, murmelte er nachdenklich.

»Was meinst du?«

»Er macht die Runde. Gewöhnlich bleibt er auf einem Fleck stehen und läßt die Leute zu sich kommen. Und daß er dich mit einem Gespräch ganz besonders ausgezeichnet hat, weißt du ja wohl.«

Sie verstand nicht, warum er diesen Umstand so ernst zu nehmen schien. »Du hast selbst gesagt, daß er die Verbindung mit Travish-Montaigne verbessern will. Da ist es doch ganz natürlich, daß er nett zu mir ist.«

»Ich habe das Gefühl, daß da noch mehr dahintersteckt.« Er fuhr plötzlich etwas zusammen, und sie sah, daß eine dunkelhaarige Frau in einem rosa Hosenanzug aus Satin auf sie zukam.

»Hier bist du, Liebling! Ich hab' dich schon überall gesucht.« Sie warf einen prüfenden Blick auf Arisa, und ihre Augen verengten sich dabei leicht.

»Helen. Ich hab' eine alte Bekannte getroffen. Das ist Arisa Travish. Du erinnerst dich doch an ihren Vater, nicht wahr?«

»Ich bin Pauls Frau«, sagte Helen etwas überbetont. »Ich sah, daß sich Ganrali mit Ihnen unterhalten hat.« Ihr Blick streifte ihren Mann. »Irgendwas Interessantes?«

»Er versucht, Arisa in seinen Stall zu locken«, antwortete Paul. »Du kennst ja seine Methoden.«

»Und wie! Ich könnte ihn umbringen. Seit drei Monaten läßt er mich nun schon hängen, und ich kann ihn um keinen Schritt weiterbringen!«

»Helen dekoriert«, erklärte Paul. »Maracudo hat immer ein oder zwei Zimmer, die er verändern will.«

»Wenn du ihm nur endlich diese Chou-Jade verschaffen könntest, würde er mir das ganze Haus zum Dekorieren geben.«

Paul stieß ein harsches Gelächter aus. »Wenn ich wüßte, wo die Chou-Jade ist, mein Herz, könntest du unser Haus auch gleich neu einrichten.«

Er sah Arisas fragenden Blick und erklärte: »Seit einigen Wochen geht das Gerücht um, daß man Jadestücke der Chou-Dynastie aus Schanghai herausgeschmuggelt hat. Jeder will sie natürlich haben, aber niemand weiß, wo sie sind. Und da es verboten ist, Kunstgegenstände aus Schanghai auszuführen, kann man auch nicht mit Sicherheit feststellen, ob es sich nur um ein Gerücht handelt oder ob was Wahres dran ist. Jeder hofft, daß er als erster dahinterkommt. Dein Vater wäre noch am ehesten in der Lage gewesen, etwas darüber herauszufinden. Wahrscheinlich ist Maracudo deswegen so an deinen Plänen interessiert.«

»Sehr schmeichelhaft, wenn ich's nicht persönlich nehme.«

Paul grinste und wurde dann wieder ernst. »Mach dich darauf gefaßt, daß Maracudo keine Hemmungen hat, Geschäftliches mit Persönlichem zu verbinden, wenn er etwas haben will. Besonders bei einer schönen Frau. Das macht dann das Spiel doppelt so amüsant.« Er sah seine Frau dabei zwar nicht an, aber Arisa merkte, wie sie fast unmerklich steifer wurde. Sollte das eine leise Andeutung sein?

»Bis jetzt waren deine Voraussagen hundertprozentig richtig«, sagte Arisa. »Ich werde aufpassen.«

»Braves Mädchen.«

»Und du mußt jetzt ein braver Junge sein und dich an der Unterhaltung beteiligen, die Marti Wallace da drüben führt.« Helen nickte zu einer eleganten Blondine in einem schwarzen Abendkleid hinüber, die einen großen Zuhörerkreis um sich versammelt hatte. »Sie arbeitet an einem Artikel über das Tucker-Museum und einige Privatsammlungen. Sotheby paßt zwar nicht hinein, aber sie kann vielleicht einen Vergleich brauchen.« Sie hakte sich bei ihrem Mann ein, sagte mit einem kurzen Blick auf Arisa: »Entschuldigen Sie uns bitte«, und rauschte mit ihm davon.

Arisa sah, wie sich die beiden zu dem Kreis gesellten, und dachte dann über das eben Gehörte nach. Die Chou-Jade. Wenn das Gerücht stimmte, wäre das der Fund des Jahres. Chou-Arbeiten gab es so selten, daß Höchstpreise dafür gezahlt wurden. Man hatte seit langem angenommen, daß die letzten Steine von der kommunistischen Regierung Chinas beschlagnahmt worden waren. Hatte sie jetzt jemand wirklich herausgeschmuggelt? Könnte einer der vielen Bekannten ihres Vaters sie vielleicht zu der Jade hinführen? Sie war selbst überrascht, als sie sich bei diesem Gedanken ertappte. Sollte sie diese kostbaren Stücke suchen? Konnte sie das? Was noch wichtiger war, was würde Carter dazu sagen? Denn er müßte die Reise finanzieren. Alleine käme sie im Moment nicht weiter als bis nach San Franzisko. Aber von was sollte man die Jade kaufen? Dazu bräuchte man einen Geldgeber. Es sei denn, Carter hatte ein privates Vermögen, von dem sie nichts wußte.

Die Idee begann sie auf einmal zu begeistern.

»Sie sehen aus, als ob Sie gerade eine große Entdeckung gemacht hätten«, sagte eine Stimme neben ihr.

Ein kleiner, gebückter Mann lächelte zu ihr auf.

»Nur ein Moment der Erkenntnis, wie er uns allen hin und wieder kommt.«

»Auf der größten Party der Saison?« fragte er ernsthaft und blinzelte dabei humorvoll.

Sie lachte. »Ich habe nur mit offenen Augen geträumt.«

»Aha, das klingt schon besser. Es sind die Träume und Hoffnungen, die unserem Leben einen Sinn geben.«

»Ich fürchte, wir haben uns noch nicht kennengelernt«, sagte Arisa. »Ich heiße Arisa Travish.«

»Ich weiß. Ich heiße Elbert Faus. Ihr Vater und ich waren gute Freunde. Er hat auch mich in die Wunder der orientalischen Kunst eingeführt.«

Sie war inzwischen schon gar nicht mehr überrascht, daß die Leute sie zu kennen schienen. »Ich habe heute schon mehrere Leute kennengelernt, die meinen Vater gut gekannt haben.«

»Er war ein beliebter Mann und wurde auch sehr respektiert.«

»Ja, das freut mich sehr.«

»Ich hörte, daß Carter in Paris ist.«

»Es kam ganz unerwartet. Aber er ist nur für ein paar Tage weg.«

»Ich bin sicher, daß ich ihn bald nach seiner Rückkehr sehen werde.«

»Wenn Sie wollen, bitte ich ihn, Sie anzurufen.«

Der alte Mann lächelte sie an. Sein dünnes, weißes Haar wirkte in dem Licht der Kristallüster silbern. »Das ist nicht nötig, meine Liebe. Wenn er nach Paris gefahren ist, kauft er wahrscheinlich etwas, ohne das ich dann nicht mehr leben kann. Er wird sich melden.«

»Noch ein treuer Kunde?« sagte sie amüsiert. »Travish-Montaigne ist heute abend sehr beliebt.«

Die Augen des alten Mannes wurden auf einmal wachsam, doch das Lächeln blieb gleichbleibend freundlich. »Hat sich noch jemand nach Carter erkundigt?«

»Nur indirekt. Das Interesse galt hauptsächlich mir und unseren Zukunftsplänen.«

»Ja, ich sah Sie mit unserem Gastgeber sprechen. Ich kann mir vorstellen, daß er an Ihren Plänen sehr interessiert ist. Er ist kein Connaisseur, aber ein eifriger Sammler. Ich vermute, daß er in Ihnen ein Verbindungsglied zur Chou-Jade wittert.«

Dieses Mal konnte sie ihre Überraschung nicht verbergen und starrte ihn mit offenem Mund an.

Faus' Augen tanzten, und ein Lächeln zog über sein faltiges Gesicht. »Ich sehe, Sie haben die Gerüchte über die legendäre Jade auch schon gehört. Sie ist heute das Hauptthema des Abends, und doch glaubt jeder, daß es das größte Geheimnis ist. Sollten Sie jedoch das Glück haben, sie ausfindig zu machen, werden Sie mir doch bestimmt das Vorkaufsrecht gewähren, nicht wahr?«

Sie konnte sich ein Lachen nicht verkneifen. »Sie sind wunderbar«, rief sie aus. »Im Gegensatz zu Mr. Maracudo sagen Sie einem wenigstens genau, was Sie wollen. Aber leider kann ich nicht für die Firma sprechen, Mr. Faus. Das ist vorläufig noch Carters Verantwortungsgebiet.«

»Natürlich. Aber jetzt habe ich schon genug von Ihrer Zeit beansprucht, meine Liebe. Ich danke Ihnen, daß Sie einem alten Mann den Abend verschönt haben.« Er machte die Andeutung einer Verbeugung und entfernte sich langsam.

Deline unterhielt sich am Büffet mit einer Dame, die eine kostbare, glitzernde Diamantentiara trug. Arisa wollte gerade zu ihr hinübergehen, als sie sah, daß sich ein älterer Chinese ebenfalls in ihre Richtung bewegte. Er kam Arisa irgendwie bekannt vor. Hatte sie ihn heute abend kennengelernt? Aber da waren so viele Gesichter und Namen gewesen. Wer war es nur? Jemand, den ihr Vater gekannt hatte? Nein, erst vor kurzem war es gewesen ... Natürlich, er war mit Deline zur Beerdigung gekommen! Er nahm jetzt Deline am Arm und führte sie, während er eindringlich auf sie einredete, auf die von Laternen beleuchtete Terrasse hinaus.

Das Jahr des Schweines

Hongkong, Januar 1947

Sie sah zwar noch immer etwas mitgenommen aus, aber die Krankheit hatte ihrer Schönheit nichts anhaben können. Sie saß vor seinem Schreibtisch, die gefalteten Hände auf ihrem Schoß, und sah ihn ruhig an. Als wäre es etwas ganz Alltägliches, in die Büros einer großen Bank zitiert zu werden. Er hatte sie, statt in sein Büro, hierher gebeten, um eine zufällige Gegenüberstellung mit Elliot zu vermeiden.

»Grantland Whitaker, Miß Long«, stellte er sich vor, ohne aufzustehen. »Ich nehme an, daß Sie sich noch an mich erinnern?«

Ihre Augen flackerten etwas. »Wie könnte ich den Namen des Mannes vergessen, der so großzügig für mein Wohlergehen gesorgt hat?« antwortete sie ruhig.

Ihre Selbstsicherheit irritierte ihn, und er war sich nicht ganz sicher, ob er sich die Ironie in ihrer Stimme nur einbildete. »Ich kann sehen, daß Sie sich von Ihrer Krankheit gut erholt haben. Andere hatten leider nicht so viel Glück. Wie ist es Ihnen in letzter Zeit ergangen?«

Er kannte die Antwort schon, wollte nur eine entspannte Atmosphäre schaffen, um ihr Vertrauen zu gewinnen. Denn seit dem Tag, an dem Elliot ihr im Krankenhaus mitgeteilt hatte, daß der Junge nun bei ihm lebte, hatte er sie beobachten lassen. Damals hatte ihr der Arzt nur eine geringe Chance gegeben. Unterernährt wie die meisten Chinesen, hätte sie eigentlich sterben müssen. Aber so war es nicht gekommen, und nun hatte er das Problem wieder am Hals.

»Gut, danke«, sagte sie einfach.

»Ich habe Ihren Brief wegen des Jungen erhalten«, begann er abrupt.

Sie sah ihn ausdruckslos an. Diese verdammten Chinesen! Ohne jede menschliche Regung. Er runzelte die Stirn. »Meine Tochter hat sich an den kleinen Kerl sehr gewöhnt. Es geht ihm dort ausgezeichnet, wie Sie sich vorstellen können.« Ihr Blick drückte jedoch keine Dankbarkeit aus. »Sein Vater ist ganz vernarrt in ihn.« Aha! Endlich ein kleines Zucken um den Mund. Vielleicht ein Lächeln? »Ich verstehe vollkommen und finde es auch sehr lobenswert, daß Sie den Jungen zurückhaben wollen. Aber ich glaube, daß das nicht in seinem besten Interesse ist.« Aha, endlich ein wenig Angst! Gut. Schnell fuhr er fort. »Soviel ich weiß, arbeiten Sie vier Stunden am Tag in der Gloucester-Fabrik?« Er warf einen Blick in die offene Akte vor sich – einem vollständigen Dossier, seit ihrer Entlassung aus dem Krankenhaus. »Sie verdienen damit neun Dollar in der Woche. Das ist weniger als ein Drittel der Summe, die Sie von mir als Unterstützung erhalten. Habe ich recht?«

»Ja.«

»Sie planen außerdem, zur Universität zurückzugehen, und wünschen gleichzeitig die Rückgabe Ihres Kindes.« Er fixierte sie mit einem kalten Blick. »Wie wollen Sie das finanziell und zeitlich alles bewerkstelligen?«

Mai Yuns Brust verkrampfte sich, als sie ihre schlimmsten Ängste verwirklicht sah. Er würde ihr das Kind nicht ohne Kampf zurückgeben. Sie zählte bis zehn, bevor sie eine Antwort wagte. »Die Universität hat mir ein Stipendium zugesagt, und während ich arbeite, wird sich eine Nachbarin um Dai-yat Tsai kümmern.«

Der chinesische Name brachte ihn etwas aus dem Gleichgewicht. Für ihn hieß das Kind schon so lange Quentin, daß er ganz vergessen hatte, daß es zuvor einen anderen Namen gehabt hatte. »Aha. Was ist aber, wenn Sie das Stipendium nicht bekommen?«

Sie setzte sich aufrechter hin, während sie innerlich zusammenschrumpfte. Sie hatte nicht damit gerechnet, daß sein Einfluß so weit reichte. Hatte er die Leute in der Universität genauso in der Hand wie ihr Leben? Bittere Furcht lag auf ihrer Zunge, und sie versuchte, ihre Panik zu verbergen. »Dann bin ich gezwungen, mir einen anderen Weg zu suchen.«

Mit gespitzten Lippen schüttelte er bedauernd den Kopf und begann schweigend durch die Akte zu blättern, als suche er nach etwas ganz Bestimmtem. Schließlich sah er wieder auf. »Wissen Sie, daß noch immer Tausende von Flüchtlingen in die Kolonie hereinströmen? Es ist eine große Belastung, die vor allem in der Industrie und den Schulen gespürt wird. Ihr Arbeitgeber gab Ihnen eine Halbtagsstellung, weil er mir einen Gefallen schuldete. Er hat Hunderte von Bewerbern, die nur zu gerne neun Stunden am Tag und sieben Tage in der Woche arbeiten würden. Natürlich sind ihm Arbeiter, die den ganzen Tag arbeiten, auch lieber. Die Universität hat für jedes freie Stipendium fünfundsiebzig Bewerber. Ich fürchte, Ihre ehrgeizigen Pläne sind unrealistisch, wenn auch sehr bewundernswert.«

Trotz ihres festen Vorsatzes, ruhig zu bleiben, konnte sie ihre Panik nun nicht mehr unterdrücken. »Sie haben versprochen, mir zu helfen.«

»Natürlich. Und deswegen sitze ich auch hier und unterhalte

mich mit Ihnen. Als Ihr Wohltäter bin ich jedoch zu gewissen Bedingungen berechtigt, zumindest was Ihre Zukunft betrifft. Denn schließlich zahle ich dafür.«

»Ich will mir nur eine sichere Basis aufbauen, damit ich besser für meinen Sohn sorgen kann!«

»Ihr Sohn, ganz richtig. Aus diesem Grund möchte ich Ihnen einen Vorschlag machen, der für ihn und Sie sehr vorteilhaft sein wird.«

Ihr Herz hämmerte, und ihre zitternden Finger verkrampften sich auf ihrem Schoß. Es waren Lügen, nichts als Lügen! Damals hatte sie keine andere Wahl gehabt, als sich ihm und Elliot anzuvertrauen. Sie war zu schwach gewesen, zu krank, um zu kämpfen. Und jetzt war es zu spät. Dieser Mann war zu mächtig. Ihre Augen brannten vor Haß, als sie ihn über den Schreibtisch hinweg anstarrte.

Grantland lehnte sich im Stuhl zurück und vergrößerte die Distanz zwischen ihnen. Sie wußte, daß sie verloren hatte. Er konnte es in ihren Augen sehen. »Soviel ich weiß, sind Sie sehr an Orientalistik interessiert. Eine ausgezeichnete Wahl. Ich höre auch, daß Sie sehr begabt sind. Doch was können Sie damit anfangen, wenn Sie Ihr Studium einmal abgeschlossen haben? In der gegenwärtigen Lage würden Sie voraussichtlich nur als Ladenmädchen bei einem der hiesigen Händler unterkommen. Denn der Kunsthandel wird erst wieder aufblühen, wenn sich die Wirtschaft erholt hat. Natürlich könnten Sie auch einen Lehrstuhl anstreben, doch davon gibt es herzlich wenige. Aber das hat alles noch Zeit. Im Moment müssen wir uns in erster Linie mit Ihrer Gegenwart beschäftigen.« Er beugte sich plötzlich vor und sah sie durchdringend an. »Was würden Sie dazu sagen, wenn ich Ihnen ein Studium Ihrer Wahl garantiere und für später eine ausgezeichnete Beschäftigung in Aussicht stelle?«

Sie war so überrascht, daß es einige Momente dauerte, bis sie ihre Sprache wiederfand. »Ich würde fragen, was für einen Preis ich dafür bezahlen muß.«

Grantland lachte bellend. »Ganz richtig, ganz richtig. Alles hat seinen Preis, nicht wahr? Also gut. Der Preis, wie Sie so richtig sagten, ist, daß der Junge bei seinem Vater und meiner Tochter bleibt. Die beiden möchten ihn behalten. Eine legale Adoption ist nicht nötig, da Elliot der leibliche Vater ist. Das Kind wird natürlich in westlicher Tradition erzogen. Seine chinesische Abstammung ist sowieso kaum zu bemerken. Er wird auf britische Schulen gehen und jede erdenkliche Unterstützung erhalten, zu der wir fähig sind. Ich habe Dokumente für einen Trustfonds aufsetzen lassen, der ihm für später den Besuch auf einer Universität seiner Wahl garantieren wird. Selbstverständlich darf er aber nicht in einen Loyalitätskonflikt geraten. Deshalb muß die Gelegenheit einer zufälligen oder anderweitigen Begegnung mit Ihnen beseitigt werden. Zu diesem Zweck müssen Sie Hongkong verlassen.«

Das Blut in ihren Adern gefror zu Eis. Sie hatte sich innerlich auf alles mögliche vorbereitet, aber nicht auf das! Wollte er sie nach Kanton verbannen? Nach Schanghai? Wahrscheinlich wäre ihm das innere China am liebsten, aber da gab es keine Universitäten. Und ein Studium hatte er ihr garantiert. Ihre Gedanken wirbelten durcheinander.

»Wie ich vorhin schon bemerkte«, fuhr Grantland ungerührt fort, »Hongkong ist im Moment völlig überlaufen. Tausende möchten, genau wie Sie auch, ihr Los verbessern. Im besten Fall müßten Sie sich hier in allem, was Sie tun, gegen eine überwältigende Konkurrenz behaupten. Die Universität ist mit ihren Programmen noch im Anfangsstadium. In ein paar Jahren wird sie zweifellos eine der besten der Welt sein, aber im Moment ist sie noch im Aufbau begriffen. Es gibt jedoch andere gute Schulen, die dieses Problem nicht haben. Meine erste Wahl wäre natürlich eine Universität in England, aber leider hat es ebenfalls sehr unter dem Krieg gelitten. Noch mehr als Hongkong. Es wird lange dauern, bis es sich von diesem Schlag erholen kann. In Amerika gibt es jedoch auch ausgezeichnete Universitäten.«

Sie hatte sich jetzt wieder völlig in der Gewalt. »Ist es für Chinesen nicht sehr schwer, ein Visum zu bekommen?« fragte sie kalt.

»Jawohl, aber dieses Problem kann bewältigt werden. Wenn Sie Ihr Studium erfolgreich abgeschlossen und danach eine feste Anstellung gefunden haben, kann Ihre Staatsbürgerschaft ebenfalls arrangiert werden.«

Bisher hatte sie sich nur darauf konzentriert, sich so gut wie möglich seinem Einfluß in Hongkong zu entziehen. Sie sah nun, daß sie ihn unterschätzt hatte. Ob Amerika wohl Elliots Vorschlag war? Es war sein Land. Der Gedanke an ihn half, ihre Empörung etwas zu mildern.

»In Hinsicht auf die vielen Vorurteile und Reglementierungen dort«, fuhr er fort, »würde es die Dinge jedoch erleichtern, wenn Sie sich zu einem englischen Namen entschließen könnten. Wenn Sie meinem Vorschlag zustimmen, werde ich für Sie die Dokumente aufsetzen lassen.«

Er wollte ihr jetzt auch noch ihre Identität rauben. Damit Elliot sie nie wieder finden würde? Damit ihr Sohn seine Vergangenheit verleugnen konnte?

Während der tiefen Stille, die seinen Worten folgte, erkannte Mai Yun, daß sie überhaupt keine Wahl hatte. Es war ihr wie ein Vorschlag unterbreitet worden, aber in Wirklichkeit war es nichts anderes als ein Ultimatum. Ihre Gedanken wanderten zu Dai-yat Tsai, den sie nun nie wieder sehen sollte. Er würde nun genau das Leben leben, das sie sich so sehr für ihn gewünscht hatte. Es wäre töricht, ihm diese Zukunft zu verwehren. Und auch gefährlich. Denn sein Vater konnte sowieso einen gesetzlichen Anspruch auf sein Kind erheben, besonders wenn ihm Grantland Whitakers Geld und Einfluß zur Verfügung standen. Aber ihr Kind bei Elliots Frau! Sie konnte sich einfach nicht vorstellen, daß Melisande das Kind wie ihr eigenes lieben würde. Dai-yat Tsais ernstes Gesichtchen stand ihr wieder vor Augen und sein zitternder, kleiner Körper, als er so krank gewesen war. Sie erinnerte sich an ihre wahnwitzige Angst, als sie überzeugt war, daß er die Cholera hatte. Seine Pflege hatte sie so geschwächt, daß sie dann selbst daran erkrankt war. Doch Dai-yat Tsai hatte nur eine harmlose Kinderkrankheit gehabt. Oh, Ironie! Durch ihre eigene Krankheit hatte sie nun doch ihr Kind verloren! Aber es war die Vorsehung, und dagegen konnte man nichts tun.

»Nehmen Sie an?« fragte Grantland plötzlich ungeduldig.

»Haben Sie schon einen Namen für mich ausgewählt?« fragte sie bitter.

Er zuckte mit den Schultern. »Der Name ist unwichtig. Meine Sekretärin schlug Deline Armitage vor. Kommt aus einem Roman, den sie gerade gelesen hat. Wenn Ihnen ein anderer lieber ist, dann bitte.«

Deline Armitage. Es klang neu und sehr fremd. Englisch? Vielleicht. Oder amerikanisch. »Es ist mir egal«, sagte sie leise.

»Sie akzeptieren also meine Bedingungen?«

Eine eiskalte Hand preßte ihr Herz zusammen, und sie sah ihn hilflos an. »Ich akzeptiere.«

»Gut. Mein Anwalt wartet bereits im Vorzimmer. Er hat einige Unterlagen, die Sie unterschreiben müssen.« Er drückte den Summer auf dem Schreibtisch. Fast sofort ging die Tür auf, und ein Mann mit einer Brieftasche unter dem Arm kam herein und sah sie ernst an.

9

»Wann sind Sie zurückgekommen?« fragte Arisa, als sie sich neben Carters Schreibtisch setzte.

»Gestern nacht. Aber wie geht es Ihnen?«

»Sehr gut, danke. Ich möchte mich auch noch für die schönen Rosen bedanken.«

»Gern geschehen. Ich hoffe, Sie haben sich von dem Schrecken wieder ganz erholt?«

Sie nickte, und ihre Haare tanzten dabei auf ihren Schultern. »Der Schlosser kam gleich am nächsten Morgen, und jetzt kann mir nichts mehr passieren. Ich habe nur zwei Schlüssel machen lassen und besitze beide.«

»Gut. Hat sich die Polizei noch mal gemeldet?«

»Nein, aber sie waren ja von Anfang an nicht sehr optimistisch.«

»Ich hörte von Deline, daß Sie viel gearbeitet haben und sehr schnell lernen.«

»Es interessiert mich. Aber ich muß zugeben, daß ich keine Ahnung hatte, wieviel Arbeit so ein Geschäft macht.«

»Ja, es gibt viel zu tun. Sie erzählte mir auch, daß Sie auf der Party des Tucker-Museums dabei waren. Hat es Ihnen gefallen?«

»Und ob! Diese Seite von Los Angeles war mir ganz unbekannt. Ich habe noch nie zuvor so viele ernsthafte Sammler und Händler auf einem Fleck gesehen. Auf den Partys in Paris trifft man hauptsächlich Dilettanten und Randgruppen.«

»Ja, da haben Sie recht. Ich wäre gerne hingegangen, aber es freut mich, daß es Ihnen so gut gefallen hat. Es wird bestimmt noch andere geben, auf die wir zusammen gehen können.«

»Ich traf auch einige Leute, die ich von früher kannte.« Als sich seine Augenbrauen fragend in die Höhe schoben, fuhr sie fort: »Paul Russell von Sotheby's. Wir sind zusammen im College gewesen. Und Kai Tang war da, ein Kunsthändler aus Hongkong. Als Kind war ich mit meinem Vater oft in seinem Laden, und er hat mich sogar nach zwanzig Jahren wiedererkannt. Ich hab' so lange nicht mehr an Hongkong gedacht, daß ich jetzt plötzlich Lust bekomme, wieder einmal hinzufahren.«

»Tatsächlich«, murmelte er abwartend.

Sie beugte sich vor und wischte sich achtlos die Haare aus dem Gesicht. »Carter, es gibt da ein Gerücht, daß etwas von der Chou-Jade aus Schanghai herausgekommen ist. Wenn das stimmt und wenn wir sie finden könnten – wissen Sie, wie wertvoll sie ist?«

Ihre Wangen wurden rosa, und ihre Augen glänzten vor Erregung.

Er runzelte die Stirn und kramte in seinem Gedächtnis nach. »Ich erinnere mich, daß Ihr Vater mal davon gesprochen hat. Er war gerade von seiner letzten Reise nach Hongkong zurückgekommen und murmelte irgend etwas von der Entdeckung des Jahrhunderts. Aber ich nahm es nicht weiter ernst, weil er oft von irgendeiner Entdeckung schwärmte. Und es waren meistens Stükke, die wir uns nicht leisten konnten.«

Sie schüttelte energisch den Kopf. »Mein Vater wollte wahrscheinlich nur abwarten, ob an dem Gerücht wirklich etwas dran war. Sonst hätte er sofort alle Hebel in Bewegung gesetzt, um sie zu kaufen. Ich habe schon mit Tanner darüber gesprochen«, fuhr sie fort, bevor er etwas einwenden konnte. »Er meint auch, daß es verrückt wäre, nicht nach der Chou-Jade zu suchen, wenn sie wirklich auf dem Markt ist.«

Dieses Argument wog schwerer als alles andere, was sie bisher gesagt hatte. Interessant, daß sie damit nicht zu Deline, sondern zu Tanner gegangen war.

»Und Sie wollen jetzt nach Hongkong fahren und sich danach umsehen?«

»Ja. Mein Vater hatte dort so viele Kontakte. Ich bin sicher, daß ich sie finden kann.«

Sie sprach von der Jade, als ob man danach nur zu fragen brauchte. »Um wie viele Stücke handelt es sich und wieviel werden sie kosten?«

Sie sah ihn etwas unsicher an und sagte verteidigend: »Das weiß ich noch nicht. Aber wenn wir nicht schnell handeln, kriegt sie jemand anderes, und wir können in den Mond schauen.«

»Aber«, sagte er mit erzwungener Ruhe, »wir müssen alles, was wir kaufen, auch bezahlen. Unser Kredit ist noch immer sehr schwach.«

»Um so besser, wenn uns mit so einem Fund ein kräftiger Profit gelingt. Wenn wir die Jade ausfindig machen und sie auf Kommission kriegen . . .«

»Das dürfte sehr unwahrscheinlich sein. Wenn wirklich so viele Händler daran interessiert sind, wie Sie sagen, dann wird sie auch direkt zum Verkauf angeboten. Aber dazu braucht man Bargeld, und das haben wir nicht.«

»Das hat Sie nicht davon abgehalten, Hals über Kopf nach Paris zu fliegen«, fuhr sie ihn mit funkelnden Augen an. »Sie scheinen zu vergessen, daß ich auch noch was zu sagen habe, auch wenn Sie die Firma führen!«

»Na gut«, antwortete er gereizt, »dann sagen Sie mir doch bitte auch, wo Sie das Geld hernehmen wollen.«

»Was ist denn mit dem Gewinn aus dem Verkauf der Vezzi-Vase?« erwiderte sie unschuldig. Zufrieden sah sie die Wirkung ihrer Worte. Diesmal hatte sie ihn wirklich überrascht. »Tanner hat es mir heute morgen erzählt«, fuhr sie schnell fort, bevor er sie fragen konnte. »Er schätzt, daß die Vase an die fünfzigtausend Dollar wert ist, und das wäre schon mal ein Anfang. Ich gebe zu, daß es etwas riskant ist, aber ich bin überzeugt, daß es sich lohnt.«

»*Wenn* Sie sie ausfindig machen können.«

»Natürlich, aber es ist wenigstens einen Versuch wert!«

»Ist das ein Befehl?« fragte er ironisch.

»Wenn Sie so wollen«, kam es trotzig zurück.

»Ich will mich jetzt nicht darüber streiten. Die Sache muß erst etwas ausführlicher überdacht werden«, beschloß er das Thema.

»Wie Sie wollen«, antwortete sie schroff und kniff den Mund zusammen. Sie stand abrupt auf, als wollte sie hinausgehen, überlegte es sich dann aber plötzlich wieder anders. »Ich will die Sache nicht zu Tode reiten, Carter, aber wir dürfen wirklich nicht viel Zeit verlieren. Auf der Maracudo-Party war es das Thema des Abends. Ganrali Maracudo will die Jade unbedingt haben. Er hat mich praktisch eingeladen, mit ihm nach Hongkong zu fahren. Er hätte gerne, daß wir ausschließlich für ihn arbeiten.«

Carters Kaumuskeln spannten sich. »Ich weiß, aber solche Geschäfte mache ich nicht. Maracudo kann vielleicht andere Händler unter Druck setzen, aber nicht Travish-Montaigne.«

Plötzlich setzte sie sich wieder hin und sah ihn verschwörerisch an. »Gut. Mir gefällt das auch nicht. Also müssen wir die Jade zuerst finden, damit er gezwungen ist, unseren Preis zu zahlen. Wenn er nicht will, gibt es noch genug andere Interessenten dafür.« Sie lächelte, und ihre violetten Augen tanzten triumphierend.

Er lachte überrascht und sagte dann halb unwillig, halb anerkennend: »Eine schöne Falle haben Sie mir da gestellt. Aber ich muß es mir trotzdem noch überlegen. Ich werde Ihnen bald Bescheid geben. Doch jetzt etwas ganz anderes. Darf ich Sie heute abend zum Essen einladen?«

Sie sah ihn überrascht an und zögerte kurz. »Gerne«, sagte sie dann.

»Fein. Paßt es Ihnen, wenn ich Sie um acht Uhr abhole?«

Sie nickte lächelnd, stand auf und verließ das Büro. Er war sich nicht ganz klar darüber, was ihn zu der Einladung bewogen hatte. Aber als er ihr zusah, wie sie mit schwingenden Schritten die Treppe hinabging, freute er sich auf einmal auf den kommenden Abend. Schmunzelnd nahm er das Telefon und rief Tanner Holmes an.

»Nur ein einziger Stein der Chou-Jade ist auf dem amerikanischen Markt etwa eine Viertelmillion wert.« Carter pfiff beeindruckt vor sich hin, und Tanner fuhr fort: »Seit China von den Kommunisten abgeriegelt wurde, hat man von der Chou-Jade nichts mehr gehört und gesehen.«

»Und wie war es davor?«

»Sie ist hin und wieder aufgetaucht. Diese Dynastie ist nicht sehr berühmt für ihre Kunstwerke, und Chouarbeit war immer schon selten. Man nimmt an, daß ein Großteil den Kriegen zum Opfer gefallen ist. Wenn jetzt wirklich etwas davon auf den Markt kommt, ist es eine Sensation.«

»Wieviel wird so ein Stein kosten?« fragte Carter und biß sich auf die Lippen.

»Man kann es wirklich nur erraten.«

»Dann rate.«

»Vielleicht eine Viertelmillion, wie ich schon sagte. Aber bei einer Auktion gibt es eigentlich kein Limit. Weißt du, daß Maracudo schon Fühler ausgestreckt hat?«

»Kommt das von Arisa, oder hast du's schon woanders gehört?«

»Arisa erwähnte, daß man auf der Party viel davon geredet hat. Und wenn schon alle davon reden, kannst du sicher sein, daß er bereits danach sucht.«

»Dazu braucht er aber einen Zwischenmann. Denn er selbst kann Jade nicht mal von einer Artischocke unterscheiden.«

»Das dürfte sein kleinstes Problem sein.«

»Okay, Tanner. Gibt's schon was Neues über den Vezzi?«

»Immer mit der Ruhe! Du hast sie mir ja erst vor ein paar Stunden gegeben. Ich finde, daß sie echt aussieht, aber das heißt noch nichts. Ich habe sie einem Freund in der Uni gebracht, und er macht jetzt einen Pigmenttest. Dann wissen wir's genau.«

»Wie lange dauert das?«

»Ich habe ihm eine Kiste Bier versprochen, wenn er bis morgen damit fertig ist. Das sind für ihn einige Überstunden, aber er wird's machen. Du zahlst dann das Bier.«

»Ich spendiere euch beiden einen Kasten«, sagte Carter lachend und legte auf.

Dann nahm er einige Rechnungen aus der Schublade und sah sie kopfschüttelnd durch. Arisa hatte eingekauft und sie großzügigerweise an das Geschäft schicken lassen. Zweitausend Dollar. Siebenhundert für ein einziges Kleid! Wahrscheinlich hatte sie es auf der Party getragen. Was sie wohl heute abend anziehen würde? Seufzend nahm er sein privates Scheckbuch heraus und begann zu schreiben.

»Mr. Paxton hat angerufen«, sagte seine Sekretärin. »Er möchte, daß Sie ihn so bald wie möglich zurückrufen.«

»Ist er noch in seinem Büro?« fragte Quentin hastig und warf einen Blick auf seine Armbanduhr. Es war schon fast elf.

»Ich denke schon.«

»Verbinden Sie mich und stellen Sie keine anderen Gespräche durch.« Er ging in sein Büro und wartete ungeduldig. Ein paar Minuten später summte seine Sprechanlage.

»Mr. Paxton am Apparat, Mr. Travish.«

Er nahm den Hörer. »Guten Tag, Mr. Paxton. Wie geht es Ihnen?«

»Guten Morgen, Quentin.«

Daß ihn Paxton beim Vornamen nannte, war ein gutes Vorzeichen. Quentin lächelte geschmeichelt.

»Haben Sie heute Zeit zum Mittagessen? Ich weiß, daß es kurzfristig ist . . .«

»Das trifft sich gut, denn ich hatte gerade eine Absage«, log Quentin.

»Ein Uhr?«

»Perfekt.«

»Können Sie in meinen Klub kommen? Ich muß dort erst noch einiges erledigen.«

»Natürlich.« Quentin schrieb sich Namen und Adresse auf. Es war einer der besten Klubs in Beverly Hills. Nachdem er aufgelegt hatte, rätselte er nervös über den Grund der Einladung. Wollte Paxton mit ihm reden? War es nur eine gesellschaftliche Geste? Wollte er ihm vielleicht ein neues Geschäft vorschlagen? Er stand auf und ging unruhig auf und ab. Er hatte die restlichen dreißigtausend immer noch nicht aufgetrieben. Wo sollte er die bloß hernehmen? Die Jade hatte er bisher nicht finden können. In Arisas Haus war sie nicht, also konnte sie eigentlich nur noch im Banksafe sein. Er hatte Forbes schon gebeten, die Sache zu beschleunigen. War die Jade dort, mußte er Arisa irgendwie dazu bringen, sie wieder rauszurücken. Wie, wußte er noch nicht. Vielleicht hatte Deline eine gute Idee. Schließlich war sie es gewesen, die Bok die Jade versprochen hatte. Soll sie sich doch selbst drum kümmern. Aber dann bekam er das Geld nicht. Verdammt!

Paxtons Klub hatte eine Aura ruhiger, maskuliner Eleganz. Es war der ideale Treffpunkt für den Mann von Welt.

Paxton begrüßte ihn wie einen alten Freund, empfahl ihm das Bœuf Bourguignon und bestellte bald einen zweiten Gin-Martini für sie beide. Quentin hatte seine anfängliche Nervosität auch schnell wieder verloren und versuchte, geschmeichelt von der Aufmerksamkeit des anderen, in Themen Börse und Immobilien zu brillieren. Es kam deshalb als ein leichter Schock, als Paxton nach dem Salat plötzlich sagte:

»Ich sprach gestern abend mit dem Mann, der Sie in unsere Gruppe eingeladen hat.«

Quentin verstummte einen Moment und sagte dann hastig: »Leider weiß ich immer noch nicht, wer es ist, sonst hätte ich mich schon persönlich bei ihm bedankt.«

Paxton nickte begütigend. »Ich habe ihm schon gesagt, wie dankbar Sie ihm sind. Erwähnte ich damals, daß er Ihren Vater kannte?«

Quentin verneinte überrascht.

»Ich selbst hatte leider nie das Vergnügen. Man sagt, daß er auf seinem Gebiet einer der besten war. Muß zugeben, daß mir orientalische Sachen nichts bedeuten. Was nicht heißen soll, daß sie nicht schön sind. Sie interessieren mich nur einfach nicht.«

»Das geht vielen so. Ich kann mich auch nicht dafür begeistern.«

»Aber durch Ihren Vater haben Sie bestimmt viel davon mitgekriegt, oder?«

Quentin zuckte nur mit den Schultern. Er bekam langsam das unbehagliche Gefühl, als ob Paxton auf etwas ganz Bestimmtes hinauswollte.

»Jedenfalls möchte Ihr Gönner, wenn ich ihn mal so nennen darf, gerne wissen, ob Sie ihm vielleicht einen Gefallen erweisen könnten.«

»Sagen Sie mir nur, was es ist, und ich tu, was ich kann.«

»Er hat einen ganz besonderen Kunstgegenstand im Auge und meint, daß Sie ihm vielleicht dazu verhelfen könnten.«

»Ich weiß nicht, ob ich – das heißt, ich bin ihm natürlich gerne behilflich. Ich habe zwar mit Travish-Montaigne überhaupt nichts zu tun, kann aber mit meiner Schwester oder Montaigne reden, wenn er etwas Bestimmtes kaufen möchte.«

»Ich hoffte schon, daß Sie das sagen würden«, antwortete Paxton und sah ihn wohlwollend an. »Das Problem ist, daß Travish-Montaigne das Stück bisher noch nicht hat. Es besteht jedoch Grund zur Annahme, daß sie es bald haben werden. Wir hätten gerne eine feste Zusage von Ihnen, daß wir als erste davon hören und es kaufen können.«

Quentin sah nachdenklich vor sich hin und sagte ausweichend: »Dazu muß ich mehr über das Stück wissen, um das es hier geht.« Vielleicht konnte er durch Deline etwas erreichen. Sie kannte den Laden schließlich in- und auswendig. Von Montaigne und Arisa war wahrscheinlich wenig Hilfe zu erwarten.

»Natürlich«, antwortete Paxton. »Mein Bekannter wird Ihnen selbst sagen, was Sie darüber wissen müssen.«

»Wunderbar. Dann lerne ich ihn endlich einmal kennen.«

»Jawohl, wir werden mit ihm einen Brandy in der Bibliothek trinken.«

Quentin starrte ihn mit offenem Mund an. »Er ist hier?«

»Jawohl.« Paxton sah auf die Uhr. »Er wird in etwa zwanzig Minuten frei sein. Möchten Sie noch einen Nachtisch?«

»Nein, danke. Das Bœuf war köstlich. Ein guter Vorschlag.«

Das Gespräch wandte sich wieder belanglosen Dingen zu, aber Quentin war nicht mehr ganz bei der Sache. Die zwanzig Minuten wurden ihm zur Ewigkeit, und es kostete ihn Mühe, nicht alle Augenblicke auf die Uhr zu sehen. Endlich legte Paxton seine Serviette auf den Tisch und stand auf.

»Wollen wir in die Bibliothek gehen?«

Sie betraten einen großen Raum voller Buchregale und kleinen Sitzgruppen, die in großen Abständen voneinander aufgestellt worden waren. Dicke Teppiche erstickten jedes Geräusch, und obwohl einige der Sessel besetzt waren, vernahm man kaum einen Laut.

Paxton ging auf eine Ecke zu, in der drei Ledersessel mit hohen Rückenlehnen um einen kleinen Marmortisch gruppiert waren. In einem der Sessel saß ein schwerer Mann in einem grauen Anzug, der ihnen ausdruckslos entgegensah.

»Ich hoffe, wir haben Sie nicht zu lange warten lassen«, begrüßte Paxton ihn lächelnd. Der Mann musterte sie mit seinem stahlgrauen Blick und verzog keine Miene. »Mr. Maracudo, das ist Quentin Travish.«

Quentin stockte der Atem. Wie im Traum streckte er seine Hand aus. »Sehr angenehm, Mr. Maracudo.« Maracudo hatte sich für ihn bei California Planners eingesetzt! Das hatte er nicht einmal im Traum erwartet. Kein Wunder, daß ihn Paxton so bereitwillig dazugenommen hatte. Maracudos Wort war so gut wie ein Befehl!

Maracudo nahm kurz seine Hand und wartete, bis sich die Herren gesetzt hatten. Auf dem Tisch standen eine Karaffe mit Brandy und drei Gläser. Ein Ober tauchte lautlos auf und schenkte ein. Maracudo wartete, bis er wieder gegangen war.

»Sie haben eine sehr starke Ähnlichkeit mit Ihrem Vater«, begann er unvermittelt. »Sehr stark.« Dann fragte er Paxton, ohne ihn anzusehen: »Haben Sie ihm erklärt, um was es geht?«

»Zum großen Teil«, antwortete Paxton. In seiner Stimme war jetzt von der gelangweilten Überlegenheit, die Quentin so gut kannte, nichts mehr zu hören.

»Gut, dann können wir mit den Einzelheiten beginnen.«

»Ich bin Ihnen gerne behilflich . . .«, begann Quentin eilfertig.

Doch Maracudo fuhr fort, als hätte er nichts gehört. »Ihr Vater und ich hatten ein sehr gutes Arbeitsverhältnis. Wie Sie wissen, bin ich ein leidenschaftlicher Kunstsammler. Ich nehme nur das Beste.«

Quentin wünschte jetzt von Herzen, daß er sich das Tucker-Museum einmal angesehen hätte. Er wußte nur, daß seine Privatsammlung eine der größten im Lande sein sollte. Aber er hatte keine Ahnung, was darin war.

»Vor ein paar Monaten erzählte mir Elliot, daß er einigen seltenen Jadestücken auf der Spur sei. Es sind Stücke, an denen ich sehr interessiert bin. Da Elliot nun leider nicht mehr unter uns ist, möchte ich von Ihnen die Garantie haben, daß ich sie als erster sehen werde.«

Quentin wurde es sehr unbehaglich. Es schien ihm plötzlich keine gute Idee mehr, darauf hinzuweisen, daß er bei der Firma Travish-Montaigne überhaupt nichts zu sagen hatte. Das könnte einen sehr falschen Eindruck machen und so aussehen, als ob er unwillig wäre, zu helfen. Außerdem wußte es Maracudo wahrscheinlich sowieso schon. »Ich will gerne tun, was ich kann, Mr. Maracudo«, sagte er deshalb vorsichtig.

Maracudo sog das Aroma seines Brandy ein, trank einen Schluck und ließ den Alkohol genießerisch über die Zunge rollen. »Gut.«

Quentin spürte einen Anflug von Panik. »Könnten Sie mir vielleicht ein paar Einzelheiten geben, damit ich darüber nachdenken kann?« fragte er rasch.

»Ich will nicht, daß Sie nur darüber nachdenken, Mr. Travish.

Ich will diese Jade aus China als erster sehen und haben«, war die kalte Antwort.

China! Verdammt, wie, zum Kuckuck, sollte er . . .

»Ich habe guten Grund zur Annahme, daß Ihre Schwester und Montaigne die Jade finden werden«, fuhr Maracudo fort. »Wie ich höre, werden die beiden bei der Suche auch eine Menge Konkurrenz haben. Aber Ihr Vater hatte viele Kontakte, und als er das letztemal in Hongkong war, hat er sich bei mehreren Leuten erkundigt.«

»Aha.« Quentin nickte verständig und suchte verzweifelt nach einem Ausweg. »Leider kenne ich fast niemanden in Hongkong«, begann er zögernd, »da ich schon lange in Kalifornien lebe und seit dem College nie wieder dort war.« Dagegen konnte auch Maracudo nichts sagen.

Maracudo nippte an seinem Glas. »Ihr Vater hat eine Frau in seinem Geschäft, die über alles Bescheid weiß. Deline Armitage kennt alle Kontakte Ihres Vaters. Ihre Schwester vielleicht auch.«

Schon möglich. Nur, was hatte das mit ihm zu tun? Quentin wartete unruhig.

»Ich muß wissen, wo Ihre Schwester und Montaigne die Jade suchen werden. Wenn es soweit ist, muß ich es sofort erfahren. Montaigne weigert sich, mir entgegenzukommen.« Er schwenkte sein Glas und betrachtete sinnend die braune Flüssigkeit. »Ich werde ganz offen mit Ihnen sein, Travish. Montaigne ist nicht so diplomatisch wie Ihr Vater es war. Er hat etwas von einem Prinzipienreiter. Sehr bedauerlich. Ich hoffe, daß Ihre Schwester geschickter sein wird. Ich möchte jedenfalls, daß Sie versuchen, sie in meinem Interesse zu beeinflussen, denn ich will diese Jade haben. Ich werde dem, der sie mir verschafft, eine Kommission zahlen. Außerdem erinnere ich mich immer an Leute, die mir einen Gefallen getan haben.«

Quentin war es von dem Brandy sehr warm geworden. Er überlegte fieberhaft, wie er Arisa dazu bringen könnte, ihm zu helfen. Vielleicht durch die Sache in Paris? Wenn sie mit ihm zusammenarbeitete, hätte Carter auch nicht mehr viel zu sagen.

»Selbstverständlich möchte ich mich für Ihre Einführung bei California Planners gerne revanchieren«, antwortete er schließlich.

Maracudo nickte nur. Dann sagte er plötzlich: »Ihr Vater schuldete mir Geld.«

Quentins Hand zuckte von seinem Glas zurück, und er starrte den anderen mit runden Augen an.

»Ich habe jedoch nicht die Absicht, die Testamentsbestätigung zu verzögern. Es ist kein großer Betrag. Ich bin bereit, die Schuld abzuschreiben, wenn Sie dafür sorgen, daß ich die Jade bekomme. In anderen Worten, Sie erhalten eine Kommission und den Schuldschein Ihres Vaters.«

Maracudo fixierte ihn wie ein Raubtier und fuhr fort: »Als mein Agent werden Sie eine ausreichende Summe zur Verfügung haben, um die Jade kaufen zu können. Sie werden entweder mit Ihrer Schwester verhandeln oder einen anderen Weg finden. Um die Jade zu identifizieren, brauchen Sie die Hilfe eines Experten. Ich habe so einen Mann in Hongkong. Ich bin nur an dem Original interessiert.«

»Sie wollen, daß ich nach Hongkong gehe?« Quentin sah ihn ungläubig an. Es war einfach lachhaft. Er würde dort wie ein blindes Huhn herumstolpern.

»Jawohl, ich will, daß Sie nach Hongkong fahren. Denn wenn Ihre Schwester die alten Kontakte Ihres Vaters benützt, wird sie als erste von der Jade hören. Der Rest ergibt sich dann von selbst . . .« Er zuckte mit den Schultern. Die Andeutung war klar.

Er sollte dann versuchen, sie ihr vor der Nase wegzukaufen. Leichter gesagt als getan. Er versuchte eine letzte Ausflucht. »Leider gibt es da ein Problem, Mr. Maracudo. Ich schulde California Planners noch eine größere Summe Geld und muß mich im Moment auf mein Geschäft konzentrieren, wie Sie sicher verstehen werden.« Er warf einen kurzen Blick auf Paxton. »Ich möchte natürlich den Termin meiner letzten Zahlung nicht verpassen. Und da Ihre Sache ein oder zwei Wochen dauern kann, sehe ich nicht, wie ich . . .« Er verstummte vielsagend. Das Tahoe-Geschäft würde er sich nie und nimmer verderben lassen.

Maracudo lächelte jetzt wie ein Raubtier vor dem Sprung. »Ich verstehe. Was sagen Sie dazu, wenn ich die Bürgschaft für den Rest übernehme? Solange Sie mir die Jade bringen, brauchen Sie sich nicht mehr darum zu kümmern. Wenn Sie wollen, können wir es Ihre halbe Kommission nennen. Auf diese Weise verlieren Sie nichts an dem Tahoe-Projekt, und ich bekomme ebenfalls, was ich will. Wie klingt das?«

Es war unglaublich! Quentin traute seinen Ohren nicht. Die Hälfte seiner Kommission! Und dazu noch mal dreißigtausend! Alle Probleme mit einem Schlag gelöst. Maracudos Ruf paßte ihm aufs Haar. Hier war wirklich ein Mann, der wußte, wie man zu Ergebnissen kam!

Quentins Gesicht verzog sich in ein breites Lächeln. »Es klingt einfach perfekt, Mr. Maracudo. Einfach perfekt!«

10

Arisa war eine halbe Stunde zu früh fertig und versuchte zu lesen. Aber ihre Gedanken wanderten immer wieder nach Hongkong, und schließlich gab sie es auf und schloß das Buch. Die Kolonie mußte sich inzwischen sehr verändert haben. Wie konnte sie so sicher sein, daß sie die Chou-Jade finden würde? Die Kunsthändler, an die sie sich von früher erinnerte, gab es vielleicht gar nicht mehr. Und warum sollten sie sich ausgerechnet an sie erinnern? Und auch wenn sie sich erinnerten – warum sollten sie ihr helfen?

Plötzlich klingelte das Telefon, und sie stand schnell auf.

»Hallo?«

»Arisa, mein Liebling, wie geht es dir?«

Sie brauchte einen Moment, bis sie die Stimme erkannte. »Edouard!« rief sie überrascht. In Paris mußte es schon nach Mitternacht sein.

»Du hast versprochen, mich anzurufen«, beschwerte sich Edouard. »Wie geht es dir? Ist das Schlimmste schon vorbei?«

»Ja. Nett, daß du mich anrufst. Ich hatte es schon vor, aber ich kam einfach nicht dazu«, schwindelte sie schnell.

»Klar. Hauptsache ist, daß es dir gut geht. Beerdigungen sind deprimierend. Wann kommst du wieder nach Hause?«

Nach Hause! Sie hatte seit Tagen nicht mehr an Paris gedacht. »Das kann ich jetzt nicht genau sagen. Ich habe noch eine Menge zu erledigen.«

»Du fehlst mir, Liebling«, kam es beschwörend. »Es kommt mir vor, als ob es schon viel länger als zwei Wochen her ist. Ich habe inzwischen viel über uns nachgedacht. Jetzt, wo du nicht da bist, merke ich erst richtig, wie sehr du mir fehlst.«

Sie biß sich auf die Lippen. Jetzt fing er schon wieder damit an! »Edouard, bitte . . .«

»Nein, bitte hör mir zu. Es war mir noch nie so ernst. Ich hatte ja keine Ahnung, wieviel du mir bedeutest. Und ich möchte es wieder gutmachen – noch mal von vorne anfangen. Wenn du zurückkommst, nehme ich mir einen ganzen Monat frei, und dann fahren wir in die Schweiz oder nach Griechenland, oder wohin du auch willst. Nur wir beide. Und wenn du danach immer noch die andere Galerie kaufen willst – gut. Ich werde dir sogar das Geld leihen. Ich weiß, daß du hier nicht für immer bleiben kannst. Du bist jemand, der auf eigenen Füßen stehen muß.«

Als sie darauf nicht antwortete, drängte er: »Wirst du wenigstens darüber nachdenken? Das ist doch nicht zuviel verlangt, oder?«

Sie warf einen Blick durch das kleine Fenster neben der Haustür und sah, daß Carters Mercedes vor dem Haus hielt. Wo wäre sie jetzt am liebsten? In Paris oder Los Angeles? Carters Kopf und Schultern tauchten auf, als er aus dem Wagen stieg.

»Ich muß darüber nachdenken, Edouard. Aber versprechen kann ich dir im Moment nichts«, antwortete sie schließlich.

»Mehr will ich ja gar nicht.« Er klang erleichtert. »Es ist so schön, mit dir zu sprechen. Laß wieder von dir hören. Wenn du was brauchst, ruf an. Versprichst du mir das?«

»Ja. Auf Wiedersehen, Edouard.«

»Wiedersehen, Liebling.«

Als sie den Hörer auflegte, läutete die Türglocke.

»Ich mag Ihr Kleid«, sagte Carter und betrachtete sie anerkennend. »Das Grün steht Ihnen ausnehmend gut.«

»Danke schön. Kommen Sie herein. Ich muß nur noch meine Handtasche holen, oder hätten Sie gerne etwas zu trinken?«

Er schüttelte den Kopf. »Ich habe einen Tisch für acht Uhr fünfundvierzig bestellt. Schön, daß Sie so pünktlich sind.«

»Sie sind leicht zufriedenzustellen.«

»Eigentlich nicht«, antwortete er unerwartet ernst, und ihre Wangen röteten sich leicht. Verlegen wandte sie sich ab und holte ihre Handtasche.

»Vielleicht nehmen Sie noch etwas Warmes zum Umlegen mit, denn wir fahren zum Meer hinunter.«

»Ich muß mich erst wieder an die schönen kühlen Nächte hier gewöhnen«, sagte sie, als sie einen großen, weißen Schal aus dem Garderobenschrank holte. »Ich hatte sie ganz vergessen.«

Er nahm ihren Arm, und seine Berührung sandte einen kleinen unerwarteten Schock durch ihren Körper. Etwas verwirrt über ihre Reaktion ließ sie sich zum Wagen führen und saß dann stumm neben ihm, als er die kurvenreiche Küstenstraße zum Meer hinunterfuhr. Das Restaurant war auf Stelzen gebaut und lag dicht am Wasser. Sie setzten sich in einen kleinen Nebenraum, der fast bis an den Rand der schäumenden Wellen reichte, und sahen zu, wie der glühende Feuerball der Sonne dramatisch im Meer versank.

»Ich wette, Sie haben diesen Platz wegen des Sonnenunterganges ausgewählt«, sagte sie lächelnd.

»Ja, es ist eine hinreißende Aussicht. Ich hoffte, daß es Ihnen gefallen würde.«

»Es ist wirklich schön, Kalifornien wiederzuentdecken«, antwortete sie und sah auf den Ozean hinaus. »So anziehend Paris auch sein kann, einen Ozean hat es nicht.«

»Aber in Hongkong haben Sie bestimmt oft so einen schönen Sonnenuntergang gesehen, oder?«

»Ja, aber das ist lange her.«

»Das klingt, als wären Sie schon uralt«, sagte er amüsiert. »Erzählen Sie mir etwas über Hongkong.«

»Die Innenstadt ist ungeheuer geschäftig und aufregend. Besucher finden die vielen fremden Eindrücke anfangs immer etwas überwältigend. Aber es gibt auch ruhige Wohngegenden, wie zum Beispiel den Peak, wo wir gewohnt haben.«

»Sie sind '67 weggegangen, nicht wahr?«

»Ja. Ich denke nicht gerne daran zurück.«

»Vielleicht sollten Sie aber die Tür zur Vergangenheit wieder einmal aufmachen.«

»Warum? Nur weil ich jetzt vielleicht hinfahren will?«

»Zum Teil. Aber die Vergangenheit ist immer auch ein Teil der Gegenwart und Zukunft und wird in Ihrem Leben immer eine gewisse Rolle spielen.«

Sie sah auf das dunkle Wasser hinaus und lauschte auf das rhythmische Rauschen der Wellen. »Das Jahr des Widders«, sagte sie dann leise. »Niemand wollte glauben, daß die Lage ernst war. Ich erinnere mich an die Neujahrsfeier.« Ihre Augen begannen zu glänzen. »Wie schön das chinesische Neujahr ist! Die Stadt war voll mit Fahnen, Spruchbändern, Papierlaternen und flatternden Bändern. Und der Lärm!« Sie lächelte wehmütig. »Es war wie ein ansteckendes Fieber. Die Ladenbesitzer hängten die traditionellen Salatköpfe und Dollarscheine an ihre Türpfosten, um den Drachen zu füttern und böse, herumziehende Geister abzuwehren. Jeder wünschte sich Glück im neuen Jahr. Mein Vater ging mit mir in die Stadt, um die Straßenumzüge anzusehen, und meine Mutter fand, daß ich langsam zu alt dafür würde. Aber Daddy und ich, wir konnten nie genug davon bekommen.« Sie wurde rot. »Ich habe ihn schon lange nicht mehr Daddy genannt.«

Carter lächelte ihr nur aufmunternd zu. »Um diese Zeit dachte kein Mensch an das, was so kurz darauf geschehen sollte. Und doch kam es nur ein paar Monate später . . .« Sie schauderte, als sie sich daran erinnerte. »Der Kessel hatte vermutlich schon lange gebrodelt, bis er schließlich zum Überlaufen kam. Aber als Kind habe ich natürlich nichts davon gemerkt. Und meine Mutter ignorierte grundsätzlich alles, was sie nicht wissen wollte.«

»Ist sie in Hongkong aufgewachsen?«

»Ja. Ihre Eltern zogen dorthin, als sie vier Jahre alt war. Sie traf meinen Vater kurz vor dem Krieg und heiratete ihn im Dezember 1941. Den Rest des Krieges lebten sie getrennt voneinander. Danach bekamen sie von meinem Großvater ein Haus geschenkt. Aber er und meine Großmutter starben, als ich noch klein war. Das Haus steht sicher auch nicht mehr.«

»Wurde es zerstört? Waren die Unruhen so schlimm?«

»Eigentlich nicht. Sie beschränkten sich hauptsächlich auf die Innenstadt und begannen mit Streiks und Demonstrationen. Steine wurden geworfen, Stöcke und hausgemachte Bomben, die eigentlich eher Feuerwerkskörper waren. Natürlich gab es auch einige Verletzte und sogar Tote, aber es hielt sich in Grenzen. Es wurde nicht sehr ernst genommen und, auf typisch britische Art und Weise, eher für ein Ärgernis gehalten. Wir wurden auch nur ganz zufällig davon erfaßt.«

»Wie kam das?«

»Das Büro meines Vaters war in der Innenstadt. Eines Tages wurde bei einer Demonstration ein Bus umgeworfen und ein Taxi angezündet. Es entstand ein riesiger Verkehrsstau, weil viele Autofahrer aus Angst ihre Autos einfach stehenließen und davonrannten. Außerdem war um diese Zeit auch noch Büroschluß. Die Innenstadt war vollkommen verstopft. Anstatt einfach zu warten, versuchte sich mein Vater durch die Masse zu zwängen, um nach Hause zu kommen. Er wurde von ein paar Männern, die getrunken hatten, angepöbelt. Er wehrte sich und konnte sich auch wieder freimachen, aber sie folgten ihm und grölten dabei laut über ausländischen Imperialismus. Er entkam ihnen schließlich doch noch, indem er auf einen Bus sprang und nach Hause fuhr. Aber als es dunkel wurde, tauchten sie plötzlich vor unserem Haus auf.«

»Dieselbe Gruppe?«

»Mein Vater war natürlich nicht sicher. Aber da sie nur unser Haus überfielen, ist es wahrscheinlich. Wie sie uns gefunden haben, konnten wir nie herausfinden.« Sie schauderte, als sie wieder daran dachte, wie Steine und Feuerbomben durch die Fenster geflogen kamen. »Sie belagerten das Haus. Es war furchtbar. Sie warfen alle Fenster ein, und dann fing es an zu brennen, und meine Mutter schrie und schrie . . .«

Carter griff nach ihrer Hand und bedauerte jetzt, daß er solche Erinnerungen aufgestört hatte. »Denken Sie nicht mehr daran. Es ist sehr lange her. Dann kamen Sie jedenfalls nach Kalifornien, oder?«

Sie nickte. »Unsere Hausangestellten waren schon davongelaufen. Mein Vater suchte schnell unsere Pässe, alles Bargeld, das im Haus war, und noch ein paar andere Sachen zusammen, die er nicht zurücklassen wollte, und dann ging es auf und davon. Meine Mutter war völlig hysterisch, und mein Vater mußte sie buchstäblich durch die Haustür tragen. Dann kletterten wir über unsere Gartenmauer zum Nachbarn hinüber. Jemand alarmierte die Polizei und die Feuerwehr, aber wir mußten zusehen, wie unser Haus bis auf die Grundmauern niederbrannte.«

Sie verstummte und spielte abwesend mit ihrem Glas. »Am nächsten Tag verkündete mein Vater, daß wir nach Amerika fliegen würden. Meine Mutter war fest überzeugt, daß es sich nur um einen vorübergehenden Aufenthalt handelte. Sie glaubte lange an eine Rückkehr nach Hongkong. Einige Jahre später begann mein Vater dann sein Importgeschäft, und dann blieben wir natürlich. Den Rest kennen Sie.«

»Es war vielleicht alles zum Besten.«

Sie sah ihn an und merkte jetzt erst, daß er ihre Hand hielt. »Ich weiß nicht. Ich habe oft darüber nachgedacht, ob es nicht für alle besser gewesen wäre, wenn . . .«

»Das lohnt nicht«, unterbrach er sie, »glauben Sie mir. Denken Sie an Ihren Vater. Er hat sich auch nicht in der Vergangenheit vergraben, sondern davon gelernt. Er hat sich auf das Positive konzentriert und das Negative beiseite geschoben. Er liebte seine Arbeit sehr.«

»Ja. Ich bin zu sentimental. Vielleicht war deshalb mein Schock auch so groß, als ich erfuhr, daß Sie es waren, der zuletzt des Geschäft geführt hat.« Sie lächelte ihn entschuldigend an. »Ich wollte, daß es ihm ganz allein gehört, damit er damals nicht ganz umsonst gekämpft hat.«

»Ich glaube, er war immer zufrieden, daß er diesen Kampf damals aufgenommen hat. Die Probleme der letzten Jahre waren anderer Natur und hatten nicht so sehr mit dem Geschäft zu tun.«

Doch damit kam er zu einer anderen Tür, die sie jetzt nicht bereit war zu öffnen. Er merkte es rechtzeitig und wechselte das Thema.

»Genug davon. Jetzt möchte ich Ihnen erst den Fisch empfehlen, der hier immer ausgezeichnet schmeckt. Und dann möchte ich gerne hören, wie wir, Ihrer Meinung nach, die Chou-Jade auftreiben können.«

»Carter – Sie lassen mich fahren?«

Er drückte ihre Hand und sah sie geheimnisvoll an. »Nicht Sie

– wir. Denn wenn alles klappt, will ich mitkommen und das finanzielle Ende in die Hand nehmen. Sie dürfen Detektiv spielen. Ich habe mit Tanner gesprochen, und er hat alles bestätigt, was Sie gesagt haben. Allerdings ist der Preis, den er erwähnte, enorm. Alleine schaffen wir das nicht, auch nicht mit der Vezzi-Vase. Ich muß versuchen, das Geld woanders aufzutreiben.«

Sie lehnte sich zurück, und er sah mit großer Genugtuung, wie sehr sie sich freute.

»Leider muß ich zugeben«, fuhr er fort, »daß ich außer dem Alter und Wert der Jade nichts darüber weiß. Können Sie mir mehr darüber erzählen? Wissen Sie zum Beispiel, wie viele Steine es sind? Und wie sie aussehen? Und was für eine Arbeit es genau ist? Was . . .«

»Halt! Eine Frage nach der anderen«, rief sie lachend. Dann schwieg sie einen Moment, um ihre Gedanken zu ordnen, und begann ihm über die Chou-Dynastie zu erzählen. Seit der Maracudo-Party hatte sie die Bücher und Akten ihres Vater durchgewühlt, um soviel wie möglich darüber herauszufinden. Und eine Sache war ihr besonders interessant erschienen.

»Ich weiß noch nicht, wie wichtig es ist, aber ich habe einen Artikel gefunden, den mein Vater aufbewahrt hat. Er stammt von einem Kunstprofessor aus Hongkong und handelt von fünf Jadestücken, die den Namen ›Steine des Himmels‹ tragen. Sie waren vom Kaiser in Auftrag gegeben und von dem besten Künstler dieser Zeit angefertigt worden. Jeder Stein repräsentierte einen der fünf herrschenden Familienzweige jener Dynastie. Es wurde nur die beste Jade dafür verwendet, und das, zusammen mit der herrlichen Handarbeit, machte die Steine unbezahlbar. Doch dann bekamen sie auch noch einen symbolischen, ja mythischen Wert. Die kaiserliche Familie ließ verkünden, daß die Steine ein Mandat des Himmels darstellten. Ihr Besitzer hatte demnach den himmlischen Auftrag, über das Land zu regieren. Die Steine wurden im Palast in einem besonderen Schrein aufbewahrt und Tag und Nacht von Eunuchen bewacht.« Sie schwieg kurz und verzehrte ein paar Bissen von ihrem Fisch und Brokkoli.

»Die Chous wurden dann im Lauf der Zeit jedoch abgesetzt und vertrieben, und ihre Dynastie war zu Ende. Aber die Familie konnte noch viele Schätze aus dem Palast mitnehmen – unter anderem auch die Steine des Himmels. Sie waren inzwischen selbst fest davon überzeugt, daß das Mandat über kurz oder lang wieder an sie zurückfallen mußte, solange sie nur im Besitz dieser Steine waren. So lautet wenigstens die Theorie des Professors, denn das Ganze ist heute nur noch eine Legende. Aber während der Ching-Dynastie, um etwa 1800, tauchten die fünf Steine plötzlich wieder auf. Sie stammten aus der Chou-Dynastie, und die alte Legende wurde wieder aufgewärmt. Die Jade kam dann schließlich in ein Museum nach Schanghai.« Arisa unterbrach sich erneut, um ein paar Bissen zu essen.

»Von da an wird die Geschichte, wenn man dem Professor glauben kann, nachprüfbar. Anfang 1920 wurden überall in China Revolutionspläne geschmiedet, und es gab kaum eine Provinz, in der nicht gekämpft wurde. Schanghai war inzwischen zu einer internationalen Stadt herangewachsen, die ihre eigene Miliz hatte. Sie setzte sich aus allen Nationalitäten zusammen und hatte einen britischen Colonel und amerikanischen Major. Eines Tages wurde Schanghai aber von einem der mächtigen chinesischen Provinzherrscher überfallen, der es sich zur Aufgabe gemacht hatte, alle ausländischen Eindringlinge zu vertreiben. Seine Männer stürmten die Regierungsgebäude und unter anderem auch das Museum, in dem die Steine des Himmels aufbewahrt wurden. Die Miliz konnte den Angriff schließlich doch noch zurückschlagen, aber das Museum war schon geplündert worden.«

»Und die Steine des Himmels verschwanden wieder?«

Sie lachte. »Jawohl. Die fünf Steine der Chou-Jade verschwanden. Doch jetzt kommt der Höhepunkt meiner Geschichte«, sagte sie scherzend.

»Was, noch mehr? Es klingt jetzt schon wie ein Krimi.«

Sie wackelte strafend mit dem Finger. »Vergessen Sie nicht, daß mein Vater diesen Artikel aufgehoben hat. Und warum hat er das getan?«

»Vielleicht mochte er Legenden.«

Sie schüttelte den Kopf. »Weil er zwischen dem Gerücht über die Chou-Jade und den Steinen des Himmels eine Verbindung sah.«

»Wie können Sie das wissen? Es gab doch in der Chou-Periode außer diesen fünf Steinen bestimmt auch noch andere Jadearbeiten.«

»Der Professor hat die Steine in seinem Artikel beschrieben und auch ein ziemlich undeutliches Foto veröffentlicht, das aus dem Schanghai-Museum stammt. Zudem behauptet er, daß er selbst einen der Steine gesehen hat. Ein Bauer, ein Flüchtling aus dem Roten China, war damit zu ihm gekommen und wollte wissen, ob der Stein etwas wert sei. Er erzählte ihm, daß die Jade schon seit Jahren seiner Familie gehörte. Aber der Professor vermutet, daß er ihn entweder gestohlen oder zufällig gefunden hatte. Er versuchte, den Bauern zu überreden, den Stein bei ihm zu lassen, damit er ihn näher untersuchen konnte. Aber der Mann weigerte sich. Der Professor empfahl ihm dann zwei angesehene Händler, die den Stein vielleicht kaufen würden. Er hat den Mann nie mehr gesehen und weiß auch nicht, was aus dem Stein geworden ist.«

»Und was war mit den Händlern?«

Sie zuckte mit den Schultern. »Hat er nicht gesagt. Nur eines noch. Auch wieder eine Legende, wenn auch jüngerer Art. Seit die Steine des Himmels aus dem Museum verschwunden sind, scheint um sie herum viel Blut geflossen zu sein. Es gäbe viele Geschichten, aus allen möglichen Ecken, daß die Leute, die einen der Steine besitzen, immer sehr plötzlich das Zeitliche segnen. Der Professor hat jedoch eine logische Erklärung für die Fluch-Theorie. Sie liegt natürlich in dem sehr irdischen Wert der Jade. Wichtig ist jedoch, daß der Professor glaubt, einen der sogenannten Steine des Himmels gesehen zu haben. Er sagt auch, daß der Bauer noch drei andere Steine erwähnt hätte.«

»Drei? Ich dachte, da waren fünf.«

»Na, vier von fünf ist auch nicht schlecht. Was wollen Sie mehr von einer Legende?« Sie grinste ihn an, und er schmunzelte.

»Aber ich weiß immer noch nicht, wo die Verbindung zur gegenwärtigen Chou-Jade sein soll.«

Arisa legte Messer und Gabel auf den Teller und beugte sich vor. »Erstens, das Zeitelement. Mein Vater war vor etwa drei Monaten in Hongkong. Sie sagten selbst, daß er die Jade anschließend zum erstenmal erwähnt hat. Zweitens erschien der Artikel vor fast vier Monaten, und mein Vater hat ihn mit einem roten Stift markiert und aufgehoben. An einer Ecke hängt eine Briefklammer und ein Rest gelbes Papier, als wäre ein Briefwechsel darangeheftet gewesen. Aber ich kann keinen dazu passenden Brief finden. Seine Unterlagen sind allerdings sehr durcheinander, und ich kann natürlich nicht garantieren, daß es einen Schriftwechsel gegeben hat. Aber ich halte es für sehr wahrscheinlich, daß er dem Professor geschrieben und ihn auf seiner letzten Reise vielleicht auch besucht hat. Wenn wir nach Hongkong fahren, möchte ich als erstes mit diesem Professor sprechen. Vielleicht kann er uns über einiges aufklären.«

Carter sah sie nachdenklich an. »Vermutlich ist der Artikel von sehr vielen Kunstkennern gelesen worden.«

»Möglich. Andrerseits erschien er nicht in einem bekannten

Magazin, sondern in einem sehr akademischen Universitäts-Journal. Außerdem habe ich auch nie behauptet, daß es einfach sein wird«, fügte sie spitz hinzu.

»Stimmt. Besonders wenn es darum geht, Legenden und Wirklichkeit auseinanderzuhalten . . . Aber ich muß zugeben, daß es eine tolle Geschichte ist. Und sollte die Chou-Jade wirklich mit den Steinen des Himmels identisch sein, kann man über den Preis wirklich nur noch spekulieren. Man sieht, daß Legenden und Flüche in diesem Geschäft ihr Geld wert sind.«

Sie waren so vertieft in ihr Gespräch gewesen, daß sie jetzt erst bemerkten, wie spät es schon war. Sie bestellten noch Kaffee und Likör und unterhielten sich dann wieder über Hongkong. Bald darauf verließen sie das Restaurant, und Carter fuhr gemächlich an der Küste entlang. Arisa saß wohlig schläfrig neben ihm und genoß die frische Brise der See. Etwas entrückt dachte sie wieder an die Jade, die Travish-Montaigne vielleicht aus den finanziellen Schwierigkeiten heraushelfen könnte. Und daß sie sich danach über ihre Zukunft entscheiden mußte. Sie dachte an Edouard und Paris. Beide schienen Lichtjahre entfernt. Vielleicht hatte auch Carter etwas damit zu tun. Sie spürte, daß sie sich an diesem Abend nähergekommen waren. Sie lächelte leise vor sich hin. Vielleicht hatte sie ihn davon überzeugt, daß sie doch nicht so ein lästiges Mühlrad um den Hals war, wie er anfangs gedacht hatte.

Als sie vor ihrem Haus hielten, bestand er darauf, mit ihr hineinzugehen. »Ich möchte nur nachsehen, daß Sie von niemand Unbefugtem erwartet werden«, erklärte er in einem Ton, der keinen Widerspruch zuließ.

Amüsiert sah sie zu, wie er lauernd durchs Haus schlich. Als er sich in ihrem Schlafzimmer auch noch hinkniete und unter das Bett sah, sagte sie lachend: »Also wirklich, Carter! Haben Sie denn vergessen, daß Sie mir selbst einen Schlosser geschickt haben?«

»Vorsicht hat noch nie geschadet. Und was Sie betrifft, möchte ich keine Risiken mehr eingehen«, antwortete er ernst.

Etwas verlegen versuchte sie, den Moment zu überspielen. »Aha, Sie gestehen also, daß ich für Travish-Montaigne doch ein wenig von Nutzen sein kann.«

Er ging schnell auf sie zu und blieb vor ihr stehen. »Für Montaigne ganz bestimmt«, sagte er. »Aber Sie können natürlich nicht wissen, wie oft ich in den letzten Tagen an Sie gedacht habe.«

Sie sah ihn unsicher an, und ihr Atem stockte. Dann geriet ihr Blick in den Bann seiner Augen.

»Es war ein so schöner Abend, Arisa. Muß er jetzt schon enden?« Sein Blick ließ sie nicht mehr los, und sie spürte eine seltsame Leere im Kopf. »Du bist so unwahrscheinlich schön«, flüsterte er heiser, »so unwahrscheinlich begehrenswert. Er legte seine Hände um ihr Gesicht und küßte sie zärtlich auf den Mund.

Alle Vorurteile, die sie jemals gegen ihn gehegt hatte, fielen wie Schuppen von ihr ab. Seine Berührung erweckte in ihr ein Verlangen, das sie genausowenig unterdrücken konnte wie damals die Unruhe, als er sie zum Abschied geküßt hatte. Ihre Beine begannen zu zittern, als sein Mund ihre Lippen liebkoste, und heißes Begehren durchflutete sie, als sie seinen Kuß erwiderte. Sie spürte, wie seine Finger über ihren Nacken strichen und wie die Hand dann über ihren Rücken hinabfuhr. Der Druck seines Armes wurde stärker, und er preßte sie leidenschaftlich an sich.

Plötzlich gab er ihren Mund wieder frei und starrte suchend in die violette Tiefe ihrer Augen. »Deine Augen erzählen mir alles, was ich wissen will«, flüsterte er.

Willenlos ließ sie ihn gewähren, als er ihr Kleid öffnete und es ihr über die Schultern streifte. Sie fröstelte unwillkürlich, aber sie wußten beide, daß es nicht Kälte war. Sein Blick ruhte einen Moment auf ihren hohen, festen Brüsten, und dann zog er sie sanft zum Bett und entkleidete sich rasch.

Sie blieb erst reglos liegen, als seine warmen Hände über ihre Haut strichen. Dann küßte und streichelte er sie, bis sie plötzlich von einem Rausch der Leidenschaft erfaßt wurde und seinen Körper zu liebkosen begann. Ihre Hände und Lippen forschten begierig, doch er führte sie sanft, aber bestimmt zu dem fast unerträglichen Moment, der nur noch durch eine Umarmung erleichtert werden konnte. Widerstandslos gab sie seinem Verlangen nach und wußte, daß er sie von der süßen Tortur erlösen würde. Sie spürte noch die Muskeln seiner Schultern, und dann gingen ihre Körper ihren gemeinsamen Weg und wurden von der rhythmischen Flut hinweggerissen.

Erschöpft und eng aneinandergeschmiegt ruhten sie sich aus. Lange danach erst stand er auf und kleidete sich, ohne den Blick von ihr abzuwenden, wieder an. Dann setzte er sich neben sie und wischte ihr zärtlich das feuchte Haar aus dem Gesicht.

»Schlaf gut, mein Liebling. Bis morgen früh.« Er beugte sich über sie und küßte sie lange. Schließlich stand er auf und ging leise hinaus.

Sie hörte, wie seine Schritte leiser wurden und sich die Haustüre unten schloß. Einen Moment später summte der Motor des Mercedes kurz auf, und dann wurde es wieder still. Sie seufzte glücklich, als ihre Lippen noch den letzten Kuß auskosteten.

11

Als Carter in sein Apartment kam, schenkte er sich einen Courvoisier ein und wählte die Vermittlung. Er hoffte, daß Claire noch in Paris war.

Als das Telefon klingelte, nahm er schnell den Hörer in die Hand. Zuerst hörte er nur ein lautes Knacken und Rauschen, und dann kam plötzlich Claires klare Stimme.

»Liebling, was für eine reizende Überraschung!«

»Ich bin froh, daß du noch da bist, Claire. Du weißt, daß ich am Telefon nicht gern über Geschäfte rede, aber es ist sehr dringend. Ich möchte dir gern einen Vorschlag machen.«

»Jederzeit, Darling«, lachte sie kehlig.

Er überging die Anspielung und sagte: »Ich brauche zweihunderttausend Dollar für einen sehr wichtigen Kauf. Ich kann dir dafür einen Schuldschein für den ganzen Betrag, plus Zinsen geben, zahlbar, sagen wir, in sechzig Tagen. Oder du kannst die nächste fällige Rate mit sechs Prozent abschreiben und meinen Restanteil am Atelier in Bargeld nehmen, sechzig Tage netto.«

Sie schwieg, und Carter sah im Geist, wie sie mit halbgeschlossenen Augen die Zahlen überschlug. Immerhin war es ein persönlicher Gefallen, um den er sie bat, denn das Geld würde aus ihrer eigenen Tasche kommen.

»Du meinst das im Ernst, oder?« fragte sie endlich.

»Ganz im Ernst.«

»Zweihunderttausend? Mein Gott, was willst du denn kaufen?«

»Ein gutes Stück aus dem Orient«, wich er aus.

Wieder wurde es still am anderen Ende. Dann sagte sie: »Kannst du mir nicht ein wenig mehr darüber erzählen, Liebling?«

»Es handelt sich um eine sehr alte Jade. Ich habe gerade erst erfahren, daß Elliot daran interessiert war.« Sie durfte nur das Notwendigste erfahren, weil ihr nicht ganz zu trauen war. Er kannte ihr Talent, jede Situation zu ihrem eigenen Vorteil auszunützen.

»Sie muß ja sehr alt sein. Und *sehr* außergewöhnlich«, kam es lauernd. »Laß mich noch ein wenig nachdenken, Carter. Es ist schließlich eine Menge Geld.«

»Ich brauche deine Antwort sofort, Claire. Es gibt noch einen anderen Händler, der daran interessiert ist.«

»Du kannst den Verkäufer doch bestimmt noch ein paar Tage hinhalten, oder? Ich bin hier fast fertig und kann in den nächsten Tagen zurückfliegen. Dann können wir uns in Ruhe darüber unterhalten. Vielleicht sollte ich mir diese traumhafte Jade erst einmal ansehen. Man soll ja nie eine Katze im Sack kaufen.«

Verdammt! Wieviel konnte er sagen, ohne ihr den Mund noch wäßriger zu machen? »Die Jade ist leider nicht hier, sondern in Hongkong. Ich muß sofort hinfahren.«

»Hongkong? Gott, da war ich auch schon lange nicht mehr. Gut, wir treffen uns also dort. Im Mandarin oder im Peninsula-Hotel?«

Seine Finger zuckten, als er den Telefonhörer fester umklammerte. Mit Mühe beherrschte er sich und antwortete so geduldig wie er konnte: »Bevor ich mich auf die Reise mache, muß ich erst eine feste Zusage haben, daß ich das Geld auch bekomme. Sonst hat es überhaupt keinen Sinn hinzufahren.«

»Mmmm.«

»Ja oder nein, Claire? Wenn du mir den Gefallen nicht tun willst, frage ich eben jemand anderen.« Sie konnte ja nicht sicher sein, ob das ein Bluff war oder nicht.

Sie ließ ihn noch ein bißchen länger zappeln und sagte schließlich: »Das Ganze klingt zwar sehr geheimnisvoll, Liebling. Aber ich schätze, daß ich mich auf dein Urteil verlassen kann.«

»Ist das ein Ja?«

»Ich rufe meinen Anwalt an. Tut's ein Kreditbrief auch?«

»Natürlich.«

»Ich lasse den Vertrag aufsetzen und rufe dich morgen an. Wann willst du nach Hongkong fliegen?«

»Sobald ich kann.«

»Mmmm, dann viel Glück, Liebling.«

»Danke, Claire – fürs Geld und die guten Wünsche. Wir sehen uns wieder, wenn du zurückkommst. Viel Spaß mit den Fairchilds.«

Erleichtert legte er den Hörer auf. Er hätte gerne Arisa angerufen, aber ein Blick auf die Uhr zeigte ihm, daß es schon zu spät war. Sie schlief sicher tief und fest. Morgen, wenn er den Kreditbrief von Claires Anwalt hatte, war auch noch Zeit dazu.

Am nächsten Morgen rief er jedoch als erstes Tanner an, denn er wollte Faus die Vezzi-Vase so schnell wie möglich zeigen. Faus' Scheck in der Bank würde die Reise nach Hongkong bezahlen.

Doch als er Tanners Stimme hörte, wußte er sofort Bescheid.

»Ich wollte dich gerade anrufen, Carter.«

»Wegen des Vezzi?«

»Ja. Ich habe schlechte Nachrichten. Der Test zeigt, daß die Vase mindestens hundert Jahre nach Vezzi hergestellt wurde. Wahrscheinlich ist es eine Doccia-Reproduktion. Allerdings eine verdammt gute.«

Eine Fälschung! Carter fluchte aus Enttäuschung und Ärger leise vor sich hin. Er hatte es riskiert und verloren. »Es gibt überhaupt keinen Zweifel daran?«

»Leider nicht.«

»Danke, Tanner.«

»Tut mir leid, daß ich dir den Tag vermiest habe.«

»So was kommt vor. Danke deinem Freund für das schnelle Resultat und schicke ihm den Kasten Bier. Die Rechnung geht an uns.«

»Alle Vezzi-Liebhaber werden dieses Stück bewundern, denn es ist eine erstklassige Arbeit, auch wenn's eine Fälschung ist.«

»Ich weiß. Wir werden sie auch verkaufen. Ursprünglich hatte ich sie jedoch für Elbert Faus gedacht, und damit ist es nun leider vorbei.«

»Ja. Aber wie du schon gesagt hast, so was kommt eben mal vor.«

Carter legte den Hörer auf. Verdammt noch mal! Er ballte die Faust und hieb damit wütend auf den Schreibtisch. Wie dumm, daß er Faus schon davon erzählt hatte. Der alte Mann freute sich jetzt darauf und wollte die Vase heute noch sehen. Vielleicht sollte er trotzdem zu ihm hinausfahren. Die Vase wäre so wichtig für das Geschäft gewesen! Jetzt konnte er nur hoffen, daß Arisa die Chou-Jade fand. Hoffentlich waren die anderen nicht schneller. Arisa – der Gedanke, ihr die Vezzi-Niederlage beichten zu müssen, war alles andere als angenehm. Vielleicht konnte er den Moment noch etwas hinausschieben und es tun, wenn er den Kreditbrief in der Hand hatte. In der Zwischenzeit würde er Faus besuchen und ihm einen persönlichen Bericht geben.

Während der Fahrt versuchte sich Carter geistig auf den Besuch einzustellen, denn es ärgerte ihn noch immer, den alten Mann enttäuschen zu müssen. Nachdem er eine Brücke überquert hatte, kam er zu der steilen Auffahrt, die zur Villa des Millionärs hinaufführte. Er hielt vor dem hohen Eisentor und drückte auf die Klingel. »Ja?« krächzte eine unsichtbare Stimme. Carter drehte sein Gesicht der Kamera zu, die seitlich im Gitter versteckt war. »Carter Montaigne. Mr. Faus erwartet mich.«

Einen Moment später öffnete sich das Tor, und der Mercedes fuhr langsam die geschotterte Auffahrt hinauf.

Die Villa saß wie das Nest eines Adlers auf dem Gipfel des Berges und war von schlichter, atemberaubender Eleganz. Carter war jedesmal von neuem beeindruckt, und auch dieses Mal bewunderte er das Haus wieder, bevor er ausstieg.

Ein Butler öffnete ihm die Tür und ließ ihn in die große Eingangshalle ein. »Mr. Faus ist in seinem Arbeitszimmer, Sir.«

Carter folgte ihm durch das Marmorfoyer, aus dem eine herrlich geschwungene Treppe in die erste Etage führte. Dort oben befand sich die Galerie, in der Faus seine Meisterwerke ausstellte.

Das Arbeitszimmer lag etwas versteckt in einer hinteren Ecke des Hauses. Es war der Raum eines Mannes, gemütlich, aber zeitlos in seiner Einrichtung – ein sehr privates Refugium. Faus begrüßte ihn voll Freude und schüttelte seine Hand.

»Guten Tag, Carter.« Dann huschte ein kleines, enttäuschtes Lächeln über sein faltiges Gesicht. »Aber ich sehe, Sie kommen mit leeren Händen, dabei hatte ich gehofft, daß Sie mir den Vezzi bringen.«

Carter gab die blaugeäderte Hand des Mannes wieder frei und setzte sich so, daß ihn Faus ohne Anstrengung sehen konnte. »Ich bin gekommen, um Ihnen die enttäuschende Nachricht persönlich zu bringen.«

Der alte Mann runzelte die Stirn und sah ihn schweigend an.

Carter holte tief Luft und fackelte nicht länger. »Man hat mir gesagt, daß die Vase kein echter Vezzi ist. Mehrere Kenner, ich mit eingeschlossen, hatten sie für ein Original gehalten. Aber ich habe noch einen Pigmenttest machen lassen, und er zeigt, ohne jeden Zweifel, daß es eine Reproduktion ist, wahrscheinlich ein Doccia. Ich habe mich von der Schönheit der Arbeit hinreißen lassen. Es tut mir sehr leid, Elbert.«

Die alten Augen trübten sich. »Schade«, sagte er dann nur.

»Ich weiß, daß Sie Doccia nicht sammeln, aber vielleicht wollen Sie trotzdem noch einen Blick drauf werfen? Es ist ein ausgezeichnetes Exemplar.«

Faus schüttelte den Kopf. »Ich glaube nicht, vielen Dank. Ich werde für neue Abenteuer langsam zu alt. Ich ziehe es vor, meine Energie und mein Geld an die wenigen Stücke zu verwenden, die mir wirklich am Herzen liegen.«

»Es tut mir wirklich sehr leid, Elbert, daß ich Ihnen falsche Hoffnungen darauf gemacht habe.«

Faus räusperte sich. »Es war trotzdem sehr nett von Ihnen, Carter, den langen Weg zu mir herauszufahren. Ich habe Sie immer für einen der ehrlichsten Männer in diesem Geschäft gehalten.«

»Das klingt fast, als meinten Sie das in der Vergangenheit«, sagte Carter überrascht und sah sein Gegenüber fragend an.

Der alte Mann seufzte leise. »Ich will direkt zum Punkt kommen. Wie Sie wissen, besitze ich sehr wenig Kunstobjekte aus dem Orient. Elliot hat es verstanden, mich dafür zu interessieren, und zwar durch ihre fraglose Schönheit und auch ihren Einfluß auf die europäische Kunst, besonders im achtzehnten und neunzehnten Jahrhundert. Er überzeugte mich davon, daß meine Sammlung durch einige Stücke noch interessanter werden würde.« Faus unterbrach sich kurz und legte eine kleine Pause ein. Carter wunderte sich mit leisem Unbehagen, was nun folgen würde.

»Kurz vor seinem Tod«, fuhr er dann fort, »erzählte mir Elliot von einer Bronze, die er in Hongkong erworben hatte. Er fand, daß sie gut in meine Sammlung passen würde.«

»Die Han-Bronze«, warf Carter ein.

Faus nickte. »Jawohl.«

»Haben Sie sie noch nicht erhalten? Sie sollte Ihnen letzte Woche geschickt werden.«

»Doch, ich habe sie erhalten.« Er sah sich um und nickte zu einem niederen Bücherschrank hinüber.

Carter folgte seinem Blick und sah darauf die Urne stehen, die von indirektem Licht beleuchtet wurde. Fragend sah er zu Faus zurück.

»Es ist eine Fälschung, Carter.«

»Was! Unmöglich!« entfuhr es Carter. Er schnellte aus seinem Stuhl und ging mit raschen Schritten auf den Schrank zu. Doch als er die Urne in die Hand nahm, fiel ihm sofort die Unebenheit des Gewichtes auf. Stirnrunzelnd drehte er sie um und untersuchte die Signaturen am Fuß.

»Die Form ist ganz offensichtlich maschinell hergestellt worden«, fuhr Faus fort. »Sie können die Spuren ganz deutlich sehen, wenn Sie die Oberfläche genauer betrachten. Die Signaturen wurden dann *hinterher* mit einem handgeschliffenen Stempel in das heiße Metall eingedrückt.«

Carter kam mit der Urne zurück. Sein Gesicht war weiß. »Mir fehlen die Worte, Elbert. Unsere besten Leute haben das Stück gesehen, bevor es Ihnen geschickt wurde.« Deline oder Tanner hätten doch sofort gemerkt, wenn . . . Wie hatte das passieren können? »Haben Sie schon mit jemandem im Geschäft darüber gesprochen?«

Faus schüttelte den Kopf. »Nein, ich wollte auf Ihren Besuch warten und es Ihnen persönlich zeigen.«

»Danke, Elbert. Sie bekommen das Geld natürlich sofort zurück. Ich werde der Sache nachgehen. Es ist mir unbegreiflich, wie das passieren konnte. Es tut mir sehr leid, daß wir Ihnen solche Ungelegenheiten bereitet haben.« War es ein Versehen beim Verpacken gewesen? Hatte jemand zwei Urnen verwechselt? Nein, das konnte nicht sein. Ein so schlechtes, billiges Stück war im ganzen Laden nicht zu finden.

»Ich vermute fast, daß sich jemand einen schlechten Scherz auf Ihre Kosten erlaubt hat«, sagte Faus bedächtig.

»Wenn, dann werde ich es herausbringen«, sagte Carter grimmig. »Darauf können Sie sich verlassen. So etwas ist mir in meinem ganzen Leben noch nicht vorgekommen. Ich verstehe es einfach nicht. Wie ist sie Ihnen denn geliefert worden?«

»Durch den üblichen Kurierdienst. Mason unterschrieb den Lieferschein und brachte mir das ungeöffnete Paket.«

Carter schüttelte wieder den Kopf und starrte auf die Fälschung in seinen Händen. Wenn das ein Scherz sein sollte, dann war es kein sehr lustiger.

»So etwas wird nicht noch einmal vorkommen, Elbert, das kann ich Ihnen versprechen. Und wenn ich erfahre, wer dafür verantwortlich ist, wird es ihm sehr leid tun.«

»Ich hoffe es, Carter. So ein Vorfall kann Ihr Ansehen und die Arbeit eines ganzen Lebens zerstören.«

Carter nickte. Es war ihm nur zu klar. War ein Händler einmal in den Verdacht geraten, mit gefälschter Ware zu handeln, konnte er seinen Laden für immer schließen.

Er sah Faus dankbar an. »Ich bin Ihnen auch zu großem Dank verpflichtet, Elbert, daß Sie zuerst mit mir gesprochen haben.«

Der alte Mann lächelte. »Meist schätze ich den Charakter eines Mannes richtig ein. Auch den einer Frau übrigens. Ich lernte Elliots Tochter auf der Tucker Museums-Party kennen. Eine interessante junge Dame. Sie scheint mir genauso begeisterungsfähig zu sein wie ihr Vater.«

Carter lächelte. »Ja, ich beginne selbst erst, sie richtig einzuschätzen. Wir beide hatten zuerst einige Vorurteile und kamen nicht gut miteinander aus.«

»Ein Luxus der Jugend, da man dann immer noch die Zeit hat, Fehler wiedergutzumachen. Das Mädel hört gut zu. Eine ungewöhnliche Frau. Sie scheint sich für das Geschäft zu interessieren. Wird sie in Elliots Fußstapfen treten?«

»Ich – sie hat sich noch nicht entschieden. Ich glaube, daß sie auch an etwas in Paris interessiert ist. Vielleicht ist ihr das wichtiger.«

»Das wäre schade. Sie sieht gut aus und wäre bestimmt sehr erfolgreich. Ich glaube, Maracudo hat sich bereits über ihre Pläne erkundigt. Er sprach sehr lange mit ihr. Zweifellos hat er sich mit ihr bekannt gemacht, damit sie weiß, wer er ist, sollte sie sich entschließen, hierzubleiben.« Faus warf Carter einen scharfen Blick zu. »Werden Sie der geheimnisvollen Chou-Jade nachgehen, über die soviel gemunkelt wird?«

Carter grinste überrascht. »Arisa hat mich mittlerweile überzeugt, daß es einen Versuch wert ist.«

»Ich bin zwar kein Experte, aber wenn man die vielen Gerüchte und dazu Maracudos Interesse in Betracht zieht, hat sie wahrscheinlich recht. Ich höre, daß er schon seine Fühler ausgestreckt hat. Er will diese Jade haben.«

»Bisher ist es hauptsächlich nur ein Gerücht«, sagte Carter leichthin. »Existiert die Jade wirklich? Kann sie aus der Volksrepublik herausgeschmuggelt werden? Ist sie bereits in Hongkong? Es gibt noch so viele unbeantwortete Fragen.«

Faus schmunzelte. »Aber meistens ist an Gerüchten auch was Wahres dran, mein Junge. Elliot hat mir zum Beispiel vor einigen Monaten davon erzählt, als er aus Hongkong zurückkam.«

»Ja; mir hat er auch mal was davon gesagt. Es war sehr vage.«

»Er wollte erst ganz sicher sein, bevor er irgendwelche Hoffnungen erweckte. Elliot war ein stolzer Mann, Carter, besessen von der Angst, daß er Leute enttäuschen könnte. Er mußte sich selbst immer wieder von neuem beweisen und hat es sich nicht leicht gemacht.«

Diese Seite Elliots war Carter nie aufgefallen, und er sah Faus erstaunt an. Aber es war vielleicht nicht so verwunderlich, denn Elliot und Faus waren seit langem befreundet gewesen, und der alte Mann hatte ihn fraglos sehr gut gekannt. Carter nahm nun die Urne und stand auf.

»Nochmals vielen Dank, Elbert. Ich melde mich wieder, wenn ich mehr über diese Geschichte erfahren habe.«

Faus erhob sich ebenfalls und begleitete seinen Gast in die Eingangshalle hinaus. »Es freut mich, daß Sie gekommen sind. Und, Carter . . .«

»Ja?«

»Wenn Sie die Chou-Jade wirklich auftreiben, würde ich sie mir gerne ansehen. Ich bat Arisa schon um das Vorkaufsrecht, aber sie wollte sich nicht festlegen, ohne erst mit Ihnen gesprochen zu haben.« Er schmunzelte. »Das Mädel hat einen klugen Kopf auf den Schultern.«

»Ich werde sehen, was ich machen kann.«

Sie schüttelten sich zum Abschied die Hände, und als der Butler auftauchte, um Carter hinauszulassen, ging Faus wieder in sein Arbeitszimmer zurück. Carter feuerte die falsche Urne auf den Rücksitz des Wagens. Der erste Schock war abgeklungen, und er spürte nur noch kalte Wut. Er würde schon herausfinden, wer dahintersteckte. Und dann gnade ihm Gott!

Nach seiner Rückkehr bat Carter sofort alle in sein Büro. Arisa und Deline kamen aus dem Lagerraum herauf und Tanner aus seiner Werkstatt herübergefahren. Die Doccia-Vase brachte er gleich mit.

»Ich wußte nicht, daß wir eine Versammlung haben«, sagte Tanner, als er die beiden Frauen sah. »Wie geht's, Arisa? Deline?« Dann sah er Carters Gesicht. »Oh, ein Gewitter. Was gibt's?« Er stellte die Stofftasche mit der Vase auf einen Aktenschrank.

Carter wartete, bis er sich gesetzt hatte. Deline bot an, Tee zu machen, aber er winkte ungeduldig ab und stürzte sich kopfüber in das heikle Thema.

»Ich komme gerade von Elbert Faus. Er hat mir die Han-Bronze wieder zurückgegeben, die er letzte Woche von uns bekommen hat.« Er sah sie der Reihe nach durchdringend an. »Aus gutem Grund, wie ihr sehen werdet, denn es ist eine Fälschung.«

»Was?« riefen Arisa und Tanner wie aus einem Munde. Deline starrte ihn einfach mit offenem Mund an und brachte keinen Ton hervor.

»Es handelt sich nicht nur um eine Fälschung, sondern um die billigste Unterschiebung, die man sich vorstellen kann. Ich möchte wissen, wie das passieren konnte und wer dafür verantwortlich ist.«

»Du glaubst doch nicht im Ernst, daß jemand von uns etwas damit zu tun hatte?«

»Ungern«, antwortete Carter. »Aber es ist passiert. Es war ein absichtlicher Versuch, uns in der Branche anzuschwärzen. Wer immer es getan hat, wußte, daß man die Fälschung beim Öffnen des Paketes sofort entdecken würde.« Er ging zum Aktenschrank, holte die Urne heraus und stellte sie auf den Schreibtisch. Tanner griff als erster danach.

»Diese Dinger werden im Osten zu Hunderten hergestellt.« Er schnitt eine Grimasse. »Ramsch! Touristenramsch!« Er gab sie an Arisa weiter. »Es ist auf keinen Fall dasselbe Stück, das ich gereinigt habe. Ich habe hier eine Bronze aus dem zweiten Jahrhundert abgeholt und auch wieder zurückgebracht. Wenn ihr mir dieses Ding rübergeschickt hättet, wäre es in meinem Abfall gelandet.«

Arisa gab die Urne an Deline weiter, die sie mit blassem Gesicht untersuchte. Sie schüttelte ungläubig den Kopf. »Natürlich ist das nicht dieselbe Urne.« Sie sah Carter an. »Du warst doch selbst im Lagerraum, als ich sie auspackte. Kurz bevor du nach Paris gefahren bist.«

Er hatte es tatsächlich vergessen. »Wir wissen also, daß das Original bei uns angekommen ist«, sagte er. »Die Frage ist jetzt, wie dieses Stück zu Faus kommen konnte.«

Tanner runzelte die Stirn. »Ich habe sie hier abgeholt. Sie mußte praktisch nur abgestaubt werden, da Leun Kee seine Sachen immer sehr gut behandelt. Wenn ich mich recht erinnere, brachte ich sie am nächsten Nachmittag wieder zurück.« Er sah Deline an.

Sie nickte. »Das stimmt. Es war schon spät, und ich hatte an diesem Tag keine Zeit mehr, sie einzupacken. Die Spedition holte sie am nächsten Morgen – halt, nein, es war ja Wochenende. Am Samstag liefern sie nicht aus. Sie holten sie am Montag ab. Aber das kann ich im Postbuch nachsehen.«

»Wo war sie dann übers Wochenende?«

Sie runzelte die Stirn. »Sie lag in dem Schrank, in den alles kommt, was verschickt werden muß.«

»Welche Spedition war es?«

»Dieselbe, die immer für uns arbeitet. Sie sind bisher völlig zuverlässig gewesen.«

»Wir hätten es aber doch sofort gemerkt, wenn jemand eingebrochen hätte«, warf Arisa nun ein. »Wahrscheinlich hat man die Urne ausgetauscht, nachdem sie den Laden verlassen hatte.«

»Es sei denn, jemand hatte übers Wochenende eine Gelegenheit dazu.« Deline legte nachdenklich einen Finger an die Schläfe. »Samstags erhalten wir aber keine Lieferungen, und deshalb arbeitet auch niemand im Lager. Und wenn sich jemand länger von seinem Posten entfernt hätte, um die Urne auszutauschen und wieder neu einzupacken, wäre es bestimmt bemerkt worden.«

»Deline, ruf die Spedition an und bitte sie um eine Kopie der Fahrerliste«, sagte Carter. »Ich möchte wissen, wieviel Zeit zwischen dem Abholen und der Auslieferung vergangen ist. Ich will auch eine Kopie von Faus' Quittung haben.«

Deline nickte.

Tanner schüttelte den Kopf. »Es gibt einem ein sehr unangenehmes Gefühl«, sagte er stirnrunzelnd. »Entweder haben wir in Travish-Montaigne einen Dieb, oder einer von uns lügt.«

»Wir müssen sehr achtgeben, daß kein Wort darüber nach draußen dringt«, sagte Carter und sah sie eindringlich an. »Ihr wißt alle, wie sehr das dem Geschäft schaden würde.«

»Aber was ist mit Mr. Faus?« fragte Arisa. Sie dachte an den netten alten Mann, den sie auf der Party kennengelernt hatte.

»Er meint es gut mit uns und wird nichts sagen. Seiner Ansicht nach wollte uns jemand einen schlechten Scherz spielen.«

»Aber warum?« kam es von Tanner.

»Wenn ich das beantworten könnte, wüßten wir vielleicht auch, wer und wie. Faus hat nichts unternommen, weil er erst mit mir darüber sprechen wollte. Es war wirklich sehr anständig von ihm, hat dem Dieb allerdings auch einige Tage Vorsprung gegeben. Hast du von der Urne ein Foto, Tanner? Denn wir sollten den Diebstahl der Kunstabteilung des FBI melden, und dazu müssen wir ihnen eine Beschreibung und ein Bild geben. Aber wahrscheinlich ist sie schon im Untergrund verschwunden.«

Tanner schüttelte erneut den Kopf. »Ich komme mir wie in einem schlechten Film vor. Vielleicht sollten wir Charlie Chan als Detektiv anheuern.«

Carter lachte zum erstenmal, seit er Faus' Haus verlassen hatte. Tanner hatte das seltene Talent, einen in allen Situationen aufheitern zu können. »Okay, Nummer eins, Sohn«, sagte er, »mach dich an den Fall. Ich möchte alles so schnell wie möglich zusammenhaben, damit ich es noch heute nachmittag dem FBI übergeben kann.«

Tanner stand auf und ging grinsend hinaus. Deline warf einen kurzen Blick auf Arisa und folgte dann Tanner.

»Ich kann es noch immer nicht fassen«, sagte Arisa. »Ist es finanziell ein großer Verlust?«

»Die Versicherung wird zahlen«, sagte Carter müde. »Mir macht das ›Warum‹ viel mehr Sorgen. Warum will uns jemand schaden? Für wen bedeuten wir eine Gefahr?« Er seufzte. Erst das falsche Vezzi und jetzt das. Er nahm sich zusammen und sah sie an. »Aber wir können nach Hongkong fahren. Ich habe das Geld aufgetrieben.«

»Oh, Carter, das ist ja wundervoll!«

»Ich habe Deline schon gebeten, den Flug zu buchen. Wir können im Mandarin wohnen, wenn es dir recht ist.« Als sie nickte, fragte er: »Macht es dir was aus, wenn wir den ersten freien Flug nehmen?«

»Nein, ich bin jederzeit bereit.« Sie sah ihn aufmerksam an. In seinem Gesicht war jetzt nichts mehr von der Leidenschaft und

Zärtlichkeit zu sehen, die er in der vergangenen Nacht gezeigt hatte. Es war, als ob er seine Gefühle je nach Wunsch an- und abstellen konnte. Doch nein, das war nicht fair. Der Vorfall mit der Bronze war sehr unangenehm, und er hatte jeden Grund, sich große Sorgen zu machen.

Sie stand auf und sagte leise: »Carter, wenn ich irgendwie helfen kann, brauchst du es nur zu sagen. Ich weiß, daß das alles, besonders auch nach dem Vezzi, ein schwerer Schlag für dich ist. Aber du wirst sehen, daß wir es mit der Chou-Jade wiedergutmachen können.«

»Tanner hat es dir also schon erzählt«, kam es schwer.

Sie nickte. »Ich muß sagen, daß ich deine Ehrlichkeit bewundere. Nicht viele Händler hätten einen Pigmenttest machen lassen, wenn sie selbst schon so überzeugt davon waren, ein Original zu besitzen.«

Er rieb sich die Schläfen. »Leider ist es dieses Mal auch schiefgelaufen«, antwortete er etwas ironisch. »Aber es hat keinen Sinn, sich über etwas die Haare zu raufen, das man nicht mehr ändern kann.« Er mußte lächeln, als er sah, daß sie ihn immer noch ansah, als ob er plötzlich einen Heiligenschein trüge. »Die Hongkongreise ist jetzt wichtiger denn je.«

»Ich bin mit meiner Liste fast fertig. Tanner hat mir auch noch ein paar Namen gegeben, die ich noch nicht hatte.«

»Gut. Ich sage dir dann Bescheid, wann wir fliegen. Jetzt mache ich mich besser an die Arbeit, denn es gibt vorher noch viel zu tun.« Er sah ihr nach, bis sie die Tür geschlossen hatte. Verstand sie wirklich, wie wichtig die Chou-Jade jetzt geworden war? Und ganz tief, in einer dunklen Ecke seines Bewußtseins, lauerte die Frage, ob er dabei war, sich am Ende in sie zu verlieben.

Zitternd vor Empörung schloß Deline die Tür ihres Büros hinter sich. Sie rief schnell die Spedition an und vereinbarte mit dem Besitzer, daß er alle notwendigen Informationen innerhalb der nächsten Stunde an Carters Büro liefern sollte. Dann verließ sie das Geschäft und fuhr nach Hause, denn das nächste Telefongespräch konnte sie nur von dort aus führen. Voller Wut wählte sie Boks Nummer.

»Was kann ich für Sie tun, Madame Armitage?«

»Ich habe gerade von der Han-Bronze erfahren. Was soll das bedeuten? Und machen Sie sich nicht die Mühe, es abzustreiten!« Ihre Hand bebte, und sie preßte den Hörer so heftig an ihren Kopf, daß er schmerzte.

»Abstreiten? Im Gegenteil! Mir lag daran, daß Sie sofort wissen, wer dafür verantwortlich ist.« Seine Stimme war wie kalter Stahl.

Sie spürte plötzlich eine Schwäche in ihren Beinen und setzte sich schnell auf einen nahen Stuhl. Er wollte also, daß sie es wußte . . . Eine Warnung . . . Er wollte, daß sie die Reichweite seiner Macht sah. Furcht schnürte ihr fast die Kehle zu. »Ich kann die Sache, an der uns beiden so viel liegt, nicht beschleunigen«, sagte sie fast flehend. »Quentin kann im gegenwärtigen Moment nur versuchen, seine Schwester zu beeinflussen. Aber nun wird es eine Verzögerung geben, denn Arisa fährt nach Hongkong.«

»Der Grund?«

»Um die Chou-Jade zu kaufen.«

Boks Ausbruch war so laut und heftig, daß Deline den Hörer vom Ohr riß. Sie lächelte befriedigt, obwohl sie auch wußte, daß sich seine Rage nicht mit Schimpfworten und Flüchen erschöpfen würde. Plötzlich sagte er schneidend: »Ich erinnere Sie daran, Madame Armitage, daß die Zeit und meine Geduld immer kürzer werden. Ich warne Sie! Meine nächste Mahnung wird nicht mehr so harmlos ausfallen. Vielleicht ist es angebracht, Miß Travish davon zu überzeugen, die Jade herzugeben, bevor sie einen weiteren ›Einbruch‹ erdulden muß, oder eine neue Verwechslung in ihrem Lager vorkommt.«

Damit legte er auf. Deline starrte wie gelähmt auf den Hörer in ihrer Hand. Bok war sehr wütend und deshalb sehr gefährlich. Er erwartete ein Wunder von ihr. Die Jade war nicht im Haus. Erst hatte Quentin danach gesucht, dann Bok selbst – mit einem fast katastrophalen Ergebnis. Die Jade war auch nicht im Geschäft. Sie konnte nur noch in Elliots Bank sein – wenn er sie nicht verkauft hatte. Nein, das hätte er nie getan. Ausgeschlossen! Vor Jahren, als er das Geschäft aufbaute, hatte er manchmal davon geredet. Aber jetzt, nach so vielen Jahren, hatte er keinen Grund mehr dazu. Überhaupt keinen. Denn die Jade war die einzige Kette, die sie miteinander verband – in Kalifornien ebenso wie damals in China. Sie war sein Blut.

12

»Hat es sich sehr verändert?« fragte Carter.

Arisa, die aus dem Fenster starrte, fuhr zusammen und blickte in die gemütliche Bar des Mandarin-Hotels zurück.

»Es ist kaum zu glauben«, antwortete sie. »Schon damals, als wir noch hier wohnten, schien die Stadt aus allen Nähten zu platzen. Mein Vater bedauerte oft, daß von dem chinesischen Charme und früheren Kolonialstil nichts mehr beibehalten wurde.« Ihr Blick wanderte wieder zum Fenster hinaus, auf die wuchernde Stadt unter ihnen. »Es würde mich interessieren, was er über soviel Glas und Beton gedacht hat.«

»So wie ich ihn kannte, hat er das bestimmt einfach ignoriert.« Wahrscheinlich hatte Carter damit recht. Außerdem war das alte traditionelle Leben ja wirklich noch vertreten. Auf der Fahrt vom Kai-Tak-Flughafen hatte sie wieder die engen Seitenstraßen mit den winzigen Ständen und überfüllten Läden gesehen, die so typisch für das Leben der Chinesen waren. Sie wußte, daß sie nur um die Ecke zu gehen brauchte, um sich in dem alten Hongkong, an das sie sich noch so gut erinnerte, verlieren zu können.

»Du hast meinen Vater recht gut gekannt, wie?«

»Ich bin nicht mehr so sicher. Er steckte voller Überraschungen. Und manchmal bekomme ich das Gefühl, als hätte ich ihn überhaupt nicht gekannt.«

Sie lächelte. »Mir ist es in den letzten Wochen genauso gegangen. Er war ein vielschichtiger Mann. Ich fürchte, ich habe ihn immer nur sehr oberflächlich gesehen.«

»Das ist ein verbreiteter Fehler, den wir alle einmal machen.«

Er warf ihr einen vielsagenden Blick zu, und sie schlug etwas verlegen die Augen nieder. »Die Universität ist ganz in der Nähe hier, und Professor Sun ist angeblich von drei bis vier in seinem Büro. Wollen wir gehen?«

Carter rief den Ober und bezahlte die Rechnung. Dann gingen sie aus der kühlen Bar und fuhren in das Foyer hinab. Die Gehsteige waren voller Menschen, und der hupende, brüllende Verkehr wälzte sich langsam am Hotel vorbei. Zwei Portiers schlängelten sich gestikulierend zwischen den Fahrzeugen hindurch, um für die wartenden Hotelgäste Taxen anzuhalten.

»Ist es immer so?« fragte Carter grinsend, als sie schließlich in einem Wagen saßen.

»Nach Arbeitsschluß oder bei Regen ist es noch schlimmer«, antwortete sie lachend.

»Ich werde einen Wagen mieten«, sagte er bestimmt, »sonst verbringen wir die meiste Zeit damit, auf ein Taxi zu warten.«

Als sie in der Universität ankamen, wurden sie von einem hübschen jungen Mädchen empfangen. Professor Sun war im Moment beschäftigt, aber es würde nicht lange dauern. Sie setzten sich also in ein Empfangszimmer und blätterten durch einige Magazine. Bald darauf kam das Mädchen wieder zurück.

»Miß Travish, Mr. Montaigne, Professor Sun kann Sie jetzt sehen.« Sie standen auf und wurden in sein Büro geführt.

Sun saß hinter einem Schreibtisch, eingerahmt von hohen Stapeln aus Papieren, Magazinen und Ordnern. Hinter ihm stand noch ein weiterer, mit Papier übersäter Tisch, und um ihn herum türmten sich Bücher auf dem Boden und sogar auf den Fensterbrettern auf. Zwei Stühle waren jedoch frei, und der Professor bat sie, sich zu setzen.

»Es freut mich, Sie kennenzulernen, Miß Travish und Mr. Montaigne. Eigentlich hatte ich mit einem Besuch von Mr. Travish gerechnet.« Sun war ein kleiner, schmaler Mann von unbestimmbarem Alter.

»Elliot Travish war mein Vater. Er ist vor kurzem gestorben.«

»Das tut mir leid . . .« Sun schob seine stahlgeränderte Brille zurecht.

»Ich nahm an, daß Ihnen mein Vater geschrieben hat«, fuhr Arisa fort. »Das ist mit ein Grund, warum wir hier sind.«

Nach einem Blick auf Carter, der ihr bedeutete weiterzusprechen, fuhr sie fort: »Mr. Montaigne und ich versuchen einige Dinge abzuschließen, die mein Vater nicht mehr zu Ende führen konnte. Ich fand unter seinen Papieren Ihren Artikel über die Chou-Jade, der ihn anscheinend sehr interessiert hat.«

»Jawohl. Er schien sogar so interessiert, daß ich eigentlich damit rechnete, wieder von ihm zu hören.«

»Könnten Sie uns etwas über den Kern seiner Nachfragen sagen?« Als Sun etwas überrascht mit den Augenlidern blinzelte, lächelte sie entwaffnend. »Genau wie Sie hatte mein Vater zum Ordnen seiner Unterlagen wenig Zeit. Ich bin noch nicht ganz hinter seine Methode gekommen und hatte auch nicht genug Zeit, um alles durchzusortieren.«

Sun warf einen traurigen Blick auf das Papierchaos im Zimmer und nickte verständnisvoll. »Ja, es gibt so viel Wichtigeres zu tun.«

Dann lehnte er sich in seinem Stuhl zurück. »Er wollte von mir mehr über die Steine des Himmels wissen, denn er hatte die Legende noch nie zuvor gehört. Er deutete auch an, daß er, seiner Ansicht nach, einen der Steine schon einmal gesehen hatte. Er wollte von mir eine genaue Beschreibung haben. Ich war natürlich sehr interessiert zu hören, wo er den Stein gesehen haben könnte. Denn wenn es sich wirklich um den fünften Stein handelt, der verschwunden ist, wäre das ein überaus wichtiger Fund.« Er schwieg und sah sie hoffnungsvoll an. »Wissen Sie vielleicht, wo er ihn gesehen hat?«

»Leider nein, oder zumindest nicht bewußt. Dazu müßte ich erst eine genauere Beschreibung der Steine haben.«

Suns dunkle Augen richteten sich auf Carter. »Wo liegt Ihr Interesse an der Jade, wenn ich fragen darf?«

»Als Mr. Travishs Geschäftspartner ist mein Interesse in erster Linie kommerziell. Wir haben viele Kunden, die an Arbeiten der Chou-Dynastie sehr interessiert sind«, antwortete Carter.

Professor Sun seufzte. »Ich würde die Steine natürlich lieber in einem Museum als in den Händen eines Privatmannes sehen. Aber wahrscheinlich ist das etwas unrealistisch, denn ich hatte auch schon andere Anfragen.«

Arisa wechselte einen schnellen Blick mit Carter. »Von anderen Händlern?« fragte er.

Der Professor nickte.

»Und was haben Sie ihnen gesagt?«

»Nur was ich Ihnen auch sagen kann. Ich weiß nicht, wohin der Mann nach unserem Gespräch gegangen ist. Ich gab ihm die Adressen von zwei angesehenen Händlern, die ihm die Jade vielleicht abgekauft hätten. Aber keiner von ihnen gibt zu, die Jade erworben zu haben. Ich gebe Ihnen gerne die Namen.«

»Vielen Dank«, sagte Arisa. »Können Sie uns die Steine vielleicht näher beschreiben? Es beschäftigt mich, daß mein Vater glaubte, einen gesehen zu haben.«

»Ich kann sogar noch mehr, denn ich habe von dem Stein, den ich sah, ein Bild gemacht.« Er begann in einer Schublade herumzukramen und zog schließlich zwei Fotos heraus, die er ihr überreichte. Carter beugte sich über ihre Schulter.

Leider waren die Bilder so überbelichtet, daß die Einzelheiten auf der Oberfläche des Steines fast unkenntlich waren. Da die Jade neben einem Lineal lag, sah man, daß sie vier Zentimeter breit und etwas länger als breit war. Die Form erinnerte an einen Käfer oder eine Zikade, aber die Gravur war kaum erkennbar. Das zweite Bild war etwas besser und zeigte die Rückseite des Steines. Die Jade schien von einer schönen satten Farbe zu sein. Ein zartes Spiralenmuster zog sich so perfekt um den Rand, daß er wie gerollt wirkte. In der Mitte befand sich ein Kreis mit verschiedenen Ideogrammen, die man auf den ersten Blick für einen Stempelabdruck halten konnte. Doch bei genauerer Betrachtung sah man, daß es sich um einen Text handelte.

»Was heißt das?« fragte Arisa.

»Soweit ich feststellen kann, sind es Namen. Chinesische Ideogramme haben sich ja im Lauf der Jahrhunderte beträchtlich verändert, und dies ist eine sehr alte Schrift.«

»Kommt sie auf allen Steinen vor?«

»Ich nehme es an, da jeder von ihnen einen Familienzweig dieser Dynastie repräsentiert. Jeder Stein führt meiner Meinung nach die Namen einer jeden Familie auf. Sie unterscheiden sich natürlich voneinander, aber die Schrift dürfte dieselbe sein.« Er warf einen hoffnungsvollen Blick auf Arisa und Carter. »Glauben Sie nun, daß Sie den Stein, den Mr. Travish erwähnte, schon einmal gesehen haben?«

»Ich nicht«, antwortete Carter. »Du, Arisa?«

»Leider nein. Zuerst kam er mir irgendwie bekannt vor, aber ich vermute, daß das nur wegen der Form ist. Die Zikade war ja ein sehr beliebtes und häufiges Thema.«

Sun konnte seine Enttäuschung nur schlecht verbergen. »Schade. Ich hatte gehofft . . . Darf ich Sie um einen Gefallen bitten?«

»Natürlich.«

»Sollten Sie das Glück haben, einen der Steine aufzutreiben, würden Sie ihn mir zeigen, bevor Sie ihn verkaufen?«

»Selbstverständlich«, versprach Carter. »Aber ich fürchte, wir haben schon zu viel von Ihrer Zeit beansprucht. Wenn Sie uns nur noch die Namen der zwei Händler geben könnten, würden wir uns gerne verabschieden.«

»David Fung, in der Queen's Road und Yue Hin in der Hollywood Road.«

Carter notierte sich die Namen und stand dann auf. »Wir danken Ihnen, Professor Sun. Wir hoffen, Sie bald wiederzusehen.«

Als sie über den Hügel zur Straße hinabgingen, sagte Arisa: »Vielleicht haben wir Glück, denn ich kann mich an David Fung gut erinnern. Er wohnte ganz in unserer Nähe auf dem Peak und ist schon sehr lange im Geschäft. Mein Vater hat ihn bestimmt noch öfter gesehen. Der andere Name steht auch auf meiner Liste.«

»Hoffen wir, daß einer von ihnen die Chou-Jade gekauft hat.«

Sie seufzte. »Und hoffen wir, daß er sie jetzt auch noch hat. Da

Professor Sun schon einige Nachfragen hatte, sind wir bestimmt nicht mehr die ersten dort.«

»Was hältst du davon, wenn wir jetzt sofort bei Mr. Fung vorbeischauen?«

Sie lächelte. »Sein Laden liegt direkt auf unserem Weg.«

Aber David Fung war leider nicht im Geschäft und wurde an diesem Tag auch nicht mehr von seinem Angestellten erwartet. Arisa schlug vor, zu Yue Hins Laden zu gehen, der nur ein paar Ecken entfernt war. Sie führte ihn durch eine kleine Seitenstraße, die so schmal und eng war, daß sich die Gehsteige fast berührten. Das Innere der Läden und Stände ergoß sich auf die Straße heraus und ließ den Passanten kaum mehr Platz, sich aneinander vorbeizuzwängen. Carter sah sich staunend um. Schirme und Schuhe lagen neben buntem Spielzeug, massenproduzierte Baumwollkleider, Seidenblusen und *cheongsams* flatterten wie Fahnen von ihren Ständern, und in den dunklen höhlenartigen Räumen konnte man komplizierte elektronische Geräte und Angelzeug stehen sehen.

Als sie sich schließlich zur Hollywood Road durchgekämpft hatten, atmete Carter mit gespielter Erleichterung auf. »Das ist ja schlimmer als ein Schlußverkauf.«

»Es gibt Hunderte von solchen Straßen«, sagte sie und lachte begeistert.

»Die Chinesen scheinen ihre ganze Zeit mit Einkäufen zu verbringen.«

»Ja, so sieht es aus, nicht wahr!« Es freute sie, daß sie ihm diese versteckten Aspekte der Stadt zeigen konnte. Sie war so lange nicht mehr dagewesen, daß sie vergessen hatte, wie aufregend es hier war. Plötzlich blieb sie vor einem kleinen, heruntergekommenen Laden stehen.

»Das ist er?« Er starrte entgeistert in das vollgestopfte Fenster, in dem Bronzen, Elfenbein und Holzschnitzereien wild durcheinanderlagen.

»In Hongkong lernt man, ein Buch nie nach dem Umschlag zu beurteilen. Mein Vater liebte diese alten Läden und hat in ihnen immer die besten Stücke gefunden.«

Sie stiegen zwei Stufen hinauf und öffneten die Tür. Ein Ladenglöckchen klingelte auf, und dann sahen sie sich einem riesigen Steinbuddha gegenüber, der sie mit seinem permanenten Lächeln begrüßte. Sie zwängten sich an ihm vorbei und gingen zu dem schmalen Ladentisch im hinteren Teil des Ladens. Arisas

Blick fiel sofort auf einen staubigen Schaukasten, in dem mehrere gravierte Jadestücke lagen. Ein alter Mann saß dahinter. Sie lächelte ihn kurz an und bückte sich, um sich die Jade genauer zu betrachten. Die meisten Stücke waren von mittelmäßiger Qualität, aber seitlich davon entdeckte sie eine schwarze Samtschale, auf der einige wunderschöne Exemplare lagen.

Sie richtete sich wieder auf und sah den Mann an. »Sind Sie Yue Hin?«

Er nickte. »Womit kann ich dienen?«

»Wir suchen eine ganz besondere Jade.«

»Ich habe einige exzellente Stücke«, sagte er und schob die Rückwand des Schaukastens auf.

»Die Pinselbank . . .«, schlug sie vor, und er hob einen milchiggrauen Stein mit olivbraunen Flecken heraus. Arisa nahm ihn entgegen und betrachtete ihn eingehend. »Das ist Ch'ing, oder?«

»Spätes achtzehntes Jahrhundert. Sie kennen Jade.« Er schien nicht weiter überrascht zu sein.

»Ein wenig. Mein Vater war ein guter Meister. Er hat viel in Hongkong eingekauft. Vielleicht auch hier.«

»Viele Leute kommen in meinen Laden.«

»Elliot Travish. Vielleicht kennen Sie ihn?«

Der alte Mann spitzte die Lippen. »Der Name ist nicht unbekannt.«

Arisa lächelte und hielt Carter die Pinselbank hin. »Schau dir diese wunderbare Arbeit an. Auf dem magischen Atem, der aus dem Maul des Steinbocks kommt, balanciert eine Yin-yang-Scheibe.«

Carter bewunderte die Gravur gebührend. Er hatte keine Ahnung, was Arisa vorhatte. Wollte sie damit das Zutrauen des Mannes gewinnen?

Sie stellte die Pinselbank wieder auf den Ladentisch zurück. »Wir suchen etwas Älteres.«

»Ich habe vorzügliches Elfenbein aus der Han-Periode«, sagte Yue Hin.

»Vielleicht auch Jade aus der Chou-Periode?« entgegnete sie mit einem fragenden Lächeln.

»Sehr selten«, kam es zurückhaltend.

»Wissen Sie, wo wir welche finden könnten?«

Es dauerte sehr lange, bis seine Antwort kam. »Sie ist heutzutage nur schwer zu finden. Vielleicht in einem größeren Geschäft . . .«

»Wir ziehen es vor, mit angesehenen Händlern wie Ihnen zu handeln.«

Wieder dachte er lange nach, bevor er antwortete. »Ich werde mich für Sie gerne danach umsehen. Wo kann ich Sie erreichen, wenn ich das Glück habe, auf etwas zu stoßen?«

»Im Mandarin-Hotel. Ich danke Ihnen, Mr. Yue. Guten Tag.«

Er verbeugte sich im Sitzen.

»Was war denn das alles?« fragte Carter, als sie den Laden verlassen hatten.

»Das ist die chinesische Art Geschäfte zu machen. Wir haben uns vorgestellt und ihm gesagt, was wir wollen. Jetzt denkt er darüber nach.«

»Glaubst du, daß er die Jade hat?«

»Ich bezweifle es. Das Spiel hätte länger gedauert, wenn er was zum Verkaufen gehabt hätte. Aber ich glaube, daß er etwas weiß. Der Bauer, der Professor Sun die Jade gezeigt hat, kam danach bestimmt zu ihm.«

»Das hast du alles aus den paar Worten erfahren? Unglaublich. Okay, Detektiv, was machen wir jetzt?«

»Jetzt gehen wir ins Hotel zurück und beginnen mit unseren Anrufen. Ich rufe David Fung zu Hause an. Da wir früher Nachbarn waren, bekommen wir vielleicht eine Einladung.«

Nach einem halben Dutzend Anrufe erlaubte sich Arisa den Luxus eines heißen Bades. Obwohl die Anrufe keine nennenswerten Erfolge eingebracht hatten, waren ihre Gespräche im allgemeinen ermutigend gewesen. David Fung war auch nicht zu Hause gewesen, aber Mrs. Fung erinnerte sich an die Travish-Familie und gab ihr zu verstehen, daß sie sich beide sehr freuen würden, Arisa wiederzusehen. Der Zufall wollte es, daß sie am nächsten Abend eine größere Einladung gaben. Hätten Arisa und der Geschäftspartner ihres Vaters nicht Lust zu kommen? Drei andere Händler waren sehr zuvorkommend, wenn auch nicht sehr vielversprechend gewesen, als sie die Chou-Jade erwähnte. Keiner tat so, als hätte er noch nie von der Jade gehört, aber alle ließen vorsichtig durchblicken, daß sie sie nicht hatten und auch nicht wußten, wer sie haben könnte. Arisa bekam den Eindruck, daß sich um die archaische Jade etwas wie ein abwartendes Stillschweigen gehüllt hatte. Jeder Händler schien sich in der Hoffnung zu wiegen, daß ihm das Glück vielleicht hold sein und die Jade seines Weges kommen würde.

Als das Badewasser kalt geworden war, wusch sie sich die Haare unter der Dusche. Dann wickelte sie sich in ein großes Badetuch ein und blätterte durch einen Touristenführer, den sie im Schreibtisch gefunden hatte. Carter hatte vorgeschlagen, daß sie für den Abend ein Restaurant aussuchen sollte. Sie staunte, wie viele internationale Restaurants, die man auch in Los Angeles oder London hätte finden können, es hier inzwischen gab. Aber sie suchte etwas ganz Besonderes, und schließlich legte sie das Heft enttäuscht zur Seite und nahm die wöchentliche Touristenzeitung in die Hand. Carters erster Abend in Hongkong sollte echt chinesisch sein. Er mußte einfach die Wunder eines chinesischen Restaurants erleben. Nach einigem Suchen fand sie schließlich, was sie gesucht hatte – ein typisches, ordinäres Familienrestaurant, voll Lärm und grellen Farben, aber mit einer vorzüglichen Küche. Es befand sich auf einer großen Dschunke, im Aberdeen-Hafen. Sie rief schnell beim Portier an und bat ihn, dort Plätze zu reservieren, und bestellte zudem noch einen Wagen mit Chauffeur. Und als Carter sie um acht Uhr anrief, ließ sie über ihren Plan nichts verlauten und freute sich diebisch auf seine Überraschung.

»Ich habe einen Hotelwagen bestellt«, sagte sie nur. »Das ist einfacher, als auf ein Taxi zu warten. Der Fahrer kann uns dann hinterher auch wieder zurückbringen.«

Mercedes und Fahrer waren pünktlich zur Stelle, und sie lehnten sich behaglich zurück und genossen die Fahrt über den Berg und die Hügel des südlichen Inselteils. Als sie in die Hafengegend kamen, erzählte sie ihm, daß dort auf über dreitausend Sampans an die zwanzigtausend Menschen lebten. »Die meisten Bootleute verbringen ihr ganzes Leben auf dem Wasser, und viele von ihnen kommen nie an Land. Wenn man in einer großen westlichen Stadt lebt, kann man sich das Ausmaß ihrer Armut kaum vorstellen.«

Er lächelte und dachte kurz an seine eigene Kindheit zurück und überlegte, was sie wohl dazu sagen würde. Sie kamen jetzt immer näher ans Meer heran, und plötzlich flackerten die Lichter eines Fischerdorfes auf.

»Schade, auch hier gibt es schon hohe Betonhäuser«, rief Arisa enttäuscht. »Früher war es nur ein kleines, verschlafenes Dorf.«

Doch als sie zum Hafen kamen, vergaß sie ihre Enttäuschung sofort. Vor ihnen lag eine exotische schwimmende Stadt, aus niederen, abgerundeten Sampans, die sich eng an die Wasserkante schmiegten und in langen Reihen in den Hafen hinausstreckten. An Stangen aufgehängte Wäschestücke wehten wie bunte Farbenkleckse im Wind, und über dem ganzen Hafen kräuselte sich der Rauch von Kohlepfannen. Es war ein sinnenverwirrendes Gemisch von Gerüchen, Geräuschen und Farben.

»Wir sind da«, rief Arisa glücklich. Der Wagen hielt vor einem schmalen Holzsteg. Sie sahen ein kleines Motorboot, das die Gäste zur Dschunke übersetzte, die von Lichterketten umrissen auf dem Wasser saß. Vom Oberdeck blinkte der Name JUMBO in grellen Farben herüber.

Das Motorboot tuckerte langsam durch die engen Kanäle zwischen den Sampans. Sie lagen so dicht nebeneinander, daß man wie auf einer Straße von Boot zu Boot gehen konnte. Carter beobachtete fasziniert, wie Frauen auf ihren Kohlepfannen kochten, und sich Familien um umgestürzte Kisten, die als Tische dienten, zum Essen setzten. Hin und wieder erhaschte man einen Blick in das Innere der Sampans und sah schlafende Kinder auf Bodenmatten liegen. Auf jedem Boot stapelten sich Schachteln und Kisten, in denen die ganze Habe mehrerer Generationen aufbewahrt wurde. Das Motorboot kam manchmal so nahe, daß man die Füße der Kinder berühren konnte, die auf dem Heck saßen und ihre Beine über die Seiten baumeln ließen. Wie viele von ihnen würden sich je aus dieser Armut befreien können? Auf einem Boot sahen sie eine junge Frau, die gerade ihr Make-up auftrug, während eine barfüßige alte Frau, in traditionellem schwarzen Gewand, auf dem Achterdeck kauerte und Wäsche wusch.

Das Restaurant bot danach einen verblüffenden Gegensatz zu diesen Eindrücken. Man betrat ein Foyer, das üppig mit Wandteppichen und Wandgemälden geschmückt war. Licht strömte aus Papier- und Bambuslampen, die mit orientalischen Schriftbildern und Kalligraphien bedeckt waren. Eine geschwungene Treppe führte zu einem lärmenden Eßsaal hinauf, der so groß wie ein Ballsaal war. Hunderte von Menschen saßen um große, runde, mit blütenweißen Tüchern gedeckte Tische, auf deren Mitte ein großes, drehbares Tablett stand. Von der Mitte der Decke hing ein riesiger Leuchter, und darumherum funkelten unzählige Lampen wie große Sterne.

Sie wurden mit acht anderen Gästen, die im selben Motorboot gekommen waren, an einen Tisch gesetzt. Auf Carters fragenden Blick versicherte ihm Arisa, daß es üblich sei, wie eine große Familie zu essen, weil man auf diese Weise eine größere Auswahl der Küche probieren konnte. Kleine Portionen von jedem Gericht ermöglichten es jedem, von allem zu kosten und sich trotzdem noch auf den nächsten Gang zu freuen.

Man stellte sich gegenseitig vor, und innerhalb weniger Minuten war eine freundliche Unterhaltung in Gang gekommen. Das Menü war in der Tat vielseitig an Geschmack und Namen. Es bestand aus Haifischflossensuppe, die trotz ihres Namens erstaunlich köstlich war; betrunkenen Krabben; Bettlers Huhn; gebratenem Reis in Lotusblüten; gedünsteter Bohnengallerte, gefüllt mit Krabben in einer leichten Weinsoße; und drei verschiedenen Fischen in ebensovielen Soßen, von denen eine interessanter als die andere war. Dazu wurde ein leichter Wein serviert, der den Gaumen erfrischte, aber auch ein eigenes, angenehmes Aroma hatte. Als Arisa darauf bestand, auch noch von dem Nachtisch zu kosten, war Carter nahe daran aufzugeben. Doch als er dann einen der winzigen, frittierten Teigbällchen probierte, fand er, daß sie nur leicht gesüßt waren und er nahm noch ein paar mehr. Als Arisa schließlich ihre Eßstäbchen, mit der Spitze zur Tischmitte, auf den Teller legte und damit ihr Mahl beendete, folgte er dankbar ihrem Beispiel. Er war hingerissen von dem Abend. Arisas Überraschung war ihr vollkommen gelungen. Die Tischgesellschaft wartete noch gemeinsam auf das Motorboot, und dann verabschiedete man sich herzlich voneinander, als man am Landesteg angekommen war. Der Hotelwagen stand bereit, und Arisa und Carter sanken dankbar in die Polster zurück.

»Woran denkst du?« fragte Carter, als sie durch die Stadt fuhren.

Sie lächelte. »Wie schön es ist, wieder hier zu sein. Du hattest ganz recht. Es hat auch seine Vorteile, wieder mal in die Vergangenheit zurückzusehen. Es gibt hier doch viele schöne Erinnerungen für mich. Ich genieße sie.«

Er nahm ihre Hand. »Das freut mich. Du bist sehr schön, wenn du glücklich bist.«

Ihre Wangen röteten sich. »Ich sehe, die Romantik des Orients hat dich schon in ihren Fängen. Normale und vernünftige Männer fallen ihr besonders gern zum Opfer. Gib acht!«

»Niemand kann behaupten, daß ich normal und vernünftig wäre.« Er verflocht seine Finger mit ihren, hob ihre Hand zu seinen Lippen und preßte sie dann an seine Brust.

Sein Herzschlag vermischte sich mit ihrem Puls, und ein angenehmes Prickeln durchlief sie. Eine innere Stimme warnte sie vor derselben Gefahr, die sie ihm gerade vorgehalten hatte, aber sie ignorierte sie. Noch nie zuvor hatte sie die Anziehungskraft eines Mannes so stark empfunden. Im Vergleich dazu waren ihre Affären mit Edouard und anderen davor oberflächlich, ja kindisch gewesen. Der Unterschied ließ sich auch nicht logisch erklären. War es, weil er ihren Vater gekannt hatte? Oder weil sie nun in Hongkong waren, das für sie voller Romantik und Erinnerungen war? Oder vielleicht, weil sie sich gemeinsam auf ein Abenteuer eingelassen hatten, dessen Ergebnis für sie beide so wichtig war? Oder hatte sie sich einfach verliebt, wirklich zum allerersten Mal richtig verliebt?

Als sie das Hotel erreichten, fuhren sie gemeinsam in die zweiundzwanzigste Etage hinauf. Carter nahm ihr den Zimmerschlüssel aus der Hand und schloß ihre Tür auf. Sie wollten beide nicht, daß der Abend schon zu Ende war. Sie sahen sich schweigend, voll zärtlichem Verlangen an, und dann nahm er sie mit einem selbstsicheren Lächeln in die Arme. Ihre Lippen öffneten sich erwartungsvoll, als sie ihm ihren Mund entgegenhob, und dann versank die ganze Welt um sie herum in seiner Umarmung. Wie von ferne hörte sie ihr eigenes Stöhnen, als seine Hände über ihren Rücken hinabstrichen. Die Seide raschelte, als sie von ihrer Schulter fiel und ihre nackten Brüste enthüllte. Sie fuhr sich mit der Zunge über die bebenden Lippen und stöhnte leise. Mit raschen Bewegungen entledigte er sich seiner Kleidung, und dann war der selige Moment gekommen, in dem sich ihre Körper berührten. Nun brauchten sie dem übermächtigen Hunger keinen Einhalt mehr zu gebieten. Die Erlösung lag einfach in ihrer Umarmung, Berührung, Leidenschaft und der wortlos gemurmelten Freude aneinander.

Arisa dachte nicht mehr an das ›Warum‹ ihrer Gefühle, sondern gab sich ganz den süßen Empfindungen hin, die auf sie einstürmten. Und als er sie schließlich aus ihrer himmlischen Folter erlöste, war sie nur noch von einem wohligen, zufriedenen Behagen erfüllt. Sie kuschelte sich in seine Arme, bis sie gemeinsam vom Schlaf eingehüllt wurden, aus dem sie am nächsten Morgen wieder gemeinsam erwachten.

13

Den ganzen Tag lang suchten sie in den Straßen und Läden von Victoria und Kaulun nach einem Hinweis auf die Chou-Jade. Viele der Läden, an die sich Arisa noch von früher erinnerte, existierten zum großen Teil nicht mehr, oder hatten neue Besitzer, die noch nie von Elliot Travish gehört hatten. Und andere, die den Namen kannten, konnten nichts über die Jade sagen. Nur ein runzeliger alter Mann gab zu, von der Chou-Jade gehört zu haben. Alles in allem wären es sieben Stücke, sagte er und schob die Hände in seine weiten Jackenärmel. Das Ortband einer Schwertscheide, eine Drachenspange, ein geschnitzter Fisch und vier insektenförmige Steine.

»Sind das die Steine des Himmels?« fragte Arisa.

So sagt man, antwortete er, und es wird von vielen geglaubt.

Auch von ihm?

Er nickte weise. Zwei Männer waren bereits gestorben, weil sie die Steine besessen hatten. War das kein Beweis dafür?

Arisa ließ nicht locker, bis sie erfuhr, daß man den Bauern, der mit der Jade nach Hongkong gekommen war, ermordet auf der Straße gefunden hatte. Und sein Bruder, an den dann die Steine gegangen waren, ertrank im Hafen. Es hieß, daß ein dritter Mann die Steine nun habe und sie verkaufen wollte. Aber viele Händler in Hongkong weigerten sich, die Steine auch nur anzurühren.

Arisa fragte ihn, wo dieser Mann zu finden sei.

»Ich weiß es nicht. Ich weiß es nicht.«

Mehr war aus ihm nicht herauszubringen. Er fürchtete bereits, daß ihn der Fluch der Steine erfassen könnte, nur weil er zuviel darüber geredet hatte.

Arisa und Carter gingen erschöpft ins Hotel zurück und tranken Tee. »Wenigstens wissen wir jetzt, daß die Chou-Jade nicht nur ein Gerücht ist«, sagte sie, unbeeindruckt von ihrem Mißerfolg. »Sie existiert wirklich und ist auch in Hongkong.«

»Aber wo? Das wissen wir genausowenig wie zuvor.«

»Vielleicht weiß es David Fung«, sagte sie. »Wenn man Professor Sun glauben kann, dann hat Fung die Steine wahrscheinlich gesehen. Und heute abend sind wir dort eingeladen. Die Fungs haben auch früher oft eingeladen, und auf ihren Partys hat man immer viele Leute aus dem Antiquitätengeschäft getroffen. Vielleicht haben wir Glück und es ist eine kleine Maracudo-Party.«

»Na gut. Werfen wir uns in Schale und hoffen wir auf das beste.«

Arisa trug ein elegantes weißes Abendkleid, vermutlich das De la Renta-Modell, das er bezahlt hatte. Es war jeden Dollar wert. Nachdem er sie gebührend bewundert hatte, nahm er sie in die Arme und küßte sie. Er sagte ihr, wie schön sie war, und ihre Wangen färbten sich vor Freude. Sie hielt ihm den weichen, weißen Umhang hin, und er legte ihn ihr zärtlich um die nackten Schultern.

Carter mietete einen Mercedes, erkundigte sich nach dem Weg und ließ sich dann von Arisa zum Haus der Fungs dirigieren. Sie fuhren auf den Peak, und Arisa deutete plötzlich auf eine Einfahrt zwischen zwei weißen Steinsäulen. Als sie vor dem hellbeleuchteten Haus hielten, trat ein junger Chinese in einer weißen Jacke heran und sagte etwas auf kantonesisch.

»Will er den Wagen parken?« fragte Carter.

»Ja«, antwortete sie und sagte zu dem Jungen: »M-goy.« Er verbeugte sich.

Es ist sehr beeindruckend, wenn du kantonesisch sprichst«, sagte Carter schmunzelnd, nahm ihren Arm und ging mit ihr die Stufen zum Eingang hinauf.

Der Klingelzug war ein antiker Drachenkopf aus Messing, und nachdem Carter daran gezogen hatte, öffnete sich die Tür, und ein Mädchen verbeugte sich vor ihnen. Es nahm Arisa ihren Umhang ab und führte sie durch eine mit Holz getäfelte Eingangshalle. Sie kamen in ein großes Empfangszimmer, aus dem man durch große Flügeltüren auf eine große, verglaste Veranda gelangen konnte. Die Party war bereits in vollem Gang.

Unter einem herrlichen Wandteppich thronten Mr. und Mrs. Fung und begrüßten ihre Gäste. Arisa steuerte Carter auf sie zu.

David Fung lächelte ihr erfreut entgegen. »Arisa Travish, was für eine große Freude, Sie in unserem Haus begrüßen zu dürfen.« Er stand auf und nahm ihre Hand. »Es ist schon – vierzehn Jahre her!« Er schüttelte den Kopf, als könnte er kaum fassen, wie schnell die Zeit vergangen war. Er war ein kleiner Mann mit einer sehr aufrechten Haltung und hatte ein gleichbleibend freundliches Lächeln auf dem Gesicht. Obwohl fast siebzig, war in seinen Haaren kein Grau zu entdecken, und seine dunklen Augen funkelten voll jugendlicher Energie. Arisa stellte nun Carter vor, der sich für die unerwartete und großzügige Einladung bedankte.

»Aber wir sind es, die uns darüber freuen, Elliots Partner endlich kennenzulernen. Er hat uns viel von Ihnen erzählt und großes Vertrauen in Sie gesetzt.«

»Das freut mich zu hören. Ich hoffe, daß ich dem gerecht werden kann«, entgegnete Carter bescheiden.

»Wir waren sehr betrübt, als wir vom Tod Ihres Vaters hörten, Arisa«, sagte nun Mrs. Fung. »Aber wir freuen uns auch, daß seine Seele nun ihren Frieden gefunden hat. Er war ein guter Mann und wird von vielen vermißt.«

»Danke, Mrs. Fung.«

»Und Sie und Ihr Bruder werden nun die Arbeit Ihres Vaters fortführen«, sagte David Fung, als wäre das eine beschlossene Tatsache.

Daß er Quentin überhaupt erwähnte, überraschte Arisa, denn sie hatte ganz vergessen, daß die Fungs ihren Bruder gekannt haben mußten. Er hatte immerhin achtzehn Jahre auf dem Peak gelebt.

»Quentin hat mit dem Geschäft nichts zu tun«, warf Carter schnell ein, und Arisa wunderte sich etwas über den harschen Unterton in seiner Stimme. Aber er lächelte die Fungs weiterhin freundlich an und fuhr fort: »Arisa ist seine Erbin und wird seine Arbeit fortführen.«

David Fung warf ihm und Arisa einen überraschten Blick zu. »Ein bedauerlicher Fehler meinerseits, Arisa. Entschuldigen Sie, bitte.«

»Nein, es ist mein Fehler«, warf nun Mrs. Fung ein. »Manchmal habe ich Schwierigkeiten mit den Feinheiten der englischen Sprache. Als sich Ihr Bruder vorstellte, habe ich seine Beziehung zu Travish-Montaigne sicher falsch verstanden.«

Jetzt war es an Arisa, sie überrascht anzusehen. »Sie haben mit meinem Bruder gesprochen?«

Mrs. Fungs Lachen klingelte wie ein silbernes Glöckchen. »So wie Sie ist auch er ein unerwarteter, jedoch willkommener Gast.« Ihre Augen richteten sich auf die Veranda.

Arisa folgte dem Blick, und sie traute ihren Augen kaum. Dort, neben einer Flügeltür, stand Quentin und unterhielt sich mit einem jungen Chinesen. Arisa und Carter tauschten einen ungläubigen Blick aus. Quentin hier! Was, in aller Welt, hatte er hier verloren? Im selben Moment drehte er sich halb herum und sah sie. Arisa warf ihm einen wütenden Blick zu und wandte sich dann wieder lächelnd ihren Gastgebern zu.

»Ich wußte nicht, daß er eine Reise nach Hongkong vorhatte. Als ich ihn das letztemal sah, hatte er wichtige Geschäfte in Kalifornien.«

»Er hat sie offensichtlich abgeschlossen, wie man sieht«, bemerkte Carter sarkastisch, und Arisa spürte, wie sich seine Finger um ihren Arm schlossen.

»Hat Elliot Sie auf seiner letzten Reise besucht«, fragte er dann die Fungs.

»Wir hatten das große Vergnügen ihn zu sehen«, sagte David Fung. »Ich war nicht im Geschäft, und deswegen kam er hierher. Mein Sohn Robert vertritt mich nun in geschäftlichen Dingen, und ich nehme mir jede Woche ein paar Tage frei. Ein alter Mann gibt zwar nicht gerne zu, daß ihn die Jungen ersetzen können. Aber wenn ich meine letzten Jahre noch genießen will, muß ich mich etwas schonen.«

»Du bist nicht so alt, David«, widersprach seine Frau lächelnd. »Du hast dir deine Freizeit verdient.« Er nahm ihre Hand und streichelte sie schmunzelnd. »Wir haben uns immer sehr über die Besuche Ihres Vaters gefreut«, sagte Mrs. Fung nun zu Arisa.

Arisa hielt den Moment für gekommen, um den Grund ihrer Reise zu erwähnen. »Ich weiß, daß er immer gerne nach Hongkong gekommen ist, weil er hier so viele gute Freunde hatte. Hat er mit Ihnen über die Chou-Jade gesprochen, als er das letztemal hier war?«

David Fung nickte, als hätte er die Frage schon erwartet. »Jawohl. Wir unterhielten uns länger darüber.«

Arisas Atem stockte. Sie hatte also recht gehabt – David Fung war der Schlüssel zu dem Geheimnis. Ihr Puls wurde schneller, und sie spürte Carters Blick, ohne ihn anzusehen. »Carter und ich würden die Jade gerne kaufen«, fuhr sie schnell fort. »Oder zumindest einen Teil davon. Angeblich sind es sieben Stücke.«

»Ja, es sind herrliche Stücke. Die beste Jade aus Turkestan und ausgezeichnete Arbeit.«

»Sie haben sie gesehen?«

»Ja. Man hat sie mir – gezeigt.«

Arisa hörte das Zögern. »Aber Sie haben sie nicht gekauft?«

David Fung seufzte. »Der Besitzer wollte einen hohen Preis dafür haben. Meine Offerte war ihm nicht hoch genug, und er nahm sie wieder mit, um sie noch anderen zu zeigen. Aber leider . . .«

»David«, unterbrach ihn seine Frau warnend.

Er schwieg kurz und begann noch einmal von neuem. »Man kann ihm keinen Vorwurf daraus machen, daß er den besten Preis dafür wollte. Er wußte, daß er einen Schatz von fast unbezahlbarem Wert besaß.«

Arisa überlegte insgeheim, was er wohl im Begriff war zu sagen, als ihn seine Frau unterbrochen hatte. Aber dann schob sie den Gedanken wieder beiseite. Sie waren noch nicht zu spät, das war schon etwas. »Wir würden die Jade sehr gerne sehen. Können Sie uns vielleicht mit dem Besitzer bekannt machen?«

»Aber selbstverständlich. Er wird bald kommen.«

»Hierher?« Arisa starrte ihn mit offenem Mund an.

Mrs. Fung sah ihren Mann kurz von der Seite an und sagte dann mit unbewegtem Gesicht: »Wir freuen uns sehr, daß wir einigen unserer Gäste die Gelegenheit bieten können, mit dem Besitzer der Jade zu sprechen. Doch nun müssen wir unseren Gastgeberpflichten nachkommen.« Sie neigte den Kopf leicht und bedeutete damit, daß das Gespräch zu Ende war. Doch bevor Arisa weggehen konnte, legte Mrs. Fung noch einmal ihre Hand auf Arisas Arm. »Es ist so schön, Sie wiederzusehen. Wir müssen uns bald noch einmal länger unterhalten.«

»Was hatte denn das alles zu bedeuten?« fragte Carter leise, als sie sich anschließend durch die Leute schoben.

»Ich bin nicht ganz sicher. Nach der ganzen Geheimnistuerei kommt mir das fast zu einfach vor. Eine Party und eine Auktion? Wird David die Jade selbst versteigern? Aber wie kann er das, wenn er sie nicht hat?«

»Vielleicht fungiert er als Agent.«

Sie seufzte. »Alles ist natürlich möglich. Nur, warum würde er das tun, wenn er die Jade selbst haben will? Warum kauft er sie nicht einfach?«

»Die Idee einer Auktion gefällt mir überhaupt nicht, denn das kann unsere Chancen erheblich verringern.«

»Wenn, dann werden die Steine bestimmt einzeln verkauft, denn das bringt mehr ein. Und dann haben wir auch noch eine gute Chance.« Sie drückte beruhigend seinen Arm und steuerte ihn direkt auf Quentin zu, der ihnen etwas unbehaglich entgegensah.

»Was für eine große Überraschung, dich hier zu sehen, Quentin«, begrüßte sie ihn ironisch.

»Tja, es ergab sich ganz plötzlich. Ich bin mit einem Freund rübergeflogen.«

»Was für ein netter Zufall«, entgegnete sie sarkastisch. »Wie gefällt es dir hier, nach so vielen Jahren?«

»Ich habe es hier noch nie besonders gemocht«, antwortete er schulterzuckend und fügte dann, nach einem kurzen Blick auf den jungen Mann neben sich, hinzu: »Bis auf meine Freunde natürlich.«

Der Chinese lächelte Arisa fast schelmisch an. »Sie erinnern sich nicht mehr an mich, oder?«

Sie schüttelte den Kopf.

»Ich bin Robert Fung. Früher war ich öfters bei Ihnen im Haus.«

»Wir waren zusammen in der Schule«, erklärte Quentin und klopfte dem anderen jovial auf die Schulter. Robert Fung schien von Quentins kameradschaftlichem Ton nicht viel zu halten, denn seine Miene wurde plötzlich ausdruckslos.

»Einmal habe ich Sie für Ihre *amah* spazierengeführt«, sagte er dann und zwinkerte ihr zu. »Ich erinnere mich noch, daß Sie ein rosa Kleid anhatten und eine Schleife im Haar trugen.«

»Ach du liebe Zeit!« lachte Arisa. »Das ist wirklich lange her!« Sie zog Carter hinzu. »Robert, das ist Carter Montaigne, der Geschäftspartner meines Vaters, und jetzt auch meiner. Ihr Vater erzählte uns vorhin, daß Sie sein Geschäft zum großen Teil übernommen haben.«

»Ja, schon seit einigen Jahren.« Er gab Carter die Hand.

»Robert, können Sie uns vielleicht etwas mehr über die legendäre Chou-Jade sagen? Ihr Vater sprach zwar darüber, aber danach wußte ich genausowenig wie zuvor.«

»Mein Vater gehört einer Generation an«, antwortete Robert Fung lächelnd, »die die alten Traditionen nicht mehr abwerfen kann und will. Es wäre zum Beispiel ein ernsthaftes Problem, vor Kollegen das Gesicht zu verlieren.«

Arisa runzelte die Stirn. »Ich verstehe nicht ganz.«

»Mein Vater ist in einem Dilemma. Er hat etwas versprochen, das er jetzt nicht halten kann«, sagte Robert. »Es stört seinen Gleichmut.«

»Was hat er denn versprochen?«

Robert Fung lächelte wieder und warf einen kurzen Blick auf Quentin, der ungeduldig daneben stand und offensichtlich gerne woanders gewesen wäre.

»Er hat Ihrem Vater versprochen, ihm auf der Suche nach den Steinen des Himmels zu helfen. Die Chou-Jade ist nun vor kurzem aus Schanghai herausgebracht worden, und die Steine sind ein Teil davon.«

»Mein Vater war nur an den Steinen des Himmels interessiert und nicht am Rest der Jade?« fragte Arisa erstaunt.

»Natürlich hätte er gerne die ganze Jade gehabt. Aber letzten Endes ist es eine Kostenfrage – wie bei uns anderen auch. Die ganze Sammlung auf einmal ist für einen einzelnen kaum erschwinglich«, sagte Robert bedauernd.

»Ihr Vater ließ vorhin durchblicken, daß der Mann, der die Jade nach Hongkong gebracht hat, heute abend kommen würde. Ist er schon hier?«

Roberts Gesicht wurde ernst. »Es ist nicht der Mann, der sie nach Hongkong gebracht hat, sondern der Mann, in dessen Händen sie jetzt ist.« Er warf einen kurzen Blick zu seinen Eltern hinüber, die gerade einen neuen Gast begrüßten. »Der vorige Besitzer starb unter, sagen wir, etwas ungewöhnlichen Umständen.«

»Der Fluch?« entfuhr es Arisa etwas amüsiert, da sie sich nicht vorstellen konnte, daß Robert dieses Gerücht ernstnahm.

»Mein Vater kann ihn nicht ganz ignorieren«, kam es fast entschuldigend. »Der bedauerliche Tod Ihres Vaters hat ihn von seiner, sagen wir unbehaglichen Verbindlichkeit entbunden – bis Sie und Quentin sich heute abend überraschenderweise nach der Jade erkundigt haben. Jetzt fürchtet meine Mutter, daß er sich den Kindern seines Freundes von neuem verpflichtet fühlt.«

»Aber Ihr Vater hat mir vorhin versprochen, mich mit dem Besitzer der Jade bekannt zu machen«, sagte Arisa mit einem Anflug von Panik und warf dann einen nachdenklichen Blick auf Quentin. Was, zum Teufel, hatte er mit der Jade zu schaffen? Und woher hatte er plötzlich Geld, um die Jade zu kaufen? Vor kurzem noch war er angeblich pleite gewesen.

»Und das wird er auch tun«, sagte Robert beruhigend. »Ich glaube auch nicht, daß Sie Probleme haben werden, etwas zu kaufen. Ihre Konkurrenz ist in den letzten Wochen erstaunlich klein geworden.«

»Und warum?« fragte Carter.

»Viele Händler gehören derselben Generation meines Vaters an«, erwiderte Robert achselzuckend.

»Und sie glauben die Legenden?«

»Jawohl.«

»Und Sie?«

»Ich repräsentiere meinen Vater und ehre ihn.« Er sah zur Tür, wo gerade einige neue Leute auftauchten. »Entschuldigen Sie mich bitte. Wir sprechen dann später weiter.« Er verbeugte sich und ging schnell davon.

Als er außer Hörweite war, fuhr Arisa ihren Bruder an: »Was heißt das, daß du die Jade kaufen willst? Seit wann importierst du Jade? Du weißt, daß du keine Autorität hast, für Travish-Montaigne zu sprechen. Was, zum Teufel, soll das alles?!«

Rote Flecken erschienen auf Quentins Gesicht. »Habe ich auch nie behauptet. Wenn mich die Leute mißverstehen, ist das nicht meine Schuld.«

»Warum bist du denn dann hier?«

Quentin holte zum Gegenschlag aus. »Ich bin dir überhaupt keine Erklärung schuldig«, kam es arrogant. »Ich bin ein freier Agent und kann tun, was ich will.«

Arisa kniff die Lippen zusammen, warf ihm einen eisigen Blick zu, drehte sich auf dem Absatz herum und ging davon.

»Sie werden es mit mir zu tun bekommen, wenn Sie noch einmal versuchen, sich im Namen des Geschäfts wo einzuführen«, knurrte Carter drohend. »Ihre privaten Spielchen kümmern mich nicht, aber geben Sie acht, daß Sie mir dabei nicht auf die Füße treten, verstanden!«

Quentins Gesicht wurde dunkel vor Zorn, und seine Augen glitzerten. Aber bevor er etwas sagen konnte, war Carter weggegangen und Arisa gefolgt. Sie stand an einem Fenster und starrte wütend hinaus.

»Findest du nicht, daß die Aussicht atemberaubend schön ist?« fragte Carter und nahm ihren Arm.

Sie holte tief Luft und sah erst jetzt, was vor ihr lag. Es war bereits dunkel geworden, und Millionen von Lichtern funkelten zum Peak herauf. Die Stadt lag ihnen wie ein herrliches Juwel zu Füßen.

»Ja«, sagte sie leise, »es ist sehr schön. Ich hatte es gar nicht gesehen.«

Carter grinste sie an. »Er ist ein eingebildeter Esel, mach dir nichts draus.«

»Ich verstehe einfach nicht, was er hier will.«

»Ich weiß es auch nicht. Aber er ist bestimmt nicht hier, um uns zu helfen. Ich werde ihn im Auge behalten. Vielleicht sollte man ihm sogar wünschen, daß er die Steine bekommt«, fügte er bösartig hinzu, »um zu sehen, ob der Fluch wirklich so wirksam ist, wie sie alle sagen.« Arisa mußte gegen ihren Willen lachen.

Leise Musik drang nun an ihre Ohren, und sie drehte sich zum Saal herum. Mit wem war Quentin hergekommen? Sie erkannte mehrere Händler, die sie schon mit Carter aufgesucht hatte. Da waren Yue Hin, James Wu, Han Shak-tak – sogar Kai Tang, der alte Mann, den sie zuletzt bei Maracudo gesehen hatte. Waren sie alle wegen der Jade hier? Der Fluch würde natürlich nicht alle von einem Kauf abhalten. Gier war mächtiger als Angst.

»Carter, ich glaube, wir mischen uns jetzt am besten unter das Volk und hören uns etwas um. Ich möchte auch noch mal mit Robert reden, aber wenn möglich, ohne Quentin.«

»Keine Angst, ich kümmere mich um ihn. Mach dich nur an die Arbeit.«

Sie drückte kurz seine Hand und schlenderte dann durch den Raum. Plötzlich sah sie eine attraktive, rothaarige Frau, die ihr schon von weitem mit offenem Mund entgegenstarrte. Freudig eilte Arisa auf sie zu.

»Jane Bentley!«

»Arisa? Arisa! Ja, was tust du denn hier? Was für eine Überraschung! Ich hätte nie – Gott, wie lange ist es denn schon her?«

»Ganze vierzehn Jahre«, sagte Arisa lachend und verzog das Gesicht.

»Ich kann's nicht fassen! Erst verschwindest du über Nacht, und dann tauchst du vierzehn Jahre später genauso plötzlich wieder auf. Teddy, erinnerst du dich an Arisa Travish? Sie wohnte in dem Haus, in dem jetzt Talmadge lebt.«

Teddy runzelte die Stirn. »Natürlich. Wie geht es Ihnen?« sagte er höflich und verbarg geschickt, daß er keine Ahnung hatte, wer sie war. Arisa sah einen dicken Ehering an Janes Hand und denselben an Teddys. Sie konnte sich an ihn genausowenig erinnern und hatte keine Ahnung, wie er hieß.

»Wie lange bist du denn schon hier?« plapperte Jane schnell weiter. »Bleibst du länger? Du mußt unbedingt zu uns kommen. Wir haben ja so viel zu reden!«

Jane hatte sich mit mädchenhafter Begeisterung bei ihr eingehängt und steuerte sie nun von ihrer kleinen Gruppe weg. »Du mußt mir alles erzählen! Wir hörten hinterher von dem Feuer und dem Überfall und waren so froh, daß ihr heil davongekommen seid. Aber natürlich dachten wir immer, daß ihr wieder zurückkommen würdet.«

Jane war damals Arisas beste Freundin gewesen, und sie erzählte ihr nun schnell in kurzen Stichworten, was sich inzwischen alles ereignet hatte. Als sie fertig war, schüttelte Jane den Kopf.

»Wenn ich gewußt hätte, daß dein Vater so oft hier war! Ich hätte ihn wirklich gerne gesehen. Warum hast du dich denn nie gemeldet?« kam es vorwurfsvoll. »Kein Wort hast du hören lassen!«

»Es dauerte sehr lange, bis ich mich in Kalifornien eingewöhnt hatte«, sagte Arisa ausweichend und wechselte schnell das Thema. »Aber ich sehe, daß du geheiratet hast. Hast du auch Kinder?«

»Ein kleines Monster. Theodore Harper Judson, der dritte«, kam es mit gespieltem Horror. »Er ist zwei Jahre alt und ehrlich gesagt, ganz niedlich. Aber gottlob hat ihn die *amah* den ganzen Tag!«

Judson, natürlich! Arisa erinnerte sich jetzt wieder an den Namen. Theodore Judson Senior besaß die größte Reederei der Kolonie. Jane hatte einen sehr guten Fang gemacht. »Lebst du immer noch auf dem Peak?«

»Ja. Aber das Leben hat sich dort sehr verändert. Es ist eine richtige Metropole geworden. Du mußt uns unbedingt besuchen kommen. Und dein Vater hat sich also auf Antiquitäten umgestellt«, wechselte sie plötzlich in typischer Manier das Thema. »Aber Hauptsache, es hat ihm Spaß gemacht – und da es dich mal endlich wieder zurückgebracht hat, will ich nichts dagegen sagen. Bist du vielleicht auch an dieser alten Jade interessiert?«

Arisa nickte. »Aber ich habe anscheinend ziemlich viel Konkurrenz. Weißt du vielleicht irgend etwas, das mir helfen könnte?«

»Meine Liebe, ich weiß alles, was sich in Hongkong abspielt.« Sie stieß ihr mit dem Ellbogen leicht in die Seite und lachte verschwörerisch. »Also, was möchtest du wissen? Der Mann, der die Jade hat, heißt Lo Bat. Angeblich ist er ein Cousin der Männer, die die Jade aus Schanghai gebracht haben. Aber wenn du mich fragst, war er am Tod der Brüder nicht ganz unbeteiligt. Kennst du die Geschichte?« Als Arisa nickte, fuhr sie fort: »Er ist die Reinkarnation einer Ratte, und kein Mensch würde mit ihm freiwillig was zu tun haben wollen. Aber du hast keine Wahl. David Fung will die Steine, wenn es geht, in ehrbare Hände bringen. Ihm liegt in erster Linie daran, daß die Steine der Nachwelt erhalten bleiben. Das Problem ist, daß Lo Bat natürlich weiß, was für einen Wahnsinnspreis er dafür verlangen kann. Andererseits scheint er auch etwas Respekt vor dem Fluch zu haben und möchte die Jade so schnell wie möglich loswerden, damit er sich mit dem Geld absetzen kann. Vielleicht hat er Glück. Ich glaube jedoch, daß es die Leute, die an einen Fluch ernsthaft glauben, auch immer erwischt. Mich würde es echt freuen, wenn die Jade nach Amerika oder England käme, damit dieser ganze Unsinn endlich ein Ende hat.«

»Woher weißt du soviel über Lo Bat? Hast du ihn schon mal gesehen?«

»Nein, aber Teddy hat kürzlich mit Robert Fung zu Mittag gegessen. Sie sind schon lange befreundet, und deswegen sind wir heute abend auch hier. Robert hat gern etwas Abwechslung bei seinen Partys. Er mag nicht nur immer über sein Geschäft reden. Jedenfalls hat Teddy die Geschichte von Robert gehört. Es hat ihn angeblich ziemlich geärgert, daß sein Vater die Jade nicht kaufen wollte. Aber natürlich steckt Su-san dahinter.«

»Su-san?«

»Mrs. Fung. Sie lebt immer noch ganz in der alten Tradition. Wußtest du, daß ihre Mutter noch Lilienfüße hat? Sie hat oben im Haus ihr eigenes kleines Apartment, und man kann die Räucherstäbchen bis in die Eingangshalle herunter riechen.«

»Aber ich verstehe dann nicht, daß David Fung zugestimmt hat, den Mittelsmann zu spielen«, sagte Arisa nachdenklich.

»Wie ich schon sagte, will er die Jade der Nachwelt erhalten, und auf diese Weise hat er wenigstens etwas Einfluß darauf.«

»Könntest du mich mit Lo Bat bekannt machen?«

»Natürlich. Ich werde mit Teddy darüber sprechen. Aber jetzt habe ich dich lange genug in Beschlag genommen. Komm, ich stelle dich den andern vor.« Sie führte Arisa zu der Gruppe zurück, die sie zuvor verlassen hatten und stellte sie vor. Fast sofort wurde sie von einem Ehepaar, Sheila und Charles Stone, für den nächsten Abend zum Essen eingeladen. Arisa erwähnte, daß sie sich erst mit Carter verständigen müsse, bevor sie die Einladung annehmen konnte, und die dunkelhaarige Frau rief aus: »Ach, ist das der attraktive Mann, mit dem Sie gekommen sind? Natürlich ist er ebenfalls herzlich eingeladen.«

»Welcher attraktive Mann?« fragte Jane interessiert. »Das hast du mir ja ganz verheimlicht.« Sie sah sich neugierig um. »Wo ist er denn?«

Arisa deutete auf Carter, der sich in der Nähe mit einem Mann unterhielt.

»Das ist ein Abend voller Überraschungen«, murmelte jetzt ein junger Mann. »Wer kommt denn da?«

Alle Augen folgten seinem Blick zum Eingang, wo eine auffallend attraktive Frau in einem langen, karminroten Abendkleid gerade ihren großen Auftritt hatte. Ihr Begleiter war sonnengebräunt, trug einen blauen Blazer und weiße Hosen und sah aus, als wäre er gerade von einer Yacht gekommen. Beide blieben kurz stehen und warfen einen hochmütigen Blick in die versammelte Runde.

Arisas Magen verkrampfte sich. »Das ist Claire Prigent. Sie dekoriert Häuser in Los Angeles.«

»*Die* Claire Prigent?« fragte Charles Stone ungläubig und sah auf Claire, als wäre sie eine überirdische Erscheinung.

»Ich nehme an, es gibt nur eine«, erwiderte Arisa kurz.

»Das kann man wohl sagen«, murmelte Charles bewundernd. »Ich muß sie unbedingt kennenlernen, denn ihr Vater macht mit unserer Bank Millionengeschäfte.«

»Meinst du Nesbitt Prigent, den Stahlmagnaten?« fragte Teddy Judson, nun ebenfalls interessiert.

»Denselben. Ich wußte gar nicht, daß sie in Hongkong ist.« Charles sah Arisa bittend an. »Würden Sie mich ihr vorstellen?«

In dem Moment sah sie jedoch, wie Carter plötzlich seinen Gesprächspartner verließ und direkt auf Claire zuging. »Mein Partner kennt sie viel besser als ich«, sagte sie eisig. »Er wird es bestimmt gerne tun.«

Zähneknirschend beobachtete sie, wie Claire ihren Arm durch den Carters schob, ihn auf die Wange küßte und dann besitzergreifend auf die Veranda hinausführte. Wie auf ein Kommando begannen nun alle auf einmal zu reden. Arisa hatte Mühe, zuzuhören und schnappte nur vereinzelte Gesprächsfetzen auf, wie: Yachten – Prigent ist ein Freund des Gouverneurs – ungeheurer Einfluß! Sheila Stone meinte atemlos, daß sie Claire zum Abendessen einladen sollten und ob Charles glaubte, daß sie kommen würde. Worauf Jane bissig bemerkte, daß sie die Männer dann vorher auf jeden Fall festbinden müßten. Nervöses Gelächter folgte ihrer Bemerkung.

»Ich habe erst heute morgen etwas über sie gelesen«, sagte jemand. »Irgendwas über ihre letzte Eroberung in Paris, mit Abendessen im Maxim und so weiter.«

»Na, im Moment hat sie sich jedenfalls jemand neuen geangelt«, sagte ein anderer vorlaut und wurde dann rot, als er Arisas tödlichen Blick bemerkte.

»Carter kann auf sich selbst aufpassen«, sagte Arisa mit einem gezwungenen Lächeln. »Wenn nicht, dann wird es höchste Zeit.«

Man lachte erleichtert, und Charles wiederholte noch einmal seine Bitte, daß er Claire gern kennenlernen würde. Jane, der Arisas Unbehagen nicht verborgen geblieben war, nahm sie daraufhin energisch am Arm und führte sie, unter dem Vorwand, daß sie noch andere Gäste kennenlernen mußte, davon.

»Du hast nicht gerade sehr glücklich ausgesehen«, raunte sie ihr zu. »Ist denn dein Carter jemand ganz spezieller?«

»Überhaupt nicht«, antwortete Arisa kurz. Doch Jane sah, wie sie rot wurde und wechselte zuvorkommend das Thema.

»Ich glaube, der geheimnisvolle Lo Bat ist eben gekommen. Alle schauen plötzlich so neugierig zum Eingang hin. Ich frag mal schnell Teddy.« Sie eilte zu ihrem Mann zurück und wechselte ein paar Worte mit ihm.

Arisa sah unterdessen, wie Robert Fung schnell zur Tür ging und dann einen kleinen, nervösen Mann, in einem zerknitterten, schlechtsitzenden Anzug zu seinen Eltern führte. »Das ist er«, murmelte Jane, die mit Teddy zurückgekommen war. »Komm, wir gehen schnell hin, bevor uns jemand anderer zuvorkommt.« Sie nahm Arisa am Arm und ging zwischen ihr und Teddy zu den Fungs hinüber. Robert übernahm die Rolle des Gastgebers und stellte sie einander vor. Lo Bat verzog keine Miene, doch als er den Namen Travish hörte, erschien ein gieriges Glitzern in seinen Augen.

»Miß Travish hat die Arbeit ihres Vaters übernommen«, sagte Robert mit großem Nachdruck. »Für das Haus Fung ist es eine große Ehre, mit dem Hause Travish zusammenzuarbeiten.«

Lo Bat sah sie nur verächtlich an. Was konnte man schließlich von einer Frau schon erwarten?

»Wir hoffen, daß Sie Miß Travish die Ehre erweisen und ihr die Jade zeigen werden. Der Name Travish wird sehr respektiert.«

Arisa neigte dankend den Kopf und sagte leise auf kantonesisch: »Es ist eine Ehre, den Besitzer der Chou-Jade begrüßen zu dürfen. Es war der Wunsch meines Vaters, einige Stücke der kostbaren Jade zu kaufen. Ich möchte im Gedenken an ihn seinen Wunsch erfüllen.«

Lo Bat zeigte momentane Überraschung, als er die fremde Frau fehlerloses Kantonesisch sprechen hörte. Doch dann wurde sein Gesicht wieder zur undurchdringlichen Maske.

»Lo Bat wünscht einen Termin mit interessierten Käufern zu machen, und ich bin überzeugt, daß er Sie mit einer Einladung beehren wird«, sagte Robert zu Arisa, während sein Blick auf Lo Bat haftenblieb. »Heute abend wünscht er nur die verschiedenen Interessenten zu sehen, damit er sie später wieder erkennen wird.«

Der schlaue Bauer wollte also kein Risiko eingehen und versuchte sich gegen einen eventuellen Diebstahl oder Überfall abzusichern.

»Wo soll die Auktion stattfinden?« fragte Arisa.

»Jeder Händler wird erfahren, wann und wo«, antwortete Lo Bat plötzlich selbst, im gutturalen Dialekt einer südlichen Provinz.

Arisa nahm schnell eine Visitenkarte aus ihrer Abendtasche und schrieb den Namen des Hotels und ihre Zimmernummer darauf. Dann überreichte sie ihm die Karte mit einer kleinen Verbeugung und sagte: »M-goy, m-goy.«

Einige andere Händler, die Lo Bats Identität inzwischen auch erfahren hatten, drängten sich nun heran, und Arisa trat bereitwillig zur Seite. Sie hatte erreicht, was sie wollte.

»Ein widerlicher, kleiner Kerl«, flüsterte Jane und schüttelte sich. »Laß dir ja nicht einfallen, ihn im chinesischen Viertel zu besuchen!«

»Robert hat mir gesagt«, warf nun Teddy ein, »daß sie ihm ein Haus auf dem Peak zur Verfügung stellen werden. Ich schätze, daß sich Lo Bat hier auch sicherer fühlt als in der Innenstadt. Sie sollten aber auf jeden Fall Mr. Montaigne mitnehmen, Arisa. Man kann nie wissen.«

»Keine Angst, ich werde schon aufpassen. Die Jade nützt mir nichts, wenn ich tot bin.«

»So was darfst du gar nicht sagen!« kam es entsetzt von Jane. »Höchste Zeit, daß wir das Thema wechseln. Wir sind schließlich auf einer Party. Wird auf der Terrasse getanzt, Teddy?«

»Wenn nicht, dann fangen wir einfach damit an«, antwortete er und zwinkerte seiner Frau zu. Er legte seinen Arm um sie und führte sie auf die Veranda, wo bereits mehrere Paare zu leiser Musik tanzten.

Arisa sah sich nun beiläufig nach Carter um. Eifersucht nagte an ihr, als sie die beiden nirgends entdecken konnte. Ein Mädchen, in schwarzer Uniform und weißer Schürze, bot auf einem Tablett Champagner an. Arisa nahm sich ein Glas und schlenderte damit auf die Terrasse zu. Plötzlich sah sie den Mann, mit dem Carter zuvor gesprochen hatte. Er kam auf sie zu und sagte mit einem breiten, amerikanischen Akzent: »Wenn Sie Ihren Freund suchen, der ist da draußen mit der blonden Puppe.«

Sie sah ihn kalt an. »Ich bin mir nicht bewußt, daß ich Sie um Ihre Hilfe gebeten habe.«

»Wie Sie wollen.« Er zuckte mit den Schultern und sah sie unverschämt von Kopf bis Fuß an. »Ich bin mit Ihrem Bruder hergekommen«, sagte er dann plötzlich unerwartet und grinste vielsagend.

»Tatsächlich. Und kennen Sie ihn schon lange?« fragte sie mit betonter Interesselosigkeit.

»Wir haben gemeinsame Freunde.«

»Haben Sie auch mit dem Kunsthandel zu tun, Mr. . . .?«

»Nur indirekt. Danny Ladera ist mein Name.«

»Für wen arbeiten Sie denn?«

»Für diesen gemeinsamen Freund«, war die Antwort. »Ich kümmere mich sozusagen um seine Interessen.«

»Und welcher Art sind diese?« Sie war plötzlich entschlossen, diesem Geheimnis auf die Spur zu kommen.

»Na, an was sind denn hier alle interessiert?« kam es spöttisch.

»Vielleicht an der Chou-Jade?«

»Sie haben's erfaßt, Baby. Ich hab' gesehen, daß Sie vorhin mit dem Schlitzauge da vorn geredet haben. Ist das der Kerl?«

»Reden Sie doch selbst mit ihm, wenn Sie's wissen wollen«, gab sie grob zurück.

Er verzog keine Miene und sagte nur: »Das ist der Job Ihres Bruders. Ich bin nur hier, um sein Händchen zu halten.«

»Und die Interessen Ihres Freundes im Auge zu behalten«, fügte sie sarkastisch hinzu.

»Genau.«

Das Gespräch hatte einen fast drohenden Anklang bekommen. Wer war dieser geheimnisvolle Dritte? Er mußte ziemlich großen Einfluß haben, sonst wäre Quentin niemals hierher gekommen. Sie sah, daß sich Quentin jetzt auch zu dem Gedränge um Lo Bat gesellt hatte. Wie wollte er mit so vielen Experten konkurrieren? Er verstand überhaupt nichts von Jade, und Ladera machte auch nicht den Eindruck, als ob er mehr davon verstünde. Wie seltsam, daß dieses Paar auf eine solche Reise geschickt worden war.

In diesem Moment sah sie Carter und Claire von der Veranda hereinkommen. Sie drehte sich schnell um, damit es nicht den Anschein hatte, als ob sie etwa auf sie gewartet hätte. Doch Carter sah sie sofort und steuerte, trotz Claires verärgertem Blick, direkt auf sie zu. Arisa sah plötzlich, daß Ladera verschwunden war. Doch sie vergaß ihn sofort, als Carter sagte: »Arisa, erinnerst du dich noch an Claire?«

»Natürlich.« Sie erwiderte Claires gelangweilten Blick. »Dekorieren Sie jetzt auch Häuser in Hongkong?« fragte sie etwas unhöflich.

»Ich bin nur privat hier, meine Liebe«, antwortete Claire und warf einen vielsagenden Blick auf Carter.

Arisa biß die Zähne zusammen. »Wie schön.« Plötzlich sah sie aus dem Augenwinkel Charles Stone in der Nähe. »Charles«, rief sie laut, als hätte sie schon die ganze Zeit auf diese Gelegenheit gewartet. »Wie schön, daß Sie hier sind. Sie wollten doch Claire Prigent kennenlernen, nicht wahr?« Charles, der erst überrascht aufgesehen hatte, eilte freudig herbei. »Claire, das ist Charles Stone von der Hongkong und Schanghai Bank. Und das ist *die* Claire Prigent, Charles.«

Charles gab ihr die Hand und machte Claire sogleich ein Kompliment, worauf sie kokett seinen Arm nahm. »Es freut mich so, Sie endlich einmal kennenzulernen, Charles. Peter spricht so oft von Ihnen. Haben Sie ihn schon gesehen? Nein? Dann wollen wir ihn zusammen suchen gehen, nicht wahr? Er sagte erst vorhin, wie nett es wäre, wenn Sie uns auf der Yacht besuchen kämen.«

Ohne Carter und Arisa noch eines Blickes zu würdigen, rauschte sie mit ihrem neuen Opfer davon. Als sie außer Hörweite war, fragte Carter leise: »Was hat dir denn der Freund deines Bruders alles erzählt?«

»Wer? Ach, du meinst . . . Nichts Besonderes. Er hat mir nur gesagt, daß er mit Quentin nach Hongkong gekommen ist, um die Chou-Jade zu kaufen.«

»Sehr mysteriös.«

»Tja. Aber ich habe aufgehört, mich über meinen lieben Bruder zu wundern. Weißt du, wer dieser Danny Ladera ist?«

»Ist das sein Name?« Carter runzelte die Stirn. »Habe ihn schon mal gehört.« Er sah nachdenklich vor sich hin.

»Es kommt mir vor, als ob er Quentins Wachhund ist. Angeblich kümmert er sich um die Interessen eines geheimnisvollen Freundes. Aber er war sehr auf der Hut, einen Namen zu nennen.«

Carters Blick wanderte zu Quentin hinüber, der immer noch in dem Knäuel um Lo Bat stand. »Ist das der Mann, der die Jade hat?«

»Jawohl, der berüchtigte Lo Bat höchstpersönlich. Ich habe schon mit ihm gesprochen. Er sagte, daß er mich benachrichtigen wird, wenn es soweit ist. Robert erklärte, daß er sich die Leute heute abend nur erst mal ansehen wollte.«

»Glaubst du, daß wir noch eine Chance haben?«

»David und Robert Fung sind auf unserer Seite. Sie fühlen sich dem Namen Travish immer noch verpflichtet.«

»Wird das helfen?«

»Ich hoffe es.«

»Na, dann müssen wir eben warten und hoffen, daß es klappt.« Er warf einen kurzen Blick in den Raum und lächelte sie dann an. »Hast du schon ein paar alte Freunde getroffen?«

»Ja, denk nur, meine beste Freundin Jane ist hier. Wir sind zusammen zur Schule gegangen. Ich habe auch ein paar ihrer Bekannten kennengelernt, und wir sind morgen abend zum Essen bei den Stones eingeladen – wenn du frei bist. Er war der Mann, den Claire eben weggeschleppt hat. Seine Frau Sheila ist die hübsche Dunkelhaarige, da drüben, in dem lavendelblauen Kleid.«

Er reagierte nicht auf ihre Bemerkung über Claire. »Gerne. Wenn unser Treffen mit Lo Bat gut ausgeht, haben wir vielleicht Grund zum Feiern.« Sein Blick wanderte wieder zu dem kleinen

Chinesen zurück. Quentin löste sich jetzt aus der Gruppe und ging auf die Veranda. Danny Ladera stellte sein Glas ab und folgte ihm. Carter hätte viel dafür gegeben, um ihre Unterhaltung zu hören. Für wen, zum Teufel, arbeitete Quentin? Ladera war offensichtlich nur ein kleiner Ganove, der ihm auf die Finger sah. Aber wer bezahlte ihn?

14

Claire Prigent und ihr Begleiter, Peter Karo, waren bald der Mittelpunkt der Party. Männer umschwärmten die flirtende, blonde Schönheit und rissen sich um ihre Tänze, als wären es die guten Wünsche einer Fee. Und Peter tanzte und plauderte mit den Damen, als sei er speziell ihretwegen nach Hongkong gekommen. Er forderte auch Arisa zum Tanz auf und fragte sie nach ein paar Schritten plötzlich, wie lange sie Claire schon kenne. Als sie erwiderte, daß sie sie nur einmal zuvor gesehen hatte, sah er sie überrascht an.

»Ach, wirklich? Ich hatte den Eindruck, als ob Sie alte Freunde wären. Oder ist das das falsche Wort dafür?«

»Wie meinen Sie das?«

»Vielleicht wäre Rivalinnen besser gewesen. Es würde mich nicht wundern, wenn sie sich wegen Ihnen große Sorgen macht, das arme Ding. Sie, meine Liebe, stellen jede Frau in den Schatten, und Sie können mir glauben, daß Claire es bemerkt hat.«

»Ich wußte nicht, daß es hier einen Schönheitswettbewerb geben sollte«, antwortete Arisa etwas abweisend.

»Für Claire ist das ganze Leben ein Wettbewerb, meine Liebe. Und sie will immer gewinnen.«

»Ich kenne niemanden, der gerne verliert. Ich gehöre auch nicht zu dieser Art. Wie steht's mit Ihnen?«

Er lachte. »Ich ziehe den Zuschauersport vor und werfe mich nur bei Frauen ins Rennen.« Seine Hand drückte die ihre vielsagend.

»Ist das nicht ein wenig langweilig?«

»Nicht, wenn die Frauen so schön sind wie Sie.«

»Und Claire?«

»Ich finde sie hinreißend.«

»Lieben Sie sie?«

Die direkte Frage überraschte ihn, und er lachte laut. »Ich habe sie schon ein dutzendmal um ihre Hand gebeten, aber, wie ein guter Dompteur, hält sie ihre Raubtiere in Schach.«

»Also schnurren Sie nur folgsam?«

Er sah sie schnell an und schien sich dann eine scharfe Bemerkung zu verkneifen. »Ich bin ein sehr geduldiger Mensch und kann warten«, sagte er leichthin. »Eines Tages wird sie das alles satt haben und sehr froh sein, wenn ich zur Stelle bin.«

Arisa mußte gegen ihren Willen lächeln.

»Wenn sie nicht vorher seinen Widerstand bricht«, fügte er

plötzlich hinzu und nickte zu Carter hinüber, der mit den Judsons an einem kleinen Tisch saß. »Sie versucht es schon so lange, daß man manchmal glauben könnte, sie meint es im Ernst.«

Arisas Panik kehrte wieder zurück. »Sie waren nur Geschäftspartner«, murmelte sie hilflos.

»Am Anfang genausowenig wie jetzt«, war die lakonische Erwiderung.

Also doch ein Liebespaar! Arisa tanzte mechanisch weiter und versuchte, das eben Gehörte zu verdauen. Hatte sie denn wirklich geglaubt, daß Carter ein Mönch war, nur weil sie in den vergangenen Wochen die Nonne gespielt hatte?

»Ich war etwas überrascht, als sie plötzlich nach Hongkong kommen wollte, nur weil Carter hier was kaufen will«, redete Peter weiter. »Sie hat ihn bisher immer alles alleine kaufen lassen. Aber dieses Mal will sie plötzlich aus irgendeinem Grund genau wissen, wo ihr Geld bleibt.«

Arisa hob abrupt den Kopf. »Wollen Sie damit sagen, daß sie hier ist, um etwas zu kaufen?«

»Claire kauft nie selbst ein; das macht immer jemand anderer für sie«, belehrte er sie.

Arisas Moment der Angst verwandelte sich plötzlich in siedendheiße Wut. Die Musik hörte jetzt auf, und im selben Moment sah sie, wie Claire mit ihrem Tanzpartner zu Carters Tisch hinüberging. Ihr blonder Kopf beugte sich zu ihm hinunter. Dann schien sich Carter bei den anderen zu entschuldigen, stand auf und ging mit ihr in den Saal hinein. Bevor die Musik wieder einsetzte, hörte sie noch Claires helles Lachen herausperlen.

»Wie wär's mit einem zweiten Tanz?« fragte Peter und versuchte, sie in den Arm zu nehmen.

Arisa war wie versteinert stehengeblieben. »Nein, danke«, murmelte sie schließlich mühsam. »Ich . . .« Plötzlich wurde ihr bewußt, wie albern sie sich benahm. Sie lächelte ihn entschuldigend an und sagte schnell: »Doch, eigentlich möchte ich sehr gerne weitertanzen.«

»Das klingt besser«, lobte er grinsend und begann sie wieder über das Parkett zu führen. Aber sie war nicht mehr bei der Sache. Peters Bemerkung dröhnte ihr in den Ohren, und sie dachte daran, daß sie in ihrer Besessenheit über die Chou-Jade das Geld völlig vergessen hatte. Es war also Claires Geld. Aber wenn es stimmte, was Peter sagte, dann kaufte Carter für *sie* und nicht für Travish-Montaigne. Dann hatte Carter sie hinters Licht geführt und ihr nur den Hof gemacht, damit sie ihn zur Jade führen würde – damit er und Claire sie dann kaufen konnten! Sie war die ganze Zeit nur ausgenützt worden! Er wollte die Jade für Claire, und er wollte Travish-Montaigne für sich selbst haben!

Sie hörte plötzlich, daß Peter mit ihr sprach und zwang sich, ihm zuzuhören. Doch endlich war der Tanz zu Ende. Sie entschuldigte sich schnell bei ihm und ging hinein. Dann verabschiedete sie sich bei David Fung und bedankte sich für den schönen Abend.

»Sie müssen uns schon so früh verlassen?«

»Leider ja. Aber ich hoffe, Sie bald wiederzusehen. Ich werde mich auf jeden Fall noch einmal melden, bevor ich abreise.«

»Es würde uns sehr freuen, wenn Sie unser Haus auf Ihrer nächsten Reise nach Hongkong als Gast beehren.«

Sie schüttelte seine Hand. »Ich danke Ihnen. Auch dafür, daß ich Lo Bat kennengelernt habe.«

Die Lider des alten Mannes schlossen sich halb. »Seien Sie wachsam, Arisa. Das ist ein Mann, dem man nicht trauen kann. Er ist ein Gejagter.«

»Gejagter? Sie meinen wegen der Jade?«

»Sie müssen einem alten Mann seine Dummheiten verzeihen, aber das, was man ein ganzes Leben lang respektiert hat, kann man nicht plötzlich vergessen.«

»Sprechen Sie von dem Fluch der Steine des Himmels?« fragte Arisa erstaunt. Sie konnte einfach nicht glauben, daß David Fung so etwas wirklich ernst nehmen würde.

»Gedanken und Gefühle können eine schreckliche Macht ausüben«, antwortete er bedächtig. »Was der Mensch glaubt, bestimmt auch seine Handlungen. Es kommt vor, daß man etwas Böses allein durch die Vorstellung herbeiführen kann. Die Steine des Himmels sind bereits mit Blut befleckt. Und noch mehr Blut wird fließen, egal, ob man es für das Werk der Götter oder schlechter Menschen hält.«

Sie betrachtete sein ernstes Gesicht. »Was hat mein Vater davon gehalten?«

Seine Augen waren wie schwarzes Glas, in dem sich der schimmernde Glanz des Lüsters widerspiegelte. »Ihr Vater war ein weiser Mann. Er verstand den östlichen Charakter und respektierte seine Tradition.«

Sie konnte ihm nicht ganz folgen. Er fügte dem jedoch nichts mehr hinzu und begleitete sie schweigend zur Tür. Vor dem Eingang blieb er stehen und legte seine Hand auf ihren Arm. »Ich will versuchen, Lo Bat zu überreden, daß er Ihnen den Vorzug gibt. Aber er ist ein sehr schwieriger Mann, und ich kann nicht versprechen, daß es hilft.« Er seufzte leise.

Sie bedankte sich noch einmal, und dann drehte er sich um und ging zu seinen Gästen zurück. Als der junge Mann sie wegen des Wagens fragte, entschloß sie sich, zu Fuß zu gehen. Sie brauchte keinen Wagen und würde statt dessen mit der Tram fahren.

Langsam ging sie den Hügel zur Haltestelle hinab. Der Himmel war mitternachtsblau und von großen, leuchtenden Sternen durchsetzt, und der Mond schien so hell, daß sie keine Schwierigkeiten hatte, den Weg zu sehen. Sie begann, sich auf die Tram zu freuen. Auch das war einer der vergessenen Eindrücke, der sie der Stadt wieder ein Stückchen näherbringen würde.

Als hinter ihr Scheinwerfer aufleuchteten, ging sie näher an den Straßenrand und wartete, daß der Wagen sie überholen würde. Statt dessen wurde er langsamer und hielt neben ihr an.

»Hübsche Damen sollten nachts nicht alleine auf der Straße herumlaufen.« Danny Ladera streckte seinen Kopf zum Fenster raus und nickte zum Beifahrersitz hinüber. »Steigen Sie ein.«

»Die frische Luft tut mir gut.«

»Steigen Sie ein, sonst brechen Sie sich in diesen hohen Stökkeln noch Ihren Hals.« Er beugte sich über den leeren Sitz und öffnete die Tür.

Sie zögerte erst, ging dann aber um den Wagen herum und stieg neben ihm ein. »Es war ein hübscher Spaziergang«, sagte sie.

»Und jetzt werden Sie eben spazierengefahren. Ich hab' Sie weggehen sehen.« Er nahm den Fuß von der Bremse, stieg aufs Gaspedal, und dann rollte der Wagen langsam die Straße hinab. »Diese Gegend hier kommt mir für einen Spaziergang etwas einsam vor.«

»Das macht mir nichts aus.«

»Warum haben Sie sich denn so plötzlich aus dem Staub gemacht?«

»Warum sind Sie denn schon gegangen?«

Er lachte. »Sehr schlau. Ich muß sagen, Sie imponieren mir. Also gut, ich bin gegangen, weil Sie gegangen sind. Was mich betrifft, so ist die Party vorbei, wenn Sie nicht mehr da sind.«

»Und was ist mit meinem Bruder?«

»Der kann von mir aus heimlaufen.« Er konzentrierte sich auf die Straße und fragte dann unvermittelt: »Was wissen Sie denn über diesen gelben Burschen mit der Jade?«

»Nicht mehr als alle anderen. Er hat sie und will sie verkaufen.«

»Glauben Sie an dieses Märchen mit dem Fluch?«

Er hatte sich offensichtlich umgehört. »Glauben Sie's denn?« fragte sie spitz.

Er warf ihr einen schnellen Seitenblick zu. »Sehr schlau. Sie beantworten immer alles mit einer Gegenfrage.«

»Nur wenn ich nicht weiß, warum man mich ausfragt. Sie haben ja selbst gesagt, daß Sie und mein Bruder auf die Jade aus sind. Und das macht uns zu Konkurrenten. Sie können also von mir kaum erwarten, daß ich Ihnen weiterhelfe.«

»Auch gut«, brummte er. »Hab' gleich gemerkt, daß Sie Köpfchen haben. Deswegen will ich Ihnen auch was vorschlagen. Wenn Sie mit mir Karten spielen, kann ich Ihnen am Schluß einen hübschen Gewinn für Ihre Arbeit garantieren.«

Es war so dunkel, daß sie von seinem Gesicht nur das kantige Kinn sehen konnte. Plötzlich hatte sie ein unbehagliches Gefühl in der Magengrube. Hatte das nicht wie eine versteckte Drohung geklungen? Ihr Herz klopfte auf einmal heftig, und sie sah schnell zum Fenster hinaus.

Ladera fuhr rasch und sicher dahin, als ob er hier zu Hause wäre. Hatte er sein Vertrauen in Quentin verloren? Sie hätte ihn gern einiges gefragt, fürchtete aber, daß er nichts beantworten würde. Es war klar, daß er die Antworten von ihr erwartete und nicht andersherum. Aber so einfach würde sie es ihm nicht machen. Wenn er etwas von ihr wissen wollte, mußte er erst noch ein paar Karten auf den Tisch legen.

»Was wollen Sie mir eigentlich vorschlagen, Mr. Ladera?«

Er grinste sie an. »Sehen Sie, deswegen mag ich Sie. Aber nennen Sie mich doch Danny.« Er sah wieder auf die Straße zurück. »Ich glaube, daß Sie einen direkten Draht zu dieser Jade haben. Ich habe gesehen, wie Sie mit Fung geredet haben, und er ist es, der die Fäden in der Hand hält. Vielleicht braucht er nur ein Wort ins richtige Ohr zu sagen und Sie kriegen dann die Jade. Wer weiß? Und das wäre natürlich sehr schön für Sie, aber nicht so schön für mich. Mein Freund will diese Jade haben, und haben soll er sie auch. Ich enttäusche ihn nicht gerne. Aber Ihr Bruder . . .« Er brach ab und zuckte mit den Schultern. »Na ja, ich bin nicht mehr so sicher, daß er das wirklich hinkriegt. Und wenn Sie mitmachen, ist er sowieso überflüssig. Er hat sich hier schon den Mund fransig geredet. Mir gefällt nicht, daß wir immer warten sollen. Als wir kamen, hat Fung zuerst nur Süßholz geraspelt.

Konnte gar nicht besser sein. Aber dann kamen Sie, und plötzlich tat er sehr fremd. Da war mir ziemlich schnell klar, daß Quentin das Zeug nicht hat. Sie haben es.«

»Sie vergessen, daß ich schon einen Partner habe«, warf sie ein.

»Montaigne?« Er lachte. »Mensch, ich hab' doch gesehen, wie Sie diese Prigent-Dame angesehen haben. Wenn Blicke töten könnten! Und als Sie dann plötzlich verduftet sind, war mir klar, daß Sie nicht zusehen würden, wie er die Blonde schwach macht.« Er warf ihr einen listigen Blick zu. »Sie glauben doch selbst nicht, daß sie ihm das Geld gibt, damit er und Sie mit der Jade davonwalzen können, oder?«

Arisas Magen verkrampfte sich schmerzhaft. Peter hatte genau dasselbe angedeutet. Und jetzt wurde es ihr von diesem widerlichen Kerl schon wieder unter die Nase gerieben. Es wurde ihr fast übel vor Wut.

»Wenn Sie mit mir zusammenarbeiten«, fuhr er fort, »können Sie beide aufs Kreuz legen. Keine Frage, daß Ihnen mein Boß die Kommission zahlt. Sie können also nur gewinnen, und dazu kriegt auch noch jeder, was er will.«

Bis auf Quentin und Carter. Wenn sie die Kommission bekam, würde Quentin leer ausgehen. Und wenn sie mit Ladera arbeitete, würden Carters und Claires Pläne ins Wasser fallen. Dann waren die beiden aus dem Rennen, mit oder ohne Geld. Der Gedanke an Rache war sehr süß. Andererseits war Laderas Vorschlag nicht ohne Gefahr, und sie würde sehr viel aufs Spiel setzen. War es das wert?

»Für wen arbeiten Sie?« fragte sie abrupt.

Er schüttelte lächelnd den Kopf. »Das kann ich Ihnen leider nicht sagen.«

»Dann kann ich Ihnen auch keine Antwort geben, Mr. Ladera.«

Er spitzte die Lippen und runzelte die Stirn. »Wissen Sie was? Ich werde ihn fragen. Wenn er ja sagt, kriegen Sie den Namen. Wenn nicht, dann müssen Sie Danny einfach vertrauen.«

Sie hatte ihn in die Ecke manövriert und er wußte es auch. Aber solange es einen anderen Weg gab, hatte sie nicht die geringste Absicht mit ihm zusammenzuarbeiten. Doch das brauchte er nicht zu wissen.

Der Verkehr wurde dichter, und je näher sie zur Innenstadt kamen, um so langsamer kamen sie vorwärts. Schließlich waren sie jedoch beim Hotel, und Ladera hielt vor dem Eingang. Er warf einem Angestellten die Wagenschlüssel zu und ging mit Arisa ins Foyer hinein.

»Haben Sie Hunger? Sie haben ja auf der Party nichts gegessen.«

»Nein. Ich möchte nur auf mein Zimmer gehen.«

»Allein?«

»Allein.«

Er nickte. »Auch gut. Aber denken Sie über meinen Vorschlag nach. Ich rufe Sie morgen an.« Er winkte kurz mit der Hand und verschwand dann in Richtung der Hotelbar.

Als sie ihr Zimmer betrat, warf sie den Umhang auf einen Stuhl, ging zum Fenster hinüber und starrte hinaus. Sie fühlte sich leer, verraten und ausgenutzt. Wie hatte sie nur auf diesen Trick hereinfallen können? Sie hatte sich von Carters Charme wie ein kleines Schulmädchen becircen lassen. Und dabei hatte es von Anfang an genug Warnsignale gegeben. Er war nur an der Firma interessiert und wollte sie einfach dazu bringen, ihre Anteile zu verkaufen. Aber da sollte er sich täuschen! Ohne sie würde er die Jade nicht bekommen. Sie hatte mit Lo Bat gesprochen. Er würde *sie* anrufen – und sie würde eben alleine hingehen. Sollten Carter und Claire doch zusammen Däumchen drehen und auf ihren Anruf warten.

Etwas besänftigt von dieser Vorstellung nahm sie den Hörer in die Hand und bestellte sich ein Sandwich und Tee aufs Zimmer. Dann zog sie sich aus und schlüpfte in einen bequemen Morgenmantel. Aber wenn sie die Jade selbst kaufen wollte, wo sollte sie das Geld dafür auftreiben? Ladera? Sie schob den Gedanken schnell beiseite. Edouard? Er hatte ihr angeboten, das Geld für die Galerie zu leihen. Würde, konnte er ihr das Geld für die Chou-Jade leihen? Aber dann wäre sie praktisch dazu verpflichtet, nach Paris und zu einer hoffnungslosen Affäre zurückzukehren. Dann wäre sie praktisch genauso abhängig von Edouard, wie Carter es von Claire war. Egal wie sie sich auch drehte, sie stand immer wieder vor einer Wand.

Es klopfte an der Tür, und sie ging, um sie zu öffnen. Erschrokken fuhr sie zurück, als statt des erwarteten Pagen Carter davorstand.

»Was fällt dir ein, einfach wegzugehen ohne ein Wort zu sagen!« Er schob sie grob zur Seite, als er sah, daß sie ihm die Tür vor der Nase zuschlagen wollte, trat ein und machte die Tür hinter sich zu. Dann betrachtete er sie schweigend, um sich zu vergewissern, daß ihr auch nichts fehlte. Seit er erfahren hatte, daß sie Fungs Haus so plötzlich und zu Fuß verlassen hatte, war er in tausend Ängsten geschwebt. Aber er hätte sich lieber die Zunge abgebissen, als es sich anmerken zu lassen.

»Ich bin einfach müde und möchte jetzt schlafen«, antwortete sie tonlos. »Laß mich alleine . . .«

»Nicht, bis du mir erklärt hast, was das alles bedeuten soll. Was ist denn in dich gefahren? Ist irgend etwas passiert?« Er sah sie fragend an und fügte dann etwas sanfter hinzu: »Ich hatte mir schon die größten Sorgen um dich gemacht.«

Sie schnaubte verächtlich. »Als du dich das letzte Mal mit Claire verzogen hast, bist du mir nicht sehr besorgt vorgekommen.«

»Was hat sie denn damit zu tun?«

»Ja, das möchte ich auch gerne wissen«, entgegnete sie bitter. Dann holte sie tief Luft und sah ihn wütend an. »Warum hast du mir denn nicht gesagt, daß sie diese Reise bezahlt hat?«

»Es war dir doch bisher egal, woher das Geld kam, oder?« erwiderte er kalt. »Wir brauchten zweihunderttausend Dollar. Hattest du eine bessere Idee, sie aufzutreiben?«

Sie funkelte ihn wütend an. Am liebsten hätte sie ihm all die Andeutungen, die sie an diesem Abend gehört hatte, ins Gesicht geschleudert, aber sie beherrschte sich. Es war besser, wenn er glaubte, daß sie nur eifersüchtig war. Sie hatte ja noch keinen neuen Plan und brauchte Zeit, um nachzudenken. Sie drehte sich auf dem Absatz um und setzte sich vor einen kleinen Schreibtisch, auf der anderen Seite des Zimmers. Er ging auf sie zu und blieb vor ihr stehen.

»Arisa«, sagte er fast bittend, »es tut mir leid, daß dich die Sache so ärgert. Ich ging zu Claire, weil sie der einzige Mensch in meinem Bekanntenkreis ist, der sich meinen Vorschlag überhaupt zu Ende angehört hätte. Sie schuldet mir Geld. Auf diese Weise bekomme ich mein Geld zurück und gleichzeitig kann sie auch noch was verdienen.«

»*Sie* schuldet dir Geld?« fauchte Arisa ungläubig. »Und das soll ich glauben? Ich habe ganz andere Geschichten gehört!«

»Wenn du mich mal ausreden läßt, ohne bei jedem Wort zu explodieren, werde ich es dir gerne erklären.«

»Bitte sehr«, antwortete sie mit schwerer Ironie. Sie setzte sich zurück und verschränkte die Arme.

»Claire und ich waren Geschäftspartner. Als ich beschloß auszusteigen, paßte ihr das nicht, und sie weigerte sich, mir mein Kapital auszubezahlen. Sie wollte mich weiterhin in der Hand haben und bestand deswegen auf einer Auszahlung auf Raten. Aber weil ich das Geld jetzt dringend brauche, habe ich ihr einen Vorschlag gemacht, den auch sie nicht mehr ablehnen konnte. Ich habe ihr an der fälligen Zahlung Prozente eingeräumt und für den Rest Zinsen angeboten, wenn sie mir einen Kreditbrief für sechzig Tage gibt. Ich habe ihn in der Tasche. Und das ist die ganze Geschichte. Alles andere ist Unsinn!«

»Aber warum ist sie dann hier?« fragte Arisa eigensinnig. Sie war noch lange nicht überzeugt.

»O Gott, sie fährt in der ganzen Welt herum. Ich war genauso überrascht wie du, als sie heute plötzlich auftauchte. Mit uns hat das überhaupt nichts zu tun!« Er fuhr sich mit den Fingern irritiert durch die Haare. »Mich wundert viel mehr, daß Quentin hier ist«, wechselte er dann geschickt das Thema. »Wußtest du wirklich nichts davon?«

»Natürlich nicht!«

»Weißt du, wer sein Freund ist? Der Kerl, der mit ihm gekommen ist?«

Sie starrte ihn schweigend an. Bis sie wirklich sicher war, daß sie sich auf ihn verlassen konnte, würde sie ihr Gespräch mit Ladera nicht erwähnen.

»Mir ist endlich wieder eingefallen, wo ich den Namen schon mal gehört habe«, sagte er. »Er arbeitet für Ganrali Maracudo.«

»Was!« rief sie wie vom Donner gerührt.

»Genau. Das bedeutet, daß Maracudo der Jade auf der Spur ist und dafür bieten wird.«

»Aber warum hat er ausgerechnet Quentin geschickt? Er hat doch von Jade keinen Schimmer. Warum?«

»Das werden wir noch herauskriegen. Ladera ist jedenfalls nur ein kleiner Ganove und hat genausowenig Ahnung. Wahrscheinlich arbeiten sie hier mit jemandem zusammen. Vielleicht ist es Kai Tang. Hast du nicht gesagt, daß er auch auf Maracudos Party war?«

Sie nickte benommen. Was zuerst eine brillante Idee gewesen war, um Travish-Montaigne zu retten, hatte sich nun zu einer alptraumhaften Intrige entwickelt, an der so viele Leute beteiligt waren, daß man das Ganze kaum mehr entwirren konnte. Aber konnte sie Carter wirklich trauen? Und wenn nicht, was sollte sie dann tun?

Sie fuhr zusammen, als es plötzlich klopfte. Bevor sie etwas sagen konnte, war Carter mit Riesenschritten bei der Tür und riß sie auf. Der Hotelpage, mit einem Tablett auf dem Arm, starrte ihn verdattert an. Arisa winkte ihn herein, und er setzte seine Last auf einem Tisch ab. Dann unterschrieb sie die Rechnung, gab ihm ein Trinkgeld und schickte ihn wieder hinaus.

Carter räusperte sich und begann erneut: »Maracudo wird alles versuchen, um die Jade zu bekommen. Er ist gierig wie ein Kind und völlig skrupellos. Er muß auch irgend etwas gegen Quentin in der Hand haben, sonst hätte er ihn nicht dazu gebracht, hierherzukommen. Je länger ich darüber nachdenke, desto weniger gefällt mir das Ganze. Wir können immer noch aussteigen, wenn du willst.«

»Nein!« Sie war nicht so weit gekommen, um die Jade jetzt Maracudo – oder Claire – zu überlassen. Carter hatte zwar alles sehr logisch erklärt, aber über seine Beziehung zu Claire wußte sie genausowenig wie vorher.

»Wie du willst. Iß jetzt dein Sandwich und schlaf dich aus. Und wenn Lo Bat anruft, laß es mich wissen. Hoffen wir, daß ich Unrecht habe.« Damit ging er hinaus, und sie starrte unglücklich auf die Tür, hinter der er verschwunden war.

Schließlich goß sie sich eine Tasse Tee ein und kaute nachdenklich an einer Scheibe Brot. In ihrem Kopf sah es aus wie in einem Karussel. So angestrengt sie auch nachdachte, es fiel ihr einfach keine Lösung ein. Nachdem sie gegessen hatte, putzte sie sich die Zähne und legte sich ins Bett. Lange starrte sie noch in die Dunkelheit, bis sich endlich der Schlaf über sie senkte.

Am nächsten Morgen wartete sie ungeduldig auf den Anruf von Lo Bat. Die Stunden krochen im Schneckentempo dahin, und die einzigen Anrufe kamen von Carter, der wissen wollte, ob sie schon was gehört hatte, und von Quentin, der fragte, ob sie nicht mit ihm zusammenarbeiten wollte. Wahrscheinlich hatte Ladera ihn dazu überredet, denn von ihm hörte sie nichts mehr.

Endlich kam der ersehnte Anruf. Lo Bat sagte nur ein paar Worte und legte sofort wieder auf. Sie sollte in einer Stunde zu Fungs Haus kommen. Arisa zögerte kurz und rief dann Carter an.

»In einer Stunde bei den Fungs«, sagte sie.

»Gut. Ich komme in zehn Minuten rüber.«

Im Tageslicht wirkte das Haus hinter den hohen Mauern sehr isoliert. Mehrere Wagen standen bereits in der Auffahrt. Arisa lief schnell die Treppe hinauf und zog schon am Klingelzug, bevor Carter die erste Stufe erreicht hatte.

David Fung öffnete persönlich die Tür und begrüßte sie freundlich. Aber sein Gesicht wirkte sehr angespannt. Er führte sie in denselben Raum, in dem am Vorabend die Party stattgefunden hatte. Jetzt waren die Möbel jedoch in typisch chinesischer Manier zu verschiedenen Sitzgruppen aufgeteilt worden, und von der Party war keine Spur mehr zu sehen. In der Mitte des Raumes hatten sich bereits mehrere Personen versammelt.

Arisa sah zwei chinesische Kunsthändler, die sie auf der Party gesehen hatte; Quentin, der kerzengerade auf einer kleinen Bank saß; Danny Ladera, der sich gegen eine Verandatür lümmelte und, etwas abseits, den alten Kai Tang. Alle hatten die Neuankömmlinge gespannt erwartet und beobachteten nun, wie sich Arisa auf ein Sofa setzte und Carter sich hinter sie stellte. Arisa hielt es für kein gutes Omen, daß die anderen schon alle vor ihnen gekommen waren. Es sah so aus, als hätte Lo Bat sie als letzte angerufen. Hieß das, daß David Fung für sie doch nichts hatte ausrichten können? Würden noch andere Leute kommen, oder waren tatsächlich nur so wenige daran interessiert? Waren Yue Hin und James Wu die einzigen Händler aus Hongkong, die dafür bieten würden? Kai Tang war ihrem Blick ausgewichen, als sie ihn angesehen hatte. Wahrscheinlich arbeitete er tatsächlich für Maracudo und mußte Quentin helfen. Carter hatte also recht gehabt.

Sie hörte jetzt das ferne Läuten der Türglocke. Es kam noch jemand. Alle Augen richteten sich auf die Tür, als David Fung kurz darauf einen Mann hereinführte. Arisa hörte, wie Carter hinter ihr scharf Luft holte. Der Mann ignorierte sie alle und setzte sich mit dem Gesicht zur Tür. Erst glaubte sie, sich zu täuschen. Es war doch nicht möglich, daß das derselbe Mann war, der auf der Beerdigung ihres Vaters Deline Armitage begleitet hatte. Aber Carter schien ihn auch erkannt zu haben. Sie konnte seine Unruhe hinter sich direkt spüren. Doch nun sah David Fung sie alle der Reihe nach an.

»Wir können beginnen. Lo Bat hat mich gebeten, Ihnen erst den Ablauf der stillen Auktion zu erklären. Er wird Ihnen allen die Gelegenheit geben, die Jade anzusehen. Er bittet Sie nur, sie unter keinen Umständen zu berühren. Jedes Stück ist authentisch. Ich kann persönlich dafür bürgen, daß es sich um echte Stücke der Chou-Dynastie handelt. Mit einer Ausnahme werden alle Stücke mit einer numerierten Karte ausgezeichnet. Die Ausnahme sind vier kleine Steine, die zusammen ein Satz sind. Sie werden nur zusammen verkauft. Wir bitten Sie, Ihre Angebote schriftlich zu machen und sie mit der Nummer der jeweiligen Stücke zu identifizieren. Ich werde dann die versiegelten Umschläge einsammeln und Ihre Angebote zusammen mit Lo Bat in Erwägung ziehen. Sie haben nur eine Chance. Die Stücke fallen dem höchsten Angebot zu. Gibt es kein akzeptables Angebot, wird das Stück zurückgezogen. Haben Sie noch eine Frage?«

»Wird ein Stück, das zurückgezogen wurde, zu einem späteren Zeitpunkt noch einmal neu angeboten?« fragte Arisa.

»Nein«, antwortete David Fung. Er sah wieder von einem Gesicht zum anderen, und als niemand etwas sagte, nickte er. »Gut. Dann wollen wir beginnen.« Er ging hinaus.

Als er gleich darauf mit Lo Bat zurückkam, zog es wie ein leises verhaltenes Seufzen durch den Raum. Der Bauer trug ein hölzernes Kästchen in den Händen und stellte sich damit nervös hinter den Tisch. Seine Augen schossen mißtrauisch zwischen den Versammelten hin und her, dann öffnete er den Deckel, nahm ein Stück schwarzen Samt heraus und faltete ihn langsam auf. Die Spannung im Raum wurde fast unerträglich, als er dann, mit den Gebärden eines Priesters, ein Stück Jade nach dem anderen heraushob und auf das Tuch legte. Quentin sprang erregt von seinem Stuhl auf, doch David Fungs warnende Hand hielt ihn zurück. Lo Bat ordnete die Stücke in einer Reihe an und ließ dazwischen kleine Abstände frei, in die David die Nummernkarten legte. Als alles verteilt war, stellten sich die beiden Männer nebeneinander hinter den Tisch.

»Meine Herren, Miß Travish, wir können beginnen. Bitte kommen Sie einzeln zum Tisch vor.«

Alle reckten die Hälse, um besser sehen zu können. Quentin erhob sich als erster. Er rannte fast zum Tisch und beugte sich über die Jade, als wollte er sie fressen. Im nächsten Moment erhob sich Kai Tang und warf einen fragenden Blick auf David Fung. Als dieser nickte, ging er ebenfalls zum Tisch und stellte sich neben Quentin. Als sie dann wieder auf ihre Plätze zurückgingen, sah Arisa, daß Quentins Gesicht sehr rot war.

Nun gingen die beiden chinesischen Händler, einer nach dem anderen, vor. James Wu beschwerte sich in lautem Kantonesisch, daß man die Stücke nicht anfassen durfte. Aber Lo Bat zischte ihn so wütend an, daß Wu schnell wieder verstummte und zu seinem Stuhl zurückging.

Dann war die Reihe an Arisa. Sie sah kurz zu Carter auf, erhob sich und durchquerte den Raum. Sie spürte, daß er ihr folgte, obwohl sie ihn auf dem dicken Teppich nicht hören konnte. Zusammen beugten sie sich über den Tisch, und Arisa hielt den Atem an, als sie das erste Stück in der Reihe sah. Es war die Drachenspange. Kopf und Schwanz des mythischen Tieres neigten sich über dem Körper einander zu und bildeten zusammen einen Halbkreis. Winzige eingravierte Spiralen gaben einen schuppenartigen Effekt, und etwas größere Punkte im Nacken und Rücken gaben den Eindruck, als ob sich das Tier bewegte. Am Rückgrat entlang war der graugrüne Nephrit angerauht. Es war ein Meisterwerk und eines der schönsten Exemplare von Chou-Arbeit, die sie je gesehen hatte.

Das Ortband der Schwertscheide hatte eine einfache, elliptische Form, die sich nach unten ausweitete. Bis auf ein großes Loch am oberen Rand und zwei schrägen, seitlichen Einschnitten war es unverziert. Es war ein Stück für einen Sammler alter Waffen, das als reines Ausstellungsstück nicht weiter interessant war.

Der kurze, schwungvolle Jadefisch war eine kompliziertere Arbeit, wenn auch einfach in seinen Linien und nicht so üppig verziert wie die Drachenspange. Die flache Form wurde zum Kopf hin schmaler und lief an den Seiten spitz aus. Flache Linien deuteten die Flossen und den Umriß eines Auges an.

Doch als ihr Blick dann auf die kleine Gruppe der vier Steine fiel, überlief es sie heiß. Sie erkannte sofort wieder die Zikadenform, die ihnen Professor Sun auf seinem Foto gezeigt hatte. Die Steine waren sich sehr ähnlich. Vier gedrungene, schimmernde, silbrigweiße Insekten, mit zusammengefalteten Flügeln. Die Gravur war von solch hervorragender Qualität, daß die zarten Äderchen auf den realistisch herausgearbeiteten Körpern zu pulsieren schienen. Der Künstler hatte die kaffeebraunen Flecken des Steins so raffiniert genützt, daß sie der Arbeit zusätzliche Tiefe und Leben verliehen. In den oberen Rand war ein winziges Loch gebohrt, damit man den Anhänger aufhängen konnte. Arisa war von ihrer Schönheit wie hypnotisiert – gleichzeitig durchlief sie jedoch auch ein Frösteln. Sie schloß kurz die Augen. Ihr Vater hatte gesagt, daß er einen dieser Steine schon einmal gesehen hatte. Sie hatte ihn auch schon einmal gesehen ... Aber wann – und wo?

Carter berührte jetzt ihren Arm, und sie ließ sich zurückführen. Es war im Raum sehr still geworden. Statt zum Sofa, gingen sie zu einer der Terrassentüren, und Arisa starrte stumm in den Garten hinaus. Wann ...? Wo ...?

»Mr. Bok, wünschen Sie die Jade zu sehen?« fragte David Fung.

Der Mann, der zuletzt gekommen war, ging nun ebenfalls zum Tisch. Er untersuchte die Jade nicht, wie es die anderen getan hatten, sondern blieb nur vor den vier Steinen stehen. Er starrte sie kurz an und ging dann auf seinen Platz zurück.

Fung nickte. »Papier und Umschläge liegen auf den Tischen. Wenn Sie jetzt bitte so gut sind und ...«

Plötzlich kam Leben in das Zimmer. Quentin flüsterte mit Kai Tang und warf einen Blick auf Ladera, der an der Tür lehnte.

»Für was sollen wir bieten?« flüsterte Carter.

»Für die Steine des Himmels.« Ihr Vater war nur an ihnen interessiert gewesen . . .

»Es sind vier Steine. Sie sind das Beste in der ganzen Sammlung. Wenn uns jemand überbietet . . .«

»Wir müssen sie haben. Du hast selbst gesehen, wie schön sie sind. Wenn sie hinten signiert sind, wie auf dem Foto, dann sind sie unbezahlbar.«

»Arisa, wir müssen realistisch sein.«

»Biete die ganzen zweihunderttausend.«

Er sah sie unsicher an. Auf ihren Wangen brannten hektische rote Flecken, und ihre Augen waren wie tiefe, amethystfarbige Tümpel. Ein Angebot von hundertfünfzigtausend würde ihnen wahrscheinlich die Drachenspange sichern. Er zögerte noch immer. Arisa befeuchtete ihre Lippen und sah ihn beschwörend an. Schließlich gab er sich einen Ruck, nahm eine Karte und kritzelte etwas darauf. Als er die Karte in einen Umschlag schob und zum Tisch brachte, begannen ihre Mundwinkel nervös zu zittern. Sie ballte die Fäuste auf dem Rücken und lehnte sich gegen die Wand. Dann stellte sich Carter schweigend neben sie.

Auch die anderen trugen ihre Umschläge zum Tisch. Alle, bis auf Bok. Als Fung ihn fragend ansah, schüttelte er nur den Kopf. Quentin, erleichtert über die verminderte Konkurrenz, stieß einen nervösen Seufzer aus.

David Fung nahm nun den ersten Umschlag in die Hand und öffnete ihn.

»James Wu hat zweihunderttausend Hongkongdollar für das Ortband der Schwertscheide geboten. Er ist der einzige Interessent. Mr. Wu.« Er nickte dem erfreuten Händler zu. Der Mann ging schnell zum Tisch und blätterte sein Geld hin. Lo Bat griff gierig nach den Scheinen, während Fung das Stück einwickelte und in einen Lederbeutel schob. Dann eilte Wu mit einem triumphierenden Blick zu seinem Sitz zurück.

Fung legte die nächste Karte mit dem Gesicht auf den Tisch. »Hier sind zwei Angebote für den Fisch. Mr. Wu mit zweihundertfünfzigtausend Hongkongdollar und Yue Hin mit dreihunderttausend. Mr. Yue.« Der alte Mann schlurfte zum Tisch, um seinen Preis einzusammeln.

Die Drachenspange wurde zurückgezogen, nachdem Fung bedauerte, daß das einzige Angebot von Mr. Wu, über vierhunderttausend Hongkongdollar, nicht akzeptabel, da zu nieder sei. Wu sah enttäuscht aus, sagte aber nichts.

Arisas Fingernägel gruben sich in ihre Handflächen ein. Quentin und Kai Tang hatten bisher noch nicht geboten. Sie wollten auch nur die Steine des Himmels haben. Sie spürte, wie ihr Bruder sie anstarrte, und ihr Rücken wurde feucht.

David Fung räusperte sich nun und hielt die beiden letzten Karten in die Höhe. »Hier sind zwei Angebote für die vier Steine. Travish-Montaigne bietet zweihunderttausend US-, eine Million Hongkongdollar. Kai Tang, im Auftrag von Quentin Travish, überbietet dieses Angebot mit zweihundertzehntausend US-, eine Million fünfzigtausend Hongkongdollar.« Er sah Arisa fast entschuldigend an.

Quentin grunzte erleichtert und nahm einen dicken Umschlag von Danny Ladera entgegen. Dann ging er mit langen Schritten zum Tisch, fächerte einen Packen Hongkongwährung auf das schimmernde Holz und wartete mit verschränkten Armen, bis David Fung die Steine eingewickelt hatte.

Arisa war völlig erstarrt und spürte nur noch eine große Leere in sich. Sie lehnte sich schwer gegen die Wand und kämpfte mit den Tränen. Warum hatte sie nicht auf Carter gehört? Hatte er nicht vor Maracudo gewarnt? Warum hatte sie nicht daran gedacht, daß Maracudo irgendwie erfahren würde, wieviel Geld ihnen zur Verfügung stand? Sie biß sich auf die Lippen und schluckte hart. Quentin warf ihr einen triumphierenden Blick zu, als er nun mit seiner Beute zu Ladera und Kai Tang zurückging.

»Ach, Carter, es tut mir so leid«, sagte sie stockend, als sie den Ärger und die Enttäuschung in seinen Augen sah. »Wenn ich nur auf dich gehört hätte . . .« Sie dachte an die Drachenspange, die sie später ohne Schwierigkeiten für den doppelten oder dreifachen Preis hätten verkaufen können. Was würde jetzt mit der Spange geschehen? Vielleicht konnte sie David Fung überreden, sie für ein zweites Angebot freizugeben. . .

Wu und Yue Hin eilten jetzt mit ihren Schätzen aus dem Raum. Fung faltete noch den schwarzen Samt zusammen, und Lo Bat stopfte das Papiergeld in seinen Kasten. Als Kai Tang durch die Tür gehen wollte, sagte Bok etwas zu ihm. Arisa sah, wie das Gesicht des Händlers bleich wurde und er einen furchtsamen Blick auf Quentin und Ladera warf. Dann hastete er wie von Furien gehetzt hinaus. Einen Moment später hörte man eine Wagentür knallen und gleich darauf quietschende Reifen. David Fung sah auf und runzelte die Stirn.

»Gehen wir«, sagte Carter abrupt.

»Warte noch einen Moment, bis alle gegangen sind«, bat sie und legte ihre Hand auf seinen Arm. »Ich möchte noch kurz mit Mr. Fung sprechen.«

Er blieb ungeduldig stehen und warf einen bitteren Blick auf Quentin, der jetzt zur Tür ging. Plötzlich vertrat ihm Bok den Weg. Er hob gebieterisch die Hand und sagte etwas in schnellem, aber leisem Kantonesisch, so daß man es nicht hören konnte. Quentin, der kein Wort davon verstand, sah ihn überrascht und irritiert an und versuchte, ihn zur Seite zu schieben. Danny Ladera, der ihm auf den Fersen gefolgt war, trat einen Schritt zurück.

Jetzt sprach Bok wieder, dieses Mal in hartem, gutturalem Englisch, das alle hören konnten. »Geben Sie mir die Steine!«

Quentin starrte ihn entgeistert an, und Ladera knurrte drohend: »Aus dem Weg, Schlitzauge. Das sind unsere. Wir haben sie gekauft.«

Im nächsten Moment blitzte ein Messer in Boks Hand auf und versank mit derselben blitzartigen Bewegung tief in Quentins Bauch. Den Bruchteil einer Sekunde lang waren alle wie versteinert. Dann beugte sich Quentin mit einem entsetzten Laut ruckartig vornüber und preßte seine Hand auf die Wunde. Arisa schrie gellend auf, als sie sah, wie hellrotes Blut durch seine Finger quoll. Ladera erwachte aus seiner Erstarrung. Er stieß Quentin hart beiseite und griff gleichzeitig unter seinen Mantel. Aber Bok war schneller und stieß zu wie eine Schlange. Das Messer schnitt in Laderas Arm, bevor er die Pistole ganz heben konnte, und die Waffe schepperte laut zu Boden. Ladera fluchte laut und fiel blitzschnell in die Hocke, um sie aufzuheben. Aber Boks Fuß schoß vor und stieß sie aus seiner Reichweite.

Plötzlich geriet der ganze Raum in Bewegung. Arisa schnellte auf Quentin zu, wurde aber im gleichen Moment von Carter zurückgerissen, während Lo Bat mit großen Sprüngen zur offenen Terrassentür rannte, dem einzigen anderen Ausgang. Arisa sah, wie Bok die Hand hob und das Messer in ihre Richtung warf. Doch da erhielt sie von Carter einen Stoß, so daß sie schwer zu Boden fiel. Das Messer segelte pfeifend über sie weg und fand sein Ziel in dem Rücken des fliehenden Mannes. Lo Bat kreischte gellend auf. Das Holzkästchen flog aus seinen Händen, als er die Arme hochwarf, als wollte er die Welt umarmen. Er fiel stolpernd nach vorne und schlug mit dem Gesicht schwer auf dem Steinboden der Terrasse auf.

Carter versuchte Arisa hinter das Sofa zu zerren, aber sie war wie hypnotisiert von der Szene bei der Tür. Sie sah, wie Quentin zur Wand torkelte und sich mit grauem, schmerzverzerrtem Gesicht schweratmend dagegenlehnte und dann fassungslos auf das Blut auf seinem beigen Anzug starrte. Mit einem Ruck schüttelte sie Carters Arm ab und kroch zu Quentin hinüber.

Sie war noch nicht weit gekommen, als ein ohrenbetäubender Schuß fiel. Der Schuß traf Bok in der Schulter, und der Einschlag schleuderte ihn gegen die Wand. Ladera kauerte lauernd am Boden und versuchte, einen zweiten Schuß loszuwerden. Aber die Wunde in seinem Arm machte ihn schwerfällig, und Bok reagierte zu schnell. Sein Fuß schlug aus und traf Ladera mit solcher Wucht an der Brust, daß ihm die Luft pfeifend aus den Lungen wich. Er fiel nach hinten zu Boden, hielt aber immer noch seine Pistole umklammert. Bok kam wie eine knurrende Katze auf ihn zu, sein Körper eine tödliche Waffe.

Quentin wimmerte, als Arisa zu ihm kam. Sie stützte ihn und half ihm, an der Wand hinabzurutschen, bis er auf dem Boden zu sitzen kam. Er versuchte etwas zu sagen, stieß aber nur unverständliche Laute aus. Voller Panik sah sie sich nach etwas um, womit sie das Blut stillen konnte, als hinter ihr ein zweiter Schuß fiel.

Die Kugel war in die Wand gegangen. Bok stampfte mit dem Fuß auf Laderas Handgelenk, daß man die Knochen knirschen hörte. Er schrie auf und ließ die Pistole fallen, und dann warf sich Bok wie ein Tiger auf ihn, umklammerte mit beiden Händen seinen Hals und drückte zu.

Carter huschte zu Arisa hinüber. Sein einziger Gedanke war, sie hier herauszubringen. Aus dem Augenwinkel sah er, wie David Fung zur Terrassentür hinausschlüpfte und hoffte, daß er Hilfe holen würde.

»Verschwinde!« knurrte er, als er neben ihr war. Er riß sie vom Boden hoch und schob sie auf die Tür zu.

Einen Moment lang sträubte sie sich. »Aber ich kann Quent . . .«

»Schnell!« zischte er und schnitt ihr das Wort ab. »Lauf!« Er drückte ihr die Wagenschlüssel in die Hand und stieß sie durch die offene Tür. Sie warf einen Blick in den Raum zurück und sah noch, wie Ladera unter Boks Händen schlaff wurde und wie Carter, der sich zu den beiden geschlichen hatte, nach der Pistole griff. Aber Bok hatte die Bewegung aus dem Augenwinkel gesehen und schnellte herum.

»Carter!« schrie sie warnend.

Bok warf sich auf Carter und riß ihn zu Boden. Die beiden Männer verknäulten sich und rollten grunzend auf dem Boden hin und her. Die Pistole wurde hierhin und dorthin gestoßen, als jeder von ihnen danach zu greifen versuchte. Arisa drehte sich um, riß die Haustüre auf und stolperte hinaus. Sie sah sich hilfesuchend um und konnte keine Menschenseele sehen. Kopflos lief sie wieder ins Haus zurück. Plötzlich aber kehrte ihre Vernunft zurück. Dabeistehen und zuschauen würde niemandem helfen. Die einzige Hoffnung bestand darin, schnell Hilfe zu holen. Wo war Fung? Wo waren die Hausangestellten? Sie sprang die Stufen hinab, riß die Wagentür auf und steckte den Schlüssel ins Zündschloß. Plötzlich merkte sie, daß sie einen Lederbeutel in der Hand hielt. Quentin mußte ihn ihr gegeben haben. Sie warf ihn auf den Nebensitz und drehte den Schlüssel herum. Der Motor heulte auf, und dann schoß der Wagen die Auffahrt hinunter.

Mit quietschenden Reifen raste sie durch das enge Tor und bog in die schmale Straße ein. Sie beugte sich über das Lenkrad, so daß ihr Gesicht fast an der Scheibe klebte und drückte mit dem Arm auf die Hupe, daß sie wie eine Sirene unentwegt heulte. Lieber Gott, gab es denn keine Menschen mehr! Die Reifen kreischten, als sie eine Kurve nach der anderen nahm. Zu spät erinnerte sie sich an die scharfe Haarnadelkurve kurz vor der Hauptstraße. Verzweifelt kämpfte sie mit dem Lenkrad, als die Außenreifen auf den Bürgersteig gerieten. Am Hang über ihr ließ ein erschrokkener Gärtner seinen Schlauch fallen, mit dem er gerade Blumen goß, und sah entsetzt zu, wie der Wagen quietschend herumgerissen wurde. Das Wasser des Schlauchs sprühte über die Windschutzscheibe, und dann geriet der Wagen auf dem nassen Pflaster außer Kontrolle und kam ins Schleudern.

Arisa schrie und zerrte verzweifelt an dem Lenkrad. Sie hörte das grausige Knirschen, als sich Metall an Steinen rieb, spürte, wie der Wagen einen Moment über dem Abhang schwebte und dann kopfüber, zwischen den Bäumen hindurch, die Böschung des Peak hinabstürzte. Ein greller Feuerball explodierte vor ihren Augen, als der Wagen mit furchtbarem Getöse auf die Straße darunter krachte.

15

Sie schlug die Hände vors Gesicht, um sich vor den heißen Flammen zu schützen und schrie: »Daddy! Daddy!«

»Arisa! Geh weg vom Fenster!« Dichter, beißender Rauch würgte sie, als sie von ihm aus dem Zimmer gezerrt wurde. Hinter ihnen segelte eine Feuerbombe durch das Fenster und ergoß ihre Flammen über den Teppich.

»Elliot! Was ist das alles? Mein Gott!«

»Schnell, Melisande, die Hintertür!«

»Meine Möbel, mein Haus . . .«

»Melisande, wir haben keine Zeit . . .«

»Was hast du getan!« kreischte sie. »Warum ausgerechnet wir? So was hat es hier noch nie gegeben.«

»Um Gottes willen, Melisande, wir müssen hier raus, sonst verbrennen wir auch noch!«

»Du hast sie hergebracht – diese dreckigen Chinesen – deine schönen Freunde . . .« Sie schlug nach ihm, als er sie am Arm nehmen wollte. »Vater hat dir immer wieder gesagt, daß du dich nicht mit ihnen abgeben sollst. Aber nein – du wußtest es ja immer besser! Nie warst du zufrieden!«

Die gellenden Schreie vor dem Haus wurden lauter. Das Feuer war über den Teppich gekrochen, und die Flammen leckten bereits am Sofa. Schwarzer Qualm füllte den Raum.

»Ich habe mit diesem Pöbel da draußen nichts zu tun, Melisande. Ich weiß nicht, wer sie sind.«

Arisa vergrub das Gesicht in dem rauhen Stoff seiner Jacke. Der Rauch war so stark, daß sie nur noch stoßweise atmen konnte.

»Du!« kam es mit bodenloser Verachtung von ihrer Mutter. »Du und diese – diese chinesische *Hure*!«

»Sei still, Melisande. Du weißt nicht, was du sagst!« Er drehte sich um und legte seine Hände schützend über Arisas Ohren.

»Und ob ich das weiß! Ich hätte nie auf deine Lügen hören sollen. Es waren alles Lügen, nichts als Lügen! Du siehst sie noch immer, oder?!«

»Sie lebt schon lange nicht mehr hier, Melisande. Dafür hat dein Vater gesorgt, wie du sehr gut weißt.«

»Sie, und dieser Bastard, den du mich gezwungen hast aufzuziehen. Glaube nur nicht, daß du mich auch nur für eine Minute hinters Licht geführt hast. Und jetzt hast du den Rest ihres Gesindels hierher gebracht – zu meinem Haus!«

Das Sofa flammte plötzlich auf, und eine Lampe zersplitterte. Arisa schrie ängstlich auf, und die Hand ihres Vaters verkrampfte sich um ihre Schulter.

»Lohnt es sich, aus Haß zu sterben, Melisande?« fragte er sarkastisch. »Ich bringe Arisa hier raus – und zwar sofort.« Er packte Arisas Hand und rannte mit ihr zu seinem Arbeitszimmer. Hastig griff er Papiere, Pässe und ein wenig Bargeld zusammen und gab es Arisa. Dann nahm er die wertvollsten Stücke seiner Sammlung aus dem Glasschrank, legte sie in seine Jacke und band die Jackenärmel darüber zusammen. Die improvisierte Tasche legte er auf Arisas Arme, und dann rannte er schnell zur Garderobe, um ihre Mäntel zu holen. Melisande stand noch immer in der offenen Tür des Wohnzimmers, das nun lichterloh brannte, und weinte hysterisch. Er packte sie am Arm und zog sie hinter sich her. Als sie sich in der Küche an den Türpfosten klammerte, schlug er ihre Hände herunter und schleppte sie in den Garten hinaus. Hinter ihnen explodierte wieder ein Fenster, und dann hörte man, wie die Haustür unter den schweren Schlägen nachgab und plötzlich zerbarst. Ein plötzlicher Luftzug fachte das Feuer an, und innerhalb weniger Minuten stand das ganze Haus in Flammen. Arisa wurde von ihrem Vater auf die Gartenmauer zum Nachbargrundstück gehoben, und dann fiel sie und fiel immer tiefer . . .

In ihrem Kopf glühte es, und ihre Haut brannte. Sie schien in einem dunklen Vakuum zu schweben, und es war furchtbar still um sie herum.

Mühsam öffnete sie die schweren Augenlider und sah verständnislos vor sich hin. Es dauerte einen Moment, bis sie begriff, daß sie in einem düsteren Zimmer lag. Die Vorhänge waren zugezogen, und es drang kaum Licht herein. Sie bewegte die Finger und spürte gestärktes Leinen. Vorsichtig drehte sie den Kopf zur Seite. Eine Flasche hing von einem Metallrahmen, und durchsichtige Flüssigkeit tropfte langsam in einen Plastikschlauch. Sie folgte ihm mit dem Blick zu dem weißen Heftpflaster an ihrem Arm, der auf einem flachen, schmalen Brett festgebunden war.

Sie hörte ein leises Rascheln und blickte sich suchend danach um. Es war Carter, der vom Stuhl aufgestanden war und nun lächelnd zum Bett kam.

»Hallo – du bist ja wach . . .«

Sie wollte etwas sagen, aber ihre Lippen waren so trocken, und ihre Zunge schien ihren ganzen Mund auszufüllen.

»Nicht sprechen, Liebes!« Er sah sie so ängstlich an, daß sie ihn mit einem Lächeln beruhigen wollte. Aber die Muskeln wollten den Befehlen ihres Gehirns nicht gehorchen.

»Du wirst bald wieder ganz gesund sein«, sagte er behutsam. »Ruh dich jetzt aus. Ich bleibe hier.«

Er zog seinen Stuhl heran und setzte sich neben das Bett. Dann nahm er ihre Hand, und sie schloß die Augen und schwebte wieder in den kühlen grauen Nebel hinaus.

Als sie wieder erwachte, waren die Schmerzen abgeklungen. Das Zimmer war hell und freundlich, und durch das offene Fenster zog eine warme Brise herein. Der Duft von Rosen drang an ihre Nase. Versuchsweise bog sie den Arm ab. Pflaster und Schlauch waren verschwunden. Ihr Handgelenk war aber eingebunden, und auf den Rippen spürte sie einen schweren Druck. Auf dem Nachtkasten stand ein großer Blumenstrauß. Gelbe Rosen. Sie kniff die Augen zusammen und versuchte, die kleine Karte zu lesen, die mit einem Goldfaden an eine Rose gebunden war.

»Einen schönen, guten Morgen – Carter.«

Sie lächelte und streckte die Hand nach einer samtigen, gelben Blüte aus. Da ging die Tür auf, und eine Schwester kam herein. »Guten Morgen«, sang sie fröhlich. »Wie geht es Ihnen heute?«

»Ich glaube, es geht mir gut«, antwortete Arisa und lächelte. »Habe ich lange geschlafen?«

Die Schwester nahm ihr Handgelenk und fühlte ihren Puls. Eine Minute später legte sie die Hand auf die Bettdecke zurück. »Zwei Nächte und einen Tag. Aber das ist gar nicht so viel.«

Arisa erinnerte sich vage daran, daß sie Carter neben ihrem Bett gesehen hatte. Der Rest war nur wie ein undeutlicher Traum. »Ist Mr. Montaigne hier?« fragte sie.

»Er wird gleich kommen. Der Doktor erlaubte ihm nicht, die ganze Nacht hierzubleiben. Das ist gegen die Krankenhausvorschriften, wissen Sie. So, jetzt machen wir Sie schnell frisch, und dann kriegen Sie Ihr Frühstück und dann besucht Sie der Arzt.«

Arisa ließ sich geduldig versorgen. Nachdem sie gewaschen, gekämmt und gefüttert war, kam der Arzt und versicherte ihr nach einer kurzen Untersuchung, daß sie gute Fortschritte mache. »Die angeknacksten Rippen und Blutergüsse werden Ihnen noch eine Weile weh tun, und Sie dürfen keine schwere Gymnastik machen. Aber morgen können wir schon die Fäden aus Ihrem Arm entfernen.«

Sie hatte sich unter dem Verband Brandwunden vorgestellt, und als sie ihn danach fragte, schüttelte er den Kopf. »Es hat kein

Feuer gegeben, junge Dame. Ihr Wagen stürzte über die Böschung und prallte gegen einen Baum. Aber er fing gottlob kein Feuer.« Er tätschelte ihre Hand. »Ich glaube, daß Sie uns in ein paar Tagen schon verlassen können. Ich sage der Oberin, daß Sie sich heute schon ein wenig aufsetzen können. Aber übertreiben Sie es nicht! So, nun lasse ich den Herrn herein, der schon so ungeduldig vor der Tür wartet.«

Die Tür hatte sich noch kaum hinter ihm geschlossen, als Carter hereinkam. Er war sehr erleichtert, als er sah, daß sie sich bereits aufsetzen konnte.

»Das sieht entschieden besser aus als gestern«, sagte er und nahm ihre Hand. »Wie geht es dir heute?«

»Recht gut, danke. Aber ich habe jedes Zeitgefühl verloren. Ich kann kaum glauben, daß es schon mein zweiter Tag hier ist.«

»Mir ist es wie eine Ewigkeit vorgekommen«, sagte er leise.

»Schade, wir haben ein ganzes Wochenende verloren«, seufzte sie. »Aber jetzt mußt du mir erzählen, was alles passiert ist, nachdem ich aus dem Haus gerannt bin. Zuletzt hast du dich mit Bok auf dem Boden gewälzt . . .« Sie schüttelte sich bei der Erinnerung, und er drückte schnell ihre Hand.

»Vergiß das Ganze.«

»Das kann ich nicht. Sag es mir, damit ich nicht immer dran denken muß.«

»Na gut, aber nur, wenn du dich schön hinlegst. Sonst bin ich noch schuld daran, wenn du einen Rückfall hast.«

Sie lachte und schnitt dann eine Grimasse, als ein heftiger Stich durch ihre Rippen fuhr.

»Siehst du?« mahnte er. »Also benimm dich. So, das ist besser. Es ging eigentlich alles sehr schnell vorüber. Ich kriegte die Pistole zu fassen und zog ihm damit eine über den Kopf. Das war alles. Fung hatte schon die Polizei angerufen, und sie erschienen kurz darauf. Die Hausangestellten hatten den Nachmittag freibekommen, weil Lo Bat die Auktion ganz im geheimen abziehen wollte. Mrs. Fung war auch weg. Aber es konnte ja auch niemand ahnen, daß Bok . . .« Er seufzte und schüttelte den Kopf.

»Ich habe ihn schon einmal in Los Angeles gesehen. Auf der Beerdigung meines Vaters.«

»Ich weiß. Er war auch schon oft im Geschäft gewesen. Ich hielt ihn einfach für einen harmlosen Sammler aus Hongkong und für einen Bekannten von Deline.«

»Aber was ist mit Quentin?« fragte sie leise, fast ängstlich. »Wie geht's ihm?«

»Er liegt hier, in einem anderen Flügel. Sie mußten ihn operieren, und er hat viel Blut verloren. Aber das Messer hat keine wichtigen Organe beschädigt, und er wird wieder gesund werden. Ladera ist tot. Lo Bat auch.«

Sie schauderte, als sie an die furchtbare Szene in Fungs Haus zurückdachte.

»Denk nicht mehr daran«, sagte er leise. »Das ist jetzt alles vorbei.«

»Nein, ich habe gelernt, daß es besser ist, den Dingen gleich ins Gesicht zu sehen. Es hat keinen Sinn, so zu tun, als wären sie nie passiert.« Der Nebel hob sich von ihren wirren Träumen der letzten sechsunddreißig Stunden. Stockend erzählte sie ihm die fehlenden Bruchstücke ihrer Geschichte, die so lange in ihrem Bewußtsein vergraben waren. Die Worte ihrer Mutter über Quentin, ihren Haß auf die Chinesen. »Ich weiß nicht, wer die Frau war«, sagte sie, »aber meine Mutter hat sie ihm nie verziehen. Ich begreife erst jetzt, wie schwer sie ihm das Leben gemacht hat. Es ging immer nur darum, was sie und Großvater Whitaker für richtig hielten, nie nach den Wünschen meines Vaters. Haß ist etwas Schreckliches.«

Carter sah sie nachdenklich an. »Ja, Arisa, aber wir können an der Vergangenheit nichts mehr ändern. Ich glaube, Elliot hat sich lange schuldig gefühlt.« Auch er verstand jetzt vieles besser, besonders aber Elliots Geduld Quentin gegenüber. Es war seine Sühne gewesen.

»Ja.« Plötzlich begriff sie noch etwas anderes. Aber sie behielt es für sich. Der Grund, warum ihre Mutter Deline Armitage so gehaßt hatte. Ob Quentin das wohl wußte? Sie seufzte und warf Carter ein müdes Lächeln zu. »Und was ist mit den Steinen des Himmels? Quentin hatte sie mir gegeben, ohne daß er es merkte. Sie waren im Wagen.«

»Nicht mehr, als man dich fand.«

»Ach, Carter . . .«

»Macht nichts. Der Polizei zufolge gehörte Bok einem chinesischen Geheimbund an, der unter dem Namen ›Die Rote Hand‹ bekannt ist. Eine ziemlich berüchtigte Gruppe, die es sich zur Aufgabe gemacht hat, die Steine des Himmels zurückzuerobern. Erinnerst du dich an die Legende, die du mir erzählt hast? Professor Suns Geschichte?«

Sie nickte.

»Vielleicht ist doch was dran. Jedenfalls sind die Steine verschwunden. Möglich, daß Bok einige Gehilfen in der Nähe hatte, die die Steine an sich nehmen konnten, bevor die Polizei zur Unfallstelle kam. Wenn nicht, dann tut mir der arme Kerl leid, der sie gestohlen hat. Er wird nicht weit damit kommen.«

Ein Schauder durchlief sie. Carter streichelte ihre Wange. »David Fung glaubt ganz fest daran, daß die Steine vom Unglück verfolgt sind. Er will Maracudos Geld an Quentin zurückgeben und dann mit der ganzen Sache nichts mehr zu tun haben. Das Geld von Wu und Yue Hin hat er schon einer Wohlfahrt übergeben. Uns wollte er die Drachenspange schenken. Er mag sie nicht mehr. Ich habe erst abgelehnt, dann aber einen Kompromiß gefunden. Wir werden sie ihm abkaufen. Er hatte mit Lo Bat vereinbart, daß er alle Stücke, die von der Auktion zurückgezogen wurden, kaufen konnte. Robert hat mir etwas geholfen, ihn zu überreden.«

»Er will sein Gesicht wahren . . .«

»Was?«

»Er hält damit sein Versprechen an meinen Vater. So kann er sein Gesicht wahren.«

»Oh . . .« Er grinste. »*Der* alte chinesische Zopf.«

»Konfuzius sagte, daß die ganze gesellschaftliche Ordnung auf nur fünf menschlichen Beziehungen beruht: Sohn und Vater, jüngerer Bruder und älterer Bruder, Ehefrau und Ehemann, Untertan und Herrscher, Freund und Freund.«

»Nicht Geschäftspartner und Geschäftspartner?« scherzte er. »Na, dann müssen wir uns was anderes einfallen lassen. Wie wär's mit Ehefrau und Ehemann? Willst du mich heiraten, Arisa?«

Sie war so überrascht, daß sie keine Worte fand. Ihr Herz klopfte heftig, und ihre Gedanken kreisten wild durcheinander. Liebte sie ihn? Was war mit Edouard? Claire? Der Galerie? Travish-Montaigne?

Er lächelte entschuldigend. »Das war jetzt nicht ganz fair von mir, da du noch so krank und schwach bist. Überleg es dir in Ruhe. Wenn es dir wieder besser geht, frage ich dich noch einmal.« Er beugte sich über sie und küßte sie zärtlich auf die Stirn. »Doch jetzt, mein Liebling, muß ich mich leider um einige Dinge kümmern. Ich komme am Nachmittag zurück und werde eine Flasche Champagner hereinschmuggeln.« Er küßte sie auf den Mund und streichelte ihre Hand. An der Tür drehte er sich noch einmal um.

»Nur für den Fall, daß dir noch einige dieser eifersüchtigen Ideen im Kopf herumschwirren. Ich bin auf dem Weg zu Claire, um ihr zu sagen, was sie mit ihrem Kreditbrief und ihren Spielchen machen kann. Wie Konfuzius sagte: Alter Partner und alter

Partner sind unwichtig.« Er zwinkerte kurz und blies ihr einen Kuß zu.

Das Lächeln auf ihren Lippen war noch lange, nachdem er gegangen war, zu sehen. Als ihr später eine junge Schwester das Tablett mit dem Mittagessen brachte, lächelte sie immer noch.

»Sie sehen ja so glücklich aus«, sagte das Mädchen erstaunt.

»Das bin ich auch«, antwortete Arisa. »Bald kann ich wieder nach Hause gehen.«

»Wohnen Sie in Hongkong?«

»Nein – in Kalifornien.« Hongkong gehörte jetzt, wie Paris auch, der Vergangenheit an. Die Zukunft war in Los Angeles, mit Carter, ihrem Zuhause.

Epilog

TRAVISH – MONTAIGNE
Beverly Hills
zeigt
Kunst aus dem alten China
am Freitag, dem 18. September und Samstag, dem 19. September
13 Uhr bis 21 Uhr

Wir laden Sie ein, die legendären ›Steine des Himmels‹ zu bewundern. Diese fünf kostbaren Jade-Anhänger aus der Chou-Dynastie, 1027 – 256 v. Chr., sind seit dem frühen zwanzigsten Jahrhundert zum erstenmal wieder der Öffentlichkeit zugänglich. Nach der Ausstellung werden die ›Steine des Himmels‹ in die permanente Sammlung des Museums der Universität von Hongkong eingehen. Zusätzlich werden noch andere Kunstwerke aus der Periode von 221 v. Chr. bis 1900 gezeigt und zum Verkauf angeboten. Illustrierter Katalog auf Anfrage erhältlich.

Arisa sah sich zufrieden in dem überfüllten Ausstellungsraum um. Viele Besucher, die gekommen waren, um die ›Steine des Himmels‹ zu bewundern, nahmen sich auch noch für den Rest der Ausstellung Zeit und kauften etwas, bevor sie das Geschäft verließen. Sie lächelte Professor Sun an, der inmitten eines Menschenauflaufs vor der Chou-Jade stand. Der Schaukasten war speziell angefertigt worden, so daß die Steine von allen Seiten betrachtet werden konnten. Der Professor wurde es nicht müde, die Geschichte der Steine immer wieder zu wiederholen.

Carter entschuldigte sich bei zwei Besucherinnen und ging zu Arisa hinüber. »Deine Idee, den Professor einzuladen, war einfach ein Geistesblitz. Sieh nur, wie populär er ist.«

»Er sieht aus, als ob er ganz in seinem Element ist.«

»Das kann man wohl sagen. Er ist einfach glücklich, daß die Steine jetzt in sein Museum kommen. Wahrscheinlich wird er dadurch sogar noch berühmt werden.«

Sie seufzte. »Sie gehören ja auch ins Museum. Es ist nur schade, daß erst noch so viel Blut darüber fließen mußte. Ich hoffe, daß es damit jetzt ein Ende hat.« Sie dachte daran, wie die vier Steine so überraschend und anonym in der Universität aufgetaucht waren. Professor Sun vermutete, daß der Dieb in der Zeitung etwas über den Fluch gelesen hatte, es mit der Angst bekam und die Steine dann so schnell wie möglich loswerden wollte.

Und der fünfte Stein war in dem Banksafe ihres Vaters gewesen. Er hatte einen Brief dazugelegt, in dem er erzählte, wie er zu dem Stein gekommen war, und daß er über seinen Ursprung nichts gewußt hatte, bis ihm der Artikel des Professor Sun in die Hände gefallen war. Er schilderte, daß er dem Professor geschrieben hatte und ganz seiner Meinung war, daß die ›Steine des Himmels‹ an das chinesische Volk zurückgehen sollten. Es war nicht recht, daß dieses Erbe einer Nation einem einzigen Mann gehören sollte.

Der Rest des Briefes war eine Bitte um Nachsicht für seine Unzulänglichkeiten. Es war, als hätte er geahnt, daß er seine Tochter nie mehr sehen würde. Vergib ... Der demütige Ton hatte Arisa tief beschämt. Sie war es ja, die Vergebung ihrer Sünden brauchte. Vergebung ihrer Eigensucht und Blindheit, mit denen sie unbedacht so viele Schmerzen verursacht hatte. Doch der Brief hatte auch einen heilenden Effekt. Er überzeugte sie letzten Endes davon, daß ihr Vater sie verstanden und ihr ebenfalls vergeben hatte.

Mit einem kleinen Ruck kam sie wieder in die Gegenwart zurück und sah Carter lächelnd an. Auch er verstand. In dem ewigen Kommen und Gehen sah sie plötzlich Elbert Faus hereinkommen. Der alte Mann warf erst einen bestürzten Blick auf die vielen Menschen, begann dann aber nach einem kurzen Zögern, resolut durch die Ausstellung zu gehen.

Carter hatte ihn auch gesehen. »Elbert Faus ist gerade gekommen«, sagte er leise. »Ich muß schnell mit ihm reden. Entschuldige mich bitte.« Rasch ging er dem alten Mann entgegen.

»Guten Tag, Elbert. Es ist sehr mutig von Ihnen, daß Sie sich trotz des Menschenandrangs hereingewagt haben.«

»Sie wissen, daß einem alten Mann wie mir nicht mehr allzu viele Vergnügen offenstehen, Carter. Also kann ich es mir doch nicht entgehen lassen, wenn so viele Menschen etwas bewundern, das in Kürze ganz allein mir gehören wird.«

»Aber erst müssen wir uns darüber noch einigen, Elbert.«

Faus grinste spitzbübisch. »Das werden wir schon noch, mein Junge. Keine Angst. Die Drachenspange ist wirklich hinreißend, und mein Angebot steht noch immer. Ich werde jede Offerte, die Sie dafür bekommen, überbieten.«

Carter lachte. »Na, hoffen wir, daß wir damit das Fiasko der Han-Bronze wieder gutmachen können.«

»Haben Sie diesen bedauerlichen Vorfall klären können?« Seine blauen Augen sahen ihn forschend an.

»Ja. Der Austausch wurde von einem Mann namens Bok vorgenommen, der den Boten mit Drohungen und einer Bestechung dazu gebracht hat. Bok befindet sich jetzt in den Händen der Polizei von Hongkong. Leider war auch einer von uns indirekt in die Affäre verwickelt. Aber auch sie war von ihm erpreßt und bedroht worden.«

»Sie?«

Carter sah den alten Mann ernst an. Faus hatte schon einmal einen Beweis für seine Diskretion geliefert und war so loyal gewesen, daß er wenigstens eine teilweise Erklärung verdiente. »Deline Armitage. Bok war eigentlich nur an dem fünften Stein des Himmels interessiert, der vor fast fünfzig Jahren aus Schanghai verschwunden ist. Er verfolgte seine Spur bis zu Elliot und versuchte ihn dann zu bekommen, indem er Deline erpreßte. Der Austausch der Bronze und auch ein Einbruch in Arisas Haus sollten nur eine Warnung für sie sein, daß er nicht länger bereit war, mit Ausflüchten abgespeist zu werden. Er wollte ihr angst machen.«

»Warum ist sie denn nicht zur Polizei gegangen?«

»Das ist eine lange persönliche Geschichte, Elbert, die nun endlich zu Ende gekommen ist. Sie bekanntzumachen, würde nur wieder viele alte Wunden aufreißen.« Als Deline von der Festnahme Boks erfuhr, war sie so erleichtert, daß sie sofort ihre Rolle in dem Drama bekannte. In stockenden Worten, aber entschlossen, reinen Tisch zu machen, hatte sie ihnen erzählt, wie sie die Kriegsjahre mit Elliot gelebt und ihm einen Sohn geboren hatte; wie und warum sie anschließend aus Hongkong vertrieben wurde und alles zurücklassen mußte, was sie je geliebt hatte. Der Jade-Anhänger, den sie Elliot geschenkt hatte, war das einzige Band gewesen, das ihr früheres Leben mit dem späteren verknüpfte. Sie hatte nie ganz die Hoffnung aufgegeben, daß der Stein ihn schließlich doch noch zu ihr zurückbringen würde. Erst nach Elliots Tod, als sie von seinem Testament hörte, war ihr ihre selbstauferlegte Blindheit aufgegangen. Quentin war ein charakterloser, gieriger Mensch, und Elliot hatte sie geehrt und respektiert, aber ihre Liebe nie erwidern können. Diese, ihre Vergangenheit war nun zu Ende. Mit bleichem Gesicht hatte sie Arisa um Verzeihung gebeten.

Carter war überrascht gewesen, wie gelassen Arisa darauf reagierte. Es war, als hätte sie bereits geahnt, oder gewußt, daß Quentin Delines Sohn war, und sich in ihrem Herzen damit abgefunden. Und als Deline anbot, das Geschäft und die Stadt zu verlassen, wollte sie davon nichts hören. Sie hatten alle noch einmal in die Vergangenheit zurückgeblickt und konnten diese Tür nun für immer schließen.

»Dann will ich auch keine Fragen mehr stellen«, sagte Elbert Faus bestimmt. »Dafür möchte ich jetzt aber endlich diese berühmten ›Steine des Himmels‹ sehen, von denen alle dauernd reden.«

»Ja, die müssen Sie sich anschauen. Sie sind hinreißend. Wir sind alle froh, daß sie endlich in ein Museum kommen«, sagte Carter. »Sie sind in dem Kasten, um den so viele Leute stehen. Und wenn Sie die Drachenspange noch einmal bewundern wollen, dann finden Sie sie in dem Schaukasten da drüben. Viel Spaß, Elbert.«

»Danke, danke.« Faus zwinkerte fröhlich und ging dann lächelnd in die angezeigte Richtung davon.

»Dieser Alte ist ein echtes Juwel«, sagte Tanner Holmes bewundernd. Carter hatte ihn nicht kommen sehen und sah überrascht auf.

»Da hast du recht«, stimmte er ihm zu und beobachtete, wie Faus zielstrebig auf die Gruppe mit Professor Sun zusteuerte.

»Keine Nachwirkungen wegen der Bronze?«

»Keine. Jeder andere hätte uns den Laden demoliert.«

Tanner grinste. »Maracudo, zum Beispiel? Ich höre, daß er noch immer kocht, weil ihr ihm weder den fünften Stein, noch die Drachenspange verkauft habt. Arisa sagt, daß er aus lauter Wut Elliots Schuldschein an Justin Forbes geschickt hat.«

»Wir werden ihn bezahlen. Aber das ist alles, was Maracudo von uns kriegt.«

»Es sei denn, er zahlt den rechten Preis für Travish-Montaignes Waren, wie? Sein Geld ist so gut wie das von anderen, Carter.«

»Nicht bei mir.«

»Ein Mann mit Prinzip und ganz nach meinem Herzen!« grinste Tanner. »Ich glaube, Elliot wußte genau Bescheid, als er dich als Partner hereingeholt hat. Du verkörperst alles, was er sich immer erhofft hat. Schade, daß er nicht lange genug gelebt hat, um seine Träume verwirklicht zu sehen. Ich kann mir richtig vorstellen, wie er jetzt da oben sitzt und zufrieden auf unsere kleine Versammlung herabschaut. Ich glaube sogar, er hätte nun auch nichts mehr dagegen, wenn Arisa und Deline seinem Quentin den Laufpaß geben würden.«

»Hmmm«, schnaubte Carter. »Den hätte er schon lange verdient.«

»Ich fürchte nur, daß er sich nicht mehr ändern wird. Spaßvögel seiner Sorte gehen meistens auf Kosten anderer durchs Leben.«

Carter zuckte mit den Schultern. »Dieses Mal hat es ihn selbst erwischt, und vielleicht lernt er daraus. Er hat Glück, wenn er aus seiner gegenwärtigen Schwierigkeit mit heiler Haut davonkommt. Wenn bekannt wird, daß er mit dem Portfolio eines Kunden herumgespielt hat, ist er im Börsengeschäft fertig.« Er dachte mit Ekel an Quentins Hysterie zurück, als er sie anflehte, Elliots fünften Stein an Maracudo verkaufen zu dürfen. Nein, er spürte keine Sympathie für Elliots Sohn. Er hatte zu lange schon das Schuldbewußtsein seines Vaters und Delines blinde Mutterliebe ausgenützt und manipuliert. Von jetzt an war er auf sich selbst angewiesen.

Carter warf einen Blick in den Raum. Deline zeigte einer Matrone mit blaugefärbten Haaren und einem Nerz auf der Schulter einige geschnitzte Elfenbeinfiguren. Die Frau hörte fast ehrfürchtig zu, und er sah, daß Delines Gesicht wieder den altgewohnten ruhigen und friedlichen Ausdruck zeigte. Als sie zufällig seinen Blick auffing, zuckte ein kleines Lächeln um ihre Mundwinkel.

In einer anderen Ecke betrachtete ein älteres, orientalisches Ehepaar eine kostbare Ming-Vase, die Arisa aus einem Schaukasten genommen hatte. Ihre Hände bewegten sich sicher und elegant über die Oberfläche des Porzellans, als sie ihnen die Arbeit und Geschichte des Stückes erklärte. Carter hätte gerne gewußt, ob sie kantonesisch sprach . . .

»Du bist ein Glückspilz, Carter«, sagte jetzt Tanner, der seinem Blick gefolgt war. »Hör ich schon die Hochzeitsglocken klingen?«

»Die Dame hat mir noch keine Antwort gegeben«, sagte Carter lächelnd.

»Sie ist zu schön, um lange allein zu bleiben. Ich glaube, du beeilst dich besser, sonst wirst du noch den Wolf unter meinem Schafspelz kennenlernen.« Er zwinkerte ihm zu. »Sie ist ein tolles Mädel«, sagte er dann voller Zuneigung, »und ich weiß, daß Elliot heute verdammt stolz auf sie wäre.« Er seufzte etwas verloren, berührte freundschaftlich Carters Arm und verschwand dann in der Menge.

Carter ging nach hinten und bat einen Angestellten, Arisas Kunden zu übernehmen, da er mit ihr sprechen wollte. Dann wartete er am Fuß der Treppe, bis sie kam.

»Unsere Einnahmen sind fantastisch!« sprudelte sie begeistert heraus, als sie neben ihm stand. »Ich wette, alle anderen Geschäfte in Beverly Hills überlegen sich schon, ob sie nicht schließen sollen. Morgen um diese Zeit werden wir . . .«

»Morgen um diese Zeit, meine Liebe«, unterbrach er sie, »werden wir uns zur Feier ein Abendessen gönnen.«

»Ist das eine Einladung?« neckte sie.

»Jawohl. Es soll eine ganz besondere Feier werden.« Er nahm ihre Hand und hielt sie fest.

Ihre Augen tanzten schelmisch. »Hast du etwas Bestimmtes im Sinn?«

»Jawohl. Aber zuerst hätte ich gern eine Antwort auf meine Frage, die ich dir im Krankenhaus in Hongkong gestellt habe. Wirst du mich heiraten, Arisa?«

Ihr Gesicht schien von innen heraus zu leuchten, und ihre Augen strahlten schöner als die kostbarste Jade. »Professor Sun sagte, daß das Museum Ende Oktober eine besondere Ausstellung für die Steine des Himmels plant. Der Oktober ist einer der schönsten Monate in Hongkong. Schön genug für eine Hochzeitsreise«, fügte sie leise hinzu.

Er lächelte beglückt und sagte mit einer kleinen Verbeugung: »Würden Sie bitte in mein Büro hinaufkommen, Miß Travish? Der Kuß, den ich Ihnen jetzt geben möchte, würde hier wahrscheinlich mehr Aufsehen erregen als die Chou-Jade.«

Strahlend schob sie ihren Arm durch den seinen und ging mit ihm die Treppe hinauf.